【印度】泰戈尔 / 著

丘玲 / 编译

泰戈尔散文诗全集

TAIGEER SANWENSHI QUANJI

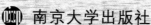 南京大学出版社

图书在版编目(CIP)数据

泰戈尔散文诗全集／丘玲编译. - 南京:南京大学出版社,2010.11(2018.1重印)
(青少年课外阅读系列丛书)
ISBN 978 - 7 - 305 - 07465 - 3

Ⅰ.①泰… Ⅱ.①丘… Ⅲ.①散文诗 - 作品集 - 印度 - 现代 - 缩写本
Ⅳ.①I351.25

中国版本图书馆 CIP 数据核字(2010)第 159837 号

出版发行 南京大学出版社
社　　址 南京市汉口路 22 号　　　邮　　编　210093
出 版 人 金鑫荣

丛 书 名 青少年课外阅读系列丛书
书　　名 泰戈尔散文诗全集
著　　者 [印度]泰戈尔
编　　译 丘　玲
责任编辑 杜　松　　　编辑热线　025 - 83207098
审读编辑 陈　娟

照　　排 南京新洲印刷有限公司
印　　刷 肥城新华印刷有限公司
开　　本 787×1092　1/16　　印张　26　　　字数　399 千
版　　次 2010 年 11 月第 1 版　　2018 年 1 月第 4 次印刷
ISBN 978 - 7 - 305 - 07465 - 3
定　　价 34.80 元

网　　址 http://www.njupco.com
官方微博 http://weibo.com/njupco
官方微信 njupress
销售咨询热线 025 - 66665152

前　言

拉宾德拉纳特·泰戈尔(1861—1941 年),印度著名诗人、作家、艺术家和社会活动家。1913 年凭借《吉檀迦利》获诺贝尔文学奖,是第一个获得诺贝尔文学奖的亚洲人。

泰戈尔于 1861 年生于加尔各答市的一个富有文学气息的家庭,13 岁即能创作长诗和颂歌体诗。1878 年赴英国留学,1880 年回国后专门从事文学活动。1884 至 1911 年担任梵社秘书,20 年代创办国际大学。晚年写作了控诉英国殖民统治和相信祖国必将获得独立的著名遗言《文明的危机》。

泰戈尔是近代具有巨大世界影响的作家。他一共写了 50 多部诗集,被称为"诗圣"。他写了 12 部中、长篇小说,100 多篇短篇小说,20 多部剧本及大量的文学、哲学、政治论著,创作了 1500 多幅图画,以及难以统计的众多歌曲。他的作品反映了印度人民在英国帝国主义和本国封建种姓制度的压迫下要求改变自己命运的强烈愿望,描述了他们不屈不挠的反抗斗争,充满了鲜明的爱国主义和民主主义精神,同时又富有民族风格和特色,具有很高的艺术价值,深受世界人民的喜爱。

泰戈尔的重要诗作有诗集《故事诗集》(1900 年)、《吉檀迦利》(1910 年)、《新月集》(1913 年)、《飞鸟集》(1916 年)、《边缘集》(1938 年)和《生辰集》(1941 年),重要小说有短篇小说《还债》(1891 年)、《弃绝》(1893 年)、《素芭》(1893 年)、《人是活着,还是死了?》(1892 年)、《摩诃摩耶》(1892 年)和《太阳与乌云》(1894 年),中篇小说《四个人》(1916 年),长篇小说《沉船》(1906 年)、《戈拉》(1910 年)、《家庭与世界》(1916 年)、《两姐妹》(1932 年),重要的剧作有《顽固堡垒》(1911 年)、《摩克多塔拉》(1925 年)、《红色夹竹桃》(1926 年),重要的散文有《死亡的贸易》(1881 年)、《中国的谈话》(1924 年)、《俄罗斯书柬》(1931 年)等。

泰戈尔的作品早在 1915 年就已介绍到中国,现已出版了 10 卷本的中文版《泰戈尔作品集》。

目 录

吉檀迦利 ……………………………………… 1

园丁集 ……………………………………… 35

新月集 ……………………………………… 75

飞鸟集 ……………………………………… 101

采果集 ……………………………………… 138

爱者之贻 …………………………………… 171

渡口 ………………………………………… 192

游思集 ……………………………………… 213

最后的星期集 ……………………………… 246

再次集 ……………………………………… 282

随想集 ……………………………………… 344

叶盘集 ……………………………………… 362

黑牛集 ……………………………………… 384

吉 檀 迦 利

1

你已使我永生，这样做是你的欢乐。这脆薄的杯儿，你不断地把它倒空，又不断地以新的生命来充满。

这小小的苇笛，你携带着它翻山越谷，从笛管里吹出永新的音乐。

在你双手的不朽的安抚下，我那小小的心，消融在无边的快乐之中，发出不可言说的词调。

你的无穷的赐予倾入我小小的手里。时代过去了，你还在倾注，而我的手里还有余量等待充满。

2

当你命令我歌唱的时候，我的心似乎要因着欣喜而炸裂，我仰望着你的脸，眼泪涌进我的眶里。

我生命中所有的凝涩与矛盾融化成一片甜柔的谐音——

我的赞颂像一只欢乐的小鸟，振翼飞越海洋。

我知道你喜欢我的歌唱。我知道只因为我是个歌者，才有幸走到你的面前。

我用歌曲的远伸的翅梢，触到了你的双脚，那是我从来不敢想望到的。

在歌唱中的陶醉，使我忘了自己，你本是我的主人，我却称你为朋友。

3

我不知道你怎样地歌唱，我的主人！我总在惊奇地静听。

你的音乐的光辉照亮了世界。你的音乐的气息透彻层霄。

你的音乐的圣泉冲过一切阻拦的岩石，向前奔涌。

我的心渴望和你合唱，却挣扎不出一点声音。我想说话，但是言语不成曲调，我叫不出来。呵，你使我的心变成了你音乐的漫天大网中的俘虏，我的主人！

4

我生命的生命，我要保持我的躯体永远纯洁，因为我知道你的生命在抚摸、接触着我的四肢。

我要永远从我的思想中屏除虚伪，因为我知道你就是那在我心中燃起理性之火的真理。

我要从我的心中驱走一切丑恶，使我的爱开花，因为我知道你在我的心宫深处安放了座位。

我要努力在我的行为上表现你，因为我知道是你的威力，给了我力量来行动。

5

请容许我懈怠一会儿，来坐在你的身旁。我手边的工作等一下再去完成。

不在你的面前，我的心就不知道什么是安逸和休息，我的工作就变成了无边的劳役和无尽的折磨。

今天，炎暑来到我的窗前，轻嘘微语，群蜂在花树的宫廷中尽情欢唱。

这正是应该静坐的时光，和你相对，在这静寂和无边的闲暇里唱出生命的颂歌。

6

摘下这朵花来，拿去吧，不要迟延！我怕它会枯萎了，掉在尘土里。

它也许配不上你的花冠，但请你采折它，以你手采折的痛苦来给它荣宠。我怕在我警觉之前，日光已逝，供献的时间过了。

虽然它颜色不深，香气很淡，请仍用这朵花来礼拜，趁着还有时间，采折吧。

7

我的歌曲把她的妆饰卸掉。她没有了衣饰的骄奢。妆饰会成为我们的合一之玷：它们会横阻在我们中间，叮当的声音会掩没你的细语。

我的诗人的虚荣心，在你的容光中羞惭。呵，诗圣，我已经拜倒在你的脚前。只让我的生命简单正直，像一支苇笛，让你来吹出音乐。

8

那穿起王子的衣袍和挂起珠宝项链的孩子,在游戏中失去了一切的快乐。他的衣服绊着他的步履。

为怕衣饰的污损和破裂,他不敢走进世界,甚至于不敢挪动。

母亲,这是毫无益处的,你的华美的约束,使人和大地健康的尘土隔断,把人进入日常生活的盛大集会的权利剥夺了去。

9

呵,傻子,想把自己背在肩上!呵,乞人,来到你自己门口乞讨!

把你的重担卸在那双能担当一切的手中吧,永远不要惋惜地回顾。

你的欲望的气息,会立刻把它触到的灯火吹灭。它是不圣洁的——不要从它不洁的手中接受礼物。只领受神圣的爱所赋予的东西。

10

这是你的脚凳,你在最贫贱最失所的人群中歇足。

我想向你鞠躬,我的敬礼不能达到你歇足地方的深处——那最贫贱最失所的人群中。

你穿着破敝的衣服,在最贫贱最失所的人群中行走,骄傲者永远不能走近这个地方。

你和那最没有朋友的最贫贱最失所的人们做伴,我的心永远找不到那个地方。

11

把礼赞和数珠撇在一边吧!你在门窗紧闭幽暗孤寂的殿角里,向谁礼拜呢?睁开眼,你看,上帝不在你的面前!

他是在锄着枯地的农夫那里,在敲石的修路工人那里。太阳下,阴雨里,他和他们同在,衣袍上蒙着尘土。

脱掉你的圣袍,甚至像他们一样下到泥土里去吧!

超脱吗?从哪里找超脱呢?我们的主已高高兴兴地把创造的锁链戴起:他和我们永远连在一起。

从静坐里走出来吧,丢开供养的香花!你的衣服污损了又何妨呢?

去迎接他,在劳动里,流汗里,和他站在一起吧。

12

我旅行的时间很长,旅途也很长。

天刚破晓,我就驱车起行,穿遍广袤的世界,在许多星球之上,留下辙痕。

离你最近的地方,路途最远;最简单的音调,最需要艰苦的练习。

旅客要在每个陌生人门口敲叩,才能敲到自己的家门;人要在外面到处漂流,最后才能走到最深的内殿。

我的眼睛向空阔处四望,最后才合上眼说:"原来你在这里!"

这句问话和呼唤"呵,你在哪儿呢?"融化在千股的泪泉里,和你保证的回答"我在这里!"的洪流,一同泛滥了全世界。

13

我要唱的歌,直到今天还没有唱出。

每天我总是在乐器上调理弦索。

时间还没有到来,歌词也未填好;只有愿望的痛苦在我心中。

花蕊还未开放;只有风儿从旁叹息走过。

我没有看见过他的脸,也没有听见过他的声音。我只听见他轻蹑的足音,从我门前的路上走过。

悠长的一天消磨在为他在地上铺设座位,但是灯火还未点上,我不能邀请他进来。

我生活在和他相会的希望里,但这相会的日子还没有到来。

14

我的欲望很多,我的哭泣也很哀怜,但你永远用坚决的拒绝来拯救我,这刚强的慈悲已经紧密地交织在我的生命里。

你使我一天天更配领受你简单伟大的赐予——这天空和光明,这躯体与心灵——把我从极欲的危险中拯救了出来。

有时候我懒急地挨延,有时候我急忙警觉地寻找我的方向;但是你却忍心地躲藏起来。

你不断地拒绝我,从软弱动摇的欲望的危险中拯救了我,使我一天一天地更配得上你完全的接纳。

15

我来为你唱歌。在你的厅堂里,我坐在屋角。

在你的世界中我无事可做;我无用的生命只能释放出无目的的歌声。

在你黑暗的殿中,夜半敲起默祷的钟声的时候,命令我吧,我的主人,来站在你面前歌唱。

当金琴在晨光中调好的时候,宠赐我吧,命令我来到你的面前。

16

我接到了这世界节日的请柬,我的生命受到了祝福。我的眼睛看见了美丽的景象,我的耳朵也听见了醉人的音乐。

在这宴会中,我的任务是奏乐,我也尽力地演奏了。

现在,我问,那时刻终于来到了吗,我可以进去瞻仰你的容颜,并献上我静默的敬礼吗?

17

我只在等候着爱,要最终把我交付在它手里。这是我迟误的原因,我对这延误负疚。

他们要用法律和规章,来紧紧约束住我;但是我总是躲着他们,因为我只等候着爱,我要最终把自己交在它手里。

人们责备我,说我不理会人;我知道他们的责备是有道理的。

市集已过,忙人的工作都已完毕。叫我不应的人都已含怒而去。我只等候着爱,要最终把我交在它手里。

18

云霾堆积,黑暗渐深。呵,爱情哟,你为什么让我独在门外等候?

在中午工作最忙的时候,我和大家在一起,但在这黑暗寂寞的日子,我只企盼着你。

若是你不容我见面,若是你完全把我抛弃,真不知我将如何度过这悠长的雨天。

我不住地凝望渺远的阴空,我的心和不宁的风一同彷徨悲叹。

19

若是你不说话,我就忍耐着,以你的沉默来填满我的心。

我要安静地等候,像黑夜在星光中无眠,忍耐地低首。

清晨一定会来,黑暗也要消隐,你的声音将划破天际从金泉中下注。

那时你的话语,要在我的每一个鸟巢中生翼发声;你的音乐,要在我的林丛繁花中盛开怒放。

20

莲花开放的那天,唉,我不自觉地心魂飘荡。我的花篮空着,花儿我也没有去理睬。

不时地有一段忧愁来袭扰我,我从梦中惊起,觉得南风里有一阵奇香的芳踪。

这迷茫的温馨,使我想望得心痛,我觉得这仿佛是夏天渴望的气息,来此寻求圆满。

我那时不晓得它离我是如此之近,而且是我的。这完美的温馨,还是在我自己心灵的深处开放。

21

我必须撑出我的船去。时光都在岸边消磨了——不堪的我呵!

春天把花开过就告别了。如今落红满地,我却等待而又流连。

潮声渐喧,河岸的荫滩上落满黄叶。

你凝望着的是何等的空虚! 你不觉得有一阵狂喜和对岸遥远的歌声从天空中一同飘来吗?

22

在七月的淫雨浓阴中,你用秘密的脚步行走,夜一般的轻悄,躲过一切守望的人。

今天,清晨闭上眼,不理会连连呼啸的东风,一张厚厚的纱幕遮住永远清醒的碧空。

林野住了歌声,家家闭户。在这冷清寂寥的街上,你是孤独的行人。呵,我唯一的朋友,我最爱的人,我的家门是开着的——不要梦一般地走过吧。

23

在这暴风雨的夜晚,你还在外面作爱的旅行吗,我的朋友?

天空像失望者一样哀号。

我今夜无眠,不断地开门向黑暗中瞭望,我的朋友!

我什么都看不见。我不知道你要走哪一条道路!

是从墨黑的河岸上,是从愁惨的树林边,是穿过昏暗迂回的曲径,你摸索着来到我这里吗,我的朋友?

24

假如一天已经过去了,鸟儿也不再歌唱,假如风也吹倦了,那就用黑暗的厚幕把我盖上吧,如同你在黄昏时节用衾被裹上大地,又轻柔地将睡莲的花瓣合上。

旅客的行程未达,粮袋已空,衣裳污损破裂,而又筋疲力尽,是你解除了他的羞涩与困窘,使他的生命像花朵一样在仁慈的夜幕下苏醒。

25

在这困倦的夜里,让我服从地把自己交给睡眠,把信赖托付给你。

让我不去勉强我那萎靡的精神,来准备一个对你敷衍的礼拜。

是你拉上夜幕盖上了白日的倦眼,使这眼神在醒觉的清新喜悦中,更新了起来。

26

他来坐在我的身边,而我却没有醒起。多么可恨的睡眠,唉,不幸的我呵!

他在静夜里来到,手里拿着琴,我的梦魂和他的音乐起了共鸣。

唉,为什么每夜都这样地虚度了呢?呵,他的气息接触了我的睡眠,为什么我总看不见他的面?

27

灯火,灯火在哪里呢?用熊熊的渴望之火把它点上吧!

灯在这里,却没有一丝火焰——这就是你的命运吗,我的心呵!

你还不如死了好!

悲哀在你的门上敲着,她传话说你的主醒着呢,他叫你在夜的黑暗中奔赴爱的约会。

云雾遮满天空,雨也不停地下。我不知道我心里有什么在激荡——我不懂得它的意义。

一霎的电光,在我的视线上抛下了一道更深的黑暗,我的心摸索着去寻找那夜的音乐对我呼唤的路径。

灯火,灯火在哪里呢?用熊熊的渴望之火把它点上吧!雷声在响,狂风怒吼着穿过天空。夜像黑岩一般黑。不要让时间在黑暗中度过吧。用你的生命把爱的灯点上吧。

28

罗网是坚韧的,但等到要撕破它的时候我又心痛。

我只要自由,为企望自由我却觉得羞愧。

我确知那无价之宝在你那里,而且你是我最好的朋友,但我却舍不得清除我满屋的俗物。

我身上披的是尘灰与死亡之衣;我憎恨它,却又热爱地把它抱紧。

我的债务很多,我的失败很大,我的耻辱秘密而又深重;但当我来祈福的时候,我又战栗,唯恐我的祈求得了允诺。

29

被我用我的名字囚禁起来的那个人,在监牢里哭泣。我每天不停地筑着围墙。当这道围墙高起接天的时候,我的真我便被高墙的黑影遮蔽不见了。

我以这道高墙自豪,我用沙土把它抹严,唯恐在这名字上还留有一丝罅隙。我煞费了苦心,我也看不见了真我。

30

我独自去赴幽会。是谁在暗寂中跟随着我呢？

我走开躲他，但是却逃不掉。

他昂首阔步，使地上尘土飞扬；我说出的每一个字里，都掺杂着他的叫喊。

他就是我的小我，我的主，他恬不知耻；但和他一同来到你门前，我却感到羞愧。

31

"囚人，告诉我，是谁把你捆起来的？"

"是我的主人，"囚人说，"我以为我的财富和权力胜过世界上一切的人，我把我的国王的钱财聚敛在自己的宝库里。我困顿不过，睡在我主的床上，一觉醒来，却发现在自己的宝库里做了囚人。"

"囚人，告诉我，是谁铸了这条坚固的锁链？"

"是我，"囚人说，"是我自己用心铸造的。我以为我的无敌的权力会征服全世界，使我有无约束的自由。我日夜用烈火重锤打造了这条铁链。等到工作完成，铁链坚牢完善，我却发现这铁链把我捆住了。"

32

尘世上那些爱我的人，用尽力气拉住我。你的爱就不是那样，你的爱比他们的伟大得多，你让我自由。

他们从不敢离开我，恐怕我把他们忘掉。但是你，日子一天一天地过去，你却还没有露面。

若是我不在祈祷中呼唤你，若是我不把你放在心上，你对我的爱情仍在等待着我的爱。

33

白天，他们来到我的房子里说："我们只占用最小的一间屋子。"

他们说："我们要帮助你礼拜你的上帝，而且只谦恭地领受我们应得的一份恩典。"他们就在屋角安静谦和地坐下。

但是在黑夜里，我发现他们强暴地冲进我的圣殿，贪婪地攫取了神坛上的祭品。

34

只要我一息尚存,我就称你为我的一切。

只要我一诚不灭,我就感觉到你在我的身边,任何事情,我都来请教你,任何时候都把我的爱奉献给你。

只要我一息尚存,我就把你永远藏匿起来。

只要把我和你的旨意锁在一起的脚镣,还留着一小段,你的意旨就会在我的生命中实现——这脚镣就是你的爱。

35

在那里,心是无畏的,头也高高昂起;

在那里,知识是自由的;

在那里,世界还没有被狭小的家国之墙隔成片段;

在那里,话是从真理的深处说出的;

在那里,不懈的努力向着"完美"伸出双臂;

在那里,理智的清泉还没有沉没在积习的荒漠之中;

在那里,心灵是受你的指引,走向那不断放宽的思想与行为——进入那自由的天国,我的主呵,让我的国家觉醒起来吧。

36

这是我对你的祈求,我的主——请你铲除,铲除我心里贫乏的根源吧。

赐予我力量使我能轻快地承受欢乐与忧伤。

赐予我力量使我的爱在服务中得到果实。

赐予我力量使我永不抛弃穷人也永不向淫威屈膝。

赐予我力量使我的心灵超越于日常琐事之上。

再赐予我力量使我满怀爱意地把我的力量服从于你意志的指挥。

37

我以为我的精力已竭,旅程已终,前路已绝,储粮已尽,退隐在静默鸿蒙中的时刻已经到来。

但是我发现你的意志在我身上没有终点。旧的言语刚在舌尖上死去,新的音乐又从心上迸出;旧辙方迷,新的田野又在面前奇妙地展开。

38

我需要你,只需要你——让我的心不停地重复这句话。日夜引诱我的种种欲念,都是透顶的诈伪与空虚。

就像黑暗隐藏在祈求光明的朦胧里,在我潜意识的深处也响起呼声——我需要你,只需要你。

犹如风暴用全力冲击平静,却寻求终止于平静,我的反抗冲击着你的爱,而它的呼声也还是——我需要你,只需要你。

39

在我的心坚硬焦躁的时候,请洒我以甘霖。

当我的生命失去恩宠的时候,请赐我以欢歌。

当繁杂的工作在四周喧嚣,使我和外界隔绝的时候,我的宁静的主,请带着你的和平与安息来临。

当我乞丐似的心,蹲闭在屋角的时候,我的国王,请你以王者的威仪破门而入。

当欲念以诱惑与尘埃来迷蒙我的心时,呵,圣者,你是清醒的,请你和你的雷电一同降临。

40

在我干枯的心上,好多天没有受到雨霖的滋润了,我的上帝。天边是可怕的赤裸——没有一丝轻云的遮盖,没有一丝远雨的凉意。

如果你愿意,请降下你那死黑的盛怒的风雨,以闪电震慑天宇吧。

但是请你召回,我的主,召回这弥漫沉默的炎热吧,它沉重尖锐而又残忍,用可怕的绝望焚灼人心。

让慈云低垂下降,像在父亲发怒的时候,母亲含泪的眼光。

41

我的情人,你站在众人背后,藏在何处的阴影中呢？在尘土飞扬的道上,他们把你推开走过,没有理睬你。在乏倦的时候,我摆开礼品来等待你,路人把我的香花一朵一朵地拿去,我的花篮几乎空了。

清晨、中午都过去了。暮色中,我倦眼蒙眬。回家的人们瞅着我微笑,使我满心羞惭。我像女丐一般地坐着,拉起裙儿盖上脸,当他们问我需要什么的时候,我垂目没有答应。

呵,真的,我怎能告诉他们说我是在等你,而且你也应许说一定会来。我又怎能抱愧地说我的妆奁就是贫穷。

呵,我在我心的微隐处紧抱着这一段荣耀。

我坐在草地上凝望天空,梦想着你来临时那忽然炫耀的豪华——万彩交辉,车辇旌旗,在道旁众目睽睽之下,你从车座中下降,把我从尘埃中扶起坐立在你的旁边,这褴褛的女丐,含羞带喜,像蔓藤在暴风中颤摇。

但是时间流过了,还听不见你车辇的轮声。许多仪仗队伍都在光彩喧闹中走过了。你只要静默地站在他们的背后吗？

我只能哭泣着等待,使我的心在空虚的仁望之中受尽折磨吗？

42

在清晨的密语中,我们约定同去泛舟,世界上没有一个人知道我们这无目的无终止的遨游。

在无边的海洋里,在你静听的微笑中,我的歌唱抑扬成调,像海浪一般的自由,不受字句的束缚。

时间还没有到吗？你还有工作要做吗？看吧,暮色已经笼罩海岸,苍茫里海鸟已群飞归巢。

谁知道什么时候可以解开锁链,这只船会像落日的余晖,消融在黑夜之中呢？

43

那天我没有准备好来等候你,我的国王,你就像一个素不相识的平凡人,自动地进到我的心中,在我生命中许多流逝的时光里,盖上了永生的印记。

今天我偶然看见了你的签印,我发现它们和我遗忘了的日常哀乐的回忆,杂乱地散落在尘埃里。

你不曾鄙夷地避开我童年时在尘土中的游戏,我在游戏室里所听见的足音,和在群星中的回响是一样的。

44

阴晴无定、夏至雨来的时节,在路旁等候瞭望,是我的快乐。

从不可知的天空带信来的天使们,向我致意又向前赶路。

我衷心欢畅,吹过的风儿带着清香。

从早到晚我在门前坐地,我知道我一看见你,那快乐的时光便会立刻来到。

这时我自歌自笑。这时的空气里也充满着应许的芬芳。

45

你没有听见他静悄的脚步吗? 他正在走来,走来,一刻不停地走来。

每一个时间,每一个年代,每日每夜,他总在走来,走来,一刻不停地走来。

在许多不同的心境里,我唱过许多歌曲,但在这些歌调里,我总在宣告说:"他正在走来,走来,一刻不停地走来。"

四月芬芳的晴天里,他从林径中走来,走来,一刻不停地走来。

七月阴暗的雨夜中,他坐着隆隆的云辇,前来,前来,一刻不停地前来。

愁闷相继之中,是他的脚步踩在我的心上,是他的双脚的黄金般的接触,使我的快乐发出光辉。

46

我不知道从久远的什么时候起,你就一直走近来迎接我。

你的太阳和星辰永不能把你藏起,使我看不到你。

在许多的清晨和傍晚,我曾听见你的足音,你的使者曾秘密地到我心里来召唤。

我不知道为什么今天我的生活完全激动了,一种狂欢的感觉穿越了我的心。

这就像结束工作的时间已到,我感到在空气中有你光降的微馨。

47

夜已将尽,等他又落了空。我怕在清晨我正倦睡的时候,他忽然来到我的门前。

呵,朋友们,给他开着门吧——不要拦阻他。

若是他的脚步声没有把我惊醒,请不要叫醒我。我不愿小鸟嘈杂的合唱和庆祝晨曦的狂欢的风声,把我从睡梦中吵醒。

即使我的主突然来到我的门前,也让我无扰地睡着。呵,我的睡眠,宝贵的睡眠,只等着他的摩触来消散。

呵,我合着的眼,只在他微笑的光中才开睫,当他像从漆黑的睡眠里浮现的梦一般地站立在我面前。

让他作为最初的光明和形象,呈现在我的眼前。让他的眼光成为我觉醒的灵魂最初的欢跃。让我自我的返回成为向他立刻的皈依。

48

清晨的静海,漾起鸟语的微波;路旁的繁花,争奇斗艳。在我们匆忙赶路无心理睬的时候,云缝中散射出灿烂的金光。

我们不唱欢歌,也不游宴;我们也不到村集中去交易;我们一语不发,也不微笑;我们不在路上流连。时间流逝,我们也加快了脚步。

太阳升到中天,鸽子在凉阴中叫唤。枯叶在中午的炎风中飞舞。牧童在榕树下做他的倦梦。我在水边卧下,在草地上展开我困乏的四肢。

我的同伴们嘲笑我,他们抬头疾走,不回顾也不休息。他们消失在远远的碧霭之中。

他们穿越许多山林,经过生疏遥远的地方。长途上的英雄队伍呵,光荣是属于你们的!讥笑和责备促使我起立,但我却没有反应。我甘心没落在乐受的耻辱的深处——在模糊的快乐阴影中。

阳光织成的绿阴的幽静,慢慢地笼罩了我的心。我忘记了旅行的目的,我无抵抗地把我的心灵交付给阴影与歌曲的迷宫。

最后,我从沉睡中睁开眼,我看见你站在我的身旁,我的睡眠沐浴在你的微笑之中。

我从前是如何地惧怕，怕这道路的遥远与困难，到你面前的努力是多么艰苦呵！

49

你从宝座上下来，站在我的小屋门前。

我正在屋角独唱，歌声被你听到了。你下来站在我的小屋门前。

在你的大厅里有许多名家，一天到晚都有歌曲在唱。但是这初学的简单的音乐，却得到了你的赏识。

一支忧郁的小调，和世界上的伟大音乐融合了，你还带了花朵作为奖赏，下了宝座停留在我的小屋门前。

50

我在村路上沿门乞讨，你的金辇像一个华丽的梦从远处出现，我在猜想这位万王之王究竟是谁！

我的希望高升，我觉得我苦难的日子将要结束，我站着等候你自动的施与，等待那散掷在尘埃里的财宝。

车辇在我站立的地方停住了。你看到我，微笑着下了车。我觉得我的运气到底来了。忽然你伸出右手来说："你有什么可以给我呢？"

呵，这开的是什么样的帝王玩笑，向一个乞丐伸手求乞！我糊涂了，犹疑地站着，然后从我的口袋里慢慢摸出一粒最小的玉米献上给你。

但是我吃惊不小，因为当我在晚上把口袋倒在地上的时候，在我乞讨来的粗劣东西之中，我发现了一粒金子。我哭了，恨我没有慷慨地将我的所有都献给你。

51

夜深了。我们一天的工作都已完成。我们以为投宿的客人都已来到，村里家家都已闭户了。只有几个人说，国王是要来的。我们笑了笑说："不会的，这是不可能的事！"

门上仿佛有敲叩的声音。我们说那不过是风。我们熄灯就寝。只有几个人说："这是使者！"我们笑着说："不是，这一定是风！"

在死寂的夜里传来一个声音。朦胧中我们以为是远远的雷响。墙摇地动，我们在睡眠里受了惊扰。只有几个人说："这是车轮的声音。"我们乏困地嘟哝着说："不是，这一定是雷响！"

鼓声响起的时候天还未亮。有声音喊着说："醒来吧！别耽误了！"我们拿手按住心口，吓得发抖。只有几个人说："看呐，这是国王的旗子！"我们爬起来站着叫喊："没有时间再耽误了！"

国王已经来了——但是灯火在哪里呢？花环在哪里呢？为他预备的宝座在哪里呢？

呵，丢脸，呵，太丢脸了！客厅在哪里呢？陈设又在哪里呢？有几个人说了："叫也无用了！用空手来迎接他吧，带他到你的空房里去吧！"

开起门来，吹起法螺吧！在深夜中国王降临到我黑暗凄凉的房子里了。空中雷声怒吼。黑暗和闪电一同颤抖。拿出你的破席铺在院子里吧。我们的国王在可怖之夜与暴风雨一同突然来到了。

52

我想我应当向你请求——可是我又不敢——你那挂在脖颈上的玫瑰花环。

这样我等到早上，想在你离开的时候，从你的床上找到些碎片。我像乞丐一样在破晓时分就来寻找，只为着一两片散落的花瓣。

呵，找呵，我找到了什么呢？你留下了什么爱的标记呢？那不是花朵，不是香料，也不是一瓶香水。那是你的一把巨剑，火焰般放光，雷霆般沉重。

早晨的微光从窗外射到床上。鸟儿叽叽喳喳地问："女人，你得到了什么呢？"不，这不是花朵，不是香料，也不是一瓶香水——这是你的可畏的宝剑。

我坐着猜想，你这是什么礼物呢。我没有地方去放置它。我不好意思佩戴它。我是这样的柔弱，当我抱它在怀的时候，它就把我压痛了。但是我要把这光宠铭记在心，你的礼物，这痛苦的负担。

从今起我在这世界上将没有畏惧，在我的一切奋斗中你将得到胜利。你留下死亡和我做伴，我将以我的生命为他加冕。我带着你的宝剑来斩断我的羁绊，在世界上我将没有畏惧。

从今起我要抛弃一切琐碎的装饰。我心灵的主，我再不在一隅等待哭泣，也再不畏怯娇羞。你已把你的宝剑给我佩戴。我不再需要玩偶的装饰品了！

53

你的手镯真美，镶着星辰，精巧地嵌着五光十色的珠宝。但是在我看来，你的宝剑是最美的，那弯弯的闪光像毗湿奴的神鸟展开的翅翼，完美地平悬在落日怒发的红光里。

它颤抖着像生命经受死亡的最后一击时，在痛苦的昏迷中的最后反应；它炫耀着像将燃尽的世情的纯焰，最后猛烈的一闪。

你的手镯真美，镶着星辰般的珠宝；但是你的宝剑，呵，雷霆的主，更铸得绝顶美丽，看到想到都是可畏的。

54

我不向你乞求什么；我不向你耳中陈述我的名字。当你离开的时候我静默地站着。我独立在树影婆娑的井旁，女人们已顶着褐色的瓦罐盛满了水回家了。

她们叫我说："和我们一块来吧，都快到了中午了。"但我仍在慵倦地流连，沉入恍惚的默想之中。

你走来时我没有听到你的足音。你含愁的双目凝望着我；你低语的时候声音是倦乏的——"呵，我是一个干渴的旅客。"

我从幻梦中惊起，把我罐里的水倒在你掬着的手掌里。树叶在头上萧萧作响，杜鹃在幽暗处啼唱，曲径传来胶树的花香。

当你问到我的名字的时候，我羞得默立无言。真的，我替你做了什么，值得你的忆念？但是我有幸能给你饮水止渴的这段回忆，将温馨地贴抱在我的心上。天已不早，鸟儿唱着倦歌，楝树叶子在头顶上沙沙作响，我坐着反复地想了又想。

55

乏倦压在你的心上，你的眼中尚有睡意。

你没有得到消息说荆棘丛中花朵正在盛开吗？醒来吧，呵，醒来！不要让光阴虚度了!

在石径的尽头,在幽静无人的田野里,我的朋友在独坐着。不要欺骗他吧。醒来,呵,醒来吧!

即使正午的骄阳使天空喘息摇颤——即使灼热的沙地展开它干渴的巾衣——

在你的心底难道没有快乐吗?你的每一个足音,不会使道路的琴弦迸出痛苦的柔音吗?

56

只因你的快乐是这样地充满了我的心。只因你曾这样地俯就于我。呵,你这诸天之王,假如没有我,你还爱谁呢?

你使我做了你这一切财富的共享者。在我心里你的欢乐自在地遨游。在我生命中你的意志永远实现。

因此,你这万王之王曾把自己粉饰了来赢取我的心。因此你的爱也消融在你情人的爱里,在那里,你又以我们俩完全合一的形象显现。

57

光明,我的光明,充满世界的光明,吻着眼睛的光明,甜沁心腑的光明!

呵,我的宝贝,光明在我生命的一角跳舞;我的宝贝,光明在撩拨我爱的心弦;天开了,大风狂奔,笑声响彻了大地。

蝴蝶在光明海上展开帆翼。百合与茉莉在光波的浪花上翻涌。

我的宝贝,光明在每朵云彩上散映成金,洒下无量的珠宝。

我的宝贝,快乐在树叶间伸展,欢喜无边。天河的堤岸溃决了,欢乐的洪水在四处泛滥。

58

让一切欢乐的歌调都融合在我最后的歌中——那使大地草海欢呼摇颤的快乐,那使生和死两个孪生弟兄在广阔的世界上跳舞的快乐,那和暴风雨一同卷来,用笑声震撼惊醒一切生命的快乐,那含泪默坐在盛开的痛苦的红莲上的快乐,那不知所谓,把所有一切抛掷于尘埃中的快乐。

59

 是的,我知道,这是你的爱,呵,我心爱的人——这在树叶上跳舞的金光,这些驶过天空的闲云,这使我头额清爽的凉风。

 清风的光辉涌进我的眼睛——这是你传给我心灵的消息。你的脸庞下俯,你的眼睛下望着我的眼睛,我的心接触到了你的双足。

60

 孩子们在无边的世界的海滨聚会。头上静止的是无垠的天空,不宁的海波奔腾喧闹。在无边的世界的海滨,孩子们欢呼雀跃地聚会着。

 他们用沙子盖起房屋,用贝壳来游戏。他们把枯叶编成小船,微笑着让它们飘浮在辽远的海上。孩子在世界的海滨做着游戏。

 他们不会凫水,他们也不会撒网。采珠人潜水寻珠,商人们奔波航行,孩子们收集了石子却又把它们丢开。他们不搜求宝藏,他们也不会撒网。

 大海涌起了喧笑,海岸闪烁着苍白的微笑。致命的波涛像一个母亲在摇着婴儿的摇篮一样,对孩子们唱着无意义的歌谣。大海在同孩子们游戏,海岸闪烁着苍白的微笑。

 孩子们在无边的世界的海滨聚会。风暴在无路的天空飘游,船舶在无轨的海上破碎,死亡在猖狂,孩子们却在游戏。在无边的世界的海滨,孩子们举行着盛大的聚会。

61

 这掠过婴儿眼上的睡眠——有谁知道它是从哪儿来的吗?

 是的,有谣传说它住在林阴中,萤火朦胧照着的仙村里,那里结着两颗甜柔迷人的花蕊。它从那里来吻着婴儿的眼睛。

 在婴儿睡梦中唇上闪现的微笑——有谁知道它是从哪里来的吗?

 是的,有谣传说一线新月的微笑,触到了消散的秋云的边缘,微笑就在被朝雾净洗的晨梦中,第一次生出来了——这就是婴儿睡梦中唇上闪现的微笑。

 在婴儿的四肢上,花朵般地散发的甜柔清新的生气,有谁知道它是在哪里藏了这么许久吗?

是的,当母亲还是一个少女,它就在温柔恬静的爱的神秘中,充塞在她的心里了——这就是那婴儿四肢上散发的甜柔新鲜的生气。

62

当我送你彩色玩具的时候,我的孩子,我了解为什么云中水上会幻变出这许多颜色,为什么花朵都用颜色染起——当我送你彩色玩具的时候。

当我唱歌使你跳舞的时候,我彻底地知道为什么树叶上响出音乐,为什么波浪要把它们的合唱送进静听的大地的心头——当我唱歌使你跳舞的时候。

当我把糖果递到你贪婪的手中的时候,我知道为什么花心里有蜜,为什么水果里隐藏着甜汁——当我把糖果递到你贪婪的手中的时候。

当我吻你的脸颊使你微笑的时候,我的宝贝,我的确了解晨光从天空流下时,是怎样的高兴,暑天的凉风吹到我身上的是怎样的愉快——当我吻你的脸颊使你微笑的时候。

63

你使素不相识的朋友认识了我。你在别人家里给我准备了座位。你缩短了距离,你把陌生人变成兄弟。

在我必须离开故居的时候,我内心不安;我忘了是旧人迁入新居,而且你也住在那里。

通过生和死,今生或来世,无论你带我走到哪里,都是你,仍是你,我的无穷生命中的唯一伴侣,永远用欢乐的系带,把我的心和陌生的人联系在一起。

人一认识了你,世上就没有陌生的人,也没有了紧闭的门户。呵,请允许我的祈求,使我在与众生的游戏之中,永不失去和你单独接触的福祉。

64

在荒凉的河岸上,深草丛中,我问她:"姑娘,你用披纱遮着灯,是要到哪里去呢? 我的房子黑暗寂寞——把你的灯借给我吧!"

她抬起乌黑的眼睛,从暮色中看了我一会。"我到河边来,"她说,"要在太阳西下的时候,把我的灯漂浮到水面上去。"

我独立在深草中看着她的灯的微弱火光,无用地在潮水上漂流。

在薄暮的寂静中,我问她:"你的灯火都已点上了——那么你拿着这盏灯到哪里去呢？我的房子黑暗寂寞——把你的灯借给我吧。"

她抬起乌黑的眼睛望着我的脸,站着沉吟了一会。最后她说:"我来是要把我的灯献给上天。"

我站着看她的灯在天空中无用地燃点着。

在无月的夜半朦胧之中,我问她:"姑娘,你作什么把灯抱在心前呢？我的房子里黑暗寂寞——把你的灯借给我吧。"

她站住沉思了一会,在黑暗中注视着我的脸。她说:"我是带着我的灯,来参加灯节的。"

我站着看她的灯,无用地消失在众光之中。

65

我的上帝,从我满溢的生命之杯中,你要饮些什么样的圣酒呢？

通过我的眼睛,来观看你自己的创造物,站在我的耳门上,来聆听你自己的永恒谐音,我的诗人,这是你的快乐吗？

你的世界在我的心里织上字句,你的快乐又给它们加上音乐。你把自己在梦中交给了我,又通过我来感觉你那完满的甜柔。

66

那在神光离合之中,潜藏在我生命深处的她;那在晨曦中永远不肯揭开面纱的她,我的上帝,我要用最后的一首歌把她包裹起来,作为我给你的最后献礼。

无数求爱的话,都已说过,但还没有赢得她的芳心;劝诱向她伸出渴望的臂,也是枉然。

我把她深藏在心底,到处漫游,我生命的荣枯围绕着她起落。

她统治着我的思想、行动和睡梦,她自己却独居索处。

许多人叩我的门来访问她,都失望地回去。

在这个世界上从没有人和她面对过,她孤守着静待你的赏识。

67

你是天空,你也是窠巢。

呵,美丽的你,在窠巢里就是你的爱,用颜色、声音和香气来围拥住灵魂。

在那里,清晨来了,右手提着金筐,带着美的花环,静静地为大地加冕。

在那里,黄昏来了,越过无人放牧的荒林,穿过车马绝迹的小径,在她的金瓶里带着安静的西方海上和平的凉飙。

但是在那里,纯白的光辉,统治着伸展着的为灵魂翱翔的无垠的天空。在那里无昼无夜,无形无色,而且永远,永远无有言说。

68

你的阳光照射到我的地上,整天地伸臂站在我的门前,把我的眼泪、叹息和歌曲变成的云彩,带回放在你的足边。

你喜爱地将这云带缠围在你的星胸之上,绕织成无数的形式和褶纹,还染上变幻无穷的色彩。

它是那样轻柔,那样飘扬、温驯、含泪而黯淡,因此你就爱惜它,呵,你这庄严无瑕者。这就是为什么它能够以它可怜的阴影遮掩你可畏的白光。

69

就是这股生命的泉水,日夜穿流于我的血管,也穿流过世界,又应节地跳舞。

就是这同一的生命,从大地的尘土里快乐地伸放出无数片的芳草,迸发出繁花和密叶的波纹。

就是这同一的生命,在潮汐里摇动着生与死的大海的摇篮。

我觉得我的四肢因受到生命世界的爱抚而光荣。我的骄傲,是因为时代的脉搏,此刻在我的血液中跳动。

70

这欢欣的音律不能使你欢欣吗? 不能使你回旋激荡、消失碎裂在这可怖的快乐旋转之中吗？

万物急剧地前奔,它们不停留也不回顾,任何力量都不能挽住它们,它们迅疾地前奔。

季候应和着这急速不宁的音乐,跳着舞来了又去——颜色、声音、香味在这充溢的快乐里,汇注成奔流不息的瀑泉,时时刻刻地在散溅、退落而死亡。

71

我应当自己发扬光大、映射四周、投映彩影于你的光辉之中——这便是你的幻境。

你在你的自身里立起隔栏,用无数不同的音调来呼唤你的分身。

你这分身已在我的体内成形。

高亢的歌声响彻诸天,在多彩的眼泪与微笑、震惊与希望中回应着;波起复落,梦破又圆。在我里面是你自身的湮灭。

你卷起的那重帘幕,是用昼和夜的画笔,绘出了无数的花样。幕后你的座位,是用奇妙神秘的曲线织成,抛弃了一切无聊的笔直线条。

你我组成的伟丽的行列,布满了天空。因着你我的歌音,诸天都在震颤,一切时代都在你我捉迷藏中度过了。

72

就是他,那最深奥的,用他深藏的摩触使我清醒。

就是他把神符放在我的眼上,又快活地在我心弦上弹弄出种种哀乐的调子。

就是他用金、银、青、绿的灵幻色丝,织起幻境的披纱,他的脚趾从衣褶里外露。在他的摩触之下,我忘却了自己。

日来月往,就是他永远以种种名字,种种姿态,种种的深悲和极乐,来打动我的心。

73

在断念屏欲之中,我不需要拯救。在万千愉悦的约束里我感到了自由的拥抱。

你不断地在我的瓦罐里满满地斟上不同颜色的芬芳新酒。

我的世界,将以你的火焰点上他的万千盏不同的明灯,安放在你庙宇的坛前。

不,我永不会关上我感觉的门户。视、听、触的快乐会含着你的快乐。

是的,我的一切幻想会燃烧成快乐的光明,我的一切愿望将结成爱的果实。

74

白日已过,黑影笼罩大地。是我到河边汲水的时候了。

晚空凭看水的凄音流露着切望。呵,它呼唤我到暮色中来。荒径上断绝人行,风起了,波浪在河里翻腾。

我不知道是否应该回家。我不知道我会遇见什么人。浅滩的小舟上有个素不相识的人正弹着琵琶。

75

你赐给我们世人的礼物,满足了我们一切的需求,可是它们又毫未减少地返回到你那里。

河水有它每天的工作,匆忙地流过田野和村庄;但它的不绝的水流,又曲折地回来洗涮你的双脚。

花朵以芬芳熏香了空气;但它最终的任务,是把自己奉献给你。

对你的供献不会使世界贫穷。

人们从诗人的章句里,选取自己心爱的意义;但是诗句的最终意义是指向着你。

76

过了一天又是一天,呵,我生命的主,我能够和你对面而立吗?呵,全世界的主,我能合掌和你对面而立吗?

在广阔的天空下,寂静之中,我能够带着虔恭的心,和你对面站立吗?

在你的劳碌的世界里,喧腾着劳作和奋斗,在营营扰扰的人群中,我能和你对面而立吗?

当我已经做完了今生的工作,呵,万王之王,我能够独自悄立在你的面前吗？

77

我知道你是我的上帝，却远远立在一边——我不知道你是属于我的，就走近你。我知道你是我的父亲，就在你的脚前俯伏——我没有像和朋友握手那样地紧握你的手。

我没有在你降临的地方静立等候，把你抱在胸前，当你做同道，把你占有。

你是我弟兄的弟兄，但是我不理他们，不把我赚得的钱财和他们平分，我以为这样做，才能和你分享我的一切。

在快乐和痛苦里，我都没有站在人类的一边，我以为这样做，才能和你站在一起。

我畏缩着不肯舍生，因此我没有跳入生命的伟大海洋里。

78

当鸿蒙初辟，繁星第一次射出灿烂的光辉，众神在天上集会，唱着"呵，完美的图画，完全的快乐！"

有一位神忽然叫了起来——"光链里仿佛断了一环，一颗星星走失了。"

他们金琴的弦子猛然折断了，他们的歌声停止了，他们惊慌地叫着——"对了，那颗走失的星星是最美的，她是诸天的荣耀！"

从那天起，他们不停地寻找她，众口相传地说，因为她丢了，世界失去了一种快乐。

只在寂静的夜里，众星微笑着互相低语说——"寻找是无用的，无缺的完美正笼罩着一切！"

79

假如我今生无缘遇到你，就让我永远感到恨不相逢——

让我念念不忘，让我在醒时和梦中都怀带着这悲哀的苦痛。

当我的日子在世界的闹市中度过，我的双手捧满每日的赢利的时候，让我永远觉得我是一无所获——让我念念不忘，让我在醒时和梦中都带着这悲哀的苦痛。

当我坐在路边,疲乏喘息,当我在尘土中铺设卧具,让我永远记住前面还有悠悠的长路——让我念念不忘,让我在醒时和梦中都怀带着悲哀的苦痛。

当我的屋子装饰好了,箫笛吹起,欢笑喧闹的时候,让我永远觉得我还没有请你光临——让我念念不忘,让我在醒时和梦中都怀带着这悲哀的苦痛。

80

我像一片秋天的残云,无主地在空中飘荡,呵,我永远光芒四射的太阳!你的摩触远没有蒸发了我的水气,使我与你的光明合为一体,因此我计算着和你分离的悠长岁月。

假如这是你的愿望,假如这是你的游戏,那就请把我这流逝的空虚染上颜色,镀上金辉,让它在狂风中飘浮,卷舒成种种的奇观。

而且假如你愿意在夜晚结束这场游戏,我就在黑暗中,或在灿白晨曦的微笑中,在净化的清凉中,溶化消失。

81

在闲散的日子,我悼惜着虚度了的光阴。但是光阴并没有虚度,我的主,你掌握了我生命里的寸寸光阴。

你潜藏在万物的心中,培育着种子发芽,蓓蕾绽红,花落结实。

我困乏了,在闲榻上休息,想象一切工作都已停歇。早晨醒来,我发现我的花园里,却开遍了异蕊奇花。

82

你手里的光阴是无限的,我的主,你的分秒是无法计算的。

夜去明来,时代像花开花落。你明白怎样来等待?

你的世纪,一个接一个,来完成一朵小小的野花。

我们的光阴不能虚掷,因为没有时间,我们必须争取机缘。我们太穷苦了,决不可以迟到。

因此,在我把时间让给每一个性急的、向我索要时间的人时,我的时间就虚度了,最后你的神坛上就没有一丁点的祭品。

一天过去,我赶忙前来,怕你的大门已经关闭;但是我发现时间还很充裕。

83

圣母呵,我要把我悲哀的眼泪串成珠链,挂在你的颈上。

星星把光明做成脚镯,来装扮你的双足,但是我的珠链要挂在你的胸前。

名利自你而来,也全靠你的予取。但这悲哀却完全是我自己的,当我把它当作祭品献给你的时候,你就以你的恩赐来酬谢我。

84

离愁弥漫世界,在无际的天空生出无数的情境。

就是这离愁整夜地悄望星辰,在这七月的阴雨之中,萧萧的树籁变成抒情的诗歌。

就是这笼压弥漫的痛苦,加深而成为爱、欲,而成为人世间的苦乐;就是它永远通过诗人的心灵,融化流汇而成为诗歌。

85

当战士们从他们君主的明堂里刚走出来,他们的武力藏在哪里呢?他们的甲胄和戈矛藏在哪里呢?

他们显得无助、可怜,当他们从他们君主的明堂走出的那一天,如雨的箭矢向着他们飞射。

当战士们整队走回他们君主的明堂里的时候,他们的武力藏在哪里呢?

他们放下了刀剑和弓矢,和平在他们的额上放光,当他们整队走回他们君主的明堂的那一天,他们把他们的生命果实留在后面了。

86

死亡,你的仆人,来到我的门前。他渡过深不可测的海洋临到我家,来传达你的召令。

夜色漆黑，我心中畏惧——但是我要端起灯来，开起门来，鞠躬迎接他。因为站在我门前的是你的使者。

我要含泪地合掌礼拜他。我要把我心中的财产，放在他脚下，来礼拜他。

他的使命完成了就要回去，在我的晨曦中留下了阴影；在我萧条的家里，只剩下孤独的我，作为最后献你的祭品。

87

在无望的希望中，我在房间的每一个角落找她；我找不到她。

我的房间很小，一旦丢了东西就永远找不回来了。

但是你的房间是无边的，我的主，为了找到她，我来到了你的门前。

我站在那薄暮中的金色天穹下，向你抬起渴望的眼。

我来到了永恒的边缘，在这里万物不灭——无论是希望，是幸福，或是泪眼蒙眬中望见的人面。

呵，把我空虚的生命浸到这海洋里吧，跳进这最深的完满里吧。让我在宇宙的完整里，感觉一次那失去的温馨的接触吧。

88

破庙里的神呵！七弦琴的断弦不再弹唱赞美你的诗歌。晚钟也不再宣告礼拜你的时间。你周围的空气是静寂的。

流荡的春风来到了你荒凉的居所。它带来了香花的消失——就是那一直供养你的香花，现在却无人来呈献了。

你的礼拜者，那些漂泊的旅人，永远在企望那还未得到的恩典。黄昏来到，灯光明灭于尘影之中，他带着饥疲的心回到这破庙里来。

许多佳节都在静默中来到，破庙的神呵。许多礼拜之夜，也在无灯无火中度过了。

精巧的艺术家，造了许多新的神像，当他们的末日来临时，便被抛入遗忘的圣河里。

只有破庙的神遗留在无人礼拜的、不死的冷淡之中。

89

我不再高谈阔论了——这是我主的旨意。从那时起我轻声细语。我心里的话要用歌曲吟唱出来。

人们匆匆忙忙地到国王的市场上去,买卖的人都在那里。但在工作正忙的正午,我就早早地离开了。

那就让花朵在我的园中开放,虽然花季未到;让蜜蜂在中午奏起它们慵懒的嗡哼。

我曾把充分的时间,用在理欲的交战里,但如今是我暇日游侣的雅兴,把我的心拉到他那里去;我也不知道这突然的召唤,会引到什么特别的奇景。

90

当死神来叩你门的时候,你将以什么献给他呢?

呵,我要在客人面前,摆上我的满斟的生命之杯——

我决不让它空手而归。

我一切的秋日和夏夜的丰美收获,我匆促的生命中的一切获得和收藏,在我临终,死神来叩门的时候,我都要摆在他的面前。

91

呵,你这生命最后的完成,死亡,我的死亡,来对我低语吧!

我天天地在守望着你;为你,我忍受着生命的苦乐。

我的一切存在,一切所有,一切希望,和一切的爱,都在深深的秘密中向你奔流。你的眼神向我最后一盼,我的生命就永远是你的。

花环已为新郎编好。婚礼过后,新娘就要离家,在静夜里和她的主人独对了。

92

我知道这日子将要来到,当我眼中的人世逐渐消失,生命默默地向我道别,把最后的帘幕拢过我的眼前。

但是星辰将在夜间守望,晨曦仍旧升起,时间像海浪的汹涌,激荡着欢乐与哀伤。

当我想到我时间的终点,时间的隔栏便破裂了,在死的光明中,我看到了你的世界和这世界里弃置的珍宝。最低的座位是极其珍贵的,最小的生物也是世间少有的。

我追求而未得到和我已经得到的东西——让它们过去吧。只让我真正地占有了那些我所轻视和忽略的东西。

93

我已经请了假。兄弟们,祝我一路平安吧!我向你们大家鞠了躬就启程了。

我把我门上的钥匙交还——我把房子的所有权都放弃了。我只请求你们最后的几句良言。

我们做过很久的邻居,但是我接受的多,给予的少。现在天已破晓,我那黑暗的屋角处的灯已灭。召命已来,我就准备启行了。

94

在我动身的时刻,祝我一路好运吧,我的朋友们!天空里晨光辉煌,我的前途是美丽的。

不要问我带些什么到那里去。我只带着空空的手和企望的心。

我要戴上我婚礼时的花冠。我穿的不是红褐色的行装,虽然间关险阻,我心里没有丝毫惧怕。

旅途尽处,晚星将生,从王宫的门口将弹出黄昏的哀乐。

95

当我刚跨过此生的门槛时,我并没有发觉。

是什么力量促使我在这无边的神秘中开放,像一朵嫩蕊,在子夜的森林里开花!

早起我看到光明,立刻觉得在这世界里我不是一个生人,那不可思议、不可名状的,已以我自己母亲的形象,把我揽在怀里。

就是这样,在死亡里,这同一的不可知者又要以我所熟识的面目出现。因为我爱今生,我知道我也会一样爱死亡。

当母亲从婴儿的口中拿开右乳的时候,他就啼哭,但他很快又从左乳得到了安慰。

96

当我走的时候，让这个作我的别话吧，就是说我所看过的是卓绝无比的。

我曾尝过在光明海上绽开的莲花里的隐蜜，因此我受了祝福——让这个作我的别话吧。

在这形象万千的游戏室里，我已经游乐过，在这里我瞥见了那无形象的他。

我浑身上下因着那无从接触的他的摩抚而惊喜颤抖；假如死亡在这里来临，就让它来好了——让这个作我的别话吧。

97

当我同你做游戏的时候，我从来没有问过你是谁。我不懂得羞怯和惧怕，我的生活充满了热闹。

清晨，你来把我唤醒，像我自己的伙伴一样，带着我跑过林野。

那些日子，我从来不想去了解你对我唱的歌曲的含义。我只随声附和，我的心应节起舞。

现在，游戏的时光已过，这突然来到我眼前的情景是些什么呢？世界低下眼来看着你的双脚，和它肃静的众星一同敬畏地站着。

98

我要以胜利品，我的失败的花环，来装饰你。逃避而不受征服，是我永远做不到的。

我知道我的骄傲会碰壁，我的生命将因着极端的痛苦而炸裂，我的空虚的心将像一枝空芦苇呜咽出哀音，顽石也融成眼泪。

我知道莲花的百瓣不会永远闭合，深藏的花蜜定将显露。

从碧空中将有一只眼睛向我凝视，在默默地召唤我。我将空无所有，绝对的空无所有，我将从你的脚下领受绝对的死亡。

99

当我放下舵盘,我知道你来接收的时刻到了。当做的事立刻要做了,挣扎是无用的。

那就把手拿开,静默地承认失败吧,我的心呵,要想到能在你的岗位上默坐,也还算是幸运的。

我的几盏灯都被一阵阵的微风吹灭了,为了把它们重新点起,我一次次地把其他的事情都忘却了。

这次我要学聪明一点,把我的席子铺在地上,在暗中等候;

什么时候你乐意,我的主,就悄悄地走来坐下吧。

100

我跳进形象海洋的深处,希望能得到无形象的完美珍珠。

我不再以我的旧船去走遍海港,我乐于弄潮的日子早已过去。

现在我渴望死于不死之中。

我要拿起我生命的弦琴,进入无底深渊旁边那座涌出无调乐音的广厅。

我要调拨我的琴弦,和永恒的乐音合拍,当它弹奏出最后的声音时,就把我静默的琴儿放在静默的脚边。

101

我这一生永远以诗歌来寻求你。它们领我从这道门走到那道门,我和它们一同摸索、寻求着,接触着我的世界。

我所学过的功课,都是诗歌教给我的;它们把捷径指示于我,它们把我心里地平线上的众多星辰,带到我的眼前。

它们整天地带领我走向痛苦和快乐的神秘之国,最后,在我旅程终点的黄昏,它们要把我带到了哪一座宫殿的门口呢?

102

我在人前夸说我认识你。在我的作品中,他们看到了你的画像,他们走来问:"他是谁?"我不知道该怎么回答。我说:"真的,我说不出来。"他们斥责我,轻蔑地走开。你却坐在那里微笑。

我把你的事迹编成不朽的诗歌。秘密从我的心中涌出。他们走来问我："把所有的意思都告诉我们吧。"我不知道怎样回答。我说："呵，谁知道那是什么意思！"他们哂笑了，鄙夷地走开。你却坐在那里微笑。

103

在我向你合十膜拜之中，我的上帝，让我的一切感知都舒展在你的脚下，接触这个世界。

像七月的湿云，带着未落的雨点沉沉下坠，在我向你合十膜拜之中，让我的全副身心在你的门前俯伏。

让我所有的诗歌，聚集成不同的调子，在我向你合十膜拜之中，成为一股洪流，倾入静寂的大海。

像一群思乡的鹤鸟，日夜不息地飞向它们的山巢，在我向你合十膜拜之中，让我全部的生命，启程回到它永久的家园。

评析：

泰戈尔有近代"亚洲第一诗人"之美誉，《吉檀迦利》则是他创作鼎盛时期的代表作品，是一部"献给神的诗歌"。

《吉檀迦利》也为泰戈尔带来了 1913 年的诺贝尔文学奖的荣誉，全世界都为这优美的旋律、柔和的色彩和新颖的韵律所折服。美国意象派诗人庞德在读到《吉檀迦利》时感叹道："集子中的一百首诗全都可以演唱。曲调和歌词浑然一体。看来，东方的音乐远比我们的音乐更善于做到这一点……值得一提的最易懂的东西是即兴的光辉的短句。有时在'晨曦用右手挎着金灿灿的篮子'里，我们像是看到了古希腊人……这种深邃宁静的精神压倒了一切。我们突然发现了自己的新希腊。像是平稳感回到文艺复兴以前的欧洲一样，它使我感到，一个寂静的感觉来到我们机械的轰鸣声中……"

《吉檀迦利》是泰戈尔哲学观的艺术体现，它的主题思想是在有限之内达到无限的欢乐。《吉檀迦利》所产生的积极意义是热爱现实、热爱生活的精神。总之，泰戈尔在《吉檀迦利》中所追求的是与神结合的理想境界。与梵结合的理想境界，也就是所谓"梵我合一"的理想境界。这种境界和追求正是泰戈尔哲学观的艺术体现。

泰戈尔在《吉檀迦利》中执著地追求与神结合的境界,他对与神结合的理想境界的追求,在某种场合其实就是他对人间理想社会的追求,对于自己祖国、未来的热切期望。"在那里,心是无畏的,头也高高昂起;在哪里,知识是自由的;在哪里,世界还没有被狭小的家国之墙隔成片段;在那里,话是从真理的深处说出的;在那里,不懈的努力向着'完美'伸出双臂;在那里,理智的清泉还没有沉没在积习的荒漠之中;在那里,心灵是受你的指引,走向那不断放宽的思想与行为——进入那自由的天国,我的主呵,让我的国家觉醒起来吧。"在泰戈尔的精神世界里,始终供奉着他的祖国和人民!

园　丁　集

1

仆　人

请对您的仆人开开恩吧,我的女王!

女　王

集会已经开过,我的仆人们都已走了。你为什么来得这么晚呢?

仆　人

您同别人谈过话以后,就是我的时间了。

我来问有没有剩余的工作,好让您的最末一个仆人去做。

女　王

在这么晚的时间你还想做些什么呢?

仆　人

就让我做您花园里的园丁吧。

女　王

这是什么傻念头呢?

仆　人

我要放下别的工作。我把我的剑矛扔在尘土里。

不要差遣我去那遥远的宫廷;不要命令我做新的征讨。只求您让我做您花园里的园丁吧。

女　王

你的职责是什么呢?

仆　人

为您所有闲散的日子服务。

我要保持您晨兴散步的草径清爽新鲜,您每一次移步都将有甘于就死的繁花以赞颂来欢迎您的双足。

我将在七叶树的枝间推送您的秋千;向晚的月亮将挣扎着从叶隙里亲吻您的衣裙。

我将在您床边的灯盏里添满香油,用檀香和番红花膏在您脚垫上涂画上美妙的花样。

女　王

你要什么报酬呢？

仆　人

只要您允许我像握着嫩柔的菡萏一般地握住您的小手,把花串套上您的纤腕;允许我用无忧花的红汁来染您的脚底,以亲吻来拂去那偶然留在那里的尘埃。

女　王

你的祈求被接受了,我的仆人,你将成为我花园里的园丁。

2

"呵,诗人,夜晚渐临;你的头发已经苍白。

"在你孤寂的沉思中听到了来生的消息了吗?"

"是夜晚了。"诗人说,"夜虽已晚,我还在静听,因为或许有人会从村中呼唤。

"我看守着,是否有年轻的飘浮的心聚在一起,两对渴望的眼睛企求有音乐来打破他们的沉默,并替他们说话。

"如果我坐在生命的岸边默想死亡和来世,又有谁来编写他们热情的诗歌呢?

"早现的晚星消隐了。

"火葬灰中的红光在沉寂的河边慢慢地熄灭下去。

"残月的微光下,群狼从空宅的庭院里齐声嗥叫。

"假如有游子们离了家园,到这里来守夜,低头静听黑暗的微语,有谁把这生命的秘密向他耳边低诉呢,如果我关起门户,企图摆脱世俗的牵缠?

"我的头发变白只是一件小事。

"我永远和这村里最年轻的人一样年轻,最年老的人一样年老。

"有的人发出甜柔纯美的微笑,有的人眼里含着狡狯的闪光。

"有的人在白天流淌着眼泪,有的人的眼泪却隐藏在幽暗里。

"他们都需要我,我没有时间去思考来生。

"我和每一个人都是同年的,我的头发变白了又该怎么样呢?"

3

早晨我把网撒进海里。

我从沉黑的深渊里拉出形状奇美的东西——有些微笑般地发亮,有些眼泪般地闪光,有的红晕得像新娘的双颊。

当我携带着这一天的担负回到家里的时候,我的爱正坐在园里悠闲地扯着花叶。

我沉吟了一会,就把我所捞得的一切放在她的脚前,沉默地站着。

她瞥了一眼说:"这是些什么怪东西? 我不知道这些东西用来做什么!"

我羞愧得低下了头,心想:"我并没有为这些东西去奋斗,也不是从市场里买来的;这不是配送给她的礼物。"

整夜的时间里,我把这些东西一件一件地丢到街上。

早晨行人来了,他们把这些拾起带到远方。

4

我真烦,为什么他们把我的房子盖在通向市镇的路边呢?

他们把满载的船只系在我的树上。

他们任意地东游西逛。

我坐下来看着他们,光阴都消磨了。

我不能回绝他们。

这样我的日子一天天过去了。

日日夜夜他们的足音在我门前响荡。

我徒然地喊道:"我不认识你们。"

有些人是我的手指所认识的,有些人是我的鼻子所认识的,有些人是我脉管中的血液所认识的,有些人是我的魂梦所认识的。

我不能回绝他们。我呼唤他们说:"谁愿意到我房子里来就请进来吧。对了,来吧。"

清晨,寺庙里的钟声敲起。

他们提着篮子来了。

他们的脚像玫瑰一般红。熹微的晨光照在他们脸上。

我不能回绝他们。我呼唤他们说:"到我的园里来采花吧,到这里来吧。"

中午,锣鼓声在寺庙门前敲起。

我不知道他们为什么放下工作,在我篱畔徜徉。

他们发上的花朵已经枯萎,他们横笛里的音调也显得乏倦。

我不能回绝他们。我呼唤他们说:"我的树阴下很凉爽。来吧,朋友们。"

夜里蟋蟀在林中唧唧欢叫。

是谁慢慢地来到我的门前轻轻地叩敲?

我模糊地看到他的脸,他一句话也没说,四围是天空的静默无声。

我不能回绝我沉默的客人。我从黑暗中望着他的脸,时间梦幻般地过去了。

5

我心绪不安。我渴望着遥远的事物。

我的灵魂在冥想中走出,要去摸触幽暗的远处的边缘。

呵,"伟大的来生",呵,你笛声的高亢呼唤!

我忘了,我总是忘却,我没有奋飞的翅翼,我永远在这地点被系住。

我企望而又清醒,我只是一个异乡的异客。

你的气息向我低吟出一个不可能的希望。

我的心懂得你的语言,就像懂得自己的语言一样。

呵,"遥远的寻求",呵,你笛声的高亢呼唤!

我忘却了,我总是忘却,我不认得路,我也没有生翼的马。

我心绪不安,我是自己心中的流浪者。

在疲倦时光的日霭中,你广大的幻景在天空的蔚蓝中显现!

呵,"最远的尽头",呵,你笛声的高亢呼唤!

我忘却了,我总是忘却,在我独居的房子里,所有的门户都是紧闭的!

6

驯养的鸟住在笼里,自由的鸟飞在林中。

时间到了,他们相会,这是命中注定的。

自由的鸟说:"呵,我的爱,让我们飞到林中去吧。"

笼中的鸟低声说:"到这里来吧,让我们俩都住在笼里。"

自由的鸟说:"在栅栏中间,哪里有展翅的余地呢?"

"可怜呵,"笼中的鸟说,"在天空中我不知道去哪里栖息。"

自由的鸟叫着说:"我的宝贝,唱起林野之歌吧。"

笼中的鸟说:"坐到我旁边吧,我要教你说学者的语言。"

自由的鸟叫着说:"不,不!歌曲是不能传授的。"

笼中的鸟说:"可怜呵,我不会唱林野之歌。"

他们的爱情因渴望而更加炽烈,但是他们永不能比翼双飞。

他们隔栏相望,而他们相知的愿望却是虚空的。

他们在依恋中振翼,唱道:"靠近些吧,我的爱!"

自由的鸟叫唤说:"我做不到,我怕这笼子紧闭的门。"

笼里的鸟低声说:"我的翅翼是无力的,而且早已经死去了。"

7

呵,母亲,年轻的王子要从我们门前经过——今天早晨我哪有心思做活呢?

教我该怎样挽发;告诉我该穿哪件衣裳。

你为什么惊讶地看着我呢,母亲?

我深知他不会仰望我的窗户;我知道一刹那间他就要走出我的视线;只有那残电的笛声将从远处向我呜咽。

但是那年轻的王子将从我们门前经过,这时刻我要穿上我最好的衣裳。

呵,母亲,年轻的王子已从我们门前走过了,从他的车辇里射出朝日的金光。

我从脸上撩起面纱,我从颈上扯下红玉的颈环,扔在他走来的路上。

你为什么惊讶地看着我呢,母亲?

我深知他没有拾起我的颈环;我深知它在他的轮下被碾碎,在尘土上留下了红斑,没有人知道我的礼物是什么样子,也不知道是谁给的。

但是那位年轻的王子曾经从我们门前走过,我也曾经把我胸前的珍宝丢在他走来的路上了。

8

当我床前的灯熄灭了，我和晨鸟一同醒来。

我在散发上戴上新鲜的花束，坐在洞开的窗前。

那年轻的行人在玫瑰色的雾霭中从大路上来了。

珠链在他的颈上，阳光在他的冠上。他停在我的门前，用热切的呼声问我："她在哪里呢？"

因为深深的害羞，我不好意思说出："她就是我，年轻的行人，她就是我。"

黄昏来到，灯还未上。

我心绪不宁地编着头发。

在落日的余晖中年轻的行人驾着车辇来了。

他那驾车的马，嘴里喷着白沫，他的衣袍上蒙着尘土。

他在我的门前下了车，用疲乏的声音问："她在哪里呢？"

因为深深的害羞，我不好意思说出："她就是我，愁倦的行人，她就是我。"

一个四月的夜晚。我的屋里点起灯。

南风温柔地吹来。多言的鹦鹉在笼里睡熟了。

我的裹衣和孔雀的颈毛一样华彩，我的披纱和嫩草一样碧青。

我坐在窗前地上看望着冷清的街道。

在沉黑的夜中我不住地低吟："她就是我，失望的行人，她就是我。"

9

当我在夜里独赴幽会的时候，鸟儿不鸣，风儿不吹，街道两旁的房屋沉默地伫立着。

是我自己的脚镯越走越响，使我羞怯。

当我站在凉台上倾听他的足音，树叶不摇，河水静止得像熟睡的哨兵膝上的刀剑。

是我自己的心儿在狂跳——我不知道怎样使它宁静。

当我的爱来了，坐在我身旁，当我的身躯颤抖，我的眼睫下垂，夜更深了，风吹灯灭，云片在繁星上曳过轻纱。

是我自己胸前的珍宝发出光明。我不知道怎样把它遮起。

10

放下你的工作吧,我的新娘。听,客人已经来了。

你有没有听见,他在轻轻地摇动那拴门的链子?

小心不要让你的脚镯发出响声,在迎接他的时候你的脚步不要太急。

放下你的工作吧,我的新娘,客人在晚上来了。

不,这不是一阵阴风,新娘,请不要惊惶。

这是四月夜中的满月,院里的影子是暗淡的,头顶的天空是明亮的。

把轻纱遮上脸,若是你觉得需要;提着灯到门前去,若是你感到害怕。

不,这不是一阵阴风,新娘,请不要惊惶。

若是你害羞就不必和他说话,你迎接他时只需站在门边。

他若问你话,若是你愿意这样做,你就沉默地低眸吧。

当你提着灯,带他进来的时候,不要让你的手镯作响。

不必同他说话,如果你觉得害羞。

你的工作还没有做完吗,新娘?听,客人已经来了。

你还没有把牛棚里的灯点起来吗?

你还没有把晚祷的供筐准备好吗?

你还没有在发缝中涂上鲜红的吉祥点,你还没有理过晚妆吗?

呵,新娘,你没有听见,客人来了吗?

放下你的工作吧!

11

你就这样来吧;不要在梳妆上挨延了。

即使你的发辫松散,即使你的发缝没有分直,即使你裹衣的丝带没有系好,都不要管它。

你就这样来吧;不要在梳妆上挨延了。

来吧,快步踏过草坪。

即使露珠沾掉了你脚上的红粉,即使你踝上的铃串褪松,即使你链上的珠儿脱落,都不要管它。

来吧,快步踏过草坪。

你没看见云雾遮住天空吗?

鹤群从远远的河岸边飞起,狂风吹过常青的灌木。

惊牛奔向村里的栅棚。

你没看见云雾遮住天空吗?

你徒然点起晚妆的灯火——它颤摇着在风中熄灭了。

谁能看出你眼睫上没有涂上乌烟? 因为你的眼睛比雨云还要黑。

你徒然点起晚妆的灯火——它却熄灭了。

你就这样来吧,不要在梳妆上挨延了。

即使花环没有戴好,谁管它呢;即使手镯没有扣上,随它去吧。

天空被阴云塞满了——时间已晚。

你就这样来吧,不要在梳妆上挨延了。

12

若是你要忙着把水瓶灌满,来吧,到我的湖中来吧。

湖水将回绕在你的脚边,潺湲地说出它的秘密。

沙滩上有了将来的雨云的阴影,云雾低垂在丛树的绿线上,就像你眉上的浓发。

我深深地熟悉你脚步的韵律,它在我的心中敲击。

来吧,到我的湖中来吧,如果你必须把水瓶灌满。

如果你想懒散闲坐,就让你的水瓶漂浮在水面,来吧,到我的湖中来吧。

草坡碧绿,野花不可计数。

你的思绪将从你乌黑的眼眸中飞出,像鸟儿飞出窠巢。

你的披纱将褪落到脚上。

来吧,如果你要闲坐,到我的湖中来吧。

如果你想撇下嬉游跳进水里,来吧,到我的湖中来吧。

把你的蔚蓝的丝带留在岸上;蔚蓝的水将没过你,盖住你。

水波将蹑足来吻你的颈项,在你的耳边低语。

来吧,如果你想跳进水里,到我的湖中来吧。

如果你想发狂而投入死亡,来吧,到我的湖中来吧。

它是清凉的,深到无底。

它黑沉得像无梦的睡眠。

在它的深处,黑夜就是白天,歌曲就是静默。

来吧,如果你想投入死亡,到我的湖中来吧。

13

我无欲无求,只站在林边树后。
倦意还逗留在黎明的眼上,露珠湿润在空气里。
湿草的慵息悬垂在地面的薄雾中。
在榕树下,你用乳油般柔嫩的手挤着牛奶。
我沉默地站立着。
我没有说出一个字。那是藏起的鸟儿在繁叶中歌唱。
芒果树在树径上撒满繁花,蜜蜂一只一只地嗡嗡飞来。
池塘边湿婆天的庙门打开了,朝拜者开始诵经。
你把罐儿放在膝上挤牛奶。
我提着空桶站立着。
我没有走近你。
天空和庙里的锣声一同醒来。
街尘在驱赶的牛蹄下飞扬。
把汩汩作响的水瓶搂在腰上,女人们从河边走来。
你的钏镯叮当作响,乳沫溢出罐沿。
晨光渐逝而我没有走近你。

14

我在路边行走,也不知道为什么,时辰已过正午,竹枝在风中簌簌
作响。
横斜之影伸臂拖住流光的双足。
布谷鸟都唱倦了。
我在路边行走,也不知道为了什么。
低垂的树阴盖住水边的茅草屋。
有人正忙着工作,她的钏镯在一角奏出音乐。
我在茅草屋前面站着,我不知道为了什么。
曲径穿过一片芥菜地和几层芒果林。
它经过村庙和渡头的集市。

43

我在这茅草屋面前停住了,我不知道为了什么。

好几年前,三月风吹的一天,春天慵倦地低语,芒果花落在地上。

浪花跳起掠过立在渡头台阶上的铜瓶。

我想着三月风吹的这一天,我不知道为了什么。

阴影更深,牛群归栏。

冷清的牧场上日色苍白,村民在河边待渡。

我缓步回去,我不知道为了什么。

15

我像麝鹿一样在林阴中奔行,为着自己的香气发狂。

夜晚是五月正中的夜晚,清风是南国的清风。

我迷了路,四处游荡着。我寻求那得不到的东西,我得到我没有寻求的东西。

我自己的愿望的形象从我的心中走出,跳起舞来。

这闪光的形象飞掠而去。

我想把它紧紧捉住,它躲开了又引着我飞走下去。

我寻求那得不到的东西,我得到我没有寻求的东西。

16

手握着手,眼恋着眼;这样开始了我们心的纪录。

这是三月的月明之夜,空气里有着凤仙花的芬芳;我的横笛抛在地上,你的花串也没有编成。

你我之间的爱情像歌曲一样单纯。

你的橙黄色的面纱使我眼睛陶醉。

你给我编的茉莉花环使我心灵颤抖,像是受了赞扬。

这是一个既予且留、既隐且现的游戏;有些欢笑,有些娇羞,也有些甜柔无用的抵拦。

你我之间的爱情像歌曲一样单纯。

没有现在以外的神秘;不强求那些做不到的事情;没有魅惑后面的阴影;也没有黑暗深处的探索。

你我之间的爱情像歌曲一样单纯:

我们没有走出一切语言之外进入永恒的沉默;我们没有向天空举手寻求希望以外的东西。

我们给予,我们获得,这就够了。

我们没有把喜乐压成微沫来榨取痛苦之酒。

你我之间的爱情像歌曲一样单纯。

17

黄鸟在自己的树上歌唱,使我的心灵喜舞。

我们两人住在同一个村子里,这是我们的一份快乐。

她心爱的一对小羊,到我园里的树阴下吃草。

它们若走进我的麦地,我就把它们抱在怀里。

我们的村名叫康遮那,人们管我们的小河叫安遮那。

我的名字村里人都知道,她的名字是软遮那。

我们中间只隔着一块田地。

在我们树上做窝的蜜蜂,飞到他们林中去采蜜。

从他们渡头街上流来的落花,漂到我们洗澡的池塘里。

一筐一筐的红花干从他们的地里送到我们的市集上。

我们的村子叫康遮那,人们管我们的小河叫安遮那。

我的名字村里人都知道,她的名字是软遮那。

到她家去的那条曲巷,春天里充满了芒果的花香。

他们的亚麻子丰收的时候,我们地里的苎麻正在开放。

在他们房上微笑的星辰,送给我们同样的明亮。

在他们的水槽里满溢的雨水,也使我们的迦昙树林喜乐。

我们的村子叫康遮那,人们管我们的小河叫安遮那。

我的名字村里人都知道,她的名字是软遮那。

18

当这两个姐妹出来打水的时候,她们来到这地点,她们微笑了。

她们一定察觉到,每次她们出来打水的时候,那个站在树后的人。

姐妹俩相互耳语,当她们走过这地点的时候。

她们一定猜到了,每逢她们出来打水的时候,那个站在树后的秘密。

她们的水罐忽然倾倒,水流出来了,当她们走到这地点的时候。

她们一定听到,每逢她们出来打水的时候,那个站在树后的人的心在跳着。

姐妹俩相互瞥了一眼又笑了,当她们来到这地点的时候。

她们飞快的脚步里带着笑声,把这个每逢她们出来打水的时候就站在树后的人的心魂撩乱了。

19

你腰间搂着灌满的水瓶,沿着河边小路行走。

你为什么急遽地回头,从飘扬的面纱里偷偷地窥视我?

这个从黑暗里向我送来的闪视,像凉风在粼粼的微波上掠过,一阵震颤直到阴翳的岸边。

它向我飞来,像夜中的小鸟急遽地穿过漆黑房屋的两边洞开的窗户,又在黑夜中消失了。

你像一颗藏隐在山后的星星,我是路上的行人。

但是你为什么站了一会,从面纱中瞥视我的脸,当你腰间搂着灌满的水瓶,沿着河边小路行走的时候?

20

他天天来了又走。

去吧,把我头上的花朵去送给他,我的朋友。

假如他问赠花的人是谁,请你不要把我的名字告诉他——因为他来了又要走的。

他坐在树下的地上。

用繁花密叶为他铺设一个座位吧,我的朋友。

他的眼神是忧郁的,它把忧郁带到了我的心中。

他没有说出他的心事,他只是来了又走了。

21

他为什么特地来到我的门前?这年轻的游子,当天将黎明的时候。

每次我进出经过他的身旁,我的眼睛总被他的面庞吸引。

我不知道我是应该同他说话,还是保持沉默。他为什么特地来到我的门前呢?

七月的多云之夜是黑沉的;秋日的天是浅蓝的,南风把春天吹得骀荡不宁。

他每次用新调编着新歌。

我放下活计,眼里充满雾水。他为什么特地到我门前来呢?

22

当她急步走过我的身旁,她的裙裾触到了我。

从一颗心的无名小岛上突然吹来了一阵春天的温馨。

一霎飞触的撩乱扫拂过我,立刻又消失了,就像扯落了的花瓣在和风中飘扬。

它落在我的心上,像她身躯的叹息和她心灵的低语。

23

你为什么悠闲地坐在那里,把镯子玩得叮当作响呢?

把你的水瓶灌满了吧,是你该回家的时候了。

你为什么悠闲地拨弄着水,偷偷地瞥视路上的行人呢?

快灌满你的水瓶回家去吧。

早晨的时间已经过去了——沉黑的水不住地流逝。

波浪相互低语嬉笑玩耍着。

流荡的云片聚集在原野高地的天边。

它们流连着,悠闲地看着你的脸微笑着。

快灌满你的水瓶回家去吧。

24

不要把你心的秘密隐藏起来,我的朋友!

对我说吧,秘密地只对我一个人说吧。

你这个笑得这样温柔、说得这样轻巧的人,我的心将听着你的语言,而不是我的耳朵。

夜色深沉,庭院宁静,鸟巢也被睡眠笼罩着。

从踌躇的眼泪里,从沉吟的微笑中,从甜柔的羞怯和痛苦里,把你心的秘密告诉我吧!

25

"到我们这里来吧,年轻人,老实告诉我们,为什么你的眼里带着疯癫?"

"我不知道我喝了什么野罂粟花酒,使我的眼里带着疯癫。"

"啊,多难为情!"

"好吧,有的人聪明有的人愚笨,有的人细心有的人马虎。有的人眼睛会笑,有的人眼睛会哭——而我的眼睛是带着疯癫的。"

"年轻人,你为什么这样凝立在树影下呢?"

"我的脚被我沉重的心压得乏倦了,我就在树影下凝立着。"

"啊,多难为情!"

"好吧,有的人一直行进,有的人四处流连,有的人是自由的,有的人是锁住的——而我的脚被我沉重的心压得乏倦了。"

26

"从你慷慨的手里所赋予的,我都接受。我别无所求。"

"是了,是了,我懂得你,谦卑的乞人,你是乞求一个人的一切所有。"

"若是你给我一朵残花,我也会把它戴在心上。"

"假如那花上有刺呢?"

"我就忍受着。"

"是了,是了,我懂得你,谦卑的乞人,你是乞求一个人的一切所有。"

"如果你只向我的脸上瞥来一次爱怜的目光,就会使我的生命直到死后还是甜蜜的。"

"假如那只是残酷的眼神呢?"

"我要让它永远穿刺我的心。"

"是了,是了,我懂得你,谦卑的乞人,你是乞求一个人的一切所有。"

27

"即使爱只给你带来了哀愁,也请信任它。不要把你的心关起。"

"呵,不,我的朋友,你的话太隐晦了,我不懂得。"

"心是应该和一滴眼泪、一首诗歌一起送给人的,我的爱。"

"呵,不,我的朋友,你的话太隐晦了,我不懂得。"

"喜乐像露珠一样脆弱,它在欢笑中死去。哀愁却是坚强而持久的。让含愁的爱在你的眼中醒来吧。"

"呵,不,我的朋友,你的话太隐晦了,我不懂得。"

"荷花在日中开放,丢弃了自己的一切所有。在永生的冬雾里,它将不再含苞。"

"呵,不,我的朋友,你的话太隐晦了,我不懂得。"

28

你的疑问的眼光是含愁的。它要追探了解我的意思,就像月亮探测大海。

我已经把我生命的终始,全部暴露在你的眼前,没有任何的隐秘和保留。因此你不认识我。

假如它是一块宝石,我就能把它碾成千百颗粒,串成项链挂在你的脖颈上。

假如它是一朵花,圆圆的小小的香香的,我就能从枝上采来戴在你的发上。

但是它是一颗心,我的爱人。何处是它的边和底呢?

你不知道这个王国的边际,但你仍是这王国的女王。

假如它是片刻的欢娱,它将在喜笑中开花,你立刻就能看到、懂得了。

假如它是一阵痛苦,它将融化成晶莹的眼泪,不着一字地反映出它最深的秘密。

但是它是爱,我的爱人。

它的欢乐和痛苦是无尽的,它的需求和财富是无尽的。

它和你亲近得像你的生命一样,但是你永远无法完全了解它。

29

对我说吧,我的爱!用言语告诉我你唱的是什么。

夜是深黑的,星星消失在云层里,风在叶丛中叹息。

我将披散我的头发,我青蓝的披风将像黑夜一样地紧裹着我。我将把我的头紧抱在胸前:在甜柔的寂寞中在你的心头低诉。我将闭目静听。我不会凝望你的脸。

等到你的话说完了,我们将沉默凝坐。只有丛林在黑暗中微语。

夜将发白,天色将晓。我们将凝望彼此的眼睛,然后各奔前程。

对我说话吧,我的爱!用言语告诉我你唱的是什么。

30

你是一朵夜云,在我梦幻里的空中浮泛。

我永远用爱恋的渴想来描绘你。

你是我一个人的,我一个人的,我无尽梦幻中的居住者!

你的双脚被我心中热切的光辉染得绯红,我的落日之歌的搜集者!

我的痛苦之酒使你的唇儿甜涩。

你是我一个人的,我一个人的,我寂寥梦幻中的居住者!

我用热情的浓影染黑了你的眼睛;我凝视深处的灵魂!

我捉住了你,缠住了你,我的爱,在我音乐的罗网里。

你是我一个人的,我一个人的,我永生梦幻中的居住者!

31

我的心,这只野鸟,在你的双目中找到了天空。

它们是清晓的摇篮,它们是星辰的王国。

我的诗歌在它们的深处消失。

让我在这天空中高飞,翱翔在静寂的无限空间里。

让我冲破它的云层,在它的阳光中展开翅膀吧。

32

告诉我,这一切是否是真的。我的爱人,告诉我,这是否是真的。

当这一双眼睛闪出电光,你胸中的浓云发出风暴的回答。

我的唇儿,是真像觉醒的初恋的蓓蕾那样香甜吗?

消失了的五月的回忆仍旧流连在我的肢体上吗?

那大地,像一张琴,真因着我双足的踏触而颤成诗歌吗?

那么当我来时,从夜的眼睛里真的滴落下露珠,晨曦也真因为围绕我的身躯而感到喜悦吗?

是真的吗,是真的吗,你的爱贯穿许多时代、许多世界来寻找我吗?

当你最后找到了我,你天长地久的渴望,在我温柔的话里,在我的眼睛、嘴唇和飘扬的头发里,找到了完全的宁静吗?

那么"无限"的神秘是真的写在我小小的额头上吗?

告诉我,我的爱人,这一切是否都是真的。

33

我爱你,我的爱人,请宽恕我的爱。

像一只迷途的鸟,我被捉住了。

当我的心颤抖的时候,它丢了围纱,变成赤裸。用怜悯遮住它吧。爱人,请宽恕我的爱。

如果你不能爱我,爱人,请宽恕我的痛苦。

不要远远地斜视着我。

我将偷偷地回到我的角落去,在黑暗中坐下。

我将用双手掩起我赤裸裸的羞惭。

回过脸去吧,我的爱人,请宽恕我的痛苦。

如果你爱我,爱人,请宽恕我的欢乐。

当我的心被快乐的洪水卷走的时候,不要笑我汹涌的退却。

当我坐在宝座上,用暴虐的爱来统治你的时候,当我像女神一样向你施恩的时候,宽恕我的骄傲吧,爱人,也宽恕我的欢乐。

34

不要不辞而别,我的爱。

我守望了一夜,现在我脸上睡意重重。

只恐我在睡梦中把你丢失了。

不要不辞而别,我的爱。

我惊起伸出双手去触摸你,我问自己说:

"这是一个梦吗?"

但愿我能用我的心系住你的双足,紧紧抱在胸前!

不要不辞而别，我的爱。

35

只恐我太容易地了解你，你对我耍花招。
你用欢笑的闪光使我目盲，来掩盖你的眼泪。
我知道，我知道你的妙计。
你从来不说出你想要说的话。
只恐我不珍视你，你千方百计地躲避我。
只恐我把你和众人混在一起，你独自站在一边。
我知道，我知道你的妙计，
你从来不走你想要走的路。
你的要求比别人都多，因此你才沉默。
你用无心的嬉笑来回避我的赠与。
我知道，我知道你的妙计，
你从来不肯接受你想要接受的东西。

36

他低声说："我的爱，抬起眼睛吧。"
我严厉地责骂他说："走！"但是他一动不动。
他站在我面前拉住我的双手。我说："走开！"但是他没有走。
他把脸靠近我的耳边。我瞪了他一眼说："不要脸！"但是他没有动。
他的嘴唇触到我的腮颊。我恼怒了，说："你太放肆了！"但是他毫无羞愧。
他把一朵花插在我的发上。我说："这也没有用处！"但是他依然站着不动。
他取下我颈上的花环，然后走开了。我哭了，问我的心说："他为什么不回来呢？"

37

"你愿意把你的鲜花的花环挂在我的颈上吗，佳人？"
"但是你要晓得，我编的那个花环，是给大家的，给那些偶然瞥见的人，住在未开发的土地上的人，住在诗人歌曲里的人。"

现在来请求我的心作为回赠已经太晚了。

曾有一个时候，我的生命像一朵蓓蕾，把它所有的芬芳都储藏在花蕊里。

它现在已远远地喷溢四散。

谁晓得有什么魅力，可以把它们收集关闭起来呢？

我的心不容许我只给一个人，它是要给予许多人的。

38

我的爱，从前有一天，你的诗人把一首伟大史诗投进他心里。

呵，我不小心，它打到你的叮当的脚镯上而引起哀愁。

它裂成诗歌的碎片散布在你的脚边。

我满载的一切古代战争的货物，都被笑浪所掀翻，被眼泪浸透而下沉。

你必须使这损失成为我的收获，我的爱。

如果我死后不朽的荣名的希望都破灭了，那就在生前使我不朽吧。

我将不为这损失伤心，也不会责怪你。

39

整个早晨我想编一个花环，但是花儿滑落了。

你坐在一旁偷偷地从眼角里窥视我。

问这一对黑沉的恶作剧的眼睛，这是谁的错。

我想唱一支歌，但却唱不出来。

一个暗笑在你的唇上颤动，你问它我失败的缘由。

让你微笑的唇儿起一个誓，说我的歌声怎样地消失在沉默里，像一只在荷花里陶醉的蜜蜂。

夜深了，是花瓣合起的时候了。

容许我坐在你的身边，容许我的唇儿做那在沉默中、在星辰的微光中能做的工作吧。

40

一个怀疑的微笑在你的眼中闪烁,当我来向你告别的时候。

我这样做的次数太多了,你想我很快又会再回来。

告诉你实话吧,我自己心里也有同样的怀疑。

因为春天年年回来;满月道过别又来访问,花儿每年回来都在枝上红晕着脸,很可能我给你的告别只为要再回到你的身边。

但还是把这幻象保留一会吧,不要冷酷粗率地赶走它。

当我说要永远离开你的时候,就当作真话来接受它,让泪雾暂时加深你眼边的黑影吧。

当我再回来的时候,随便你怎样地狡笑吧。

41

我想对你说出我要说的最深的话语,但我不敢,我怕你哂笑。

因此我嘲笑自己,把我的秘密在玩笑中弄碎。

我把我的痛苦说得很轻松,因为怕你会这样做。

我想对你说出我要说的最真的话语,但我不敢,我怕你不信。

因此我弄真成假,说出和我的真意相反的话语。

我把我的痛苦说得很可笑,因为我怕你会这样做。

我想用最宝贵的名词来形容你,但我不敢,我怕得不到相当的酬报。

因此我给你安上苛刻的名字,而夸耀我的硬骨。

我伤害你,因为怕你永远不了解我的痛苦。

我渴望静默地坐在你的身边,但我不敢,怕我的心会跳到我的唇上。

因此我轻松地说东道西,把我的心藏在言语的后面。

我粗暴地对待我的苦痛,因为我怕你会这样做。

我渴望从你身边走开,但我不敢,怕你看出我的懦怯。

因此我随随便便地昂头走到你的面前。

从你眼里频频投掷来的刺激,使我的苦痛永远新鲜。

42

呵,疯狂的、头号的醉汉;

如果你踢开门户在众人面前装疯;

如果你在一夜间倒空囊橐,对慎重轻蔑地弹着指头;

如果你走着奇怪的道路,和无益的东西嬉戏;

不理会韵律和理性;

如果你在风暴来临前扯起船帆,把船舵折成两半,

那么我就要追随你,伙伴,喝得烂醉走向堕落灭亡。

我在稳重聪明的街坊之间虚度了日日夜夜。

过多的知识使我头发发白,过多的观察使我眼力模糊。

多年来我积攒下许多零碎的东西;

把这些东西摔碎,在上面跳舞,把它们投掷到风中去吧。

因为我知道喝得烂醉而堕落灭亡,其实是最高的智慧。

让一切歪曲的顾虑都消亡吧,让我无望地迷失了路途。

让一阵旋风吹来,把我连这船锚一齐卷走。

世界上住着高尚的人,劳动的人,有用而又聪明。

有的人从容地走在前头,有的人庄重地走在后面。

让他们快乐繁荣吧,让我愚笨地无用吧。

因为我知道喝得烂醉而堕落灭亡,其实是一切工作的结局。

我此刻誓将一切的要求,谦让给正人君子。

我抛弃我学识的自豪与是非的判断。

我打碎记忆的瓶壶,挥洒出最后的眼泪。

以红果酒的泡沫来洗澡,使我的欢笑发出光辉。

我暂且撕裂恭顺和认真的标志。

我将发誓做一个无用的人,喝得烂醉而堕落灭亡下去。

43

不,我的朋友,我永远不会做一个苦行者,随便你怎么说。

我将永不做一个苦行者,假如她不与我一同受戒。

这是我坚定的决心,如果找不到一个阴凉的住处和一个忏悔的伴侣,
我将永远不会变成一个苦行者。

不,我的朋友,我将永远不离开我的炉火与家庭,去退隐到深林里面;

如果林阴中没有欢笑的回响;如果没有郁金色的衣裙在风中飘扬;

如果它的幽静不因有温柔的微语而加深。

我将永远不会做一个苦行者。

44

尊敬的长者,请饶恕这一对罪人吧。

今天春风猖狂地吹起旋舞,把尘土和枯叶大片地扫走,你的功课也随着一起丢掉了。

师父,不要说生命是虚无缥缈的。

因为我们和死亡订下了一次和约,在一段温馨的时间中,我俩会变成不朽。

即使是国王的军队凶猛地前来追捕,我们也将忧愁地摇头说,弟兄们,你们打扰我们了。如果你们必须做这个吵闹的游戏,请到别处去敲击你们的武器吧。

因为我们刚在这片刻飞逝的时光中变得不朽。

如果是亲切的人们来把我们围起,我们将恭敬地向他们鞠躬说,这份荣幸使我们惭愧。

在我们居住的无限天空中,没有多少缝隙。因为在春天百花盛开,蜜蜂的忙碌的翅翼也彼此摩挤。

只住着我们两个仙人的小天堂,确实是狭小得太可笑了。

45

对那些一定要离开的客人们,求神帮他们快点走,并且扫掉他们所有的足迹。

把舒服的、单纯的、亲近的微笑着一起抱在你的怀里。

今天是幻影的节日,他们都不知道自己的死期。

让你的笑声只作为无意义的欢乐,就像浪花上的闪光。

让你的生命像露珠在叶尖一样,在时间的边缘上轻轻起舞。

在你的琴弦上弹出无定的暂时的音乐吧。

46

你离开我自己一个人走了。

我想我将为你哀伤,还将用金色的诗歌铸成你孤独的形象,供养在我的心里。

但是，我的运气有多坏，时间是短暂的。

青春一年一年地消逝；春日是暂时的；柔弱的花朵无意义地凋零，聪明人告诫我说，生命只是一颗荷叶上的露珠。

我可以不管这些，只凝视着背弃我的那个人吗？

这将是无益的，愚蠢的，因为时间太短促了。

那么，来吧，我雨夜的脚步声；微笑吧，我金黄色的秋天；来吧，无虑无忧的四月，散掷着你的亲吻。

你来吧，还有你，也有你！

我的爱人们，你知道我们都是平凡人。为了一个取回她的心的人而心碎，是一件聪明的事情吗？因为时间是短暂的。

坐在屋角凝思，把我世界中的你们都写在韵律里，是甜蜜的。

把自己的忧伤抱紧，决不受人的安慰，是英勇的。

但是一个新的面庞，在我门外偷窥，抬起眼来看着我的眼睛。

我只能擦拭去眼泪，更改我歌曲的腔调。

因为时间是短暂的。

47

如果你要这样，我将停止歌唱。

如果它使你心灵震颤，我就把目光从你脸上挪开。

如果它使你在行走时忽然惊跃，我就躲开另走别路。

如果它在你编串花环时，使你烦乱，我就躲开你寂寞的花园。

如果我使水花飞溅，我就不在你的河边划船。

48

把我从你甜柔的枷锁中放出来吧，我的爱，不要再斟上亲吻的酒。

香烟的浓雾窒息了我的心。

开起门来，让晨晖进入吧！

我消失在你里面，包缠在你所爱抚的折痕之中。

把我从你的诱惑中放出来吧，把男子气概交还给我，好让我把得到自由的心奉献给你。

49

我握住她的手把她抱在胸前。

我想以她的爱来填满我的怀抱,用亲吻来偷劫她的甜笑,用我的眼睛来吸饮她的深暗的一瞥。

呵,但是,她在哪里呢?谁能从天空里滤出蔚蓝呢?

我想去把握美;她躲开我,只有躯体留在我的手里。

失望而困乏地,我回来了。

躯体哪有资格去触到那只有精神才能触到的花朵呢?

50

我的爱,我的心日夜想望和你相见——那像吞噬一切的死亡一样的会见。

像一阵风暴把我卷走,把我的一切都拿走;劈开我的睡眠抢走我的梦,剥夺了我的世界。

在这毁灭里,在精神的全部赤裸里,让我们在美中合一吧。

我的空想是可怜的!除了在你里面,哪有合一的希望呢,我的神?

51

那么唱完最后一支歌就让我们离开吧。

当这夜过完就把这夜忘掉。

我想把谁紧抱在怀里呢?梦是永远不会被捉住的。

我渴望的双手把"空虚"紧压在心上,压碎了我的胸膛。

52

灯火为什么熄灭了呢?

我用斗篷遮住它,怕它被风吹灭,因此灯熄灭了。

花儿为什么凋谢了呢?

我的热恋的爱把它紧压在心上,因此花儿凋谢了。

泉水为什么干涸了呢?

我筑起一道堤把它拦起给我使用,因此泉水干涸了。

琴弦为什么断裂了呢?

我强弹一个它力不能胜的音调,因此琴弦断裂了。

53

为什么盯着我看使我羞愧呢?
我不是来乞讨的。
只为要消磨时光,我才站在你院边的篱外。
为什么盯着我看使我羞愧呢?
我没有从你的园里采走一朵玫瑰,没有摘下一颗果子。
我谦卑地在任何陌生人都可站立的路边棚下,找个荫蔽。
我没有采走一朵玫瑰。
是的,我的脚倦乏了,骤雨又落了下来。
风在摇曳的竹林中呼唤。
云阵像败退似的跑过天空。
我的脚倦乏了。
我不知道你怎样看待我,或是你在门口等待什么人。
闪电晕眩了你看望的目光。
我怎么知道你会看到站在黑暗中的我呢?
我不知道你怎样地看待我。
白日已尽,雨势暂停。
我离开你园畔的树阴和草坪上的座位。
日光已暗;关上你的门户吧;我继续走我的路。
白日过尽了。

54

市集已过,你在夜晚急忙地提着篮子要到哪里去呢?
他们都挑着担子回家了;月亮从村树隙中下窥。
唤船的回声从深黑的水上传到远处野鸭宿眠的泽沼。
在市集已过的时候,你提着篮子匆忙地要到哪里去呢?
睡眠把她的手指按在大地的双目上。
鸦巢已静,竹叶的微语也已静默。
劳动的人们从田间归来,把席子展铺在自家的院里。

在市集已过的时候,你提着篮子匆忙地要到哪里去呢?

55

正午的时候你离开了。

烈日当空。

当你走的时候,我已经做完了工作,坐在凉台上。

不定的风吹来,含带着许多远郊的香气。

鸽子在树阴中不停地叫唤,一只蜜蜂在我的屋里飞着,嗡出许多郊野的消息。

村庄在午热中入睡了。路上空无一人。

树叶的声音时响时息。

我凝望天空,把一个我知道的人的名字编织在蔚蓝里,当村庄在午热中入睡的时候。

我忘记把头发挽起。困倦的风在我颊上和它嬉戏。

河水在荫岸下平静地流淌着。

懒散的白云动也不动。

我忘了挽起我的头发。

正午的时候你离开了。

路上的尘土灼热,田野在喘息。

我独坐在凉台上,当你离开的时候。

56

我是妇女中为平淡的日常家务而忙碌的一个。

你为什么把我挑选出来,把我从日常生活的阴凉中带出来?

没有表现出来的爱是圣洁的。它像宝石般在隐藏的心的朦胧里放光。在奇异的日光中,它显得可怜而晦暗。

呵,你打碎我心的盖子,把我战栗的爱情拖到空旷无人的地方,把那阴暗的藏我心巢的一角永远地破坏了。

别的女人和从前一样。

没有一个人窥探到自己的最深处,她们不知道自己的秘密。

她们轻快地微笑,哭泣,谈话,工作。她们每天到寺庙里去,点上她们的灯,还到河中取水。

我希望能从无遮拦的娇羞中把我的爱情救出,但是你调头不顾。

是的,你的前途是远大的,但是你把我的归途切断了,让我在世界的无睫毛之眼的日夜瞪视之下赤裸着。

57

我采摘了你的花,呵,世界!

我把它压在胸前,花刺扎伤了我。

日色渐晦,我发现花儿凋谢了 痛苦却存留着。

许多香艳的花又将来到你这里,呵,世界!

但是我采花的时代已经过去了,黑夜悠悠,我没有了玫瑰,只有痛苦存留着。

58

有一天早晨,一位盲女来献给我一串盖在荷叶下的花环。

我把它挂在颈上,泪水涌入了我的眼睛。

我吻了她,说:"你和花朵一样地盲目。你不知道你的礼物是多么美丽。"

59

呵,女人,你不但是神的,而且是人的艺术品;他们永远从心里用美来打扮你。

诗人用比喻的金线替你织网,画家们给你的身形以永新的不朽。

海洋献上珍珠,矿藏献上金子,夏日的花园献上花朵来装扮你,覆盖你,使你更加美丽。

人类心中的愿望,在你的青春上洒上荣光。

你一半是女人,一半是梦。

60

在生命奔涌怒吼的中流,呵,石头雕成的"美",你冷静无言,独自超绝地屹立着。

"伟大的时间"依恋地坐在你的脚边低语说：
"说话吧，对我说话吧，我的爱，说话吧，我的新娘！"
但是你的话被石头关住了，呵，"静止的美"！

61

安静吧，我的心，让分别的时间甜柔吧。
让它不是个死亡，而是圆满。
让爱恋融入回忆，痛苦融入诗歌吧。
让穿越天空的飞翔在巢上敛翼终止。
让你双手的最后接触，像夜中的花朵一样温柔。
站立一会吧，呵，"美丽的结局"，用沉默来说出最后的话语吧。
我向你鞠躬，提起我的灯来照亮你的归途。

62

在梦境的朦胧小路上，我去寻找我前世的爱。
她的房子立在冷清的街尾。
在晚风中，她养的孔雀在架上昏睡，鸽子在自己的角落里沉默着。
她把灯放在了门边，站在我的面前。
她抬起一双大眼望着我的脸，无言地问道："你好吗，我的朋友？"
我想回答，但是我的语言迷失且又忘却了。
我想来想去，怎么也想不起我叫什么名字。
泪水在她的眼中闪光，她向我伸出右手。我握住她的手静默地站立着。
我们的灯在晚风中摇颤着熄灭了。

63

行路人，你一定要走吗？
夜是寂静的，黑暗在树林上昏睡。
我们的凉台上灯火辉煌，繁花似锦，青春的眼睛还清醒着。
你离开的时间到了吗？
行路人，你一定要走吗？

我们不曾用恳求的手臂来拥抱你的双足。

你的门敞开着。你的立在门外的马,也已上了鞍鞯。

如果我们想阻断你的去路,也只是用我们的歌曲。

如果我们曾想挽留住你,也只用我们的眼睛。

行路人,我们没有希望留下你,我们只有眼泪。

在你眼睛里发光的是什么样的不灭之火?

在你血管中奔流的是什么样的不宁的动力?

是什么召唤从黑暗中来引动你?

你从天上的群星中,念到什么可怕的咒语,就是黑夜沉默而奇异地走进你的心中时带来的那个密封的秘密消息?

如果你不喜欢那热闹的聚会,如果你需要安静,困乏的心呵,我们就熄灭灯火,停止琴声。

我们将在风叶声中静坐在黑暗里,慵困的月亮将在你窗上洒上苍白的光辉。

呵,行路上,是什么不眠的精灵从午夜的心中和你接触了呢?

64

我在街路灼热的尘土上消磨了一天。

现在,在晚凉中我敲叩着一座小庙的门。这庙已经荒废倾颓了。

一棵愁苦的菩提树,从断墙的裂缝里伸展出饥饿的爪根。

以前曾有行路人到这里来洗疲乏的脚。

他们在新月的微光中摊开席子,坐着谈论异地的风光。

早起时他们精神恢复了,鸟儿使他们欢悦,友好的花儿在道边向他们点首问早。

但是当我来的时候,没有灯在等待我。

只有残留的火燎烟熏的黑迹,像盲人的眼睛,从墙上瞪视着我。

萤火虫在涸池边的草丛里闪烁,竹影在荒芜的小径上摇曳。

我在一天的尽头做了没有主人的客人。

在我面前的是漫漫长夜,我疲倦了。

65

又是你呼唤我吗?

夜晚来到了,困乏像恳切的爱用双臂围抱住我。

你叫我了吗?

我已把全天的工夫给了你,残忍的主妇,你还定要掠夺我的夜晚吗?

万事都有个终了,黑暗的静寂是个人独有的。

你的声音定要穿透黑暗来刺击我吗?

难道你门前的夜晚没有音乐和睡眠吗?

难道那翅翼不响的星辰,从不来攀登你的不仁之塔的上空吗?

难道你园中的花朵,永不在绵软的死亡中堕地吗?

你定要叫我吗,你这不安静的人?

那就让爱的愁眼,徒然地因盼望而流泪吧。

让灯盏在空屋里点着吧。

让渡船乘载那些困乏的工人回家。

我把梦想丢下,去奔赴我的召唤。

66

一个流浪的疯子在寻找着点金石。他褐黄的头发乱蓬蓬地蒙着尘土,身体瘦弱得像个影子。他双唇紧闭,就像他的紧闭的心门。他的烧红的眼睛就像萤火虫闪着萤光在寻找它的爱侣。

无边的海洋在他面前怒吼。

喧哗的波浪,在不停地谈论着隐藏的珠宝,嘲笑那不懂得它们的意思的愚人。

也许现在他不会再有希望了,但是他不肯休息,因为寻求变成了他的生命——

就像海洋永远向天伸手要求不可得到的东西——

就像星辰绕着圈走,却要寻找一个永远不能到达的目标——

在那寂寥的海边,那头发蓬乱的疯子,也仍旧徘徊着寻找点金石。

有一天,一个村童走过来问:"告诉我,你腰上的那条金链是从哪里来的呢?"

疯子吓了一跳——那条本来是铁的链子竟然变成金的了;这不是一

场梦,但是他不晓得是什么时候变成的。

他狂乱地拍着自己的前额——什么时候,呵,什么时候竟在他的不知不觉之中得到成功了呢?

拾起小石子去碰碰那条链子,然后不看变化与否,又把它扔掉,这已成了习惯;就是这样,这疯子找到了又扔掉了那块点金石。

夕阳西沉,天空灿金。

疯子沿着自己的脚印走回,去找寻他失去的珍宝。他气力尽消,身体弯曲,他的心像被连根拔起的树一样,萎垂在尘土里了。

67

虽然夜晚缓步走来,让一切歌声停歇;

虽然我的伙伴都去休息,而你也倦乏了;

虽然恐怖在黑暗中弥漫,天空的脸也被面纱遮蔽;

但是,鸟儿,我的鸟儿,听我的话,不要垂翅吧。

这不是林中树叶的暗影,这是大海涨溢,像一条深黑的龙蛇。

这不是盛开的茉莉花在跳舞,这是闪光的水沫。

呵,何处是阳光下的绿岸,何处是你的窠巢?

鸟儿,呵,我的鸟儿,听我的话,不要垂翅吧。

长夜躺在路边,黎明在朦胧的山后睡眠。

星辰屏息地数着时间,柔弱的月儿在夜空中浮泛。

鸟儿,呵,我的鸟儿,听我的话,不要垂翅吧。

对你来说,这里没有希望,没有恐怖。这里没有词句,没有低语,没有呼唤。

这里没有家,没有休息的床。

这里只有你自己的一双翅膀和无路的天空。

鸟儿,呵,我的鸟儿,听我的话,不要垂翅吧。

68

没有人能永远活着,兄弟,没有东西可以经久。把这谨记在心及时行乐吧。

我们的生命不是那个旧的负担,我们的道路也不是那条长的旅程。

一个孤独的诗人,不必去唱一支旧歌。

花儿枯谢;但是戴花的人不必永远悲伤。

兄弟,把这个谨记在心及时行乐吧。

必须有一段完全的停歇,好把"圆满"编入音乐。

生命向它的黄昏下垂,为了沉浸于金影之中。

必须从游戏中把"爱"招回,去饮忧伤的酒,再去生于泪天。

兄弟,把这谨记在心及时行乐吧。

我们忙去采花,怕被过路的风儿偷走。

去夺取那稍纵即逝的接吻,使我们血液奔流双目发光。

我们的生命是热切的,愿望是强烈的,因为时间正在敲着离别之钟。

兄弟,把这谨记在心及时行乐吧。

我们没有时间去把握一件事物,揉碎它又把它丢弃在地上。

时间急速地流过,把梦幻藏在裙底。

我们的生命是短暂的,只有几天的工夫来恋爱。

若是为工作和劳役,生命就变得无尽而漫长。

兄弟,把这谨记在心及时行乐吧。

美对我们是甜蜜的,因为她和我们生命的快速调子应节起舞。

知识对我们是宝贵的,因为我们永远不会有时间去完成它。

一切都在永生的天上做完。但是大地幻象的花朵,却被死亡保持得永远新鲜。

兄弟,把这谨记在心及时行乐吧。

69

我要追逐金鹿。

你也许会嘲笑,我的朋友,但是我要追求那逃避我的虚幻。

我翻山越谷,游遍许多无名的土地,因为我要追逐金鹿。

你到市场采买,满载而归,但不知从何时何地起,一阵无家的风吹到我身上。

我心中了无挂碍;我把一切所有都撇在后面。

我翻山越谷,游遍许多无名的土地——因为我在追逐金鹿。

70

我想起在童年时代,有一天我在水沟里泛一只纸船。

那是七月的一个湿冷的天,我独自快乐地嬉戏。

我在沟里泛一只纸船。

忽然间阴云密布,狂风怒号,大雨倾注。

浑水像小河般流溢,把我的船冲走了。

我难过地想:这风暴是故意来破坏我的快乐的,它的一切恶意都是冲着我的。

今年,七月的阴天是漫长的,我在默忆生命中以我为失败者的一切游戏。

我抱怨命运,因为它屡次戏弄我,当我忽然想起我的沉在沟里的纸船的时候。

71

白日未尽,河岸上市集未散。

我只恐我的时间虚掷了,我的最后一文钱也丢掉了。

但是没有,我的兄弟,我还有些剩余,命运并没有把我的一切都骗走。

买卖已经做完了。

两边的手续费都已收过,该是我回家的时候了。

但是,看门的,你要你的辛苦钱吗?

别怕,我还有些剩余,命运并没有把我的一切都骗走。

风声宣布着风暴的威胁,西方低垂的云翳预报着恶兆。

静默的河水等候着狂风。

我怕被黑夜赶上,匆忙过河。

呵,船夫,你要收费!

是的,兄弟,我还有些剩余,命运并没有把我的一切都骗走。

路边的树下坐着一个乞丐。可怜呵,他带着羞怯的希望看着我的脸!

他以为我的身上富足地携带着一天的利润。

是的,兄弟,我还有些剩余,命运并没有把我的一切都骗走。

夜色渐深,路上静寂。萤火在草间闪烁。

谁以悄悄的脚步在跟着我?

呵，我知道，你想夺走我的一切获得。我必不使你失望！

因为我还有些剩余，命运并没有把我的一切都骗走。

夜半到家。我的两手空空。

你带着切望的眼睛，在门前等候着我，无眠而静默。

像一只羞怯的小鸟，你满怀热爱地飞到我胸前。

哎，我的神，我还有许多剩余，命运并没有把我的一切都骗走。

72

用了几天的艰辛，我盖起一座庙宇。这庙宇里没有门窗，墙壁是用层石厚厚地垒起的。

我忘掉了一切，我躲避大千世界，我全神贯注地凝视着我安放在龛里的偶像。

里面永远是黑夜，以香油的灯盏来照亮。

不断升起的香烟，把我的心缭绕在沉重的螺旋里。

我彻夜不眠，用混乱扭曲的线条在墙上刻画出一些奇异的图形——生翼的马，人面的花，身躯像蛇的女人。

我不在任何地方留下一丝缝隙，使鸟的歌声，叶的细语，或村镇的喧嚣得以进入。

在漆黑的仰顶上，唯一的声音是我礼赞的回响。

我的心思变得强烈而镇静，像一个尖尖的火焰。我的感官在狂欢中昏晕。

我不知道时间如何度过，直到巨雷震垮了这座庙宇，一阵剧痛刺穿我的心。

灯火显得苍白而羞怯；墙上的画像是被锁住的梦，无意义地瞪视着，仿佛要躲藏起来。

我看着龛上的偶像，我看到它微笑了，因为和神的活生生的接触，它活了起来。被我囚禁的黑夜，展起翅翼来飞逝了。

73

无量的财富不是你的，我耐心而微黑的尘土母亲。

你操劳着来填满孩子们的嘴，但是粮食是很少的。

你给我们的欢乐礼物，永远是不完全的。

你给你孩子们做的玩具，是不牢固的。

你不能满足我们的一切渴望，但是我能为此而背弃你么？

你的被痛苦阴影所笼罩的微笑，对我的眼睛是甜柔的。

你的永不满足的爱，对我的心是热切的。

从你的胸乳里，你是以生命而不是以不朽来哺育我们，因此你的眼睛永远是清醒的。

你成年累月地用颜色和诗歌来工作，但是你的天堂还没有盖起，仅有天堂愁苦的意味。

你的美的创造上蒙着泪水的雾霭。

我将把我的诗歌注入你无言的心里，把我的爱注入你的爱中。

我将用劳动来礼拜你。

我看见过你温慈的面庞，我爱你悲哀的尘土，大地母亲。

74

在世界的谒见堂里，一片朴素的草叶，和阳光与夜半的星辰坐在同一条毡褥上。

我的诗歌，也这样地和云彩与森林的音乐，在世界的心中分庭抗礼。

但是，你这富有的人，你的财富，在太阳喜悦的金光和月亮沉思的柔光这种单纯的光彩里，却占不了一分。

包罗万象的天空的祝福，丝毫没有洒在它的上面。

等到死亡出现的时候，它就苍白枯萎，破碎成尘了。

75

夜半，那个自称的苦行人宣布说：

"弃家求神的时候到了。呵，是谁把我牵绊在妄想里这么久呢？"

神低声道："是我。"但是这个人的耳朵是塞着的。

他的妻子和吃奶的孩子一同躺着，安静地睡在床的另一边。

这个人说："是什么人把我骗了这么久呢？"

声音又说："是神。"但是他听不见。

婴儿在梦中啼哭了，挨向他的母亲。

神命令说:"别走,傻子,不要离开你的家。"但他还是听不见。

神叹息而又委屈地说:"为什么我的仆人要把我丢下,而到处去寻找我呢?"

76

庙前的集会正在进行。从一清早起就下雨,这一天将至尽头了。

比所有群众的欢乐还光辉的,是一个花一文钱买到一个棕叶哨子的小女孩的灿烂的微笑。

哨子尖脆欢乐的声音,在一切笑语喧哗之上飘浮。

无尽的人群挤在一起,路上泥泞,河水在涨,雨在不停地下,田地都没在水里。

比所有群众的烦恼更深的,是一个小男孩的烦恼——他连买那根带颜色的小棍的一分钱都没有。

他苦闷的眼睛望着那间小店,使得这整个人类的集会变成可悲悯的。

77

西乡来的工人和他的妻子正忙着为砖窑挖土。

他们的小女儿到河边的渡头上;她无休无息地擦洗着锅盘。

她的小弟弟,光着头,赤裸着黧黑的沾满泥土的身躯,跟着她,听她的话,在高高的河岸上耐心等着她。

她顶着满瓶的水,平稳地走回家里,左手提着发亮的铜壶,右手拉着那个孩子——她是妈妈的小丫头,繁重的家务活使她变得严肃了。

有一天我看见那赤裸的孩子伸着腿坐着,

他的姐姐坐在水里,用一把土在转来转去地擦洗水壶。

一只毛茸茸的小羊,在河岸上吃草。

它走过孩子身边时,忽然大叫了一声,孩子吓得哭喊起来。

他姐姐放下水壶跑上岸来。

她一只手抱起弟弟,另一只手抱起小羊,把她的爱抚分成两半,人类和动物的后代在这慈爱的连结中合二为一了。

78

在五月里，闷热的正午仿佛无尽地悠长。干地在灼热中渴得张着大口。

当我听到河边有个声音喊道："来吧，我的宝贝！"

我合上书开窗四望。

我看见一只皮毛上尽是泥土的大水牛，眼光沉静地站在河边；

一个小伙子站在没膝的水里，正在叫它洗澡。

我高兴地微笑了，我心里感到一阵甜蜜的接触。

79

我常常思索，人和动物之间没有语言相通，他们心中互相认识的界线在哪里？

在远古创世的清晨，通过哪一条太初乐园的单纯小径，他们的心曾彼此访问过？

他们的亲缘关系早被忘却，他们不变的足印符号并没有消灭。

可是忽然在这些无言的音乐中，那模糊的记忆又清醒起来，动物用温柔的信任注视着人的脸，人也在嬉笑的感情下望着它的眼睛。

好像是两个朋友戴着面具相逢，在伪装下彼此模糊地互认着。

80

用一转的秋波，你能从诗人的琴弦上夺走一切诗歌的财富，美妙的女人！

但是你不愿听他们的赞扬，因此我来赞颂你。

你能使世界上最骄傲的头颅在你脚前俯伏。

但是你愿意崇拜的是你所爱的没有名望的人，因此我崇拜你。

你完美的双臂的接触，能在帝王的荣光上加上光荣。

但你却用你的手臂去扫去尘土，使你微贱的家庭整洁，因此我的心中充满了钦敬。

81

你为何这样低声地对我耳语，呵，"死亡"，我的"死亡"？

当花儿晚谢,牛群归棚,你偷偷地走到我的身边,说出我不了解的话语。

难道你必须用昏沉的微语和冰冷的接吻来向我求爱,来赢得我的心吗,呵,"死亡",我的"死亡"?

我们的婚礼不会有铺张的仪式吗?

在你褐黄的卷发上不系上花串吗?

在你前面没有举旗的人吗?你也没有通红的火炬,使黑夜像着火一样的明亮吗,呵,"死亡",我的"死亡"?

你吹着法螺来吧,在无眠的夜晚来吧。

给我穿上红嫁衣,紧握我的手把我娶走吧。

让你那由不耐烦地嘶叫着的马拉的车,准备好等在我的门前吧。

揭开我的面纱骄傲地看着我的脸吧,呵,"死亡",我的"死亡"。

82

我们今夜要做"死亡"的游戏,主角是我的新娘和我。

夜是深黑的,空中云霾翻腾,波涛在海里咆哮。

我们离开梦的床榻,推门而出,我的新娘和我。

我们坐在秋千上,狂风从后面猛烈地推送着我们。

我的新娘吓得又惊又喜,颤抖着紧靠在我的胸前。

许多日子我都温存地服侍她。

我替她铺一张花床,我关上门不让强烈的光射在她眼上。

我轻轻地吻她的嘴唇,软软地在她的耳边低语,直到她困倦得半入昏睡。

她消失在无边的似甜非甜的云雾中。

我抚摸她,她没有反应;我的歌儿也不能把她唤醒。

今夜,风暴的呼唤从旷野来到。

我的新娘颤抖着站起来,她牵着我的手走了出来。

她的头发在风中飞扬,她的面纱飘动,花环在胸前窸窣作响。

死亡的推送把她摇晃活了。

我们对面而视,心心相印,我的新娘和我。

83

她住在玉米地边的山畔,靠近那股嬉笑着流经古树庄严的阴影的清泉。女人们提罐到这里装水,过客们在这里休息闲谈。她每天随着潺潺的泉韵进行工作幻想。

有一天,一个陌生人从云中的山顶下来;他的头发像醉蛇一样纷乱。我们惊奇地问:"你是谁?"他不回答,只是坐在喧闹的水边,沉默地望着她的茅屋。我们吓得心儿乱跳。到了夜里,我们都回家去了。

第二天早晨,女人们到杉树下的泉边取水,她们发现她茅屋的门敞开着,但是,她的声音没有了,她的笑脸哪里去了呢?

空罐立在地上,她屋角的灯油尽而灭了。没有人知道在黎明以前她到哪里去了——那个陌生人也不见了。

到了五月,阳光渐强,冰雪消融,我们坐在泉边哭泣。我们心里想:"她去的地方有泉水吗,在这炎热焦渴的天气中,她能到哪里去取水呢?"我们惶恐地对问:"在我们住的山外还有地方吗?"

夏天的夜里,微风从南方袭来;我坐在她的空屋里,没有点上的灯仍然在那里立着。忽然间那座山峰,像帘幕拉开一样从我的眼前消失了。"呵,那是她来了。你好吗,我的孩子?你快乐吗?在无遮的天空下,你有个阴凉的地方吗?可怜呵,我们的泉水不在这里供你解渴。"

"那边还是那个天空,"她说,"只是不受高山的遮隔——也还是那股流泉汇成江河——也还是那片土地伸广变成平原。"

"一切都有了,"我叹息着说,"只有我们不在。"她含愁地笑着说:"你们在我的心里。"我醒起听见泉水潺潺,杉树的叶子在夜里沙沙地响着。

84

黄绿色的稻田上掠过秋云的阴影,后面是狂追的太阳。

蜜蜂被光明所陶醉,忘了吸蜜酿蜜,只是痴呆地飞翔嗡唱。

河心岛上的鸭群,无缘无故地欢乐吵闹。

我们都不回了吧,兄弟们,今天早晨我们都不去工作。

让我们以疾风骤雨之势占领青天,让我们飞奔着抢夺空间吧。

笑声飘浮在空气上,像洪水中的泡沫。

兄弟们,让我们把清晨浪费在无用的歌曲上面吧。

85

你是谁，读者，百年后读着我的诗？

我不能从春天的财富里送你一朵花，从天边的云彩里送你一片金影。

开起门来眺望吧。

从你群花盛开的园子里，采取百年前消逝了的花儿的芬芳记忆。

在你心的欢乐里，愿我感到一个春晨吟唱的欢乐，把它快乐的声音，传过一百年的时间。

评析：

　　《园丁集》是泰戈尔的另一部重要的代表作之一，是一部"生命之歌"，它更多地融入了诗人青春时代的体验，细腻地描述了爱情的幸福、烦恼与忧伤，可以视为一部青春恋歌。诗人在回首往事时吟唱出这些恋歌，在回味青春心灵的悸动时，无疑又与自己的青春保有一定距离，并进行理性的审视与思考，使这部恋歌不时地闪烁出哲理的光彩。阅读这些诗篇，如同漫步在暴风雨过后的初夏里，一股挡不住的清新与芬芳，使人仿佛看到一个亮丽而清透的世界，一切都是那样纯净、美好，使人于不知不觉中体味爱与青春的味道。

　　诗集以细腻的描写向世人展现着爱，以深富浪漫色彩的描述歌颂着自由的爱恋和纯粹的爱情。

　　诗人虽回味着那只有青春时才会悸动的心情，却又不沉醉其中。以理性的视角将这部恋歌般的诗著点上哲理的火焰。清新的格调使人景融会合一，让人不自觉地就会深入其中，仿佛可以体会到一股股清香扑面而来，犹如亲历了那些青春与爱恋的情景一样。

新 月 集

家庭

我独自在横跨田地的路上走着，夕阳像一个守财奴似的，正藏起它最后的金子。

白昼更加深沉地投入黑暗之中，那已经收割了的孤寂田地，静默地躺在那里。

天空突然升起了一个男孩子的尖锐歌声。他穿过看不见的黑暗，留下他歌声的辙痕跨过黄昏的静谧。

他在乡村的家坐落在荒凉土地的边上，在甘蔗田的后面，躲藏在香蕉树、瘦长的槟榔树、椰子树和深绿色贾克果树的阴影里。

我在星光下独自走着的路上停留了一会，我看见黑沉的大地呈展在我的面前，用她的手臂拥抱着无可计数的家庭，在那些家庭里有着摇篮和床铺，母亲们的心和夜晚的灯，还有年轻的生命，他们满心欢喜，却浑然不知这样的欢乐对于世界的价值。

海边

孩子们在无边世界的海滨聚会。

头上是静止的无垠的天空，不宁的海波在奔腾喧闹。

在无边世界的海滨，孩子们欢呼热舞地聚会着。

他们用沙子盖起房屋，用空贝壳来游戏。

他们把枯叶编成小船，微笑着把它们飘浮向深远的海上。

孩子在世界的海滨做着他们的游戏。

他们不知如何凫水，他们也不知如何撒网。

采珠人潜在水中寻珠，商人们在船上做生意，孩子们收集了石子却又把它们丢弃了。

他们不搜求宝藏，他们也不会撒网。

大海涌起了喧笑，海岸闪烁着苍白的微笑。

致人死命的波涛，像一个母亲在摇着婴儿的摇篮一样，对孩子们唱着无意义的歌谣。

大海在同孩子们游戏,海岸闪烁着苍白的微笑。

孩子们在无边世界的海滨聚会。

风暴在无路的天空中飘游,船舶在无轨的海上破碎,死亡在猖狂,孩子们却在游戏。

在无边世界的海滨,孩子们隆重地聚会着。

来源

这从婴儿眼上掠过的睡眠——有谁知道它是从哪里来的吗?

是的,有谣传说它住在林阴中,

萤火虫的光朦胧照着的仙村里,

那里挂着两颗甜柔迷人的花蕊。

它从那里来吻着婴儿的眼睛。

睡梦中的婴儿唇上闪现的微笑——有谁知道它是从哪里生出来的吗?

是的,有谣传说一线新月的微光,触到了消散的秋云的边缘,

微笑就在被朝雾洗净的晨梦中,第一次生出来了——

这就是那睡梦中的婴儿唇上闪现的微笑。

在婴儿的四肢上,如花朵般喷发的甜柔清新的生气,有谁知道它是在哪里藏了这么许久吗?

是的,当母亲还是一个少女,它就在温柔安静的爱的神秘中,充塞在她的心里了——

这就是那婴儿四肢上喷发的甜柔新鲜的生气。

孩童之道

只要孩子愿意,他此刻便可飞到天上去。

他所以不离开我们,并不是没有缘故。

他爱把他的头倚靠在妈妈的胸间,即使让他一刻不见她,也是不行的。

孩子知道各式各样的聪明话,虽然世间很少有人懂得这些话的意义。

他所以永不想说,并不是没有缘故。

他所要做的一件事,就是学习从妈妈的嘴唇里说出来的话。那就是他所以看起来这样天真的缘故。

孩子有成堆的黄金与珠宝,但他到这个世界上来,却像一个乞丐。

他所以这样假装着来,并不是没有缘故。

这个可爱的裸着身体的小乞丐,所以假装着完全无助的样子,便是想要乞求妈妈的爱的财富。

孩子在纤小的新月世界里,是没有任何束缚的。

他所以放弃了他的自由,并不是没有缘故。

他知道有无穷的快乐藏在妈妈心灵的小小一隅里,被妈妈亲爱的手臂所拥抱,其甜美远胜于自由。

孩子永不知道如何哭泣。他所住的是完完全全的乐土。

他所以要流泪,并不是没有缘故。

虽然他用可爱的脸儿上的微笑,引逗得他妈妈热切的心向着他,然而他的因为细故而发出的小小哭声,却编成了怜与爱的双重约束的丝带。

不被注意的花饰

啊,谁给那件小外衫染上了颜色,我的孩子,谁使你温软的肢体穿上那件红色的小外衫?

你在早晨就跑出来到天井里玩耍,你,跑着就像摇摇欲跌似的。

但是谁给那件小外衫染上颜色的,我的孩子?

是什么事让你大笑起来的,我的小小的命芽儿?

妈妈站在门边,微笑地望着你。

她拍着她的双手,她的手镯叮当作响,你手里拿着你的竹竿儿在跳舞,活像一个小小的牧童。

但是什么事让你大笑起来的,我的小小的命芽儿?

喔,小乞丐,你双手攀搂住妈妈的头颈,想要乞讨些什么?

喔,贪得无厌的心,要我把整个世界都从天上摘下来,像摘一个果子似的,把它放在你的一双小小的玫瑰色的手掌上吗?

喔,小乞丐,你要乞讨些什么?

风儿高兴地带走了你踝铃的叮当。

太阳微笑着,望着你的装扮。

当你熟睡在妈妈的臂弯里时,天空在上面望着你,而早晨蹑手蹑脚地走到你的床前,吻着你的双眼。

风儿高兴地带走了你踝铃的叮当。

仙乡里的梦婆穿过朦胧的天空,向你飞来。

在你妈妈的心头上,那世界的母亲,正和你坐在一块。

他,向星星演奏的人,正拿着他的横笛,站在你的窗边。

仙乡里的梦婆穿过朦胧的天空,向你飞来。

偷睡眠者

谁从孩子的眼睛里把睡眠偷了去呢?我一定要知道。

妈妈把她的水罐挟在腰间,走到近村里汲水去了。

这是正午的时候,孩子们游戏的时间已过;池中的鸭子沉默无声。

牧童躺在榕树阴下睡着了。

白鹤庄重而安静地立在芒果树边的泥泽里。

就在这个时候,偷睡眠者跑来从孩子的双目里捉住睡眠,便飞去了。

当妈妈回来时,她看见孩子四肢着地在屋里爬着。

谁从孩子的眼睛里把睡眠偷了去呢?我一定要知道。我一定要找到她,把她关起来。

我一定要向那个黑洞张望,在这个洞里,有一道小泉从圆的有皱纹的石头上滴下来。

我一定要到醉花①林中的沉寂的树影里寻找,在这林子中,鸽子在它们住的地方咕咕地叫着,仙女的脚环在繁星满天的静夜里叮当地作响。

我要在黄昏时,向静静的萧萧竹林里窥望,在这林中,萤火虫闪闪地耗费着它们的光明,只要遇见一个人,我便要问他:"能否告诉我偷睡眠者住在什么地方?"

谁从孩子的眼睛里把睡眠偷了去呢?我一定要知道。

只要我能捉住她,就一定会给她一顿好教训!

我要闯入她的巢穴,看她把所有偷来的睡眠藏在了什么地方。

---

① 醉花(bakula),学名 MimusopsElengi。印度传说只有当美女口中吐出香液,此花才开。

我要把它们都夺回来,带回家去。

我要把她的双翼缚得紧紧的,把她放在河畔,然后叫她拿一根芦苇在灯心草和睡莲间钓鱼为戏。

黄昏时分,街上已经收了市,村里的孩子们都坐在妈妈的膝上,夜鸟讥笑地在她耳边说:"你现在还想偷谁的睡眠呢?"

开始

"我是从哪儿来的,你在哪儿把我捡回来的?"孩子问他的妈妈。

她把孩子紧紧地搂在胸前,哭笑不得地答道——"你曾被我当作心愿藏在我的心里,我的宝贝儿。

"你曾存在于我孩提时代玩的泥娃娃身上;每天早晨我用泥巴塑造我的神像,那时我反复地塑了又捏碎了的就是你。

"你曾和我们的家庭守护神一道受到祀奉,我祭拜家神时也祭拜了你。

"你曾活在我所有的希望与爱情里,活在我的生命里,活在我母亲的生命里。

"在主宰着我们家庭的不死精灵的膝上,你已经被抚育了好多代了。

"当我做女孩子的时候,我的心灵花瓣张开,你就像一股花香似的散发出来。

"你的软软的温柔,在我青春的肢体上开花了,像朝阳出来之前的天空上的一片曙光。

"上天的第一宠儿,晨曦的孪生兄弟,你从世界的生命溪流里浮泛而下,终于停泊在我的心上。

"当我凝视你脸蛋儿的时候,神秘之感淹没了我;你这原属于一切人的,竟成了我的。

"为了怕失去你,我把你紧紧地搂在胸前。是什么魔术把这世界的宝贝儿引到我这双纤小的手臂里来呢?"

孩子的世界

我愿我能在我孩子自我的世界的中心,占一方清净地。

我知道有星星同他说话,天空也在他的面前垂下,用它傻傻的云朵和彩虹来娱悦他。

那些大家以为他是哑巴的人,那些看去像是永不会走动的人,都带着他们的故事,捧了满装着五颜六色玩具的盘子,匍匐地来到他的窗前。

我愿我能在横过孩子心中的道路上游行,解脱一切的束缚;在那儿,使者奉了无谓的使命奔走于没有历史的诸王的王国间;在那儿,理智用她的法律造了纸鸢并将之放飞,真理也使事实从桎梏中解脱自由了。

时候与原因

当我送你彩色玩具的时候,我的孩子,我明白了为什么云中水上会幻弄出这许多颜色,

为什么花朵都用颜色染起——当我送你彩色玩具的时候,我的孩子。

当我唱歌使你跳舞的时候,我彻底地知道为什么有音乐在树叶间响起,

为什么波浪把它们的合唱送进静听的大地的心头——当我唱歌使你跳舞的时候。

当我把糖果递到你贪婪的手中的时候,我懂得为什么花心里有蜜,

为什么水果里秘密地充满着甜汁——当我把糖果递到你贪婪的手中的时候。

当我吻你的脸使你微笑的时候,我的宝贝,

我的确了解晨光从天空流下时,是怎样的高兴,

暑天的凉风吹到我身上时是怎样的愉快——当我吻你的脸使你微笑的时候。

责备

为什么你眼里含着眼泪,我的孩子?

他们真是可气,常常无谓地责备你!

你写字时墨水玷污了手和脸——这就是他们所以骂你龌龊的缘故吗?

呵,呸!他们也敢因为圆圆的月儿用墨水涂了脸,便骂它龌龊吗?

他们总是为了每一件小事去责备你,我的孩子。他们总是无谓地寻找别人的错处。

你游戏时扯破了衣服——这就是他们说你不整洁的缘故吗?

呵,呸! 秋之晨从它破碎的云衣中露出微笑。那么,他们要叫它什么呢?

他们对你说什么话,尽可不去理睬,我的孩子。

他们把你做错的事儿长长地记了一笔账。

谁都知道你十分喜欢糖果——这就是他们所以称你贪婪的缘故吗?

呵,呸! 我们是喜欢你的,那么,他们要叫我们什么呢?

审判官

你想说他什么尽管说吧,但是我知道我孩子的短处。

我爱他并不是因为他好,只是因为他是我的小小的孩子。

你如果把他的好与坏两相比较一下,恐怕你就会知道他是如何的可爱了。

当我必须责罚他的时候,他更成为我生命的一部分了。

当我使他的眼泪流出时,我的心也和他同样哭了。

只有我才有权力去骂他,去责罚他,因为只有热爱人的才可以去惩戒人。

玩具

孩子,你真是快活呀,一早晨都坐在泥土里,耍着折下来的小树枝儿。

我微笑地看着你在那里耍着那根折下来的小树枝儿。

我正忙着算账,一小时一小时地在那里叠加数字。

也许你在看我,想道:这种好无趣的游戏,竟把你一早晨的好时光都浪费掉了!

孩子,我忘了聚精会神玩耍树枝儿与泥饼的方法了。

我寻求贵重的玩具,收集金砖与银块。

你呢,无论找到什么便去做你的快乐游戏,我呢,却把我的时间与力气都浪费在那些永远得不到的东西上。

我在我脆薄的独木船里挣扎着要驶过欲望之海,竟忘了我也是在那里做游戏了。

天文学家

我只是说:"当傍晚圆圆的满月挂在迦昙波①的枝头上时,有人能去捉住它吗?"

哥哥却对我笑道:"孩子呀,你真是我所见过的最最傻的孩子。月亮离我们这么远,谁能去捉住它呢?"

我说:"哥哥,你真傻!当妈妈向窗外探望,微笑着向下看我们游戏时,你也能说她远吗?"

哥哥还是说:"你这个傻孩子!但是,孩子,你到哪里去找一个大得能逮住月亮的网呢?"

我说:"你可以用双手去捉住它呀。"

但是哥哥还是笑着说:"你真是我所见过的最最傻的孩子!如果月亮走近了,你便知道它有多么大了。"

我说:"哥哥,你们学校里教的真是没有用呀!当妈妈低下脸儿亲吻我们时,她的脸看来也是很大的吗?"

但是哥哥还是说:"你真是一个顶顶傻的孩子。"

云与波

妈妈,住在云端的人对我喊道——"我们从醒的时候游戏直到一天终止。

"我们与金黄色的曙光游戏,我们与银白色的月亮游戏。"

我问道:"但是,我怎么能够到你那里去呢?"

他们答道:"你到地球的边缘上来,举手向天,就可以被接到云端里来了。"

"我妈妈在家里等着我呢,"我说,"我怎么能离开她而来呢?"

于是他们微笑着浮游而去了。

但是我知道一件比这更好的游戏,妈妈。

我做云,你做月亮。

我用两只手遮住你,我们的屋顶就是青碧的天空。

---

① 迦昙波,原名 Kadam,亦称 Kadamba,学名 Namlea Cadamba,意译为"白花",即昙花。

住在波浪上的人对我喊道——"我们从早晨唱歌到晚上；我们前进又前进地旅行，也不知道我们所经过的是什么地方。"

我问道："但是，我怎么才能加入你们的队伍里去呢？"

他们告诉我说："来到岸旁，站在那里，紧闭上你的两眼，你就被带到波浪上来了。"

我说："傍晚的时候，我妈妈常要我待在家里——我怎么能离开她而去呢！"

于是他们微笑着，跳舞着奔流过去了。

但是我知道一件比这更好的游戏。

我是波浪，你是陌生的岸。

我奔流而进，再进，又进，笑哈哈地撞碎在你的膝上。

世界上就不会有人知道我们俩在什么地方了。

金色花

假如我变成了一朵金色花，只是为了好玩，长在那棵树的高枝上，笑嘻嘻地在风中摇摆，又在新生的树叶上跳舞，妈妈，你会认识我吗？

你要是喊道："孩子，你在哪里呀？"我暗暗地在那里匿笑，却一声儿也不响。

我要悄悄地开放花瓣，看着你工作。

当你沐浴后，湿发披在双肩，穿过金色花的林阴，走到你做祷告的小庭院时，你会嗅到这花儿的香气，却不知道这香气是从我身上来的。

当你吃过午饭，坐在窗前读《罗摩衍那》①，那棵树的阴影落在你的头发与膝盖上时，我便要投我的小小的影子在你的书页上，正投在你所读到的地方。

但是你会猜得出这就是你的孩子的小影子吗？

———————————

① 《罗摩衍那》（Ramayana）为印度长篇叙事诗，相传系蚁垤（Valmiki）所作。今传本形式约在公元二世纪间形成。全书共分为七卷，二万四千颂，皆系叙述罗摩生平之作。

罗摩即罗摩犍陀罗，十车王之子，悉多之夫。他于第二世（Treta yaga）入世，为毗湿奴神的第七化身。印度人看他为英雄，有崇拜他如神的。

当你黄昏时拿了灯到牛棚里去,我便要突然地再落到地面上来,又成了你的孩子,求你讲个故事给我听。

"你到哪里去了,你这坏孩子?"

"我不告诉你,妈妈。"这就是你和我那时所要说的话了。

仙人世界

如果人们知道了我的国王的宫殿在哪里,它就会消失在空气中。

墙壁是纯白的银,屋顶是耀眼的黄金。

皇后住在有七个庭院的宫苑里;她戴的一串珠宝,值得上整整七个王国的全部财富。

不过,让我悄悄地告诉你,妈妈,我的国王的宫殿到底在哪里。

它就在我们阳台的角上,在那栽着杜尔茜花的花盆放置的地方。

公主躺在隔着七个不可逾越的重洋之远的那一岸沉睡着。

除了我自己,世界上再没有人能够找到她。

她臂上戴着镯子,她耳上挂着珍珠;她的头发拖到地板上。

当我用我的魔杖点触她的时候,她就会醒来,而当她微笑时,珠玉将会从她的唇边落下来。

不过,让我在你的耳边悄悄地告诉你,妈妈;她就住在我们阳台的角上,在那栽着杜尔茜花的花盆放置的地方。

当你要到河里洗澡的时候,你走上屋顶的那座阳台来吧。

我就坐在墙的阴影所汇聚的一个角落里。

我只让小猫儿跟我在一起,因为它知道那故事里的理发匠住的地方。

不过,让我在你的耳边悄悄地告诉你,那故事里的理发匠究竟住在哪里。

他住的地方,就在阳台的角上,在那栽着杜尔茜花的花盆放置的地方。

流放的地方

妈妈,天空上的光成了灰色的了,我不知道是什么时候了。

我玩得怪没劲儿的,所以就到你这里来了。这是星期六,是我们的休息日。

放下你的活计吧,妈妈;坐在靠窗的一边,告诉我童话里的特潘塔沙漠在什么地方?

雨的影子遮蔽了整个白天。

凶猛的电光用它的爪子撕扯着天空。

当乌云在天空汇集,雷声轰轰地响着的时候,我总爱心里带着恐惧爬伏到你的身上。

当大雨倾泻在竹叶上好几个钟头,而我们的窗户被狂风震得格格发响的时候,我就爱独自和你坐在屋子里,妈妈,听你讲童话里的特潘塔沙漠的故事。

它在哪里,妈妈,在哪一个海洋的岸上,在哪些山峰的脚下,在哪一个国王的国土里?

田地上没有此疆彼壤的界碑,也没有村人在黄昏时走回家的,或妇人在树林里捡拾枯枝而背到市场上去的道路。沙地上只有一小块一小块的黄色草地,只有一株树,就是那一对聪明的老鸟在那里做窝的,那个地方就是特潘塔沙漠。

我能够想象得到,就在这样一个乌云密布的日子,国王的年轻儿子,怎样地独自骑着一匹灰色的马,穿过这个沙漠,去寻找那被囚禁在不可知的重洋之外的巨人宫里的公主。

当雨雾在遥远的天空降下,电光像一阵突然发作的痛楚的痉挛似的闪射的时候,他可记得他的不幸的母亲,被国王所抛弃,正在打扫牛棚,眼里流着泪,当他骑马走过童话里的特潘塔沙漠的时候?

看,妈妈,一天还没有过完,天色就差不多黑了,那边村庄的路上没有什么旅客了。

牧童早就从牧场上回家了,人们也都从田地里回来,坐在他们草屋檐下的草席上,眼望着阴沉的乌云。

妈妈,我把我所有的书本都放在书架上了——请不要叫我现在做功课。

当我长大了,大得像爸爸一样的时候,我将会学到必须学的东西。

但是,今天你可一定得告诉我,妈妈,童话里的特潘塔沙漠在什么地方?

雨天

乌云很快地聚拢在森林的黝黑的边缘上。

孩上,不要出去呀!

湖边的一行棕榈树,向冥暗的天空撞着头;羽毛零乱的乌鸦,静悄悄地栖在罗望子树的枝上,河的东岸正被黑沉沉的暝色所侵袭。

我们的牛系在篱上,高声哞叫。

孩子,在这里等着,等我先把牛牵到牛棚里去。

许多人都挤在池水泛溢的田间,捉那从溢水的池中逃出来的鱼儿,雨水汇成了小河,流过狭街,好像一个嬉笑的孩子从他妈妈那里跑开,故意要惹恼她一样。

听呀,有人在浅滩上喊船夫呢。

孩子,天色晦暗了,渡头的摆渡船已经停了。

天空好像是在滂沱的雨上快跑着;河里的水喧嚣而且暴躁;妇人们早已拿着汲满了水的罐子,从恒河畔匆匆地赶回家了。

夜里用的灯,一定要准备好。

孩子,不要出去呀!

到市场去的大道已没有人走,到河边去的小路又很湿滑。风在竹林里咆哮着,挣扎着,仿若一只落在网中的野兽。

纸船

我每天把纸船一个个放在急流的溪水中。

我用大黑字在纸船上写我的名字和我所住的村名。

我希望住在异地的人会拾到这纸船,知道我是谁。

我把园中长的秀利花载在我的小船上,希望这些黎明开的花能在夜晚被平平安安地带到岸上。

我投我的纸船到水里,仰望天空,看见小朵的云正张着满鼓着风儿的白帆。

我不知道天上有我的什么游伴,把这些船放下来同我的船比赛!夜晚来了,我的脸埋在手臂里,梦见我的纸船在午夜的星光下缓缓地浮泛前去。

睡仙坐在船里,携带着满载美梦的篮子。

水手

船夫曼特胡的船儿停泊在拉琪根琪码头。

这只船无用地装载着黄麻，无所事事地停泊在那里已经许久了。

只要他肯把他的船儿借给我，我就给它安装一百只桨，扬起五个或六个、七个布帆来。

我决不把它驾驶到愚笨的市场上去。

我将航行遍仙人世界里的七个大洋和十三条河道。

但是，妈妈，你不要躲在角落里为我哭泣。

我不会像罗摩犍陀罗①一样，到森林中去，一去十四年才回来。

我将成为故事中的王子，把我的船儿装满了我所喜欢的东西。

我将带我的朋友阿细和我做伴，我们要快快乐乐地航行于仙人世界里的七个大洋和十三条河道。

我将在一大早的晨光里扬帆航行。

中午，你正在池塘里洗澡的时候，我们将在一个陌生的国王的国土上了。

我们将经过特浦尼浅滩，把特潘塔沙漠抛在我们的后边。

当我们回来的时候，天色将晚，我将告诉你我们所见到的一切。

我将越过仙人世界里的七个大洋和十三条河道。

对岸

我渴望到河的对岸去。

在那边，好些船只排成一行系在竹竿上；人们在早晨乘船渡到那边去，肩上扛着犁头，去耕耘他们远处的田；在那边，牧人使他们鸣叫着的牛游泳到河旁的牧场里去；黄昏的时候，他们都回家了，只留下豺狼在这长满野草的荒岛上哀叫。

妈妈，如果你不介意，我长大的时候，要做这渡船的船夫。

据说有好些古怪的池塘隐藏在这个高岸之后。

---

① 罗摩犍陀罗即罗摩。他是印度叙事诗《罗摩衍那》中的主角。为了尊重父亲的诺言和维持兄弟间的友爱，他抛弃了继承王位的权利，和妻子悉多被放逐在森林中长达十四年。

雨过去了,一群一群的野鸭飞到那里去,茂盛的芦苇在岸边四周生长,水鸟在那里下蛋;竹鸡带着跳舞的尾巴,将它们细小的足印印在洁净的软泥上;黄昏的时候,长草顶着白花,邀请月光在长草的波浪上浮游。

妈妈,如果你不介意,我长大的时候,要做这渡船的船夫。

我要自此岸至彼岸,渡过来,渡过去,所有村中在那儿沐浴的男孩女孩,都要诧异地望着我。

太阳升到中天,清晨变为正午了,我将跑到你那里去,说道:"妈妈,我饿了!"

一天完了,影子俯伏在树下,我便要在黄昏中回家来。

我将永不同爸爸那样,离开你到城里去做事。

妈妈,如果你不介意,我长大的时候,要做这渡船的船夫。

花的学校

当雷云在天上轰轰作响,六月的阵雨落下的时候,润湿的东风走过荒野,在竹林中吹着口笛。

于是一群一群的花儿从无人知道的地方突然冒出来,在绿草上狂欢跳舞。

妈妈,我真的觉得那群花儿是在地下的学校里上学。

他们关了门做功课,如果他们想在放学以前出来游戏,他们的老师是要罚他们站墙角的。

雨水一来,他们便放假了。

树枝在林中互相碰触着,绿叶在狂风里萧萧地响着,雷云拍打着大手,花孩子们便在那时候穿了黄的、紫的、白的衣裳,冲了出来。

你可知道,妈妈,他们的家是在天上,在星星住的地方。

你没有看到他们是怎样地急着要到那儿去吗? 你不知道他们为什么那样匆匆忙忙吗?

我自然能够猜得出他们是对谁挥舞起双臂来:他们也有他们的妈妈,就像我有我的妈妈一样。

商人

妈妈,让我们想象,你待在家里,我到异域去旅行。

再想象,我的船已经装得满满的在码头上等候起锚了。

现在,妈妈,好生想一想,回来的时候我要带些什么给你。

妈妈,你要一堆一堆的黄金吗?

在恒河的两岸,田野里全是金色的稻实。

在林阴的路上,金色花也一朵一朵地落在土地上。

我要为你把它们全都收集起来,放在好几百个篮子里。

妈妈,你要像秋天的雨点一般大的珍珠吗?

我要渡海到珍珠岛上去。

那个地方,在清晨的曙光里,珍珠在草地里的野花上颤动,珍珠落在绿草上,珍珠被汹狂的海浪一大把一大把地撒在沙滩上。

我的哥哥呢,我要送他一对有翅翼的马,在云端飞翔。

爸爸呢,我要送一支有魔力的笔给他,他还没有察觉,笔就写出字来了。

你呢,妈妈,我一定要把那个价值七个王国的首饰箱和珠宝送给你。

同情

如果我只是一只小狗,而不是你的孩子,亲爱的妈妈,当我想吃你的盘里的东西时,你要向我说"不"吗?

你要赶开我,对我说道:"滚开,你这淘气的小狗"吗?

那么,走吧,妈妈,走吧! 当你叫唤我的时候,我就永远不到你那里去,也永远不要你再喂我吃东西了。

如果我只是一只绿色的小鹦鹉,而不是你的孩子,亲爱的妈妈,你要把我紧紧地锁住,怕我飞走吗?

你要对我摇你的手,说道:"怎样的一个不知感恩的贱鸟啊! 整夜地尽在咬它的链子"吗?

那么,走吧,妈妈,走吧! 我要跑到树林里去;我就永远不再让你把我抱在你的臂里了。

职业

早晨,钟摆敲十下的时候,我沿着我们的小巷到学校去。

每天我都会遇见那个小贩,他叫道:"镯子呀,亮晶晶的镯子!"

他没有什么事情急着要去做，没有哪条街一定要走，没有什么地方一定要去，也没有什么时间一定要回家。

我愿意做一个小贩，在街上过日子，叫着："镯子呀，亮晶晶的镯子！"

下午四点，我从学校回家。

透过一家门口，我看见一个园丁在那里掘地。

他用他的锄子，要怎么掘，就怎么掘，他被尘土污了衣裳，如果他被太阳晒黑了或是身上被雨水打湿了，都没有人骂他。

我愿意做一个园丁，在花园里掘地。谁也不来阻止我。

天色刚黑，妈妈就催我上床。

从开着的窗口里，我看见更夫走来走去。

小巷子又黑又冷清，路灯立在那里，像一个头上生着一只红眼睛的怪人。

更夫摇着他的提灯，跟他身边的影子一起走着，他一生一次也没有上床去过。

我愿意做一个更夫，整夜在街上走，提了灯去追逐影子。

长者

妈妈，你的孩子真傻！她是那么可笑地不懂事！

她不知道路灯和星星的区别。

当我们玩着把小石子当食物的游戏时，她便以为它们是真的食物，竟想放进嘴里去。

当我翻开一本书，放在她面前，读 a，b，c 时，她却用手把书页撕了，无端快活地叫起来，你的孩子就是如此做功课的。

当我生气地对她摇头，骂她，说她顽皮时，她却哈哈大笑，自以为很有趣。

谁都知道爸爸不在家，但是，如果我在玩耍时高声叫一声"爸爸"，她便要高兴地四处张望，以为爸爸真是近在身边。

当我把洗衣人带来驮衣服回去的驴子当做学生，并且警告她说，我是老师，她却无缘无故地大叫大嚷并称我为哥哥。

你的孩子要捉月亮。

她就是这样的可笑;她把格尼许①唤作琪奴许。

妈妈,你的孩子真傻,她是那么可笑地不懂事!

小大人

我人很小,因为我是一个小孩子,到了我像爸爸一样的年纪时,便要变大了。

我的先生要是走来说道:"时候晚了,把你的石板和你的书拿来。"

我便要告诉他道:"你不知道我已经同爸爸一样大了吗? 我决不再学习什么功课了。"

我的老师便将惊异地说道:"他读不读书可以随便,因为他是大人了。"

我将自己穿了衣裳,走到人群拥挤的市场上去。

我的叔叔要是跑过来说:"你要迷路了,我的孩子,让我领着你吧。"

我便要回答道:"你没有看见吗,叔叔,我已经同爸爸一样大了? 我决定要独自一个人到市场上去。"

叔叔将会说道:"是的,他随便到哪里去都可以,因为他是大人了。"

当我正拿钱给我的保姆时,妈妈便要从浴室中出来,因为我是知道怎样用我的钥匙去开银箱的。

妈妈要是说道:"你在做什么呀,我顽皮的孩子?"

我便要告诉她:"妈妈,你不知道我已经同爸爸一样大了吗? 我要拿银钱给保姆。"

妈妈便将自言自语道:"他可以随便拿钱给他所喜欢的人,因为他是大人了。"

当十月里休假的时候,爸爸将要回家,他会以为我还是一个小孩子,给我从城里带回小鞋子和小绸衫来。

我便要说道:"爸爸,把这些东西送给哥哥吧,因为我已经同你一样大了。"

爸爸便将想了一想,说道:"他可以随便去买他想穿的衣裳,因为他已

---

① 格尼许(Ganesh):毁灭之神湿婆的儿子,象头人身,是现代印度人所最喜欢用来做名字的第一个字的神。

经是大人了。"

十二点钟

妈妈,现在我真不想做功课了。我整个早晨都在读书呢。

你说,现在还不过是十二点钟。假定不会晚过十二点吧;难道你不能把不过是十二点钟想象成下午吗?

我可以很容易地想象:现在太阳已经落到了那片稻田的边缘上了,老态龙钟的渔婆婆正在池边采撷香草做她的晚餐。

我闭上了眼就能想到,马塔尔树下的阴影正变得越来越黑,池塘里的水看起来黑得发亮。

假如十二点钟能够在夜里来到,为什么黑夜不能在十二点钟的时候来到呢?

著作家

你说爸爸写了许多书,但我却不懂得他写的是什么东西。

他整个黄昏读书给你听,但是你真懂得他的意思吗?

妈妈,你给我们讲的故事,真是好听呀! 我很奇怪,为什么爸爸不能写那样的书呢?

难道他从来没有从他自己的妈妈那里听到过巨人和神仙和公主的故事吗? 还是他已经完全忘记了呢?

他经常耽误了沐浴,你不得不走去叫他一百多次。

你总要等候着他,把他的菜温着等他,但他忘了,还只是继续写下去。

爸爸老是以著书为乐。

如果我一走进爸爸的房里去游戏,你就要走来叫道:"真是一个调皮的孩子!"

如果我稍微发出一点声音,你就要说:"你没有看见你爸爸正在工作吗?"

老是写了又写,有什么意思呢?

当我拿起爸爸的钢笔或铅笔,像他一模一样地在书上写着:a,b,c,d,e,f,g,h,i——那时,你为什么跟我生气呢,妈妈?

爸爸写作时,你却从来不说一句话。

当我爸爸耗费了那一大堆纸时,妈妈,你似乎全不在意。

但是,如果我只取了一小张纸去做一只船,你却会说:"孩子,你真讨厌!"

对于爸爸拿黑点子涂满了纸的两面,污损了许多许多的纸,你心里以为怎样呢?

讨厌的邮差

你为什么坐在那边的地板上不声不响,告诉我呀,亲爱的妈妈?

雨珠从开着的窗口打进来了,把你身上全打湿了,你却不管。

你听见钟已敲四下了吗? 正是哥哥从学校回家的时候了。

到底发生了什么事,使你看起来如此异常?

你今天没有接到爸爸的信吗?

我看见邮差在他的袋里带了许多信来,几乎镇上的每个人都分送到了。

只有爸爸的信,他留起来自己看。我确信这个邮差是个坏人。

但是不要因此而不乐呀,亲爱的妈妈。

明天是邻村市集的日子。你叫女仆去买些纸和笔来。

我自己会写爸爸所写的一切信;使你找不出一点瑕疵来。

我要从 A 字一直写到 K 字。

但是,妈妈,你为什么发笑呢?

你不相信我会写得同爸爸一样好!

但是我将用心地画格子,把所有的字母都写得又大又美。

当我写好时,你以为我也像爸爸那样傻,把它投入到可怕的邮差的袋中吗?

我立刻就自己送来给你,而且一个字母一个字母地帮你读。

我确信那邮差是不肯把真正的好信送给你的。

英雄

妈妈,让我们想象我们此刻正在旅行,经过一个陌生而危险的国家。

你坐在一顶轿子里,我骑着一匹红马,在你的轿旁跑着。

黄昏的时候,太阳已经下山了。约拉地希的荒原疲乏而灰暗地展开在我们面前,大地凄凉而荒芜。

你害怕了,说道——"我不知道我们到了什么地方。"

我对你说:"妈妈,不要害怕。"

草地上刺蓬蓬地长着针尖似的草,一条狭窄崎岖的小道通过这块草地。

在这片广大的土地上看不见一只牛;它们已经回到它们村子里的牛棚去了。

天色黑了下来,大地和天空都朦胧苍茫,而我们不能说出我们正走向什么地方。

突然间,你叫住我,悄悄地问我道:"靠近河岸的是什么火光呀?"

正在此时,一阵可怕的呐喊声爆发了,好些个人影向我们跑过来。

你蹲坐在你的轿子里,嘴里反复地祷念着神的名字。

轿夫们,害怕得发抖,躲藏在荆棘丛中。

我向你喊道:"不要害怕,妈妈,有我在这里。"

他们手里挥着长棒,披头散发,越走越近了。

我喊道:"当心了! 你们这些坏蛋! 再向前走一步,我就叫你们碎尸万段。"

他们又发出一阵可怕的呐喊声,向前冲了过来。

你抓住我的手,说道:"好孩子,看在上天的面上,躲开他们吧。"

我说道:"妈妈,瞧我的。"

于是我刺策着我的骏马,猛奔过去,我的剑和盾彼此碰撞作响。

这一场战斗是那么激烈,妈妈,如果你从轿子里看得见的话,你一定会打冷战的。

他们之中,许多人逃走了,还有好些人被砍杀了。

我知道那时你独自坐在那里,心里正在想着,你的孩子这时候一定已经战死了。

但是我跑到你的面前,浑身溅满了鲜血,说道:"妈妈,现在战斗已经结束了。"

你从轿子里走出来,吻着我,把我搂在你的心头,你自言自语地说道:"如果我没有我的孩子保护我,我简直不知道该怎么办。"

一千件无聊的事儿天天在发生,为什么这样一件事不能偶然实现呢?

这很像一本书里面的一个故事。

我的哥哥会说道："这是可能的事吗？我老是在想，他是那么嫩弱呢！"

我们村里的人们都会惊讶地说道："这孩子正和他妈妈在一起，这不是很幸运吗？"

告别

是我该走的时候了，妈妈，我走了。

当清寂的黎明，你在黑暗中伸出双臂，要抱你睡在床上的孩子时，我要说道："孩子不在那里呀！"——妈妈，我走了。

我要变成一缕清风抚摸着你；我要变成水的涟漪，当你沐浴时，把你吻了又吻。

大风之夜，当雨珠在树叶中淅沥时，你在床上，会听见我的轻言微语。当电光从开着的窗口闪进你的屋子时，我的笑声也偕了它一起闪了进去。

如果你醒着躺在床上，想你的孩子直到深夜，我便要从星空向你歌唱道："睡吧！妈妈，睡吧。"

我要坐在天地间游荡的月光上，偷偷地来到你的床上，趁你睡着时，躺在你的胸膛上。

我要变成一个梦儿，从你眼皮的微缝中，钻到你睡眠的深处。当你醒来吃惊地四望时，我便如闪耀的萤火般熠熠地向暗中飞去了。

当普耶节日①，邻家的孩子们来屋里玩耍时，我便融化在笛声里，整日在你的心头震荡。

亲爱的阿姨带了普耶礼②来，问道："我们的孩子在哪里，姐姐？"妈妈，你将要柔声地告诉她："他呀，他正在我的瞳仁里，他是在我的身体里，在我的灵魂里。"

召唤

她走的时候，夜里黑漆漆的，他们都睡着了。

现在，夜里也是黑漆漆的，我唤她道："回来，我的宝贝；世界都在沉

---

① 普耶意为"祭神大典"，这里的"普耶节"是指印度每年十月份的"难近母祭日"。

② 普耶礼就是指普耶节时亲友相互馈送的礼物。

睡,当星星们互相凝视的时候,你来一会儿是没有人会知道的。"

她走的时候,树木正在萌芽,春光刚刚来到。

现在花已盛开,我呼唤道:"回来,我的宝贝。孩子们漫不经心地把花聚拢在一起,又把它们散开。你如走来,拿一朵小花去,没有人会发觉的。"

常常沉湎于游戏的那些人,仍然还在那里游戏,生命总是如此地浪费。

我静听他们的空谈,便呼唤道:"回来,我的宝贝,妈妈的心里充满着爱,你如走来,仅仅从她那里接受一个小小的吻,没有人会嫉妒的。"

第一次的茉莉

呵,这些茉莉花,这些白色的茉莉花!

我仿佛记得我第一次双手满捧着这些茉莉花,这些白色的茉莉花的时候。

我喜爱那日光,那天空,那绿色的大地;我听见那河水潺潺的流声,在黑漆的午夜里传过来;秋天的夕阳,在荒原上的大路转角处迎接我,如新娘揭起她的面纱迎接爱人。

但我想起孩提时第一次捧在手心里的白茉莉,心里充满了甜蜜的回忆。

我生平曾有过许多快活的日子,在节日宴会的晚上,我曾跟着说笑话的人开怀大笑。

在灰暗的雨天的清晨,我吟诵过许多飘逸的诗篇。

我颈上戴过爱人手织的醉花的花环,作为晚装。

但我想起孩提时第一次捧在手心里的白茉莉,心里充满了甜蜜的回忆。

榕树

喂,你这站在池边的蓬头的榕树,你可会忘记了那小小的孩子,就像那在你的枝上筑巢又离开了的鸟儿似的孩子?

你不记得是他怎样地坐在窗内,诧异地望着你深入地下的纠结的树根吗?

妇人们常到池边,汲了满罐的水去,你的大黑影便在水面上浮动,好像睡着的人挣扎着要醒来一般。

日光在涟漪上跳舞,好像永不停息的小梭在织着金色的花毡。

两只鸭子挨着芦苇,在芦苇的影子上游来游去,孩子安静地坐在那里想着。

他想做风,吹过你萧萧的枝杈;想做你的影子,在水面上,随着日光俱长;想做一只鸟儿,栖息在你最高的枝上;还想做那两只鸭子,在芦苇与阴影间游来游去。

祝福

祝福这个小心灵,这个洁白的灵魂,他为我们的大地,赢得了天国的吻。

他爱日光,他爱看妈妈的脸庞。

他没有学会厌恶尘土而渴求黄金。

紧抱他在你的怀里,并且祝福他。

他已来到这个歧路百出的大地上。

我不晓得他怎么从群众中选出你来,来到你的门前,抓住你的手问路。

他笑着,谈着,跟着你走,心里没有一丝疑惑。

不要辜负他的信任,引导他到正路,并且祝福他吧。

把你的手按在他的头上,祈祷着:底下的波涛虽然险恶,然而从上面来的风,会鼓起他的船帆,送他到和平的港口。

不要在忙碌中把他忘记,让他来到你的心里,并且祝福他。

赠品

我要送些东西给你,我的孩子,因为我们同样漂泊在世界的溪流中。

我们的生命将被分开,我们的爱将被忘记。

但我没有那样傻,希望能用我的赠品来买你的心。

你的生命之树正青,你的道路也长着呢,你一口气饮尽了我们带给你的爱,便回身离开我们跑掉了。

你有你的游戏,有你的玩伴。如果你没有时间同我们在一起,如果你想不到我们,那又有什么害处呢?

我们呢,自然的,在老年时,会有许多空闲的时间,去计算那过去的日子,把我们手里永久失去了的东西,在心里爱抚着。

河流唱着歌急速地流去,冲破所有的堤防。但是山峰却留在那里,忆念着,满怀着依恋之情。

我的歌

我的孩子,我这一支歌将扬起它的乐声围绕在你的身边,好像那爱情的热恋之臂。

我这一支歌将触着你的前额,仿若那祝福的接吻。

当你只是一个人的时候,它将坐在你的身旁,在你耳边轻言微语;当你在人群中的时候,它将围住你,使你超然于物外。

我的歌将成为你梦的翼翅,它将把你的心移送到不可知的岸边。

当黑夜覆盖在你的路上的时候,它又将成为那照临在你头顶上的忠实的星光。

我的歌又将坐在你眼睛的瞳仁里,将你的视线带入万物的心中。

当我的声音因死亡而沉寂时,我的歌仍将在你活跃的心中吟唱着。

孩子天使

他们喧闹争斗,他们怀疑失望,他们辩论而没有结果。

我的孩子,让你的生命到他们当中去,如一缕镇定而纯洁的光,使他们愉悦而沉默。

他们的贪心和妒忌是残忍的;他们的话,好像暗藏的刀,正饥渴地等着鲜血。

我的孩子,去,去站在他们愤懑的心中,用你和善的目光注视着他们,好像那傍晚宽宏大量的和平,覆盖着日间的骚扰一样。

我的孩子,让他们仰望着你的脸,因此能够知道一切事物的意义;让他们爱你,因此他们也能够相爱。

来,坐在无垠的胸膛上,我的孩子。等朝阳出来时,开放并且抬起你的心,像一朵盛开的花;夕阳西下时,低下你的头,默默地做完这一天的礼拜。

最后的买卖

　　早晨,我在石铺的路上走时,我叫喊道:"谁来雇佣我呀。"

　　皇帝坐着马车,手里拿着宝剑走来。

　　他拉着我的手说道:"我要用权力来雇佣你。"

　　但是他的权力算不了什么,所以他坐着马车走了。

　　正午炎热的时候,家家户户的大门都闭着。

　　我沿着曲折的小巷走去。

　　一个老人携着一袋金钱走出来。

　　他斟酌了一下,说道:"我要用金钱来雇佣你。"

　　他一个一个地数着他的金钱,但我却转身离去了。

　　黄昏了,花园的篱笆上满开着花。

　　美人走了出来,说道:"我要用微笑来雇佣你。"

　　但她的微笑黯淡了,化成了泪容,她孤寂地回身走进黑暗里去。

　　太阳照耀在沙地上,海波任性地四溅着浪花。

　　一个小孩正坐在那里玩贝壳。

　　他抬起头来,好像认识我似的,说道:"我雇佣你,但不用任何东西。"

　　从此以后,在这个小孩的游戏中达成的买卖,使我成了一个自由的人。

评析:

　　《新月集》里的诗看起来像一个个零散的故事,但是将它们串联起来,便共同展现了泰戈尔一颗纯真的童心。泰戈尔用天真稚嫩的孩童语言,写出自己对生活的反思,写出自己对美好生活的向往与追求,强烈地表现出自己对美好生活的热爱,对自然的热爱,对家乡的热爱。总之,泰戈尔把"爱"当作了人类的理想,这与他的人道主义思想是相辅相成,密切结合的。

　　就拿他的《新月集》中的一首诗《同情》来说吧。诗中有一段这样写道:

　　如果我只是一只小狗,而不是你的孩子,亲爱的妈妈,当我想吃你的盘里的东西时,你要向我说"不"吗?

　　你要赶开我,对我说道:"滚开,你这淘气的小狗"吗?

那么，走吧，妈妈，走吧！当你叫唤我的时候，我就永远不到你那里去，也永远不要你再喂我吃东西了。

读完这一段以后，我强烈地感受到了这首诗的主题——"同情"。是啊，每个父母都会爱自己的孩子。可如果换成了小狗或其他的小动物，人们还能给予它们起码的同情吗？从某种角度来说，对子女的爱是自私的，因为孩子是自己的。而又有多少人能做到真正的博爱，把爱撒向芸芸众生，撒向大自然，撒向身边的一草一木呢？当我们遇到一只可怜落难饥饿无助的小狗时，还能给予它起码的同情吗？在这个世界上，有多少小生物还在为生存苦苦挣扎，还有多少穷苦的人在为生活到处奔波卖力，他们都是值得我们去同情的。

像这样的诗书中还有很多。它们不但文字优美，更重要的是它们能引起我们无尽的思绪，这就是泰戈尔诗的独特韵味所在，让我感受到他的思想主旨——爱。

飞 鸟 集

1

夏天的飞鸟,飞到我的窗前唱歌,又飞去了。

秋天的黄叶,他们没有什么可唱,只叹息一声,凋落在那里。

2

世界上的一队小小的漂泊者呀,请在我的文字里留下你们的足印。

3

世界对着它的爱人,把它浩瀚的面具揭下。

它变小了,小的如同一首歌,小的如同一回永恒的接吻。

4

是大地的泪水,让她的微笑保持着青春不谢。

5

广袤无垠的沙漠热烈地追求着一叶绿草的爱,但她摇摇头,笑起来,飞了去。

6

如果错过了太阳时你流了泪,那么你也会错过群星。

7

跳着舞的流水呀,在你途中的泥沙,乞求你的歌声和你的流动呢,你肯与跛足的泥沙俱下吗?

8

她的热切的脸,如夜雨一般,搅扰着我的梦。

9

有一次,我们梦见大家都是彼此陌生的。

我们醒了,却知道我们原本是相亲相爱的。

10

忧思在我的心里平静下去,正如黄昏停留在寂静的林中。

11

有些看不见的手指,如懒懒的微风似的,正在我的心上,奏着潺潺的乐章。

12

"海水呀,你说的是什么?"

"是永恒的疑问。"

"天空呀,我回答的是什么?"

"是永恒的沉默。"

13

静静地听,我的心呀,听那"世界"的低语,这是它对你表达爱慕。

14

创造的神秘,宛如夜间的黑暗——是伟大的。而知识的幻影,不过如晨时之雾。

15

不要因为峭壁是高的,就让你的爱情坐在峭壁上。

16

我今晨坐在窗前,"世界"如同一个过路人一样,停留了一会,向我点点头又走过去了。

17

这些微思是绿叶的簌簌之声，它们在我的心里愉悦地微语着。

18

你看不见你自己，你所能看见的，只是你的影子。

19

主呀，我的那些愿望真是愚蠢呀，它们杂在你的歌声中喧叫着呢。
让我只是静静听着吧。

20

我不能选择那最好的。
是那最好的选择了我。

21

那些把灯背在他们背上的人，把他们的影子投到他们前面去。

22

我存在，乃是生命的一个永久的奇迹。

23

"我们——萧萧的树叶，都有声响回答那暴风雨，但你是谁呢，那样地
沉默着？"
"我不过是一朵小花。"

24

休息之于工作，正如眼睑之于眼睛。

25

人是一个初生的婴孩，他的力量，就是生长的力量。

26

上帝希望我们报答他的,在于他送给我们的花朵,而不在于太阳和土地。

27

光如一个裸体的孩子,快活地在绿叶当中游戏,他不知道人是会欺诈的。

28

啊,美呀,在爱中找寻你自己吧,不要到你镜子的谄谀中去找寻呀。

29

我的心在"世界"的海岸上冲激着她的波浪,蘸着眼泪在上面写着她的题记:"我爱你。"

30

"月儿呀,你在等候什么呢?"
"向我必须加之让路的太阳致敬。"

31

绿树长到了我的窗前,仿佛是暗哑的大地发出的渴望之声。

32

上帝的早晨,在他自己看来也是新奇的。

33

生命因应了"世界"的要求,得到他的资产,因应了爱的要求,得到他的价值。

34

干涸的河床,并不感谢它的过去。

35

鸟儿愿为一片云。

云儿愿作一只鸟。

36

瀑布歌唱道:"我得到自由时便有了歌声。"

37

我不能说出这心为什么那样默默地颓废着。

那小小的需要,它是从未要求,从未知道,从未挂记着的。

38

妇人,你在料理家务的时候,手舞足蹈,正如山间的溪水歌唱着在小石中流过。

39

太阳横过西方的海面时,对着东方,致以他最后的敬意。

40

不要因为你自己没有胃口,而去责备食物。

41

群树如表示大地的愿望似的,竖趾站立着,向天空窥望。

42

你微笑着,不同我说一句话,而我觉得,为了这个,我已等待许久了。

43

水里的游鱼是沉默着的,陆地上的兽类是喧闹着的,空中的飞鸟是歌唱着的;但是人类却兼有了海洋的沉默,陆地的喧闹与天空的音乐。

44

"世界"在踌躇之心的琴弦上跑过去,奏出忧郁的乐章。

45

他把他的刀剑当作他的上帝。

当他的刀剑胜利时他自己却失败了。

46

上帝从创造中找到了他自己。

47

阴影戴上她的面纱,秘密地,温顺地,用她沉默的爱的脚步,跟在"光"的后边。

48

群星不担心显得如萤火虫一般。

49

感谢上帝,我不是一个权力的轮子,而是被压在这轮下的活人之一。

50

心灵是尖锐的,不是宽博的,它执著在每一点上,却并不活动。

51

你的偶像消散在尘土中,这证明上帝的尘土比你的偶像还要伟大。

52

人在他的历史中表现不出他自己,他在历史中奋斗着崭露头角。

53

玻璃灯因为瓦灯称他为表兄而不满,但当明月出来时,玻璃灯却温和地微笑着,叫她——"我亲爱的,亲爱的姐姐。"

54

我们如海鸥与波涛相遇一般,遇见了,走近了。海鸥飞去,波涛滚滚地流开,我们也分离了。

55

白天的工作完了,于是我像一只拖在海滩上的小船,聆听着晚潮跳舞的乐声。

56

我们的生命是天赋的,我们唯有献出生命,才能得到生命。

57

当我们最为谦卑的时候,便是我们最接近于伟大的时候。

58

麻雀看见孔雀负担着它的翎尾,便替它担忧。

59

决不害怕刹那——永恒之声这样歌唱着。

60

飓风于无路之中寻求着最短之路,又突然地在"无何有之国"终止它的寻求了。

61

在我自己的杯中,饮下我的酒吧,朋友。
一倒入别人的杯里,这酒腾跳的泡沫便要消失了。

62

"完全"为了对"不全"的爱,把自己装饰得完美。

63

上帝对人说道:"我医治你,所以要伤害;我热爱你,所以要惩罚。"

64

感谢火焰赐予你光明,但是不要忘了那坚忍地站在黑暗当中的执灯人。

65

小草呀,你的足步虽小,但却拥有足下的土地。

66

幼花绽放了它的蓓蕾,叫道:"亲爱的世界呀,请不要枯萎了。"

67

上帝会厌恶庞大的帝国,却决不会厌恶小小的花。

68

错误经不起失败,但真理却不怕失败。

69

瀑布歌唱道:"虽然饥渴的人只要少许的水便足够了,我却很快活地献出我的全部。"

70

把那些花朵抛掷上去的那一阵子无休止的狂欢大喜的劲头儿,其源泉在哪里呢?

71

樵夫的斧头,向树木要斧柄。
树便给了他。

72

这寂独的黄昏,幕着雾和雨,我在我心的孤寂里,感觉到它的叹息声。

73

贞操是从丰富的爱情中生发出来的财富。

74

雾,像爱情一样,在山峰的心上游戏,生发出种种美丽的变幻。

75

我们把世界看错了,反说它欺骗了我们。

76

诗人的风,正经海洋和森林出来,去求得它自己的歌声。

77

每一个孩子出生时所带的信息都说:上帝对于人尚未灰心失望呢。

78

绿草在地上寻求伴侣。
树木向天空探寻寂寞。

79

人对他自己建起了堤防。

80

我的朋友,你的声音飘荡在我的心里,像那海水的低吟之声,萦绕在静听着的松林间。

81

这个以繁星为其火花的不可见的黑暗火焰,到底是个什么东西呢?

82

让生如夏花之绚烂,死如秋叶之静美。

83

那想做好人的,在叩着门;那爱人的,看见门敞开着。

84

在死的时候,"众多"合而为"一",在生的时候,这"一"化而为"众多"。

上帝死了的时候,宗教便将合而为一。

85

艺术家是自然的情人,所以他既是自然的奴隶,又是自然的主人。

86

"你离我有多远呢,果实呀?"

"我藏在你的心里呢,花呀。"

87

这个渴望是为了那个在黑夜里感觉得到,而在大白天里却看不见的。

88

露珠对湖水说道:"你是在荷叶下面的大露珠,我是在荷叶上面的较小的露珠。"

89

刀鞘保护刀的锋利,却满足于自己的迟钝。

90

在黑暗中,"一"视若一体;在光亮中,"一"便视若众多。

91

大地借助于绿草,显示出她自己的殷勤好客。

92

绿叶的生与死乃是旋风的急骤旋转,它的更广大的旋转圈子乃是在天上繁星之间徐缓的转动。

93

权威对世界说:"你是我的。"
世界便把权威囚禁在她的宝座下面。
爱情对世界说:"我是你的。"
世界便给予爱情以在她屋内来往的自由。

94

浓雾仿佛是大地的愿望。
它隐藏了太阳,而太阳乃是她所呼求的。

95

安静些吧,我的心,这些大树都是祈祷者呀。

96

瞬间的喧声,讥笑着永恒的音乐。

97

我想起了浮泛在生与死的川流上的许多其他的时代,以及这些时代的被遗忘,我便感觉到离开尘世的自由了。

98

我灵魂里的忧郁就是她那新妇的面纱。
这面纱等候着在夜间被揭开卸去。

99

死之印记给生的钱币以价值；使它能够用生命来购买那些真正的宝物。

100

白云谦逊地站在天的一隅。
晨曦给他披上了霞装。

101

尘土受到损辱，却以她的花朵来报答。

102

只管走过去，不必逗留着去采下花朵来保存，因为一路上，花朵自会继续开放。

103

根是地下之枝。
枝是空中之根。

104

远远去了的夏之音乐，翱翔于秋间，寻找着它的旧垒。

105

不要从你自己的袋里掏出功绩借给你的朋友，这是污辱他的。

106

无名的日子的感触，攀缘在我的心头，正像那绿色的苔藓，围绕在老树的身上。

107

回声嘲笑着她的原声，以证明她是原声。

108

当富贵利达的人夸说他得到上帝的特别恩惠时,上帝却羞愧了。

109

我投射我自己的影子在我的路上,因为我还有一盏没有燃起来的明灯。

110

人走进喧哗的群众里去,为的是要淹没他自己沉默的呼号。

111

终于衰竭的是"死亡",但"圆满"却止于无穷。

112

太阳穿一件朴素的光衣;白云却披了绚烂的裙裾。

113

山峰如群儿之喧嚷,举起他们的双臂,想去捕捉天上的星星。

114

道路虽然拥挤,却很寂寞,因为它是不被爱的。

115

权威以它的恶行自夸;落下的黄叶与浮游过的云片都在嘲笑它。

116

今天大地在太阳光里向我嗡嗡哼鸣,像一个织布的妇人,用一种已经被忘却的语言,哼着一些古代的歌曲。

117

绿草无愧于它所生长的伟大世界。

118

梦是一个一定要谈话的妻子。

睡眠是一个默默忍受着的丈夫。

119

夜与逝去的日子接吻,轻轻地在他的耳旁说道:"我是死亡,是你的母亲。我将要给你以新的生命。"

120

黑夜呀,我感觉到你的美了,你的美如一个可爱的妇人,当她把灯熄灭了的时候。

121

我把在那些已逝去的世界上的繁荣带到我的世界里来。

122

亲爱的朋友啊,当我静听着海涛时,我有好几次在暮色深沉的黄昏里,在这个海岸上,感到你伟大思想的沉默了。

123

鸟以为把鱼举在空中是一种慈善的行为。

124

黑夜对太阳说道:"你在月光中送给我的情书,我已经在绿草上留下我的流着泪水的答案了。"

125

伟人是一个天生的孩子,当他死去时,他把他的伟大的孩提时代给了世界。

126

不是锤的打击,乃是水的载歌载舞,使鹅卵石臻于完美。

127

蜜蜂从花中啜蜜,离开时嗡嗡地道谢。
浮夸的蝴蝶却相信花是应该向它道谢的。

128

如果你不等待着要说出完全的真理,那么直言不讳是很容易的。

129

"可能"问"不可能"道:"你住在什么地方呢?"
"不可能"回答道:"在那无能为力者的梦境里。"

130

如果你把所有的错误都关在门外时,真理也将被关在门外了。

131

我听见有些东西在我心的忧郁之后萧萧作响——我不能看见它们。

132

闲暇在运动时便是工作。
静止的海水荡动时便成波涛。

133

绿叶恋爱时便成了花。
花崇拜时便成了果实。

134

埋在地下的树根使树枝产生果实,却并不要求什么回报。

135

阴雨的黄昏,风不停息地吹着。
我看着摇曳的树枝,想念着万物的伟大。

136

午夜的风雨,如一个巨大的孩子,在不合时宜的黑夜里醒来,开始游戏并喊叫起来。

137

海呀,你这暴风雨的孤寂的新娘呀,你虽掀起浪涛追随你的情人,但是无用呀。

138

文字对工作说道:"我为我的空虚感到惭愧。"
工作对文字说道:"当我看到你时,我便知道我是怎样地贫乏了。"

139

时间是变化的财富,但时钟在模仿它的过程里却使它仅仅是变化而没有财富。

140

真理穿了衣服觉得事实太拘束了。
在想象中,她却转动得很舒畅。

141

当我来到这里那里旅行时,路呀,我厌倦了你了,但是,现在,当你引导我到各地去时,我便满怀爱意地与你结婚了。

142

让我设想,在群星之中,有一颗星是指引着我的生命通过不可知的黑暗的。

143

妇人,你用你美丽的手指,触摸着我的器具,秩序便如音乐似的生出来了。

144

一个忧郁的声音,筑巢于逝水般的年华中。

它在黑夜里向我唱道——"我爱你。"

145

燃烧着的火,以它的熊熊光焰警告我远离它。

快把我从潜藏在灰中的余烬里救出来吧。

146

我有群星在天上,但是,我屋里的小灯却没有点亮。

147

死亡文字的尘土沾着你。

用沉默去净洗你的灵魂吧。

148

生命里留了许多罅隙,从中传来了死亡的忧郁之乐。

149

世界已在早晨敞开了它的光明的心扉。

出来吧,我的心,带着你的爱去与它相会。

150

我的思想随着这些闪耀的绿叶而闪耀,我的心灵因接触着这日光而唱了起来;我的生命因为偕了万物一同浮泛在空间的蔚蓝、时间的黑暗中而快乐着呢。

151

上帝的巨大威权是在柔和的微风里,而不在狂风暴雨之中。

152

在梦中,一切事都散漫着,都压迫着我,但这不过是一个梦呀。当我醒来时,我便将觉得这些事都已聚拢在你那里,我也便将自由了。

153

落日问道:"有谁在继续着我的职务呢?"
瓦灯说道:"我将尽我所能地去做,我的主人。"

154

采摘花瓣时,得不到花的美丽。

155

沉默蕴蓄着语声,正如鸟巢拥抱着睡鸟。

156

大的不怕与小的同游,
中等的却远而避之。

157

黑夜秘密地把花开放了,却让那白日去领受感谢。

158

权力认为牺牲者的痛苦是忘恩负义。

159

当我们为我们的充实而感到快乐时,我们便能很开心地跟我们的果实分手了。

160

雨点与大地接吻,微语道:"我们是你思家的孩子,母亲,现在从天上回到你这里来了。"

161

蛛网似乎要捉住露珠,却捉住了苍蝇。

162

爱情呀,当你手握点亮了的痛苦之灯走来时,我便能够看见你的脸,而且以你为幸福。

163

萤火对天上的星星道:"学者说你的光明,总有一天会消灭的。"
天上的星星不回答。

164

在黄昏的微光里,有那清晨的鸟儿来到我沉默的鸟巢里。

165

思想掠过我的心头,如一群野鸭飞过天空。
我听见它们振翼之声了。

166

沟洫总喜欢想:河流的存在,是专为着它提供水流的。

167

世界以它的痛苦亲吻我的灵魂,而要求歌声作为报酬。

168

压迫着我的,到底是我那想要外出的灵魂呢,还是那世界的灵魂,敲打着我的心门,想要进来呢?

169

思想以它自己的言语喂养它自己,并成长起来。

170

我把我的心轻轻浸入这沉默的时刻中;它充满了爱了。

171

或者你正在做着工作,或者你没有。

当你不得不说:"让我们做些事吧!"那么就要开始胡闹了。

172

向日葵羞于把无名的花朵看作是她的同胞。

太阳升上来了,向它微笑道:"你好吗,我的宝贝儿?"

173

"谁如命运似的推着我向前走呢?"

"那是我自己,在身后大跨步走着。"

174

云把水倒在河的杯里,它们自己却藏在远山中。

175

我一路走去,从我的水瓶中不断渗漏出水来。

只留着极少极少的水供我回家使用。

176

杯中的水是光辉的;海里的水却是黑色的。

小道理可以用文字来说清楚;大道理却只有沉默。

177

你的微笑是你自己田园里的花,你的谈吐是你自己山上的松林的萧萧,但是你的心呀,却是那个女人,那个我们全都认识的女人。

178

我把小的礼物留给我所爱的人,大的礼物留给所有人。

179

妇人呀,你用你眼泪的深邃包绕着世界的心,正如大海包绕着陆地。

180

太阳以微笑向我问候。

雨,他的忧闷的姐姐,同我的心谈话。

181

我的白日之花,落下它那被遗忘的花瓣。

在黄昏中,这朵花成熟为一颗记忆的金果。

182

我像那夜间之路,正静悄悄地聆听着记忆的足音。

183

黄昏的天空,在我看来,像一扇窗户,像一盏灯火,像灯火背后的一次等待。

184

忙于做好事的人,反而找不到时间去做好事。

185

我是秋云,空空地不载着雨水,但在成熟的稻田中,看见了我的充实。

186

他们嫉妒,他们残杀,人们反而称赞他们。

然而上帝却害了臊,匆匆地把它的记忆埋藏在绿草下面。

187

脚趾乃是舍弃了他们的过去的手指。

188

黑暗向着光明旅行,但盲者却向着死亡旅行。

189

小狗疑心大宇宙阴谋篡夺它的位置。

190

静静地坐吧,我的心,不要扬起你的尘埃。
让世界自己寻路向你走来。

191

弓在箭要射出之前,低声对箭说道:"你的自由是我的。"

192

妇人,你的笑声里有着生命之泉的音乐。

193

全是理智的心,恰如一柄全是锋刃的刀。
会叫使用它的人手上流血。

194

上帝爱人间的灯光甚于他自己的大星。

195

这个世界乃是为美之音乐所驯服了的、狂风骤雨的世界。

196

夕照中的云彩向太阳说道:"我的心经过你的亲吻,便似金的宝箱了。"

197

接触着,你也许会杀害;远离着,你也许会占有。

198

蟋蟀的唧唧声,夜雨的淅沥声,从黑暗中传到我的耳边,好似我已逝的少年时代沙沙地来到了我的梦境。

199

花朵向失落了它所有的星辰的曙天叫道："我的露点全失落了。"

200

燃烧着的木块,熊熊地发出火光,叫道——"这是我的花朵,我的死亡。"

201

黄蜂认为邻蜂储蜜之巢太小。
它的邻人便要它去建造一个更小的。

202

河岸向河流说道："我不能留住你的波浪,就让我保存你的足印在我心里吧。"

203

白日以这小小地球的喧嚣,淹没了整个宇宙的沉默。

204

歌声在空中感到无限,图画在地上感到无限,诗呢,无论在空中,在地上都是如此;因为诗的词句包含有能走动的意义与能飞翔的音乐。

205

太阳在西方落下时,它的早晨的东方已悄悄地站在它面前。

206

让我不要错误地把自己放在我的世界里并使它反对我。

207

荣誉羞着我,因为我在暗地里求着它。

208

当我没有什么事可做时,便让我不做什么事,不受骚扰地沉入安静深处吧,一如那海水沉默时海岸边的暮色。

209

少女呀,你的纯真,如湖水之碧,表现出你的真理之深邃。

210

最好的东西不是独自来的。
他伴了所有的东西同来。

211

上帝的右手是慈爱的,但是他的左手却是可怕的。

212

我的夜色从陌生的树林中走来,它用我的晨星所不懂得的语言说话。

213

夜之黑暗是一只口袋,迸发出黎明的金光。

214

我们的欲望,要把彩虹的颜色,借给那只不过是云雾的人生。

215

上帝等待着要从人的手上把他自己的花朵作为礼物赢回去。

216

我的忧思萦绕着我,要问我它们自己的名字。

217

果实的事业是尊贵的,花的事业是甜美的,但是让我做叶的事业吧,叶是谦恭地专心地垂着绿阴的。

218

我的心向着阑珊的清风张了帆,要到任意何处的阴凉之岛去。

219

独夫们是凶暴的,但人民是良善的。

220

把我当作你的杯吧,让我为了你,而且为了你的人而盛满了水吧。

221

狂风暴雨像是因爱情被大地拒绝而在痛苦中的某个天神的哭声。

222

世界并不会流失,因为死亡不是一个罅隙。

223

生命因为付出了爱情,所以更为富足。

224

我的朋友,你伟大的心灵闪射出东方朝阳的光芒,正如黎明中的一个积雪的孤峰。

225

死之甘泉,使生的止水跳跃。

226

那些有一切东西而没有您的人,我的上帝,在讥笑着那些没有别的东西而只有您的人呢。

227

生命的运动在它自己的音乐里得到休息。

228

踢足只能从地上扬起灰尘却不能得到收获。

229

我们的名字,即是夜里海波上发出的光,痕迹也不留地就泯灭了。

230

让睁眼看着玫瑰花的人也来看看它的尖刺。

231

鸟翼上系了黄金,这鸟便永不能再在天上翱翔了。

232

我们地方的荷花又在这陌生的水上开了花,放出同样的清香,只是名字改换了。

233

在心的远景里,那相隔的距离显得更为广阔了。

234

月儿把她的光明遍照在天上,却留着黑斑给它自己。

235

不要说:"现在是早晨了。"别用一个"昨天"的名词把它打发掉。
把它当作第一次看到的还没有名字的新生婴儿吧。

236

青烟对天空夸口,灰烬对大地夸口,都以为它们是火的兄弟呢。

237

雨珠向茉莉花微语道:"把我永久地留在你的心里吧。"
茉莉花叹息了一声,落在地上。

238

腼腆的思想呀,不要怕我。

我是一个诗人。

239

我的心在朦胧的静默里,似乎充满了蟋蟀的鸣声——那灰色的微亮的歌声。

240

爆竹呀,你对于群星的污蔑,又跟了你自己回到地上来了。

241

你曾经带领着我,穿过我的白天拥挤不堪的旅行,而到达了我的黄昏的孤寂之境。

在整夜的寂静里,我等待着它的意义。

242

我们的生命好似渡过一个大海,我们都相聚在这个狭小的舟中。

死时,我们便到了岸,各往各的世界里去了。

243

真理之川从它的错误之渠中流过。

244

今天我的心在想家了,在想着那跨越时间之海的那一个甜蜜的时候。

245

鸟儿的歌声是曙光从大地反响过去的回声。

246

晨曦问毛茛道:"你是不是骄傲得不肯和我接吻了?"

247

小花问道:"我要怎样地对你歌唱,怎样地崇拜你呢,太阳呀?"
太阳答道:"只要用你纯洁的简朴的沉默就行了。"

248

当人是兽时,他比兽更坏。

249

黑云受光的亲吻时便变成了天上的花朵。

250

不要让刀锋讥笑它刀柄的拙钝。

251

夜的静默,如一个深深的灯盏,银河便是它燃着的灯光。

252

死亡像大海的无限的歌声,日夜冲击着生命的光明岛的四周。

253

花瓣似的山峰在饮着日光,这山不像一朵花吗?

254

"真实"的含义被误解,轻重被倒置,那就成了"不真实"。

255

我的心呀,从世界的流动中,找寻你的美吧,正如那小船得到风与水
的优美一般。

256

眼睛不以能视来骄人,却以它们的眼镜来骄人。

257

我住在我的这个小小世界里,生怕使它再缩小一丁点儿。把我抬举到您的世界里去吧,让我能高高兴兴地失去我的一切自由。

258

虚伪永远也不能凭借它生长在权力中而变成真实。

259

我的心,和着它的歌的拍子拍打岸的波浪,渴望着要抚爱这个阳光和煦的绿色世界。

260

路旁的草,爱那天上的星吧,那么,你的梦境便可在花朵里实现了。

261

让你的音乐如一柄利剑,直刺入市井喧嚣的心中吧。

262

这树的颤抖之叶,触动着我的心,像一个婴儿的手指。

263

小花睡在尘土里。
它寻求着蛱蝶走的道路。

264

我走在道路纵横的世界上。
夜来了。打开您的门吧,家的世界啊。

265

我已经唱过了您白天的歌。
在黄昏时候,让我擎着您的灯走过风雨飘摇的道路吧。

266

我不要求你走进我的屋里。

你且到我无量的孤寂里来吧，我的爱人！

267

死亡之于生命，正与出生一样。

举足是在走路，正如放下足也是在走路一样。

268

我已经学会了你在花与阳光里微语的意义——再教我明白你在苦与死中所说的话吧。

269

夜的花朵来晚了，当早晨吻着她时，她战栗着，叹息了一声，凋落在地上了。

270

从万物的愁苦中，我听到了"永恒母亲"的呻吟。

271

大地呀，我到你岸上时是一个陌生人，住在你屋里时是一个宾客，离开你的门时是一个朋友。

272

当我离去时，让我的思想到你那里来，如那夕阳的余晖，映在沉默的星天的边上。

273

在我的心头燃起那休憩的黄昏星辰吧，然后让黑夜向我悄言微语着爱情。

274

我是一个在黑暗中的孩子。

我从夜的被单里向你伸出双手,母亲。

275

白天的工作结束了。把我的脸掩在您的臂间吧,母亲。让我做梦。

276

集会时的灯光,点了很久,当会散时,灯便立刻灭了。

277

当我死时,世界呀,请在你的沉默中,替我保留着"我已经爱过了"这句话吧。

278

当我们在热爱世界时便生活在这世界上。

279

把不朽的名声留给死者,把永恒的爱留给生者。

280

我看见你,像那半醒的婴儿在黎明的微光里看见他的母亲,于是微笑着又睡去了。

281

我将死了又死,以明白生是无穷无息的。

282

当我和拥挤的人群一起在路上走过时,我看见你从阳台上送过来的微笑,我歌唱着,忘记了所有的喧哗。

283

爱是充实了的生命，正如盛满了酒的酒杯。

284

他们点亮了自己的灯，在他们的寺院里，吟唱他们自己的话语。

但是小鸟们却在你的晨光中，吟唱着你的名字——因为你的名字就是快乐。

285

领我到您沉寂的中心，使我的心充满着歌吧。

286

让那些选择了他们自己的焰火嘶嘶的世界的，就生活在那里吧。

我的心渴望着您的繁星，我的上帝。

287

爱的痛苦缠绕着我的一生，像汹涌的大海一样歌唱着，而爱的快乐却像鸟儿们在花林里似的歌唱着。

288

假如您愿意，就熄了灯吧。

我将明白您的黑暗，而且将喜爱它。

289

当我在那日子的终尾，站在您的面前时，您将看见我的伤疤，并知道我有许多的创伤，但我也有医治的法儿。

290

总有一天，我要在别的世界的晨光里对你唱道："我以前曾在地球的光里，在人类的爱里，已经见过你了。"

291

从别的日子里飘浮到我的生命里的云，不再落下雨点或引起风暴了，却只给予我的夕阳的天空以色彩。

292

真理引起了反对它自己的狂风骤雨，那场风雨吹散了真理传播的种子。

293

昨夜的风雨给今日的清晨戴上了金色的和平。

294

真理仿佛带着它的结论而来；而那结论却产生了它的下一个。

295

他是有福气的，因为他的名望并没有比他的真实更为光亮。

296

您的名字的甜蜜充溢着我的心，让我忘掉了我自己的名字——就像您的早晨的太阳升起时，那大雾便消散了。

297

静悄悄的黑夜具有母亲的美丽，而吵闹的白天则具有孩子的美丽。

298

当人微笑时，世界爱了他；当他大笑时，世界便怕了他。

299

上帝等待着人在智慧中重新获得童年。

300

让我感到这个世界乃是您的爱的成形吧，那么，我的爱将帮助着它。

301

您的太阳光对着我心头的冬天微笑着，从来不怀疑它的春天的花朵。

302

上帝在他的爱里亲吻着"有涯"，而人却亲吻着"无涯"。

303

您横越过不毛之年的沙漠而到达了圆满的时刻。

304

上帝的沉默使人的思想成熟进而成为语言。

305

"永恒的旅客"呀，你可以在我的歌中找寻到你的足迹。

306

让我不至羞辱您吧，父亲，您在您的孩子们身上显现出您的光荣。

307

这一天是不快活的，光在蹙额的云朵下，如一个被打的儿童，在灰白的脸上留着泪痕，风又号叫着似一个受伤的世界的哭声。但是我知道我正跋涉着去会我的好友。

308

今天晚上棕榈叶在沙沙地作响，海上有大浪，满月啊，就像世界的心脉在悸跳。从什么不可知的天空，您在您的沉默里带来了关于爱的痛苦的秘密？

309

我梦见了一颗星，一个光明的岛屿，我将在那里出生，而在它快速闲暇的深处，用我的生命使它的事业成熟，像在秋天的阳光下的稻田。

310

雨中的湿土的气息,就像从渺小无声的群众那里来的一阵巨大的赞美歌声。

311

说爱情终将失去的那句话,乃是我们不能够当作真理来接受的一个事实。

312

我们将有一天会明白,死永远不能够夺走我们的灵魂所获得的东西,因为她所获得的,和她自己是一体的。

313

上帝在我的黄昏的微光中,带着花到我这里来。这些花都是我以前的,在他的花篮中的还保存得很新鲜。

314

主呀,当我的生之琴弦都已调得谐和时,你的手一弹一奏,都可以发出爱的乐声来。

315

让我真实地活着吧,我的上帝,这样,死对于我也就成了真实的了。

316

人类的历史在很有耐心地等待着被侮辱者的胜利。

317

我这一刻感到你的目光正落在我的心上,像那清晨阳光中的沉默落在已收获的孤寂的田野上一样。

318

我渴望着歌的岛屿峙立在这喧哗的波涛起伏的海中。

319

夜的序曲是开始于夕阳西下时的音乐,开始于它难以形容的黑暗的庄严赞歌。

320

我攀上高峰,发现在名誉的荒芜不毛的高处,简直找不到遮身之地。我的导引者啊,领导着我在光明逝去之前,进入到沉静的山谷里去吧,在那儿,生的收获成熟为黄金的智慧。

321

在这黄昏的朦胧里,好些东西看来都如幻相一般——尖塔的底层在黑暗里消失了,树顶像墨水的模糊的斑点一样。我将等待着黎明,而当我醒来时,就会看到在光明里的您的城市。

322

我曾经受苦过,曾经失望过,曾经体会过死亡,于是我以我在这伟大的世界里为乐。

323

在我的一生中,也有贫乏和沉默的地域。它们是我忙碌的日子得到阳光与空气的几片空旷之地。

324

我的未完成的过去,从后面缠绕到我身上,使我难于死去,请从它那里把我释放了吧。

325

"我相信你的爱。"让这句话作为我最后的话吧。

评析：

《飞鸟集》由 325 段诗歌组成。每段诗歌都只有简短的两三句话，却在冥冥中，悄悄为我们点亮了什么东西。而在这些集灵感与思索为一身的精悍短诗中，泰戈尔更向我们展示了他的多个身份——他时而是一个褪褓中的婴孩，为母亲的微笑而手舞足蹈；时而是一名四海为家的探险家，向着高山大海发出感叹；时而是一位热恋中的青年，因心爱的姑娘而讴歌爱情；时而是一位满头银发的老朽，独自在回忆中反思人生；但更多时他只是一个无名的过客，为世间万物记录下灵感闪动的瞬间，然后微笑着安静离开。

除去泰戈尔清新自然的文笔，在《飞鸟集》中，我们更多感受到的是一种对生活的热爱以及对爱的思索。毫无疑问，泰戈尔的灵感来源于生活，但同时更高于生活；他用自己对生活的热爱，巧妙地隐去了一些苦难与黑暗，而将所剩的光明与微笑毫无保留地献给了读者。他对爱的思索，更是涵盖了多个方面，包括青年男女间纯真的爱情、母亲对孩子永存的母爱、人与自然间难以言喻的爱……尤其是对于爱情，泰戈尔毫不吝啬地运用了大量的比喻来赞美爱情的美好与伟大。在泰戈尔眼中，世界需要爱，人生更需要爱，正如他在《飞鸟集》中所写的一样："'我相信你的爱。'让这句话作为我最后的话吧。"。

在另一方面，泰戈尔捕捉了大量关于自然界的灵感。他说天空的黄昏像一盏灯，说微风中的树叶像思绪的断片，说鸟儿的鸣唱是晨曦来自大地的回音；他将自然界的一切拟人化。他让天空和大海对话，让鸟儿和云对话，让花儿和太阳对话……总之，在泰戈尔的诗里，世界是人性化的，自然也是人性化的，万物都有它们自己的生长与思考；而他只是为它们的人性化整理思想碎片而已。而这，便也是《飞鸟集》名字的由来："思想掠过我的心头，如一群野鸭飞过天空，我听到了它们振翼之声了。"

采 果 集

1

如果你吩咐,我就把我的果实采满一筐又一筐,送到你的庭院里,尽管有的已经掉落,有的尚未成熟。

因为这个季节已丰富得不堪负载,浓荫下不时传来牧童哀怨的笛声。

如果你吩咐,我就去河上扬帆启航。

三月的风躁动不安,把倦怠的波浪搅得满腹怨言。

果园已结出全部的果实,在这令人倦乏的黄昏时分,从你岸边的屋子里传来你在夕阳中的呼唤。

2

我年轻时的生命犹如一朵鲜花,当和煦的春风来到她门口乞求时,她从充裕的花瓣中慷慨地解下一片两片,从未感觉到这是种损失。

现在青春已逝,我的生命犹如一颗果实,已经没有什么可以给予,只等着彻底地奉献自己,连同那沉甸甸的甜蜜。

……

3①

4

我醒来,发现他的信与黎明一同降临。

我不知道信中写了些什么,因为我无法看懂。

我不想打扰正在读书的圣人,何必麻烦他呢,谁知道他能否看得懂信中的内容。

让我将信举到我的额头,贴在我的心口。

当夜深人静、繁星闪现,我要把信摊在膝上,默默地等候。

---

① 3,原缺。

沙沙的树叶将为我朗读它;潺潺的溪水将为我颂扬它;智慧七星也将从天空为我吟唱它。

我无法找寻到我所求的一切,我不能理解我所知的全部;但这封未读的信却减轻了我的重负,把我的思绪化为歌曲。

5

当我不理解你信号的内涵时,一撮尘土也能把它淹没。

既然如今我已比往昔聪明,我透过以前的屏障,顿悟了它全部的寓意。

它绘在鲜花的花瓣上;海沫使它闪烁;群山将它捧上峰顶。

我曾转过脸去,避开你,因而曲解了你的信件,不知道其中的含义。

6

在道路铺就的地方,我却迷失了道路。

在苍茫无垠的海面,在一片蔚蓝的天空,没有道路的踪迹。

道路被遮掩了,被飞鸟的羽翼、灿烂的星光、四季更替的花卉遮掩了。

我询问自己的心:血液能否领悟那条看不见的路?

7

唉,我不能留在这间屋子里,这个家已经不再是我的家了,因为永恒的异乡人沿着道路而来,对我发出声声呼唤。

他的脚步声敲打着我的胸膛,使我痛苦不堪。

风大起来了,海在呻吟。

我抛开所有的烦恼和疑虑,去追逐那无家可归的海浪,因为异乡人沿着道路而来,对我发出声声呼唤。

8

准备动身吧,我的心! 让那些必须拖延的继续在此地逗留吧。

因为晨空中已经传来呼唤你名字的声音。

不用再等待了!

蓓蕾企盼的是夜晚和露珠,但盛开的花朵渴求阳光下的自由。

冲破你的皮囊,我的心,动身前进吧!

9

每当我徘徊于贮藏的财富之中时,我就觉得自己像一条蛀虫,在黑暗中吞噬着滋生自己的果实。

我抛开这座朽坏的牢狱。

我不愿总是附在腐烂的静止之中,我要去寻找永驻的青春;一切与我生命无关的、不似我笑声轻盈的,我都要完全地抛却。

我奔驰着穿越时间,哦,我的心啊,在你的战车里,行吟诗人且歌且舞。

10

你牵着我的手,把我拉到你的身边,让我在众人之前坐上高高的座凳,直到我变得羞怯、不敢动弹、不能随意行动;我每走一步都思虑重重,生怕踩到了众人冷漠的荆棘。

我终于自由了!

打击已经来临,凌辱之鼓已经敲响,我连同座凳一起摔倒在尘土之中。

我的道路却在我面前展开。

我的双翼充满对天空的渴望。

我要去加入子夜的流星,一头冲入深邃的阴影。

我像一块浮云,被夏天的暴风雨所驱赶,抛下金色的王冠,把雷霆系于闪电的链环,宛若佩上一把利剑。

在绝望的欢乐中,我跑在被鄙视者的尘土飞扬的小路上,朝着你最后的欢迎前进。

婴儿离开母体时,发现了母亲。

当我离开你,被摔出你的家门,我便自由地看到你的脸膛。

11

它装饰我只是为了嘲弄我,我的这根珠宝项圈。

它戴在我的颈上,弄得皮肉生痛,每当我挣扎着想要把它扯下,它却把我紧紧地勒住。

它卡住了我的喉咙,闷死了我的歌唱。

我的主啊,假如我能够把它奉献到你的手上,我就会得救。

把它从我这里拿走吧,换给我一束花环,把我系在你的身边,因为佩戴这种宝石项圈站在你的面前,我会感到无地自容。

12

清澈的亚穆纳河在深深的下方湍急地奔流,高高矗立的河堤在上方蹙额皱眉。

周围聚拢着密林溟濛的群山,山洪在其间划出道道伤痕。

锡克教大师戈文达坐在岩石上,诵读着经文,这时,以富贵自傲的拉古纳特走了过来,向他鞠躬施礼道:"我为您带来了一份薄礼,不成敬意,请您笑纳。"

说完,他拿出一对镶着宝石的金手镯,递到大师面前。

大师拿起一只,套到手指上快速地旋转,宝石闪出一道道光。

突然间,这只手镯从他的手中滑落,滚下堤岸,掉进了水中。

"啊!"拉古纳特失声尖叫,跳进河水。

大师聚精会神地重诵经文,河水裹挟着所获之物,又朝远处奔腾而去。

暮色茫茫,浑身湿透的拉古纳特回到大师身边,已是筋疲力尽。

他气喘吁吁地说:"如果您告诉我手镯掉在哪里,我还是能把它找回来的。"

大师拿起另外一只手镯,挥手扔进水里,说:"就落在那里。"

13

采取行动是为了能时刻与你相遇。

我的旅伴!

是为了能和着你落地的脚步歌唱。

被你的呼吸触击的人,不会借助河岸的庇护而溜之大吉。

他会不顾一切地迎风扬帆,在汹涌的水面破浪而行。

敞开心扉、迈开步伐的人,受到你的欢迎。

他不会停下来计较所得，或哀叹所失；他的心擂响了前进的战鼓，因为这是与你一起出征，我的旅伴！

14

在这个世界上，我最好的命运将来自于你的手中——这是你的诺言。

因此，你的光芒闪烁在我的泪花之中。

我不要别人为我引路，只怕错过了你，因为你等在路角，打算做我的向导。

我任性地走自己的路，直到我的愚行把你引到我的门口。

因为你曾经向我许诺，在这个世界上，我最好的命运将来自于你的手中。

15

我的主人，你的话语简洁明晰，可他们那些议论你的话语却不是这样。

我理解你群星的声音，我领悟你树林的沉寂。

我知道我的心灵将会像鲜花一样绽放；我明白我的生命已在潜泉里得到了充实。

你的歌声如同寂冷雪原的鸟儿，正盼着在温暖的四月里飞到我的心上筑巢，而我痴情地等待这一欢乐的季节。

16

他们熟悉那条道路，沿着狭窄的小巷去寻你，但我徘徊在外面的黑夜中，因为我愚昧无知。

我没有受到过足够的教育，因而在黑暗中没有产生对你的惧怕，所以我在不知不觉中踏上了你的门阶。

圣贤对我叱责，要我离开，因为我不是顺着小巷而来的。

我疑虑重重地调头离去，可你紧紧地拉住我，于是他们的责骂日盛一日。

……

17①

18

不,不是你的力量促使蓓蕾绽放出鲜花。

你摇晃花蕾,敲打花蕾,可你没有权利使它开放。

你的触击玷污了它,你撕碎了花瓣,抛撒于尘埃之中。

但没有出现绚丽的色彩,也没有散发出馥郁的芬芳。

啊!不是由你才把蓓蕾绽放成鲜花。

能够绽放花蕾的,做起来轻而易举。

他瞥上一眼,生命之液便颤动在支脉之间。

他吹一口气,花朵便展开羽翼,在风中闪动。

色彩泛溢,像心灵的渴望,芬芳泄露出一个甜美的秘密。

能够绽放花蕾的,做起来轻而易举。

19

经过酷冬的蹂躏,池中只剩下最后一朵莲花,花匠苏达斯小心采下,来到皇宫门前出售。

这时,他遇上的一个行人对他说:"请问这最后一朵莲花值多少钱?我想把它买下献给佛陀。"

苏达斯说:"如果你肯出一枚金币,就卖给你。"

行人付钱买了花。

恰在这时,国王走了出来,他也很想买下这朵莲花。因为他正要出门朝拜佛陀。国王心想:"若是把这朵在寒冬绽放的莲花摆在佛陀的脚下,那是一件多么美妙的事情啊。"

当花匠说他已经收下一枚金币时,国王说愿出十枚,但行人又愿出双倍的价钱。

花匠很贪婪,心想,既然他们为了佛陀如此慷慨,那么肯定能从佛陀那儿得到更大的好处。于是他鞠躬道:"这朵莲花我不卖了。"

在郊外芒果园的浓阴深处,苏达斯立在佛陀的面前。佛陀的唇上弥

---

① 17,原缺。

漫着无声的爱,眼中闪耀出宁静的光芒,宛若洁净如洗的秋空,挂着一颗启明星。

苏达斯凝望着他的脸,把莲花放到他的脚畔,将头磕到了地上的尘埃中。

佛陀笑容可掬地问道:"我的孩子,你有什么愿望?"

这时苏达斯却说道:"我只想碰一下你的脚。"

20

啊,黑夜,让我做你的诗人吧,蒙上了面纱的黑夜!

有些人已经在你的阴影中默默无言地坐了好久,让我说出他们的心曲。

把我带上你的无轮的战车,无声息地从一个世界驶向另一个世界,你是时间宫殿里的王后,你有着乌黑的美姿!

许多疑虑的心灵隐秘地进入你的庭院,在你没有灯光的屋子里漫游,寻求答案。

从许多被未知者手中的幸福之箭穿透的心中,爆发出欢乐的赞歌,震撼着黑暗的根基。

那些不眠的灵魂凝视着星光,想知道他们突然间发现的珍宝。

让我做他们的诗人吧,哦,黑夜,吟咏你深不可测的静谧。

21

尽管岁月用慵懒的尘埃扰乱我的道路,但我终有一天会在我身上遇见"生命"——隐藏在我生命之中的欢乐。

我已经隐约地认识了它,它的若有若无的呼吸已经触及我的身体,使我的思绪一时充满馨香。

终有一天,我会在我的身外遇见寓于光屏背后的"欢乐"。我将站在漫溢的孤独之中,那儿,一切事物都被造物主看在眼里。

……

22、23①

24

漫漫黑夜，你的睡眠深深地居于我静寂的存在中。

醒来吧，爱情的痛苦，我不知道怎样把门打开，因此只好站在门外。

时光在等待，星辰在观看，风儿已平息，静寂如此沉重地压在我心头。

苏醒吧，爱情，苏醒吧！注满我的空杯，用轻盈的歌声触动平静的黑夜。

25

清晨的鸟儿在不停地欢唱。

天还没有破晓，严厉的黑夜仍用寒冷、黝黑的手臂紧搂着天空，鸟儿从何处弄来清晨的歌词？

告诉我，晨鸟，东方的使者怎样穿过天空和树叶的双重黑夜，发现了通往你梦中的道路呢？

当你叫嚷"太阳升起、黑夜消逝"之时，世界并不相信你所说的话。

啊，沉睡者，快快醒来吧！

露出你的额头，等待第一道阳光的赐福，带着幸福的虔诚，和着晨鸟一起欢唱。

26

我心中的乞丐举起瘦弱的双手，伸向没有星光的天空，用饥饿的嗓音，对着黑夜的耳朵喊叫。

他是向盲眼的黑夜祈求，后者如同堕落的天神躺在孤寂的失去希望的天宫。

祈求的叫喊在失望的深渊回荡，悲号的鸟儿盘旋在空荡的巢穴。

但是，当清晨在东方的边缘抛锚停泊时，我心中的乞丐便一跃而起，大声叫喊："幸亏耳聋的黑夜拒绝了我——它早已是囊中空空了。"

他叫嚷道："啊，生命，啊，时光，你们弥足珍贵！但可贵的还有最终让

---

① 22、23，原缺。

我与你们相识的欢乐!"

27

恒河边上,萨纳丹正数着念珠祷告,这时,一个衣衫褴褛的婆罗门教徒来到他的身边,说:"帮帮我吧,我这么贫穷!"

"我的施舍之碗是我的全部财产。"萨纳丹说,"我已经施舍光我所拥有的一切了。"

"但我的主人湿婆托梦于我,"婆罗门教徒说,"让我来找你。"

萨纳丹突然回想起他曾拾到过的一块无价的宝石,是在河岸的卵石中拾到的,他想,或许有人需要它,因而就把它埋藏在沙土中了。

他将埋藏宝石的地点告诉了婆罗门教徒,后者惊喜地挖出了宝石。

婆罗门教徒坐在地上,独自沉思,直到太阳从树梢上落了下去,牧童赶着羊群返回家园。

这时,他站起身来,慢悠悠地走到萨纳丹的跟前,说:"大师,有一种财富对世上的一切财富都不屑一顾,施舍给我那样的财富吧,哪怕只是一点儿。"

说罢,他把珍贵的宝石扔进了水里。

28

我一次又一次地来到你的门前,举起双手,乞求更多、更多。

你一遍又一遍地给予,有时分量不多,有时慷慨大方。

我接过一些,又让一些掉落;有些沉甸甸地落到我的手上;有些被我变成玩物,每当腻烦了的时候,我便将它们损坏;直至残骸和贮藏的赠品堆积如山,将你遮掩,永无间断的期望耗损了我的心灵。

拿去吧,啊,拿去——这是我心灵现在的呼喊。

砸碎这只乞讨碗里的一切;熄灭这盏缠扰不休的灯火;牵住我的双手,把我捡出你这堆仍在聚集的赠品,带入你那毫不拥挤的赤裸裸的无限之中。

29

你把我排到失败者的行列。

我知道我赢不了,可也离不开比赛。

我将一头扎入池中,哪怕沉到池底。

我要参加这场使我失败的比赛。

我将赌上我的全部,当我输完最后一文,我就把我自己作为赌注,然后我想,我将会通过完全的失败而获胜。

30

你把我的心灵穿上破烂不堪的外衣,打发她去沿街乞讨,这时,天空却绽放出微笑。

她挨家挨户地乞讨,有好几次,当她的碗内快要盛满时,又被抢劫一空。

疲惫的一天快要过去时,她手拿可怜的乞讨碗,来到你宫殿的门口,你走上前去,拉起她的手,让她坐上宝座,坐到你的身边。

31

"你们中间谁愿承担救济饥民的重任?"当什拉瓦蒂地区饥荒肆虐的时候,佛陀向门徒们问道。

珠宝商拉特纳卡无精打采地耷拉着脑袋说:"我的财富实在太少,岂能救得了那些饥肠辘辘的人们?"

皇家卫队首领贾伊森说:"为了灾民,我即使献出全部的鲜血,也在所不惜,可是,我现在连自家的食物也不够啊。"

拥有大量土地的农场主达马帕尔叹息道:"干旱像恶魔一般吸干了我的田地,我还不知道怎样交纳国王的赋税呢。"

这时,托钵僧的女儿苏普利雅站了起来。

她向大家鞠躬施礼,怯生生地说道:"我愿救济饥民。"

"什么?"大家惊奇地叫道,"你怎能履行这样的重任?"

"我是你们中间最贫穷的人,"苏普利雅说,"这就是我的力量。在你们每人的家中都有我的财源和贮存的物品。"

32

我的国王不认得我,所以当他要求我进贡时,我无礼地想,我可以躲藏起来,不去偿付这笔债务。

我逃避白天的工作,躲开夜晚的梦幻。

但是他的要求跟踪着我的每一次呼吸。

于是我开始明白,我的国王认得我,我无处可逃。

现在我希望把我的一切奉献到他的脚下,在他的王国赢得我的立足之地。

33

我想我要塑造你,从我生命中塑造出一个意象,来供世人崇拜,这时,我带来了我的尘土和愿望,以及我五彩缤纷的梦境与幻想。

我请求你用我的生命从你心中塑造出一个意象,来供你爱恋,这时,你带来了你的火与力,还有真实、可爱与宁静。

34

"陛下,"仆人向国王报告说,"圣徒纳罗丹从未厚意垂顾您的皇家神殿。"

"他正在大路边的树下唱着圣歌。神殿里没有做礼拜的人了。"

"他们聚集在他的周围,像一群蜜蜂围着一朵洁白的荷花,而对盛蜜的金坛却不屑一顾。"

国王恼怒地来到坐在草地上的纳罗丹身边。

他厉声问道:"师父,你为何要离开我那黄金镶顶的神殿,却坐在门外的尘埃中赞颂上帝的仁爱?"

"因为上帝并不住在您的神殿里。"纳罗丹答道。

国王皱起眉头说:"你应该知道,为了建造那座艺术奇迹,我花费了两千万两金子,而且举行了豪华的礼仪,并把它奉献给了上帝。"

"是的,这我知道。"纳罗丹答道,"可正是在那一年,成千上万的黎民百姓房屋被烧无家可归,徒然地站在您的门前,乞求您的帮助。

"因而上帝说:'这位可怜的国王,无法给自己的同胞提供避难之处,却来为我建造殿堂!'

"于是他来到路边的树下,与无家可归的人们生活在一起。

"那神殿成了一个黄金气泡,除了高傲的热气,它一无所有。"

国王愤怒地吼道:"你立刻离开我的国土!"

圣徒心平气和地说:"是的,在你已经驱逐了上帝的地方,也请把我驱逐去那儿。"

35

号角躺进尘土。

风已疲倦,光已死亡。

啊,不祥的一天!

来吧,勇士们,举起你们的旗帜,歌手们,唱起你们的战歌!

来吧,朝圣者们,沿着征途快步前行!

躺进尘埃的号角在等待着我们。

我带着晚祷的祭品,正走在通往神殿的路上,在饱尝一天的折磨之后,去寻找一块歇息的地方;希望我的创伤能被治愈,身上的污渍能被洗净,这时,我突然发现你的号角躺在尘埃里。

难道现在还不是为我点亮夜灯的时刻?

黑夜还没有向群星唱过摇篮曲?

啊,你呀,血红的玫瑰,我的睡眠之花已经褪色并且凋谢!

我确信我的漫游已经结束,我的债务已全部偿还,这时我突然发现你的号角躺在尘埃里。

用你青春的符咒敲击我没有生气的心吧!

让我生命中的欢乐在火焰中熊熊地燃烧吧。

让觉醒的利箭刺穿黑夜的心脏,让一阵恐怖震撼盲目和麻痹。

我已经从尘埃中捡起你的号角。

我不再沉睡——我将步行穿越雨珠般密集的利箭。

有些人将跑出房子,来到我的身边,有些人将会哭泣。

有些人将在床上辗转反侧,在可怕的噩梦中发出呻吟。

因为今晚你的号角将被吹响。

我向你祈求宁静,却招来了羞耻。

现在我站在你的面前——请帮我穿上我的盔甲!

让烦恼的沉重打击把火焰射入我的生命。

让我的心在痛苦中敲响你胜利的战鼓。

我将空着双手去接你的号角。

36

哦，美丽的神啊，当他们欣喜若狂地扬起尘埃玷污了你的长袍的时候，我也感到痛心疾首。

我向你叫喊："拿起你的惩罚之棒，审判他们。"

晨曦落向那些被夜晚的狂欢熬红的眼睛，有着洁白百合的地方迎接了他们燃烧的呼吸；星辰透过神圣而深邃的黑暗，凝望着他们痛饮，凝望那些扬起尘埃玷污了你长袍的人们，哦，美丽的神啊！

你的审判席设在花园里，设在春鸟的鸣啼里；在绿树成荫的河岸，树木悄言细语，回答波浪低沉的轰响。

哦，我的爱侣，他们在情欲中没有一丝怜悯之心。

他们在黑暗中潜行，攫取你的珠宝来满足自己的欲望。

当他们打击你、伤害你的时候，他们也深深刺中我的痛处，我对你嚷叫："拔出你的利剑，哦，我的爱侣，好好惩治他们。"

可是，你却有一颗警惕着的正义之心。

母亲的泪水为他们的蛮横无理而掉落；情侣不朽的忠贞把他们的背叛之剑藏进了自己的伤口。

你的审判包容在不眠之爱的沉默的痛苦、贞洁者脸上的红晕、孤寂者夜间的眼泪以及仁慈的苍白的晨曦中。

哦，可怖的神啊，他们在肆无忌惮的贪婪中于深夜溜到你的门前，窜进宝库对你进行抢掠。

但是他们赃物的重量越来越沉，重得使他们无法扛走，无法挪动。

因此我对你大声喊叫："请宽恕他们吧，哦，可怖的神啊！"

你的宽恕在雷雨中爆发，把他们击倒在地，把他们的赃物撒落在尘土中。

你的宽恕渗透于陨落的天石、如注的血流，还有愤怒的血色黄昏。

37

佛陀的门徒乌帕古普塔躺在马图拉城墙边的尘土中，酣然入睡了。

灯火全部熄灭，门窗全都关闭，星辰全都躲进了八月阴沉的天空。

是谁的双脚叮叮当当地响着脚镯,突然触击到他的胸膛?

他蓦然地惊醒,一个女人手中的灯光射到了他仁慈的眼睛上。

这是一位舞女,珠光宝气,披着淡蓝的斗篷,陶醉于美酒般的青春中。

她把灯火凑近,看到了一张英俊端庄的年轻脸膛。

"请原谅,苦行者,"女人说道,"请您务必光顾寒舍。这尘埃飞扬的地面不是您合适的床。"

苦行僧答道:"女人,走你的路吧;一旦时机成熟,我自会去找你的。"

突然,黑夜露出了锃锃发亮的利齿。

雷电在天空中轰鸣,女人吓得瑟瑟发抖。

……

路边树木的枝丫经历着花蕾绽放时的阵痛。

在温和的春天空气中,欢快的笛声从远处飘来。

平民百姓已经进入树林,来参加花节。

一轮圆月从半空中凝望着寂静城镇的阴影。

年轻的苦行僧走在孤寂的街道,头顶上,害相思病的杜鹃歇在芒果树梢,倾诉着夜不能眠的哀怨。

乌帕古普塔经过一道道城门,伫立在护城堤边。

城墙的阴影中,躺着一个染上了鼠疫的女人,遍体疮痕,被匆匆赶出城外。这个女人是谁呢?

苦行僧在她的身边坐下,把她的头放在自己的膝上,用清水润着她的嘴唇,用香膏敷着她的身体。

"大慈大悲的人啊,你是谁呀?"女人问道。

"看望你的时机终于来临,所以我就来了。"年轻的苦行僧答道。

38

这只是我们之间的爱情嬉戏,我的恋人。

一遍又一遍,呼啸的暴风雨之夜向我猛扑过来,打灭了我的灯;黑色的怀疑汇聚起来,从我的天空扼杀全部的星辰。

一遍又一遍,河堤倒坍,任凭洪水冲毁我的田地,悲痛和绝望把我的天空撕得千疮百孔。

这使我明白:在你的爱情里自有痛苦的打击,但决没有死亡的冷寂。

39

墙壁崩塌，光线像神圣的笑声，闯了进来。

胜利，啊，光明！

黑夜的心脏已经被撕碎！

用你寒光闪闪的利剑把缠绕的怀疑和虚弱的愿望斩为两段。

胜利！

来吧，你这心胸狭隘的光明！

来吧，你在一片洁白中显得恐怖。

啊，光明，你的鼓声敲响在火的前进中，红色火炬已高高举起；在辉煌的闪射之下，死亡的气息已骤然消逝。

40

啊，火焰，我的兄弟，我向你歌颂胜利。

你是极度自由的鲜红意象。

你在空中挥动着双臂，你的手指迅疾地撩过琴弦，你的舞曲美妙动人。

当我的岁月终结、大门敞开的时候，你将把我手脚上的羁绊烧成灰烬。

我的身躯将与你合二为一，我的心脏将被卷进你狂热的旋转，我的生命作为燃烧的热能，也将闪烁发光，并且融入你的烈焰。

41

夜晚，船夫启航，要横渡波涛汹涌的大海。

船帆鼓满了狂风，桅杆因之而痛得嘎吱作响。

天空被夜的毒牙咬伤，中了黑色的恐怖之毒，昏倒在海面上。

一个个浪峰朝着无底的黑暗猛烈冲撞，船夫要启航横渡怒吼的大海。

船夫已经启航，我不知道他去奔赴什么约会，用突然出现的一叶白帆，使黑夜也感到无比震惊。

我不知道他最终会在何处靠岸，走向亮着灯光的寂静院落，寻找坐在陆地上等待的她。

一叶小舟，不畏风暴，不畏黑暗，它究竟在寻求什么？

也许,它载满了珠玉宝石?

哦,不,船夫没有携带任何珠宝,只是手里拿着一朵洁白的玫瑰,双唇噙着一支欢快的歌。

这是献给她的。她在这深夜里,守着灯光,独自等候。

她就住在路边的小屋里。

她披散的秀发迎风飘扬,遮挡了她的明眸。

狂风厉叫着穿过她破旧的门缝,简陋的灯盏摇曳着灯光,把飘忽不定的阴影投向四壁。

透过狂风的嚎叫,她听出他在呼唤她的名字,她那不为人知的芳名。

自从船夫启航,已经过去很久了。

还要等待很久,黎明才会降临,他才会敲门。

谁也不会使鼓响起,谁也不会知道他的来临。

唯有阳光将会洒满房屋,尘土得到净化,心灵得到愉悦。

当船夫靠岸的时候,一切疑虑必将在静谧中全然消失。

42

我紧紧地依附着这具活生生的木筏——我的躯体,漂流在我尘世岁月的狭窄小溪。

当我渡过这一溪流,木筏便被我抛弃。

以后将怎样呢?

我不知道那儿是否有一样的光明和黑暗。

未知者是永恒的自由:他在爱情里不讲怜悯。

他压碎贝壳,寻找囚禁在黑暗中的默然无言的珍珠。

可怜的心啊,你沉思默想,为逝去的岁月哭泣!

请为即将到来的日子而高兴吧!

钟声已敲响,朝圣的人啊!

你该在十字路口作出选择!

未知者将会再一次揭开面纱,与你相会。

43

国王宾比萨尔为佛陀的圣骨修建了一座圣庙,用洁白的大理石表达敬意。

傍晚时分，王室所有的嫔妃公主都来到这里，点燃灯火，敬献鲜花。

王子当上国王之后，在位期间，他用鲜血洗劫了父王的信仰，用圣书点燃了献祭的火焰。

秋日正在趋向死亡。

晚祷的时刻已经临近。

王后的侍女什里马蒂对佛陀一片赤忱，在圣水里沐浴之后，用盏盏明灯和洁白的花瓣装饰了金盘，默默地抬起乌黑的双眼，凝视着王后的脸庞。

王后噤若寒蝉，然后说："蠢姑娘，你难道不知道，谁要敢到佛陀圣殿拜佛，一律处以死刑？这可是国王的旨意啊。"

什里马蒂向王后深鞠一躬，转身跨出门外，找到王子的新娘阿密塔，伫立在她的面前。

一面金灿灿的镜子放在膝头，新娘对着铜镜把乌黑的长发编成辫子，并在额头发际点上一颗吉祥的红痣。

她一看到年轻的侍女，就双手颤抖地叫喊道："你想给我惹来何等可怕的灾祸？快离开我。"

公主苏克拉坐在窗前，伴着一缕夕阳，读着爱情小说。

当她看到侍女捧着祭品站在门口时，不禁大吃一惊。

书从膝上掉落在地上，她对着什里马蒂的耳朵悄声地说："胆大妄为的女人，你可不要去送死啊！"

什里马蒂走过一扇又一扇门扉。

她昂起头来，大声说道："皇宫的妇女们，快来呀，祭奠佛陀的时辰到啦！"

可是，她们有的当即关上房门，有的张口对她辱骂。

最后一线白昼的余晖从宫殿古铜色的圆顶上消逝而去。

深沉的阴影降落在街道的每个角落；城市的喧嚣沉寂了；湿婆之宙的锣声宣告着晚祷时辰的来临。

秋夜，像平静的湖面一般的深沉，黑暗中，星光颤动，这时，御花园的卫兵透过树影，惊讶地发现佛陀圣殿之前燃着一排明灯。

他们拔出利剑，飞奔而来，大声喝道："蠢货，你是什么人，竟敢来找死?"

"我是什里马蒂,"一个镇定的声音答道,"我是佛陀的奴仆。"

紧接着,她心口迸出的鲜血染红了冰冷的大理石柱。

星辰寂然无语,圣殿前的最后一盏灯惨然熄灭。

44

站在你我之间的白昼,最后一次向我们鞠躬告辞。

黑夜罩起白昼的面纱,也遮掩了点在我卧室的一盏明灯。

你黑暗的仆人悄无声息地走了进来,为你铺好婚毯,好让你与我单独坐在无言的静谧中,直至黑夜消尽。

45

我的夜晚在悲哀之床上度过,我的双眼倦疲不堪。我沉重的心还没有准备用漫溢的欢乐去迎接黎明。

用面纱罩起赤裸裸的灯光,从我的身边挥走这耀眼的闪烁和生命的炫舞。

你用温柔的黑暗斗篷把我罩在褶层里,让我的痛苦短暂地隔离于这世界的压力。

46

我应该为我得到的一切而报答她的时刻已经过去了。

她的夜晚找到了自己的清晨,你把她搂进你的怀里;我把我本该属于她的感激和礼品贡献给你。

我来到你的面前恳求宽恕,宽恕我过去对她的全部伤害和冒渎。

我把我这些等待着她打开的爱的蓓蕾也一起奉献给你吧。

47

我发现我昔日的几封书信精心地藏在她的盒子里,像几件小小的玩物供她的记忆玩耍。

带着畏惧的心,她试图从时光的湍流中偷走这些玩物,她说:"这些东西只属于我一个人!"

啊,现在无人要求占有这些书信了,谁会付出代价来对它们精心关照? 因此,它们原封不动地留在这里。

在这个世界上,定有仁爱存在,不致于使她完全失落,就像她的这种爱,如此痴情地使这些信件被珍藏了下来。

48

女人啊,把美和秩序带进我这悲惨的世界中来吧,犹如你活着的时候把它们带进了我的家里。

涤清时光的尘屑,盛满空荡荡的水罐,修葺曾被忽略的一切。

然后打开神殿的幽秘的大门,点燃蜡烛,让我们在神的面前默然相遇吧。

49

我的主啊,当琴弦调好之时,痛苦是何等巨大!

奏起乐曲吧,让我忘却痛苦;让我在美的享受中感受这无情日子里你心中所拥有的一切。

正在变淡的夜色仍旧逗留在我的门前,让她在歌声中辞别吧。

我的主啊,在你星辰乐曲的伴奏下,把你的心灵倾入我的生命之弦吧。

50

在瞬间的电光闪烁中,我看到了你巨大的创造力——历经生死,从一个世界到另一个世界的创造力。

当我看到我的生命在此刻毫无意义,我为我的毫无价值而哭泣,但是,当我看到你的生命掌握在你的手中时,我便知道了这生命的无比珍贵,它不应该被虚掷于阴影之中。

51

我知道,终将有一天,太阳将在暮色中向我作最后的告别。

牧童将在榕树下面吹着横笛,牲口会在河边的山坡上吃着草儿,而我的日子将会融进黑暗。

我的祈求是:在我离去之前,请让我知道,为什么大地要召唤我投进她的怀抱;

为什么她那夜间的寂静向我叙说星辰的故事,为什么她的晨曦把我的思绪亲吻成花朵。

在我离去之前,请让我逗留片刻,吟诵我最后的诗句,把它化为乐曲;让我点亮灯光,看一眼你的脸庞;让我织好花冠,戴到你的头上。

52

那是什么乐曲哟,能使世界和着它的节拍摇颤?

当它奏到生命之巅时,我们便放声欢笑,当它返回黑暗时,我们便蜷缩于恐惧之中。

相同的演奏,随着永无止境的乐曲节拍,时而高昂,时而沉寂。

你把财富藏于掌心,我们叫嚷着被人抢劫。

可你随心所欲地松开或捏紧你的掌心,得到的失去的都一样。

你自己与自己做着游戏,你同时又输又赢。

53

我已经用眼睛和双臂拥抱了这个世界;我已经把它一层又一层地包藏在我的内心;我已经用思想淹没了它的白昼和黑夜,直至世界和我的生命合二为一。我爱我的生命,因为我爱这与我织为一体的天上的光明。

如果离开这个世界和热爱这个世界一样真实,那么,生命的相遇与离别必定意味深长。

假如爱情被死亡蒙骗,那么这种蒙骗的毒素会腐蚀万物,连繁星也会枯萎,黯然失色。

54

云彩对我说:"我这就消散。"

黑夜对我说:"我这就投入火一般的朝霞。"

痛苦对我说:"我保持深深的沉默,如同它的脚步。"

生命对我说:"我在完美中死亡。"

大地对我说:"我的光芒每时每刻都亲吻着你的思想。"

爱情对我说:"时光流逝,但我在等着你。"

死亡对我说:"我驾驶着你的生命之舟穿越大海。"

55

在恒河之畔,在人们焚化死者的凄清之处,诗人杜尔西达斯来回踱步,陷入沉思。

他发现一个妇女坐在丈夫的尸体旁,身着艳丽的服装,好像是举行婚礼一般。

她看见诗人时,起身施礼,说:"大师,请允许我带着你的祝福,跟随我丈夫前往天国。"

"为何这般匆忙,我的孩子?"杜尔西达斯问道,"这人间不也属于创造天国的上帝吗?"

"我并不向往天国,"妇人答道,"我只想要我的丈夫。"

杜尔西达斯笑容可掬地说:"回家去吧,亲爱的孩子。不等这个月结束,你就会找到你的丈夫。"

妇人满怀幸福的希望,回到家中,杜尔西达斯每天都去看她,以高深的思想促她思索,直到她的心中充满神圣的爱。

一月未尽,邻居们过来看她,问道:"妹子,你找到丈夫了吗?"

寡妇笑着答道:"是的,我找到了。"

邻居们急切地问道:"那么他在哪儿?"

"我的夫君在我的心里,已与我融为一体。"妇人答道。

56

你曾短暂地出现在我的身边,用宇宙之心深处的巨大的女性奥秘将我触动。

她呀,永远归还不尽上帝漫溢着的甜美;她是自然界永远清新的美丽与青春;她在潺潺的溪水中翩翩起舞,她在清晨的阳光里唱着欢歌;她用翻滚的波浪哺育着饥渴的大地;在她身上,创世主一分为二,既有难以遏制的欢悦,又充溢着爱情的痛苦。

57

她是谁呢？这个永远孤独的女人，居于我的心中。

我曾追求过她，但没有赢得她。

我用花环为她装饰，我用颂歌将她赞美。

她脸上荡漾过瞬间的笑意，又顷刻消失。

"我在你身上得不到欢乐。"她哭诉着，好一个忧郁的女人。

我给她买了镶满宝石的脚镯；我用缀着珠宝的扇子为她扇风取凉；我在纯金的床架上为她把床铺好。

她的眼中闪烁着一线欢乐，但很快地消亡。

"我从这些珠宝中得不到欢乐。"她哭诉着，好一个忧郁的女人。

我把她扶到凯旋车上，驱车送她四处巡游。

一颗颗被征服的心灵拜倒在她的脚下，欢呼的声音响彻云霄。

瞬间的自豪在她的眼中闪烁，接着在泪水中黯然消亡。

"我从征服中得不到欢乐。"她哭诉着，好一个忧郁的女人。

我问她："告诉我，你到底在寻找哪一位呢？"

她只是回答："我在等待那个我叫不出名字的他。"

光阴荏苒，她在呼喊："我的爱人何时来临？他不为我知，又永远为我所知。"

58

你的光明从黑暗中迸发而出，你的善良从挣扎的裂开的心口萌发出来。

你的房屋朝向世界敞开，你的爱情召唤人们奔赴战场。

你的礼品在万物皆失的时分仍不失为一得，你的生命从死亡之穴中流出。

你的天堂筑在尘世之间，你为我也为众人居住在那里。

59

当我疲于奔命，又被酷暑折磨得干渴难忍的时候，当黄昏的幽灵把阴影投向我的生命的时候，此时此刻，我的朋友，我不仅渴望听到你的声音，而且渴望得到你的抚慰。

我的心中有着极度的痛楚,因为承担着没有把财富交给你的重负。

穿过黑夜,伸出你的手来,让我握住它、填满它、拥有它;让我感到它抚摸我绵绵延伸的孤独。

60

芬芳在花苞里叫喊:"啊,一天过去了,一个欢乐的春日,而我却被囚禁在孤寂的花瓣里面!"

不要灰心丧气,胆怯的东西!

你的镣铐将完全迸裂,花苞将绽放出鲜花,即使你死在生命的旺盛期,春光也将长存。

芬芳在花苞里喘息、扑动、大声呼喊:"啊,时光流逝,我却不知我飘向哪里,也不知道要寻求什么!"

不要灰心丧气,胆怯的东西!

和煦的春风已偶然听到你的心愿,不等白日终结,你就会实现自己生存的使命。

她的将来是一片黑暗,芬芳在失望中叫喊:"啊,我的生命这般没有意义,这到底是谁的过错?

"谁能告诉我,为什么我会这样?"

不要灰心丧气,胆怯的东西!

完美的黎明即将走近,那时,你会把自己的生命与众人的生命融为一体,并最终得知你生存的目的。

61

我的主啊,她还是个孩子。

她在你的宫殿里奔跑嬉戏,而且还想把你也变成她的玩具。

当她的秀发垂下来,当她随便穿上的衣裳在地上拖曳,她一点也不介意。

当你对她说话,她便恬然入睡,不予回答——你早晨赠送的那朵鲜花,也从她手里滑落到地下。

当暴雨狂作,天昏地暗时,她的睡意全然消失,玩偶丢到地上,惊恐地紧偎着你。

她生怕不能服侍你。

可你却含着微笑看着她做着游戏。

你了解她。

坐在地上的孩子是你生命中注定的新娘;她的嬉戏终会停息,并将化为深沉的爱恋。

62

"啊,太阳,除了苍穹,还有什么能够容纳你的形象?"

"我梦见你,但我从不奢望服侍你。"露珠哭泣着说,"我太渺小,伟大的主啊,我无法载动你,而且,我的生命全都是泪珠。"

于是太阳说:"我照亮广阔无垠的天宇,但我也能委身于一颗微乎其微的露珠。我将化为闪光,把你填满。这样,你小小的生命便会成为含笑的星球。"

63

我不需要那种不知节制的爱,它就像酒的泡沫,从杯里漫溢而出,顷刻间徒然流失。

赐给我那种像你雨丝一样清冽纯净的爱吧,它赐福于干渴的大地,注满家中的水罐。

赐给我那种能够渗入心灵深处的爱吧,而且又能从那儿渗开,就像看不见的树液流经生命之树,诞生出鲜花和果实。

赐给我那种使心灵中充满宁静的爱吧。

64

一轮红日落进了河流西边的树林。

隐修院的孩子们已经放牧归来,围坐在火炉边,倾听大师高塔玛讲经,这时,一个陌生的少年走进来,向高塔玛致敬,献上水果和鲜花,深深地伏在他的脚前,用鸟儿一般婉转的声音说:"大师,我来到这里向您求教,请您领我走上至诚的道路。"

"我的名字叫萨蒂亚伽玛。"

"祝福你。"大师说。

"孩子,你出身于什么阶层?只有婆罗门才配得上追求最高的智慧。"

"大师,"少年答道,"我不知道我出身于什么阶层,我去问我母亲。"

说罢,萨蒂亚伽玛转身离开,他趟过浅浅的河水,回到母亲的茅屋。这间茅屋坐落在宁静村庄尽头处的荒丘上。

屋内点着昏黄的灯火,母亲站在门口的黑暗中,等待着儿子的归来。

她把儿子紧紧地搂入怀中,亲吻着他的头发,询问他求教的情况。

"亲爱的妈妈,我的父亲叫什么名字?"孩子问道。

"高塔玛大师对我说,只有婆罗门才配得上追求最高的智慧。"

这位妇人垂下眼睛,柔声说道:"我年轻时,是个穷苦人,侍奉过许多老爷。宝贝儿,你来到妈妈怀里的时候,妈妈还没有丈夫。"

初升的太阳在隐修院的树梢上闪耀着光辉。

古树下,弟子们围坐在师父面前,晨浴之后,他们蓬乱的头发仍旧湿漉漉的。

萨蒂亚伽玛走了过来。

他伏到圣人的脚前,深深地鞠躬致礼。

"告诉我,"大师问道,"你出身于什么阶层?"

"大师,"少年答道,"我不知道。我问我母亲时,她告诉我说:'我年轻时侍奉过许多老爷,你来到妈妈怀里的时候,妈妈还没有丈夫。'"

顿时,像受到惊扰的蜂巢爆发起一阵愤怒的嗡嗡声似的,弟子们喊喊喳喳地咒骂这位被遗弃者不知羞耻的狂言。

大师高塔玛从座位上站了起来,伸开双臂,把这个孩子一把搂到自己的怀里,说:"我的孩子,你就是最好的婆罗门。你继承了最高尚的诚实。"

65

也许在这座城里,有一间房屋今晨在旭日的抚摸下永远敞开了大门,光明在此完成了自己的使命。

也许就在今晨,有一颗心灵在篱边和花园的花丛中,发现了无尽的时光送来的礼品。

66

我的心啊,听着,他的长笛吹奏出的乐曲有着野花的清香,有着晶莹滴翠的绿叶和清波粼粼的溪水,还有回响着蜜蜂振翅微声的浓阴。

长笛从我朋友的唇上偷走了微笑,并把笑声扩展到我的生命之中。

……

67、68①

69

你藏在我的内心深处,因此,每当我的心儿徘徊之时,她无法发现你;你始终躲着我的爱情和希望,因为你总是存在于它们之中。

你是我的青春游戏中最深沉的欢欣,每当我沉溺于游戏之时,欢悦便会流逝。

你在我生命的狂欢时分曾经对我歌唱,可我竟忘了和你一曲。

70

当你把明灯托于空中,灯光洒在我的脸上,阴影却落到你的身上。

当你在我的心中举起爱情之灯,灯光落到你的身上,我则留在后面的阴影中。

……

71②

72

欢乐从整个世界奔赴而来,构建了我的躯体。

天上的光辉把她亲吻了一遍又一遍,直至把她吻醒。

匆匆奔驰的夏季花朵,和着她的呼吸赞叹,飒飒的风声与潺潺的流水,和着她的运动歌唱。

云朵和森林里五彩缤纷的激情,如潮水一般流淌入她的生命,万物的音乐把她的手足抚摸得婀娜多姿。

---

① 67、68,原缺。
② 71,原缺。

她是我的新娘——她在我的屋中点燃了明灯。

73

阳春携带着绿叶和鲜花走入了我的生命。

整个清晨,蜜蜂在那儿嗡嗡吟唱,春风慵懒地同绿阴嬉戏。

一股甜蜜的清泉从我内心深处奔腾而出。

我的双眼被喜悦洗得清澈纯净,犹如经过朝露沐浴的清晨;生命在我的四肢里躁动,犹如发出声响的琴弦。

啊,我无限时光的爱侣,是你在我的波涛汹涌的生命之岸独自徘徊?

是我的美梦在你身边飞来飞去,犹如一只只翅膀绚丽的飞蛾?

是你的歌声回荡在我生命的黑暗洞穴?

除了你,谁能听见今天在我脉搏里急速行进的时光发出的响动? 谁能听见我胸口欢快的舞步、以及在我体内鼓翼扑打的生命发出永无安宁的喧嚷?

74

我的锁链已被轧断,我的债务已经偿还,我的门扉已经敞开,我可以奔向任何地方。

他们蜷缩在角落里,编织着苍白的时间之网,他们坐在尘埃中数着硬币,并唤我返回。

但我的利剑已经铸好,我的盔甲已经穿好,我的战马急于奔驰。

我一定会赢得我的王国。

75

就在前不久,我赤条条地来到你的大地,无姓无名,只带着一声哭叫。

今天,我的声音变得欢快,而你——我的主,却闪在一旁,让出空间供我充实生命。

甚至在我向你奉献赞歌的时候,我也暗怀希望,盼望这些赞歌能把世间的人们吸引到我的身边,将我深深地爱恋。

你会欣慰地发现,我热爱你把我送来的这个世界。

我曾胆怯地畏缩于安全的庇荫中；但现在，当幸福的波涛把我的心儿推到浪巅的时候，我的心紧紧依附着它烦恼而残忍的礁石。

我曾独自坐在我房屋的一隅，心想：狭窄的斗室容纳不下任何客人；但现在，当门扉被不期而至的欢乐打开的时候，我发现这儿不仅能够容纳你，也能够容纳整个世界。

我曾步履轻盈地走路，细心地保护经过打扮、香气馥郁的容颜；但是现在，当一阵幸福的旋风把我卷倒在尘土里的时候，我会像孩子一般，快活地滚动在你脚前的地上。

77

世界曾经属于你，也永远属于你。

因为你从无匮乏，我的君王，所以你的财富不会给你带来什么欢乐。

你的世界仿佛一无所有。

因此，经过缓慢的时间，你把属于你的赠予我，在我身上不停地赢回你的王国。

日复一日，你从我的心中买得杲杲出日，你发现你的爱情塑成我生命的形象。

78

你把歌曲献给了鸟儿，鸟儿也以歌曲回报。

你只把歌喉赐予了我，可你向我索取得更多，所以我必须歌唱。

你把你的风造就得轻盈灵巧，因此它们敏捷轻快地为你奔波。可你却使我的双手沉重难举，又让我自己减轻重负，最终能够身手轻巧、无拘无束地为你效劳。

你创造了大地，又用一片一片的残光填注阴影。

你就此停息下来，留下我双手空空地在尘土上建造你的天堂。

你对于众生都是给予；对于我，却一味索取。

我生命的成果在阳光雨露中成熟，直至收获多于你的播种，使你的心中充满喜悦，哦，金色谷仓的主人啊。

79

别让我为免遭厄运而祈祷,让我无所畏惧地面对危难。

别让我为止息痛苦而恳求,让我能有一颗征服痛苦的心。

别让我在生命的战场上寻找盟友,让我竭尽全力地奋斗。

别让我在焦虑恐惧中渴望拯救,让我希求耐心来赢取自由。

答应我吧,别让我成为懦夫,只在成功之时感知到你的恩惠,让我在失败之时发觉你双手的握力。

80

你孤身幽居时,并不了解自己,当疾风从此岸吹向彼岸时,也不必传送一声急切的呼唤。

我来了,你就醒了,空中霞光万道,恰似繁花竞放。

你在繁花中绽开我的生命,又在千姿百态的摇篮里哄我入眠;你在死亡中把我藏起,又在生命中将我发现。

我来了,你心潮起伏,悲喜交集。

你抚摸我,我感受到你爱的颤动。

但我的眼中蒙上了一层羞涩,我的胸口闪现出一缕恐惧;我的脸庞遮在面纱里,我看不见你的时候,忍不住低声哭泣。

然而我知道,在你的心中,有着想与我会面的无穷渴望,它伴随着朝霞日复一日地叩门,在我的门口永无止境地呼喊。

81

在无穷无尽的守望中,你倾听着我越来越近的足音。你的欢乐聚集在晨曦之中,又骤然喷发成束的光芒。

我越是靠近你,大海的狂舞越是激昂。

你的世界是一束由光线织就的花枝,捧在你的手心里,而你的天堂却在我秘密的心底;它在羞涩的爱情中,一瓣一瓣地绽开着花蕾。

82

当我独自坐着静思的时候,我会情不自禁地喊出你的名字。

我会喊出你的名字,不用言语,也不抱有任何目的。

因为我像一个孩子，上千遍地呼唤母亲，为自己会叫"母亲"而怡然自得。

83

（1）

我感觉到一切星辰都在我心中熠熠生辉。

世界如同洪流一样涌进了我的生命。

百花在我体内纷纷开放。

陆地和水域的全部青春活力，像一缕香烟自我心中缭绕升起；大地万物的呼吸吹拂着我的思绪，宛如吹奏长笛。

（2）

当世界进入梦乡时，我来到你的门口。

繁星默不作声，我也不敢高声歌唱。

我等着观望，直至你的身影掠过夜的窗台，于是我心满意足地返回。

然后在清晨，我在路边歌唱；

篱边的束束鲜花和着我的歌声，晨风侧耳倾听。

旅人蓦然驻足，盯着我的脸庞，以为我呼唤了他们的名字。

（3）

把我留在你的门边，随时听命于你的心愿，接受你的召唤，在你的王国里四处奔走。

别让我在沉闷的深渊里沉没并且消逝。

别让我的生命被无聊空虚撕成碎片。

别让那些怀疑——那些扰乱人心的灰尘——将我围困。

别让我费尽心机地去聚积财物。

别让我扭曲自己的心灵来屈服于多数人的支配。

让我挺起腰杆，为做你的仆从而感到无上自豪。

84 划手

你是否听见远方死亡的喧嚣？

你是否听见从火海和毒云中传来的狂叫？

——船长要舵手把船儿转向一个未知的海岸，因为在港口停滞的时间已经过去，在这港口，同样的货物循环不息地买进卖出，在这港口，僵死之物漂浮在枯竭和虚无的真实之中。

他们从突然的恐惧中惊醒，问道："伙伴们，时钟已敲过几点？黎明何时才会降临？"

乌云翻滚，遮暗了星空——有谁能够看见白昼在招手示意？

他们持着桨跑了出来，床铺空了，母亲在祈祷，妻子站在门边默默观望；一阵别离的恸哭冲上云霄。

黑暗中又传来船长的呼喊："水手们，启航啦，停在港口的时间已经到啦！"

全世界所有的黑色邪恶都已泛滥成灾，然而，划手们啊，各就各位，把悲哀的祝福埋在心灵深处吧！

兄弟啊，你们责怪谁呢？低下头颅吧！

这是你们的罪孽，也是我们的罪孽。

上帝心中多年增长的热量——弱者的怯懦、强者的骄横、富贵者的贪婪、受害者的怨愤、种族的骄傲、对人的侮辱——已经冲破上帝的平静，在暴风雨中怒吼。

让暴风雨撕碎自己的心，就像撕开一个成熟的豆荚，并且化作四散的雷霆。

闭上你们的嘴巴，别再诽谤他人，鼓吹自己。

在额头上印下默默祈祷的平静，驶向那无名的彼岸。

我们每天遇见罪孽，遇见死亡；它们像云朵掠过我们的世界，以倏忽即逝的闪电的狂笑来嘲弄我们。

突然间，它们停止了狂笑，变得令人恐惧。

人们必须站在它们面前，说："我们不怕你，嗨，魔鬼！因为我们全靠征服你，才活过了一天又一天，我们即使死亡，也抱着坚定的信念：和平是真实的，善良是真实的，永恒的上帝也是真实的！"

如果永生并不居于死亡的心里，如果欢乐的智慧没有从悲哀之鞘绽放出鲜花，如果罪孽并没有死于自我的暴露，如果骄傲没被压倒在虚荣的重负之下，那么，驱使这些划手们跑出家园的希望又是从何而来？如同繁星在曙光中匆匆奔向死亡?

难道殉难者的鲜血和母亲的泪水将完全丧失在大地的尘埃之中? 他们即便付出这样的代价也无法赢得天堂?

难道凡人突破肉体束缚的时刻,不正是万能的上帝显现自己的时分?

85 失败者之歌

我伫立在路边的时候,我的主人吩咐我唱一支失败之歌,因为失败是他暗中追求的新娘。

她已蒙上了黑色的面纱,不让人群看见她的脸庞,但她胸前的珠宝仍在黑暗中闪闪发光。

她被白昼所遗弃,而上帝的夜晚却以明亮的灯火和被露珠滋润的鲜花等待着她。

她低垂着双眼,默然无言;她已把家庭抛诸身后,而夜风不时地从她的家里传来哀哭。

但是,面对一张因羞涩和痛苦而无比娇艳的脸庞,繁星唱起一支永恒的恋歌。

孤寂的宅院已经把门打开,呼唤的声音已经响了起来,黑夜的心脏因即将来临的幽会而懔然颤抖。

86 感恩

行走在傲慢之路上的贵人们,践踏着地位低贱者的生命,他们那沾满鲜血的足迹覆盖了大地的新绿。

让他们去欢庆自己的今天吧,主啊,感谢你。

我所感激的是,我的命运与遭受苦难、忍负权贵欺压的卑贱者联到了一起。他们在黑暗中捂着泪眼,饮泣吞声。

因为他们每一次痛苦的抽泣,都使你秘密的黑夜之心骤然悸动,他们所受的每一次侮辱都汇入你巨大的静谧中。

但明天定是属于他们的。

啊,太阳,从滴血的心灵上冉冉升起吧,绽放出一束束黎明的鲜花,让傲慢狂欢的火把畏怯地化为灰烬。

评析：

有人说，诗人是"人类的儿童"。因为他们都是天真的，善良的。在现代的许多诗人中，泰戈尔更是一个"孩子的天使"。他的诗正如天真烂漫的天使的脸；看着他，就"能知道一切事物的意义"，就感得和平，感得安慰，并且知道真相和爱。

在《采果集》中，诗人对于生命和自然的咏叹，透过清新优雅的文笔，传达丰富精妙的哲理，带您步入如诗如画的伊甸园，让您的生命感动久久！正如书中的一节所述：

"不，不是你的力量促使蓓蕾绽放出鲜花。""你摇晃花蕾，敲打花蕾"，甚至"你撕碎了花瓣"，花蕾仍是没有开放，"没有出现绚丽的色彩，也没有散发出馥郁的芬芳"。因为"不是由你才把蓓蕾绽放成鲜花。"。

而真正能使花蕾开放的人，他却做得轻而易举，只消"瞥上一眼"，"吹一口气"，花蕾便开放了！

这能使花蕾开放的人，到底是谁呢？诗人将他的名字隐去，要读者去猜。默默凝想——他不是别人，正是"自然"！

自然，他的魔力无比，你永远也不能超越他。

自然啊，他把美藏在最合适的地方，你发现它，也恰在自然早已安排好的一刹。这朵花，不会早一分，不会晚一秒地开放。你永远只有安静地期待，而不是粗暴无谓地强迫——要使花蕾绽放，那可由不得你。

这《采果集》便是一个花蕾，待我们将它读完，花便开了——朵生命哲理之花绽放。

爱者之贻

1

沙杰汗①,你宁愿听任皇权丧失,却希望使一滴爱的泪珠②永存。

岁月无情,它毫不怜悯人的心灵,它嘲笑心灵因不肯忘却而徒劳抗争。

沙杰汗,你用美诱惑它,使它着迷而成为俘虏,你给无形的死神戴上了永不凋谢的王冠。

静夜无声,你在情人耳边倾诉的私语已经镌刻在永恒沉默的白石上。

尽管帝国的皇权已经化为齑粉,历史已经湮没无闻,而那白色的大理石却依然向满天的繁星叹息着说:"我记着!"

"我记着!"——然而生命却忘却了。因为生命必须奔赴永恒的征召,她轻装启程,把一切记忆留在孤独凄凉的美的形象里。

2

我的爱,到我的花园里散步吧。穿过直扑眼底的热情的繁花,不去管她们的殷勤。只为突发的欣喜像惊奇夕阳的绚丽,你且暂停一下脚步,然后飘然逸去。

爱的赠礼是羞怯的,它从不肯说出自己的名字;它愉快地掠过幽暗,沿途散下一阵喜悦的震颤。追上去抓住它,否则就永远失去了它。然而,能够紧握在手中的爱的赠礼,也不过是一朵娇怯的小花,或是一丝火焰摇曳不定的灯光。

---

① 沙杰汗是 17 世纪印度莫卧儿帝国皇帝。

② "一滴爱的泪珠"指泰姬陵,印度伊斯兰建筑的代表作。1632—1654 年沙杰汗用了 22 年的时间为其爱妃蒙泰姬在北方邦的阿格拉近郊建造了一座陵墓。墓用白色大理石筑成,墙上镶嵌着五彩宝石,中央覆以巨大的圆形穹窿。因此诗人以"泪珠"来形容它。

3

我的果园中，果实累累，挂满枝头；它们在阳光下，因自己的丰满、蜜汁欲滴而烦恼着。

我的女王，请骄傲地走进我的果园，坐在绿阴下，从枝头摘下熟透的果子，让它们尽量把它们甜蜜的负担卸在你的唇上。

在我的果园中，蝴蝶在阳光中飞舞，树叶在轻轻摇动，果实喧闹着，它成熟了。

4

她贴近我的心，就像花草紧贴大地；她对我说来是如此甜蜜，犹如睡眠之子疲惫的躯体；我对她的爱就是我的整个生命的泛滥，似秋日上涨的河水，无声地纵情奔流；我的歌和我的爱浑然一体，就像溪流的潺潺涟漪，以它的波浪和水流歌唱。

5

如果我占有了天空和满天的星辰，如果我占有了世界和它无量的财富，我仍有更多的索求。但是，只要我有了她，即使在这个世界上我仅有一块立锥之地，我也会心满意足。

6

诗人呵，春光明媚豪奢，你应当高歌赞美那些毫不流连的匆匆过客，那些欢笑着奔向前方从不回头的人，那些像花朵般在恣情欢乐时怒放，转瞬即逝，终不悔恨的人。

请不要默默无言地坐下来，去数你昔日的悲欢——不要停下脚步，去拾起昨夜的鲜花上落下的花瓣；不要去苦苦求索你不理解的东西，去辨别它令人费解的寓意——不要试图去填满生命的空白，因为，音乐就来自于那空白深处。

7

我已所剩无几，其余的都在整个夏天漫不经心地挥霍掉了。现在，它只够谱一首短歌唱给你听；只够编一个小小的花环，轻轻地拢上你的手腕;只够用一朵小花做一只耳环,像一粒粉红色的圆润的珍珠,一声羞赧的低语,悬垂在你的耳边;只够在黄昏树阴下,在小小的赌赛中,孤注一掷,输个干净。

我的小船是简陋的,又容易破损,不能在暴风雨中迎着惊涛骇浪前进。但是,只要你肯轻轻地踏上它,我愿意缓缓划动双桨,载你沿着河岸航行;那里,蔚蓝的水面上微波荡漾,如同被梦幻揉皱的睡眠;那里,鸽子在低垂的枝头咕咕鸣唤,给正午的树阴笼上了一层忧郁。日落人倦时,我将采一朵带着晶莹露珠的睡莲,簪上你的秀发,然后向你告别。

8

我的小船载满了人,装满了货,但是,我怎能拒绝你呢?你孤身一人,只带了几束稻谷。你年轻,身形苗条又纤弱;飘忽的微笑在你的眼角闪烁,你的黑色长裙像雨天的乌云。船上当然留有你的位置。

旅客将一路陆续登岸离去。你且在我的船头稍停片刻,待船儿靠岸时谁能将你留住?

你向何方而去,又会到谁家贮藏你的稻谷?我不会向你发问。但是,黄昏时,当我落下风帆,泊下小船,我会坐下来敲打这个疑窦:你向何方而去,又会到谁家贮藏你的稻谷呢?

9

女人,你的篮子沉重,你的四肢乏力。你要走多少路?又为寻求什么赢利而奔波?道路是漫长的,烈日下路上的尘土火一般地灼热。

看哪,湖水深且满,像乌鸦的眼睛一般黑。湖岸倾斜,青青嫩草为它铺上柔软的地毯。

将你疲惫的双足浸在水中吧,这里正午的熏风会为你梳理飘散的长发;鸽子咕咕低吟着睡眠曲,绿叶窃窃私语,诉说着隐藏在绿阴中的秘密。

即使时光流逝,夕阳西沉,又有什么关系呢?即使那横穿荒野的小路迷失在暮色苍茫中,又有什么关系呢?

不要害怕,前面盛开着凤仙花的篱边,就是我的家。我将带你到那里,为你铺好床,点起一盏灯。明日清晨,鸟雀被挤奶的姑娘惊起时我会将你唤醒。

10

那驱使蜜蜂——这些无形的踪迹的追随者——离开它们的蜂房的是什么呀？它们急剧地扇动着的翅膀在传递什么信息呢？它们如何听到沉睡在花心的音乐呢？它们又怎样找到了羞怯无声地安睡在花房的蜜呢？

11

初夏，绿叶刚刚吐出嫩芽。夏天来到海边的花园里。和煦的南风，轻柔地传来断续的懒洋洋的歌声。一天就这么结束了。

然而，让爱之花盛开的夏天来到海滨的花园里吧。让我的欢乐诞生，让它拍着手儿，和着汹涌的歌声翩翩起舞吧。让清晨甜蜜而又惊奇地睁大眼睛吧。

12

啊，春天！很久很久以前，你打开天国的南门，降临在混沌初开的大地。人们冲出房屋，欢笑着，舞蹈着，欣喜若狂，互相抛掷着花朵。

岁岁年年，你都带着你第一次走出天堂时撒在路上的四月鲜花来到人间。因此，你的鲜花的浓郁芬芳里弥漫着如今已成梦境的岁月的声声叹息——那已消逝的世界的眷恋情深的哀思。你的轻风里满载着已从人类语言中消失的古老的爱的传奇。

有一天，你突然闯进我因初恋而焦躁悸动的心灵，带来新的奇迹。从此，年复一年，那从未经历过的欢乐的甜柔和羞怯便藏在你柠檬花绿色的蓓蕾里；我心中难以倾诉的柔情便留在默默无言、如燃烧的火焰似的红玫瑰中；我生命中最美好的一页——那热情奔放的五月时光的深切怀念，便和着你年年新绿的嫩叶的沙沙声悄悄低语。

13

昨夜，在花园里，我向你献上青春洋溢的美酒。你举起杯儿，放在唇边，合上双眼微笑着。我撩起你的面纱，弄散你的长发，将你那宁静而又洋溢着柔情蜜意的脸庞贴在我的胸膛。昨夜，月光梦一般地漫溢在安睡的大地。

今晨，朝露晶莹，黎明岑寂。你，刚刚沐浴归来，身着洁白的长袍，手提满篮的鲜花,向神庙走去。我伫立在通往神庙小路旁的树阴下,在静悄悄的黎明中低垂着头。

14

假如我今天烦躁不安。我的爱,宽恕我吧。这是第一场夏雨,河边的树木在摇曳颤抖,花繁叶茂的迦澹波树举着醇美的酒杯,在劝诱过路的风。看呵,天空里道道电光闪烁着投下匆匆的视线,风儿正在你的秀发上跳跃嬉戏。

假如我今天太殷勤,我的爱,请不要生气。迷蒙的雨幕掩住我们每日所见的景物,村子里的一切劳动已经停止,牧场上杳无人迹。即将降临的雨儿在你的黑眼睛里发现它的音乐,七月在你的门前等待着用它含苞的素馨簪上你的秀发。

15

村里人都叫她黑姑娘,可是在我的心上,她却是一朵小花——一朵黑色的百合。我第一次见到她是在乌云裹挟着闪电滚滚而来的田野上。她的面纱拖在地面,乌黑的发辫垂在肩前。也许她是个黑姑娘,正像村里人所说的那样。但是,我只看到她那双小鹿般可爱的黑眼睛。

狂风呼啸,预示着暴雨即将到来。听到小花牛惊慌的哞哞低鸣,她快步跑出茅屋。

抬起大眼睛仰望天空,听着隐隐的雷声。那时,我站在稻田边——只有姑娘心里才明白(或许我也知道),她是否注意到我……她黑得那样可爱,像炎热的夏季里带来阵雨的乌云,像密林里温柔的阴影,像恼人的五月黑夜里渴望爱情的无言的秘密。

16

她曾住在破损的石阶伸至水面的池塘边。多少个夜晚,她凝视着那因竹叶摇曳而使人眩晕的溶溶月色;多少个雨季,她嗅到从嫩秧田里飘来的湿润泥土的清香。

椰枣树下,村庄的院落里,姑娘们谈笑着缝制冬衣。她的名字总是被人们亲昵地提起。池塘深处还保留着她手臂戏水的记忆,通往村中的小路上还印着她每天经过时潮湿的足迹。

今天,带着水罐来池塘汲水的姑娘就曾和她天真地逗趣,看到过她的微笑,那赶着牛群去凫水的老人,也曾每天在她门前停下脚步,向她问候致意。

多少条帆船曾从村边驶过,多少位旅人曾在榕树下休憩,渡船曾把多少人送到对岸的集市,但是从未有人留意过这个地方,乡间小路边,靠近破损的石阶伸近水面的池塘,曾经住着我心爱的姑娘。

17

很久很久以前,蜜蜂在夏季的花园中恋恋不舍地飞来飞去,月亮向着夜幕中的百合微笑,闪电向云彩抛下它的亲吻,又大笑着跑开。诗人站在树林掩映、云雾缭绕的花园一隅,让他的心沉默着,像花一般恬静,像新月窥人似的注视他的梦境,像夏日的和风似的漫无目的地飘游。

四月的黄昏,月儿像一团雾气从落霞中升起。少女们在忙碌地浇花喂鹿,教孔雀翩翩起舞。蓦地,诗人放声高歌:"听呀,倾听这世间的秘密吧!我知道百合花为月亮的爱情而苍白憔悴;芙蓉花为迎接初升的太阳而撩起了面纱,如果你想知道,原因很简单。蜜蜂向初绽的素馨低吟些什么,学者不理解,诗人却了解。"

太阳羞红了脸,下山了,月亮在树林里踟蹰徘徊,南风轻轻地告诉芙蓉:这诗人似乎不像他外表那样单纯呀!妙龄少女、英俊少年含笑相视,拍着手说:"世间的秘密已然泄露,让我们的秘密也随风而去吧!"

18

假如你一定要倾心于我,你的生活就会充满忧虑。我的家住在十字路口,房门敞开着,我心不在焉——因为我在歌唱。

假如你一定要倾心于我,我决不会拿我的心来回报。倘若我的歌儿是爱的海誓山盟,请你原谅,当乐曲平息时,我的信证也将不复存在,因为隆冬季节,谁会恪守那五月的誓约?

假如你一定要倾心于我,请不要把它时刻记挂在心头。当你笑语盈盈,一双明眸闪着爱的欢悦,我的回答必然是狂热而轻率的,一点儿也不切合实际——你应把它铭记在心,然后再把它永远地忘却。

19

经书中写道,人若年过半百,就应远离喧嚣的尘世,到森林中隐居生活。然而,诗人却宣称:净修林只应当属于年轻人。因为,那里是百花的故乡,是蜂儿鸟儿的家园;那里,幽静的角落期待着情侣们的私语的震颤。月光亲吻着素馨花,倾诉着深厚的情谊。

只有远远未到五十的人才能领略其中的深意。

啊,风华正茂的少年,既缺乏经验,又固执任性!因此,他们正应隐居在密林,经受谈情说爱的严格训练,而让老人去管理世间的营生。

20

我的歌呀,你的市场在哪里呢?学者的鼻烟污染了夏日的清风,人们无休无止地争论着"是油依赖桶还是桶依赖油"的问题,连那泛黄发旧的手稿也为那如此无聊地浪费转瞬即逝的生命而蹙起眉峰的地方吗?我的歌大声喊道:呵,不,不,不是!

我的歌呀,你的市场在什么地方?大理石宫殿里住着越来越骄横的肥胖的百万富翁,他的书架上堆满皮革装订、黄金描绘的书籍,奴仆们不时地掸去书上的灰尘,这从未被人翻阅过的书籍扉页上的题词是献给那无名的神祇。你的市场是在那里吗?我的歌猛吸一口气,说道:不,不,不是!

我的歌呀,你的市场在什么地方?青年学生坐在书桌旁,头儿低垂在书本上,思想却在青春的梦境里漂游;散文在书桌上徜徉,诗歌深深地埋藏在心里。灰尘铺满零乱的书斋,歌儿呵,你可愿在那里玩捉迷藏?我的歌踌躇着,没有开口。

我的歌呀,你的市场在什么地方?忙着操持家务的少妇,抽空儿快步跑进卧室,急匆匆地从枕头上抽出一本爱情故事,那书儿被小宝贝撕破揉皱,书页散发着她头发上的气息。你的市场是在这个地方么?我的歌叹息着,欲言又止,拿不定主意。

我的歌呀,你的市场在什么地方?鸟儿轻轻啼啭,溪流明睿地欢歌,宇宙的琴弦把歌曲倾在一对恋人的两颗颤动的心上,你的市场是在那里么?我的歌放声高唱:是的,是的,是的!

21 一束花

　　我的花儿像乳汁一样洁白,蜂蜜一样香甜,美酒一样香醇;我用金色的丝带将花儿扎成一束,但是它们逃避我小心的照料,飞散了,只有丝带留着。

　　我的歌儿像乳汁一样清新,蜂蜜一样甘美,美酒一样令人陶醉;它们和我的心跳同一韵律;但是它们——这闲暇的宠儿,展开翅膀飞去了,只有我的心在孤寂中跳动着。

　　我所爱的美丽姑娘像乳汁一样纯洁,蜂蜜一样甜蜜,美酒一样迷人;她的红唇像清晨时开放的玫瑰,她的眼睛像蜂儿①般漆黑。我屏住呼吸,生怕惊扰了她;但是,她也像我的花儿和歌儿一样离开了我,只有我的爱情还留着。

22

　　假如来生我有幸投生为布林达森林②里的牧童,我甘愿忍受失去书香门第的一切痛苦。

　　牛群在草场吃草,牧童坐在大榕树下,悠闲地编织着红豆花环,他喜欢投入耶摩那清深的河水中激起水花。

　　拂晓,小巷中家家响起搅奶器的嗡嗡声,他唤醒伙伴们同去放牧;牛群扬起一阵尘雾,姑娘们来到院子里挤牛奶。

　　山竹果树下的阴影更浓了,河流的两岸暮色苍茫;挤奶姑娘渡过波浪汹涌的河水时,吓得胆战心惊;一群孔雀展开绚彩夺目的尾翎,在森林里起舞。而牧童正凝视着夏日的云霞。

　　四月的夜晚像初绽的花朵一般甜柔,牧童消失在森林中,头上斜插着一根孔雀翎毛。

　　缀满鲜花的秋千绳紧紧地拴在树枝上,南风在笛声中轻轻震颤,快乐的牧童,结队来到蓝莹莹的河水边。

----

　　①　蜂儿指印度的一种黑蜂。印度人的传统审美习惯以为它最美丽,常用它来形容女人眸子的漆黑和眼波的流转,以及皮肤的微黑与体态的轻盈。

　　②　布林达森林是印度神话中黑天大神童年时与牧女拉塔相爱的地方,是印度维湿奴派信徒的圣地。

我的兄弟，我不愿意去做孟加拉新时代的先驱，也不想为蒙昧的人民点亮文明的灯火；但愿我能投生在郁郁葱葱的无忧树森林里，投生在布林达的村庄中，在那里姑娘们搅动牛奶做奶酪。

23

我爱这铺满沙砾的河岸，鸭群在寂静的水塘里嬉戏，乌龟在阳光下晒暖；夜幕低垂时，漂泊的渔船停泊在高高的水草丛里。

你爱那覆满绿茵的河岸，茂密的竹林郁郁葱葱，汲水的姑娘们沿着蜿蜒的小径迤逦而行。

同一条河在我们中间流淌，向它的两岸唱着同一支歌。我独自躺在星光下的沙滩上，倾听着：晨光熹微中，你一个人坐在河岸边，倾听着，只是河水对我唱了什么，你不知道；它倾诉给你的，对我也永远是个难解之谜。

24

你站在半开的窗前，面纱微微撩起，等待着货郎来卖手镯脚铃。你懒散地望着，笨重的牛车在尘土飞扬的道路上叽嘎叽嘎地滚动着车轮。远处的河面上，天水相接，帆樯缓缓地飘动。

世界对你，就好似老奶奶摇动纺车时低吟的小曲，无意义也无目的，又充满随心所欲的想象。

但是，有谁知道，也许就在这闷热倦人的中午，那个陌生人提着满篮奇特的货物，已经上路？他响亮地呼唤着路过你的家门时，你便会从依稀的梦中惊醒，将窗儿洞开，抛下面纱，走出房门，去迎接命运之神的安排。

25

我紧握你的手，我的心跳进你那双黑眼睛的深潭里；我在寻找你，你沉默着不说话，永远躲避着我的追求。

我明白我必须满足于这易逝的爱情，因为我们不过是在路途中邂逅相逢。难道我有力量陪你走过这人群熙攘的尘世，领你走出这迷宫似的人生曲径？难道我能有足够的食物供你度过那树满死亡之门的阴暗的旅程？

26

如果你偶然记起了我，我便为你唱歌。雨后的黄昏把她的阴影洒在河面上，把她的暗淡的光缓缓地拖向西方；斜晖脉脉，已不适于劳作或游戏。

你坐在朝南的露台上，我在黑暗的房间里为你唱歌。暮色苍茫，从窗棂飘进湿润的绿叶的清香，预告雷雨将至的狂风在椰林里咆哮。

掌灯时分，我将离去。当你倾听着夜的天籁，那时也许你能听到我的歌声，虽然我已经不再唱歌。

27

我的盘中盛的是我所有的财富，我把它奉献给你。我不知道明天我该将什么供奉在你的脚下？百花争奇斗妍的夏日即将逝去，树儿将花朵凋谢的树枝举起，凝视着苍穹，我就像这棵大树。

但是，过去我奉献给你的一切，那永存的泪水——难道未曾使一朵小花永不凋谢吗？

在这夏日将逝之时，我站在你的面前，两手空空，你愿记住我奉献给你的那朵小花，愿用你的青睐来酬谢我吗？

28

我梦见，她坐在我的床头，纤纤素手轻柔地抚摸我的头发，那爱抚像是在弹拨美妙的乐章。我望着她的脸庞，双眸泪光闪闪，难言的隐痛将我惊醒。

我坐起来，望着窗外闪烁的星河，那寂静的星河隐匿着热情的火焰。不知此时此刻，她是否在做着同样的梦。

29

隔着树篱，我们的视线相遇了。我想，有一些话要对她说，而她却走开了。我要对她讲的话，像一叶扁舟日日夜夜随着时间的浪潮而颠簸起伏。我要对她说的话，仿佛秋天的行云，无止无息地四处追寻，又仿佛变成了黄昏时盛开的花儿，在落霞间寻找它已失去的时光。我要对她说的话，像萤火虫似的在我的心里熠熠闪光，在绝望的黄昏中，探求它的深意。

30

春花怒放,就像我那未说出口的爱情的灼人的痛苦。花儿的芬芳,带来了往昔诗歌的回忆。我的心蓦地绽出希望的绿叶。我的爱人没有来,但我的四肢却感到了她的爱抚,穿过芳香的田野传来了她的歌声。忧伤的天空的心底有她的凝视,但是,她的眼睛在哪里呢? 和风里飘飞着她的亲吻,但是,她的樱唇在哪里呢?

31

我的心上人呵,我似乎看见了你,在万物即将醒来的清晨,站在一道带着快乐梦幻的瀑布下,你的血管里满溢着它奔泻飞溅的水花。也许,你正在天国的花园里漫步,俏丽的素馨、百合、夹竹桃争妍斗艳,缤纷的落英飘洒在你合抱的双臂间,落在你热情洋溢的心上。

你的欢笑就像一支歌,但是,歌词却湮没在万物争鸣的合唱中,湮没在百花无形的销魂的芬芳里。你的欢笑像隐身在心中的明月,你的双唇像是窗口,月光从那里洒射出来。

我忘记了原由,也不想知道它,我只记得,你的欢笑就是炽烈沸腾的生活。

32

多少次,春天轻叩我们的房门,而我正为工作忙碌,你也不去理睬它。今天,只剩下我独自一人,伤心欲绝,意气消沉的时候,春天又来了,我不知道怎样把它从门口赶走。当春天想向我们献上欢乐的冠冕时,我们的大门却紧紧关闭着,但是,现在,当春天带来的是忧伤的礼物时,我却不得不让它畅行无阻地走入门来。

33

往日里,闹闹嚷嚷的春天曾一路欢笑着闯进我的生活,把玫瑰撒满大地,向晓的天空被无忧树嫩叶的亲吻染作一片火红。今天呵,春天穿过幽寂的小径,沿着凄清抑郁的树阴,悄悄地潜入我独处的小屋,静静地坐在露台上,凝视着前面原野的绿色化为一片苍茫的暗淡天际。

34

像低垂的雨云,分别的时刻来到了。我仅仅来得及用颤巍巍的双手,在你的手腕上系上一条红色的丝带。如今,正是摩怙阿花盛开的时节,我孤独地坐在草地上,一遍又一遍地暗自思索:"你腕上还系着那条红丝带吗?"

你沿着黄花照眼的亚麻田边的小径离去了。我看见,昨夜我为你编结的花环依然松松地垂在你的发上。为什么你不肯稍等片刻,让我在清晨采集鲜艳的花朵,作为最后的献礼?我不知道,你头上那支松垂着的花环是否已在无意间跌落在小径上?

多少个黄昏和黎明,我为你歌唱;当你离去时,低声吟唱的正是那最后的一支歌。你不肯多停片刻,听我为你再唱一支只是为你、永远为你谱写的新歌。我不知道,你在田野中穿行时浅吟低唱的我的那支歌,是否终于让你厌倦了?

35

昨夜,乌云压城,预兆着大雨倾盆;阵阵狂风,摇撼着奋力挣扎的橄榄树的枝条。

我希望,在这个暴风骤雨、孤寂凄清的夜晚,梦如肯降临,他应化作我心爱的人儿来到我的睡眠中。

风儿依然呜咽着掠过田野,黎明苍白的脸颊挂满泪珠。我的梦也已落空,因为,现实是冷酷的,而梦也自有主张,独往独来。

昨夜,黑暗沉醉在狂风暴雨之中,雨像是夜的面纱,被狂风撕成碎片;在这星辰隐匿、暴雨喧嚣的夜晚,梦如化做我心爱的人儿来相会,现实是否会妒忌呢?

36

我的镣铐,你在我的心底谱写了乐曲;我终日拨弄你,使你成了我彰显光彩的装饰物。

我们是亲密的战友;你也曾使我畏惧,但畏惧之情使我更加爱你。你是我漫漫长夜中的伴侣,在我向你告别之前,容我向你敬礼,我的镣铐。

37

我的小船呵,你的舵几经毁损,帆也破成碎片,你常常飘向海洋,拖着铁锚,你并不在意。可是这一次,你的船身上已经裂开了一道缝,你的货舱装载的货物又很沉重,现在是你结束航行的时刻了,让轻轻拍岸的波浪摇你入睡吧。

啊,我知道一切规劝警诫都是无用的。蒙着面纱的神秘的毁灭命运在诱惑你。狂风暴雨疯狂地向你扑来。浪潮高卷,轰鸣连天,热烈的狂舞震撼着你。

那么,扯断铁链,我的小船,挣脱羁绊,无畏地冲向你的毁灭吧!

38

当我年轻时,我曾在迅猛湍急的激流中漂游;春风挥霍成性地在吹拂,枝头繁花似火,百鸟争鸣,从不知疲倦。

热情的洪水淹没了我的理智,我以令人目眩的速度扬帆疾驶;我没有时间以我的心灵去观察、去感受、去理解这个现实的世界。

如今,韶华已逝,我的小船搁浅在岸边,我听到了万物深沉的乐曲,苍穹也向我敞开缀满繁星的胸怀。

39

我的双眸背后,有一个旁观者,他似乎见过远古时代的事物,熟悉混沌初开时的世间生活,而这些被人遗忘的情景在青草上闪烁,在树叶上颤动。他见到过暮色苍茫星光闪烁时分蒙上新面纱的爱人的脸庞。因此,在他的眼中,蓝天像是为无数的聚散离合而痛苦,春风里仿佛弥漫着一种强烈的愿望——那对亘古世纪的悄言私语的怀念。

40

逝去的青春传来消息,它对我说:"在微笑成熟为泪花,时光为未出唇的歌声而痛苦的尚未到来的五月的震颤里,我在等着你。"

它说:"踏过已消逝的时光轨迹,穿过死亡之门,到我身边来吧!因为梦境消逝,希望落空,你采集的岁月果实也已腐烂。但是,我是永恒的真实,在你从此岸到彼岸的生命旅行中,你将与我几番相逢。"

41

姑娘们去河边汲水,树林里传来她们的笑声;我渴望和姑娘们一道,走在通向河边的小路上;那里羊群在树阴下吃草,松鼠在阳光下轻捷地掠过落叶,跳进阴影里。

但是,我已经做完一天该做的事情,我的水罐已经灌满,我伫立在门外,凝望着闪光滴翠的槟榔树叶,聆听着河畔汲水姑娘的欢笑声。

日复一日,在露水洗过一般清新的清晨,在暮色苍茫慵倦的黄昏,担负起去取回水罐的任务,始终是我最喜爱、最珍视的享受。

当我意兴阑珊、心情烦乱的时候,那满罐汩汩的清水温柔地拍抚着我;它也曾伴随着我欢乐的思绪、无声的笑颜而一起欢笑;当我伤心的时候,它泪水盈盈,呜咽地向我倾诉心曲;我也曾在雨骤风狂的日子,抱着它走在路上,哗哗的雨声淹没了鸽子焦急的哀鸣。

我已经做完一天应做的事情,我的水罐已经汲满,西方的斜晖已经暗淡,树下的阴影也已经更深更重;从开满黄花的亚麻田中传来一声长叹,我不安的眼睛瞭望着村中通向河水深黑的河岸的蜿蜒小路。

42

难道你仅仅是一幅画像,不像是繁星和尘埃一般的真实存在? 和着世间万物的脉搏,繁星闪烁,尘埃颤动,而你静止的画像是那样绝对地远离一切,孤零零的。

你曾伴随我一同散步,你的呼吸是温馨的,你的四肢充满着生活的乐曲。你的话语道出了我的感受,你的脸孔触动了我的心弦。突然,你停下脚步,留在永恒的阴影里,而我只好踽踽独行。

生命像个孩子,边笑边摇动着死亡的拨浪鼓向前奔跑,它向我招手,我随着那无形的先驱继续前进。但是,你却停下脚步,留在尘埃和繁星之后,你不过是一幅画像。

不,你不可能是一幅画像。如果你的生命之流停息了,那么河水也会不再奔流,五彩缤纷的晨曦也会停下脚步。如果你那如闪烁的暮色般的黑发消失在绝望的黑暗之中,那么夏日的绿阴也会带着它的梦儿死去。

我真的会忘记你吗? 我们匆匆赶路,忘却了路旁篱边的绿叶鲜花。然而,芳香却在不知不觉间融入我们的忘却之中,使它充满了音乐。你离开我处身其间的世界,却在我的生命之源找到了栖身之所,因此,那遗忘不正是消失在它的深处的记忆吗?

你已不再听我唱歌,你已溶进我的音乐,你随着破晓时的曙光来到我的身边,又随着傍晚夕阳的最后一道霞光离去。然而,从此我总在黑夜中寻找你。不,你绝不仅仅是一幅画像。

43

你临终时赠予了我人生之千古的大悲痛,赠予了我思想之天幕上的夕照光华,赠予了我迟暮的静默之泪水——就是那泪水,自辟小径,横越大地通向爱的殿堂。于是,我仿佛感觉到:在你的清辉玉臂里,在我们的婚姻结合里,我们的生与死合为一体。

是夜晚,是另一个世界,你亮着灯在阳台上守望——那儿有永恒的宁静,那儿是万物的"始"与"终"同一沉默之地。你打开城门,以源于你的生命来注满死亡之杯,饮我的唇吻,并且能够使我静避鸿蒙。仅仅如此,我已经感到很幸福了。

44

你死去了,从世间万物中消失了,你的死对我身外的一切说来是终止了生命;但是,你却在我的悲泣中得到完全的再生。我感到我的生命更臻完美,因为,在我的生命中,男性的刚强与女性的温柔永远合二为一了。

45

携了美与秩序到我不幸的生活中来吧,女人,就像你活着的时候将它们带到我的家里一样。拂去时光的尘埃,注满空空的水罐,照料那被忽视的一切。再敞开神庙内殿的大门,点燃明烛,让我们在神的面前默然相对吧。

46

天空凝视着自己无垠的蔚蓝,沉入梦幻。我们,一簇簇的云朵,便是它突发的奇想。我们飘浮无定,没有家园。星星在永恒的王冠上闪耀。关于它们的记录是永恒的,而我们却是用铅笔写就的草稿,转瞬之间便可以抹去。在太空的舞台上,我们是那敲响手鼓、放声大笑的角色。但是,暴雨雷鸣便来自于我们的笑声,而雨点是足够真实的,雷声也非同小可。然而,我们无权向时间要求报酬,我们随风而来,在我们还来不及命名时,又随风而去了。

47

道路是我的新娘。白昼,她在我脚下向我低语,永夜,她和着我的梦儿歌唱。

我与她的相会没有起始,也没有终止,随曙光来临,随夏天的鲜花与歌儿更新。她的每一次亲吻,都像恋人的初吻。

我和道路是一对恋人。每个夜晚都为她换上新装,每个早晨,我都将褴褛的旧衣留在路旁的客栈里。

48

每日里,我沿着同一条老路来来回回,送水果到市场,赶牛群去牧场,划船渡过小河,对条条道路我都是那么熟悉。

一天清晨,田野里到处是忙碌的人们,牧场上到处是牛群,大地的胸膛和着熟透的稻浪欢快地起伏。我走着,手里提着沉重的篮子。

忽然,一阵轻风吹过,天空仿佛在亲吻我的前额。我的心儿跳跃,仿佛朝阳破雾而出。

我忘记了走熟的老路,向路边跨出了几步,熟悉的景物却变得陌生了,就如一朵花,我只在它含苞欲放的时候认识它。

我为平日的小聪明感到羞愧,我离开正途闯入了仙境般的世界。那天清晨,我迷失了道路,却找到了永存的赤子之心,这是我一生之幸运。

49

我的宝贝,你问我:"天堂在什么地方?"圣人告诉我们:"天堂超越于生死界限之外,也不受日夜交替的制约,天堂不属于凡世。"

然而,你的诗人却明白:天堂渴望着时间与空间,它为降生到这果实累累的大地上而不懈地努力着。天堂就在你那柔嫩的体内,就在你那急速跳动的心中,我的宝贝。

大海欢乐地敲响了鼓点,花儿踮起脚尖亲吻你,因为,天堂和你一起诞生在大地母亲的怀里。

50

母亲把女孩抱在怀里,唱道:"下来,下来吧,亲亲我的宝贝,在她小小的额头上。"月亮梦一般地微笑着,夏季隐约的花香在暗中浮动;幽静的芒果林的浓阴深处传来夜莺的歌声;遥远的村落中升起一阵牧童的短笛,笛声里带着无限的忧郁。年轻的母亲抱着孩子,坐在台阶上,柔声低唱:"下来,下来吧,月亮,亲亲我的宝贝,在她小小的额头上。"她仰望着天上的明月,又低头俯视着怀中的"地上的明月",我惊奇地望着这一派宁静的月光。

孩子欢笑着,学着母亲的声音歌唱:"下来,下来吧,月亮。"母亲微笑了,月光皎洁的夜也微笑了。没有人注意我,诗人,小宝贝母亲的丈夫,正躲在后面看着这画一般的景象。

51

初秋的晴空万里无云,河水快要溢出堤岸,冲刷着倒在浅滩上的一棵大树的裸露的树根。长长的小路从村庄里伸出,宛如饥渴的舌头,一头扎入小河中。

我向四周眺望。静默的天空,流淌的河水,我感觉到幸福在向四方延伸,就像孩子脸上绽开的纯真笑靥。我的心是充实的。

52

性急的花儿呀,冬天还未归去,你们便厌倦了等待,挣脱了羁绊。等到看不见的来者匆匆瞥见你们这路旁的守望者的时候,你们已匆匆地冲了出来,奔跑着,喘息着。哦,你们这情不自禁的素馨,你这热烈缤纷的玫瑰!

你们绚丽的色彩,浓郁的芳香,扰动了空气。你们笑着,互相推搡着,袒露胸怀地怒放了,然后凋谢了,纷纷扬扬落满大地,最先冲向死亡的洞隙。

到时候,夏天自会乘着潮水般的南风来临,而你们却从不肯减缓速度,掌握它来到的准确时间。出于信心的极度欢乐,你们鲁莽地在路边消耗了自己。

你们从远方听到了夏天的脚步声,便以落花铺地供它轻轻踏过。甚至解救者还未出现,你们便挣脱了羁绊,开放了,在它还未到来并且承认你们以前,你们就把它当成自己的了。

53 芭兰花

四月终于消逝,炎夏的热吻烤焦了无可奈何的大地,这时,我绽开了蓓蕾。我来了,一半儿惊惧,一半儿好奇,像个顽皮的孩童向隐士的小茅屋偷偷窥视。

我听到,枯枝残叶的树林战兢兢地窃窃私语;我听到,杜鹃吐露夏日慵倦的歌声;透过我的花蕾外飘摇的绿叶的帐幔,我看到了世界,严酷,冷漠,形容枯槁。

我依然勇敢地开放了,带着强烈的青春信念,畅饮着那从光彩夺目的天杯中倾出的烈酒,傲然地向黎明致敬。我,心底蕴藏着骄阳的芬芳的芭兰花。

54

天地初分,从创世主不安的梦魂的翻腾里,升起了两个女人①。一个是天国乐园的舞女,男人热烈追慕的对象。她欢笑着,从智者冷静的沉思中,从愚人空虚的蒙昧中,攫取了他们的心,把它们像种子似的信手撒在三月豪奢的东风里,五月狂喜的花丛中。

另一个是天国的王后,是母亲,她坐在金秋丰美的宝座上。在收获的季节,她把那些飘零的心,带到如泪水一般温柔甜蜜、像海洋一般宁静美丽的地方——带到神圣的生与死交汇处的那所冥冥未知的殿堂。

55

正午的微风,如蜻蜓那薄纱似的双翼在轻轻颤动。村中家家户户的茅屋顶,像孵雏的鸟儿一般掩护着昏昏欲睡的人们,一只杜鹃躲藏在绿阴

---

① 两个女人,第一个指乌尔娃希,代表热切的期望,永恒的青春。第二个指掌管幸福的女神拉克什弥。在印度神话里她们都是在创世主搅拌乳海时从海底升出的。

深处,寂寞地歌唱。

这清新流畅的曲调,滴进了人们劳苦耕作的单调音响中,为情侣的窃窃私语,为母亲的热吻,为孩子的笑声添增了音乐。它掠过我们的思绪,就像溪水流过水底的卵石,不知不觉间,使它们变得精美圆润。

56

对于我,夜晚是孤寂的。我在读一本书,直到感觉枯燥无味,它使我觉得,美像是商贾们用文字装扮起来的时髦货物。

我厌烦地掩卷熄灯。刹那间,月亮的清辉涌进我的小屋。

美的精灵啊,你的光辉泛溢苍穹,为什么一丝微弱的烛光竟遮蔽了你?为什么书中几句无用的空话,竟像薄雾似的掩盖了那使大地无比安静的声音呢?

57

秋天是属于我的,因为她时刻在我的心中摆动。她那闪光的脚铃随着我的脉搏铿铿作响,她那薄雾似的面纱随着我的呼吸飘动。梦中,我熟悉她那棕色长发的触摸。绿叶和着我的生命跳动飞舞,而她就在外面颤动的叶子中。她的明眸在晴空中微笑,因为是从我这里,它们汲取了光明。

58

蓝天下,万物熙攘,放声欢笑;尘埃沙粒像顽童,旋转飞舞。喧嚣撩动了人的心,而他的思绪呀,渴望和万物一同嬉戏。

我们的梦随着未知的溪水流动,伸展手臂去抓住大地——奋斗变成了砖石,建成了人类居住的城市。

呼声从往日涌来,向今天寻求着答案。它们的双翼扇动,空中布满了浮动的阴云;我们心中不肯平静的思想,离开栖身的窠巢,飞过幽冥的荒野,去追求形体。思想就像黑暗中摸索的香客寻求光明之岸一般,在实物中找到了归宿;它们将被诱入诗人的诗篇中,它们将被留宿在未来城市的塔楼中,它们将听到来自明天的战场上的呼唤,去拿起武器,携手加入战斗,去争取那即将到来的和平。

59

在无所不有的国度里，人们不修建高楼大厦。大路边是绿茵茵的草地，湍急的河水从旁流过。男人们晨出耕作，脸上笑容可掬；傍晚归来，口里哼着小曲，他们不为金钱而忙碌奔波，在这无所不有的国度里。

正午，妇女们坐在凉爽宜人的庭院里，低声唱着歌儿纺纱。稻浪滚滚的田野上，飘来牧童的短笛声。笛声使路上的行人由衷欢悦，他高歌着穿过光影斑驳的芳香的树阴，在这无所不有的国度里。

商人乘着载满货物的船儿顺流而下，没有在这片国土上收帆停泊。武士们擎着飞舞的旌旗列队而过，但是国王却从未在这片国土上停下他的战车。远方来的旅客曾在这里歇脚，离开时却不知道在这无所不有的国度都有些什么。

在这片国土上，路上的人群熙攘，却从不你推我搡。诗人呵，在这里安家吧。洗去长途跋涉沾在脚上的尘土，调好琵琶，日暮时，在这无所不有的国度里，躺在星光照耀下的清凉的草地上吧。

60

收回你的金币吧，国王的使者。你派我们到林中的神庙去诱惑那位年轻的苦行者。尽管他平生未曾见过一位姑娘，我也没能够完成你的使命。

破晓时，那修行的少年披着淡淡的曙光，到小溪里沐浴。褐色的鬈发披在双肩，像是一抹朝霞，四肢如同太阳一般闪闪发光。我们唱着，笑着，划着小船，狂热地嬉戏着跳进溪水，围着他翩翩起舞。这时，太阳升起，从水边瞪视着我们，愤怒得涨红了脸。

那天使般的少年睁开双眼，望着我们曼妙的舞姿；深深的惊诧使他的眼睛闪亮如晨星。

他举起合掌的双手，唱起颂歌，歌声像小鸟婉转鸣啼，森林里的每一片叶子，都在飒飒地应和。我，一个平凡的女人，从未听到过这样的歌声，它宛若晨曦从寂静的群山泛起时那无声的晨曲。姑娘们用手掩住绛唇，笑着舞动身躯，少年的脸上掠过一片疑云。

我快步跑到他身边，痛苦地伏在他的脚下说："主人呵，我愿听您驱使。"

我领着他来到绿茵覆盖的河岸,用丝绸的衣襟为他擦拭身体;我跪在地上,用我的长发为他拭干双脚;当我抬起头,凝视他的眼睛,我似乎尝到了混沌初开时的世界献给第一个女人的初吻——我是有福的,赞美上天吧,因为他使我成为一个女人。我听见他在说:"你是哪位无名的神祇?你的抚摸是永恒之神的抚摸,你的眼中藏着子夜的秘密。"

　　不,不要那样微笑,国王的使者——尘世的智慧蒙蔽了你的双眼,老人家。那少年的纯真却刺穿迷雾,看到了闪光的真理——女人是神圣的。

　　啊,在那第一次表达爱慕的可怕光芒中,女人的神性终于在我心底觉醒。我泪水盈眶,晨光像姐姐似的温柔地抚摩我的长发,树林里的微风吻着我的前额,就像亲吻着百花。

　　姑娘们拍着手,放荡地笑着,面纱扔在地上,头发蓬松着,她们开始向少年投掷鲜花。

　　啊,纯洁无瑕的太阳呵,难道不能用我的羞赧织成浓雾,遮住你的视线吗? 我扑倒在少年的足前,大喊道:"原谅我!"像只受惊的小鹿,在树阴和阳光下飞奔,边逃边喊:"原谅我!"姑娘们猥亵的笑声像噼啪燃烧的烈火灼烧着我,但是,我的耳畔始终回响着那句话——"你是哪一位无名的神祇?"

渡　口

1

在我必须离去的那天，太阳从云层里钻出来。

蓝天凝视着大地——上帝创造的奇妙之境。

我的心是忧伤的，因为它不知那召唤来自何方。

和风送来的细语可是来自我所离去的世界？那里含泪的歌声融进了一片欢乐的静寂。

或许和风送来的竟是那小岛的气息？它在无垠的大海里，躺在夏日奇花异草的温馨怀抱里。

2

集市散了，暮色中，人们踏上归途。

我坐在路边，望着你荡起小舟，横过幽暗的水面，斜阳闪耀在你的风帆上；我看见舵旁伫立着你静默无言的身影，突然间，我看见你那双凝视着我的眼睛；我不再歌唱，我大声地呼唤你，渡我过河。

3

风起了，我的诗歌的小船要启航，舵手啊，快把稳了舵。

我的小船渴望得到自由，要和着风浪的韵律起舞。

白昼过去了，现在是黑夜。

岸上的朋友们已经离去。

解缆起锚吧，我们要在星光下鼓起船帆。

在我离别之际，风儿萧萧地低声歌唱。

舵手呵，快掌稳了舵。

4

收留我吧，主人，就在此时此刻，将我收留吧。

让我忘记那没有你的孤苦的往日。

但愿这短暂的时刻舒展在你的怀抱中,在你的光照上绵绵延长。

我曾四处漂泊,只为追逐那呼唤我,却又不知把我引向何方的声音。

现在,让我静静地坐下,倾听你那回响在我平静的心中的言语。

不要对我心里那黑暗的角落不闻不问,用你的烈火焰焚烧它们,直到它们发出光和热。

5

远方的暴风雨派来的前哨,已经在天空中支起乌云的帐幕;阳光惨淡,悄无声息的林阴下,蕴着泪珠般的水气。

我的心田忧伤而宁静,就像乐师拨动琵琶前那沉思的岑寂。

我的心中充满了期望的痛苦,期待着你来到我的生命中。

6

我心上的人儿,你干得好,你给我送来你痛苦的火焰,你干得好!

因为香篆不经燃烧,就不会发出芬芳;灯火不被点亮,也不会放射光芒。

我那沉睡着的麻木的心,必须经你的爱的霹雳才能使它警醒;而那紧箍着我的黑暗,被你的爱的雷霆击中,才会像火炬般熊熊地燃烧。

7

我的主啊,把我从自我的阴影笼罩中,从往日的丘墟与困惑中解救出来吧。

拉住我的手,因为夜是漆黑的,而你的朝圣者又是盲目的。

把我从绝望中解救出来吧。

我的忧伤像一盏熄灭了的灯,用你的火光点亮它吧。

我的力量疲惫地沉睡了,请你将它唤醒吧。

不要让我独自彷徨,哀叹那逝去的时光。

每一次举步,都让道路向我唱出四海为家之歌吧。

拉住我的手,因为夜是漆黑的,而你的朝圣者又是盲目的。

8

我手中的灯笼,使眼前漆黑的路途与我为敌。

路旁的景物使我恐惧。甚至花草树木也如鬼影憧憧,恶毒地向我蹙额恫吓。我的脚步声也引起隐隐的疑惑的回响。因此,我祈求你的曙光来临,那时,远与近将互相拥抱亲吻,生与死也将在爱情中融为一体。

9

当我得到你的拯救时,我会步履轻盈地走入你的世界。

当你涤净我心中的污浊时,它会为你的太阳而增添光华。我生命的蓓蕾如不在美中开放,造物主的心中就会遍布忧伤。只要从我的心灵上揭去那黑暗的帷幕,它便会为你的笑声带来音乐。

10

你曾把爱赐给我,人世间处处充满着你爱的赠礼。

你的爱像甘霖洒在我身上,我并未发觉,因为我的心在沉睡着,而夜又是漆黑的。

虽说你的爱迷失在我的睡梦中,然而我仍感到一阵欣喜的惊颤。

我深知,当黎明来临、我的心灵觉醒时,你会收到我的一朵小花,它是我的爱,是对你那无价的伟大的世界的回赠。

11

我的眼睛不眠地守望着;即使我没有看见你,而那凝望依然是甜蜜的。

我的心躲在雨季的绿阴中,期待着你的爱情;即使爱情被夺去,而希望依然是甜蜜的。

人们纷纷各走各的路,将我留在后面;即使我茕茕孑立,而倾听你的脚步声依然是甜蜜的。

大地编织着秋雾,它沉思的面容唤醒我心中的渴望;即使希望落空,而它引起的痛苦依然是甜蜜的。

12

心儿呀,不要沮丧,天将破晓,黎明即将来临。

诺言的种子,深深地扎根土中,终将发芽,破土而出。睡眠,像花蕾,就要向着光明敞开心胸,沉默终将发出声响。负重将得到报偿,苦难将照亮你的路程,这一天即将来临。

13

黄昏是结婚的美景良辰。那时,鸟儿唱完了最后一支歌,风儿在海上休息了,落霞为洞房铺开地毯,那通宵达旦的灯火也准备点燃。

静静的夜幕后,那看不见的来者正一步步走来,我的心战栗着。

歌声静下来了,因为婚礼将要在星光下举行。

14

夜晚,各种喧嚣倦怠了,天空中弥漫着大海的低吟。

白昼里飘忽不定的思想倦游归来,围绕在点燃的灯火边休憩。爱的嬉戏平静地化为庄敬,生命的溪流汇入大海,有形的世界,在超越一切色相的美的怀抱中找到了归属。

15

在大地熟睡、风儿在树叶不动的密林里打盹儿的时候,那独自醒着的是谁呢?

在静悄悄的鸟巢里,在花蕾的密室中,是谁还未曾入睡呢? 在群星闪烁摇曳的夜空,在我的深沉的痛苦里,是谁独自守望着,还没入睡呢?

16

清晨,你来到我的门前,放声高唱;我因你惊破我的美梦而发怒,我不理睬你,于是你走开了。

正午,你来向我讨水,打扰了我的工作,我斥责你,将你赶走。

黄昏,你擎着熊熊燃烧的火把来了,你似乎使我恐惧,我紧紧地关上门儿。

此刻已是午夜时分,灯火熄灭了,我独自坐在房中,呼唤着你,呼唤着曾被我屈辱地赶走的你,请你回来。

17

从尘埃中将我的生命拾起。

将它放在你右手的掌心,凝视它。

让它沐浴阳光,避开死亡的阴影;让它与夜空的繁星做伴,让它等到黎明时,与敬神的百花一同开放。

18

我知道,虽然生命在爱情中憔悴了,它并没有被完全遗忘。我知道,尽管花儿在曙光中凋谢了,小溪在沙漠中流失了,它们并没有被完全遗忘。

我知道,尽管生活拖着缓慢沉重的步子,被抛在后面,它并没有被完全遗忘。

我知道,尽管我的梦想还没有实现,我的美妙的乐曲还没有奏响,它们萦绕在你琵琶的弦上,它们并没有被完全遗忘。

19

在春色正浓最恼人的时刻,伴随着笛声与繁花,你来到我的身边。

你在我心头拨动涟漪,掀起波澜,荡漾着爱情的红莲。你邀请我出来,和你一同追寻生的奥秘。可我却在五月沙沙的树叶低鸣声里醺然入睡。

当我醒来时,天空中乌云密布,落叶亦随风飘动。

哗哗的雨声中,我听见你越来越近的脚步,听见你呼唤我出来,和你一起追寻死的奥秘。

我走到你身旁,将双手放入你的掌心,你的双眸熠熠闪光,水珠顺着你的秀发滴落下来。

20

阴雨绵绵,天地昏暗。

愤怒的霹雳透过碎裂的云幕闪耀着。

森林宛如困在笼里的雄狮,绝望地抖动着颈鬣。

在这阴雨连绵的日子里,狂风又在拍打翅膀的时刻,让我在你的身边得到安宁和平吧。

因为,悲泣的阴云笼罩着我独处的小屋,你那拨动我心弦的爱抚更加意味深长。

21

那天深夜,暴风雨撞开了我的房门。

我不知道你已从断壁残垣间进入我的房中,因为灯烛熄灭了,屋里一团漆黑;我伸展双臂,向苍天乞求着怜悯。

在雨骤风狂的黑夜里,我躺在地上等待着,却不明白风暴正是你的旌旗。

清晨来临时,我看见你站在笼罩着我的小屋的一片空无里。

22

是毁灭之神降临了吗?

因为汹涌的泪水随着劈空而来的痛苦之潮呻吟。

闪电鞭笞着猩红的云团,云团在暴风中狂奔,天空中响彻那狂人雷霆般的大笑。

生命乘着由死亡之神最后完成的战车。

尽你所有奉献给毁灭之神吧。

不要将积蓄紧紧拥在怀中,也不要回首瞻望。

匍匐在他的脚下,将长发拖曳在尘埃。

就在此时此刻,启程上路吧。

因为灯火已经熄灭,家园已经荒芜。

狂风在门隙呼啸,四壁在摇颤,从你不相识的幽冥之乡传来了呼号。

不要战战兢兢地蒙起面庞,不要徒劳地哭泣;你门上的锁链已猝然折断。

动身吧,向一切悲喜的终点启航吧。

踏着疯狂的舞步,讴歌着"死亡中生存的胜利",接受命运的安排吧,啊,新娘!

披上你猩红色的长袍,穿过黑暗去追随新郎的火炬吧!

23

当我伤害你的时候,我已经和你最亲近,尽管我并不知晓。当我奋斗挣扎,被你击败的时候,我终于承认你是我的主人。当我暗中劫掠你的时候,我仅仅认为那是对你欠下了一笔恼人的重债。

当我在你的激流中骄傲地击水时,反而感到了你在我胸膛上的力量。

我熄灭了房间里的灯火,以示反抗,你那繁星万点的夜空,反倒使我惊诧。

24

你是作为我的悲伤来到我身边的吗? 那么,我更加要抱紧。

夜色像面纱一样遮住了你的脸庞,我反而更想看清你。

死神借你之手击中了我,反而让生命像灯焰跳跃燃烧。我的眼中泪如泉涌——让泪水环绕着你的双足流淌,以示崇敬。

让胸中的痛苦对我证明:你仍是属于我的。

25

我隐藏起来,想躲避你。

既然你终究将我捕获,打击我吧,看我是否会退缩。

永远结束这场竞赛吧。

如果你是最后的胜利者,把我的一切都剥夺吧。

路旁的茅屋和庄严富贵的殿堂都曾留下我的欢笑和歌唱——如今你既然闯入了我的生活,迫使我哭泣吧,看你能否让我心碎。

26

当我从你的爱中醒来时,安宁的夜便将结束。

你初升的太阳将用它火一般的指尖弹拨我的心弦,我将开始沿着它战胜苦难的轨道前行。

我将勇于接受死神的挑战,在嘲讽与恐吓的喧嚣中,传播你的福音。

当你的孩子们遭受屈辱和暴虐时,我会挺身而出;当你被世人所抛弃时,我会不顾一切地站在你的身旁。

27

我是夏日里被骄阳炙烤的大地,疲惫,焦渴,生命已经耗尽。我等待着,夜深时,你的甘霖降落,我将敞开心胸,静静地吸吮。

我渴望用歌声与鲜花报答你,但是,我一无所有,只有通过干枯的小草传出我心底的长叹。

然而,我知道,你会等待直到黎明来临,那时,我会变得生机勃勃,丰饶鲜丽。

28

来吧,像夏天的雨云,洒下漫天的甘霖,来到我身边吧。以你仪态万方的身影,染浓山峦的紫霭,催促死气沉沉的森林加速花枝吐蕊的步伐,唤起山泉奔向远方的激情。

像夏天的雨云,到我的身边来吧,以潜在生命的许诺,绿野青葱的欢乐,拨动我的心弦吧。

29

我和你相逢在黑夜与白昼汇合的海边;在那里,光明惊退黑暗,化作黎明;在那里,波涛将此岸的吻传送至彼岸。从无底无边的蔚蓝的深处,喷射出金灿灿的光线,传来一声声召唤,穿过迷蒙的泪雾,我专注地凝望着你的脸,却不敢肯定是否看见了你。

30

如果我的生命中没有爱情,那么,为什么清晨的碧空充满阵阵歌声,使它心碎?为什么南风要在新生的绿叶中,传播着低语呢?

如果我的生命中没有爱情,那么,为什么午夜要在渴望的沉默中承担着繁星的悲泣呢?

为什么这颗愚痴的心还要不顾一切,驾起希望的小舟,在不知涯岸的海上航行呢?

31

人世间,我所拥有的财富只是一部分,其余的都在梦境中。你,一向躲避我的抚摸,请悄悄地来到梦中吧,掩住你的灯火。

在黑暗中的惊恐里,在看不见的万物的窃窃私语中,在未知的海岸的柔风里,我会认识你。

我会在心底里迸发的欢乐融进悲伤的泪花中认出你来。

32

我知道,我的爱,总有一天你会俘获我的心。通过你天上的星宿,你的凝视深入到我的梦境;月光是你的信使,带来了你的心事,我沉思着,眼中噙满了泪水。

阳光明媚的蓝天,胆怯的绿叶的颤动,闲散时飘来的牧童的笛声,细雨蒙蒙的黄昏,心儿在孤寂中的伤痛,这都是你在向我述说爱情。

33

有人在我的手中悄悄地放下一朵爱的鲜花。

有人偷走了我的心,将它抛掷在天涯。

我不知道,我是找到了他,还是仍在四处寻找他;也不知道这是极大的欢乐,还是极大的痛苦。

34

细雨席卷了苍穹,素馨花在湿淋淋的狂风中畅饮着自己的浓郁芬芳。

不可名状的喜悦荡漾在深夜的胸膛,这是蒙着面纱、藏起繁星的碧空的喜悦,它是回响着鸟鸣余音的深夜森林的喜悦。

让喜悦充溢我的心,让我把它悄悄地带到白天吧。

35

白天,我四处漂流,从不留心你那路上的奇迹,因为我以我的步履为骄傲;你的光芒耀眼,使我看不到你的存在。

现在,黑夜已经来临。夜色中,我走在路上,每一步都感到了你,花儿的芳香在静夜中荡漾——宛如烛火熄灭,母亲在对孩子轻言细语。

我紧紧握住你的手,孤独中,我感觉到了你的抚慰。

36

我彻夜航行,赶赴生命的盛宴,清晨的金杯为我注满了光明。

我愉快地歌唱。

却不知那赠予者是谁,也忘记问他的姓名。

正午时分,烈日当空,脚下的尘土炙人。

我口渴难忍,来到水井旁。

有人为我斟满了一杯水。

我喝下了它。

我爱那红宝石的杯子,它像亲吻般甜美,却没有看到是谁擎着水杯,也忘记问他的姓名。

倦人的夜晚,我踏上了归途。

我的引路人持灯走来,对我招手。

我询问他的姓名,宁静的夜色中,却只看到他的灯光,只感觉到他的微笑弥漫在夜晚的天空。

37

不要走,不要离开我,因为现在是黑夜呀。

那穿过原野的小路荒凉又黑暗,消失在一片迷雾之中;疲倦的大地静卧着,一动不动,像一个失去了手杖的瞎子。我仿佛多年来一直在等待着这一刻,好点亮我的灯火,采摘我的花朵。

我已到达无涯的海边,决心纵身一跃,永远地销声匿迹。

38

天未破晓,你已轻轻地抚摸了我,我却全然不知道。

你的信息悄悄地潜入了我的睡梦,我睁开双眼,噙着惊喜的泪花。

寰宇内响着你的低语,我的身躯沐浴在歌声的海洋中。我的心崇敬地皈依你,像一朵露湿的小花低垂着头;我感到生命的洪流正冲向永恒。

39

很久没有人来到我家做客了,我的房门是锁着的,窗户也关得很紧;我以为,我的夜会是孤独寂寞的。

当我睁开双眼,却发现黑暗已然消逝。

我起身奔向房门,只见门闩全部折断,你的晨风与阳光正在洞开的门外挥舞着它们的旌旗。

当门儿紧闭,我是自己斗室中的囚徒时,我的心时刻计划如何逃脱,到外漫游。

如今,在洞开的门旁,我静默地坐着,等待着你的到来。你用我的自由使我受到约束。

40

熄灭灯烛吧,我的心,熄灭你寂寞长夜的灯烛吧。

打开你的大门吧,因为清晨的阳光就在门外。

把你的琵琶放在墙角吧,我的心,把伴你度过孤寂生涯的琵琶放在墙角吧。

默默地走出门外吧,因为清晨正高唱着你的歌。

41

今天早晨,我收到了你的礼物:一朵黎明初绽的鲜花,一支曙光低吟的歌谣。

我是一只蜜蜂,沉醉在你金色黎明的花蕊里。

我沾满花粉的翅膀闪烁着璀璨的光芒。

在你四月的歌宴上,我找到我应有的席位。在那里,只消我轻轻弹唱,便能挣脱一切枷锁,就像曙光冲破晨雾一样。

42

释放我,让我像原野上的小鸟,像游子浪迹天涯一般自由。

释放我,让我像倾盆的暴雨,像挣脱羁绊冲向未知远方的狂风一般自由。

释放我,让我像森林中的烈火,像高声狂叫着向黑暗挑战的雷霆一般自由。

43

我在墙角的阴影中酣睡,没有听到你的召唤。

你用你的双手轻轻地拍打我,眼中噙着泪水,唤醒了我。我惊跳起来,只见太阳已然升起,潮水传来了大海的呼声,我的小船已扬起风帆,准备在翻腾的波涛上颠簸。

44

欢庆吧!

黑夜的镣铐已被打碎,幻梦已经消逝。

你的诺言扯去遮盖的面纱,蓓蕾迎着清晨绽放;醒来吧,沉睡的人儿!

东方的曙光向西方致意问好!

牢狱的断壁残垣间响起胜利的赞歌!

45

就在这一时刻,我看见你端坐在晨曦铺就的金色地毯上。阳光照在你的王冠上,群星落在你的脚边,我们络绎不绝地走到你的身边,向你顶礼膜拜后便离去,只有诗人默默无言地坐在角落里。

46

秋天的清晨,我的客人来到门前。

唱吧,我的心啊,唱支迎宾曲。

让你的歌和阳光明媚的蓝天,清润潮湿的晨风,金灿灿的丰收田野,高歌欢笑的清清河水和起同一曲调吧。

或者,屏住呼吸,在他的面前站一会儿吧,凝视着他的脸;然后,离开你的家,默默地跟随着他,出去吧。

47

我住在路的那一侧,那里浓阴遮盖,黯淡无光,我看见对面邻人的花园,那里姹紫嫣红,阳光璀璨。

我感到我很贫穷,饥饿使我挨家挨户地乞讨。

富有的人们信手施舍得越多,我越意识到我的贫困。直到一天清晨,房门被人猛然推开,我被惊醒。你来了,来向我乞求布施。

我绝望地打破箱盖,却发现了我的财富,不由得大吃一惊。

48

他在门外等待,像一个乞讨的乞丐,直到你用双臂将他拥抱,用死亡为他加冕。

他曾多次失败,你却用右手祝福他,平静地吻他,平息了生命狂乱的渴望。

你使他像帝王一般高贵,像古代的哲人一样明睿。

49

在尘土飞扬的人生道路上,我失落了我的心,你却将它捡起。我寻求欢乐却得到忧伤,而你给我带来的悲伤却成为我生活中的欢乐。

我的愿望破灭了,你却将它的碎片聚拢,用你的爱将它们串连起来。

在我挨门逐户地乞讨流浪的时候,每行一步都将我引到你的大门前。

50

当我走在路上的时候,我曾和熙熙攘攘的人们在一起;在路的尽头,我发现却只有你和我在一起。

我不知道白昼何时逐渐暗淡,化为黄昏,也不知道旅伴们何时弃我而去。

我不知道你的大门何时敞开,也不知道我何时站在你的门前,惊喜地倾听着心中的乐曲。

虽然床已铺好,灯已点燃,而且只有你和我,我们单独在一起,但是,我不知道,我的眼中是否还噙满着泪水?

51

他们来了,吵吵嚷嚷地围住了我,遮住了我的视线,让我看不到你。

我想我要在最后把供礼献给你。

现在已是白日将尽,阳光微弱,他们都献上礼物离去了,只剩我独自一人,我看见了你,伫立在门边。

可是我发现,我没有留下供礼给你,我只向着你举起双手。

52

尽管你慷慨赐予,然而我要求的更多——我来不只是向你乞求一口解渴的琼浆,而是索取甘泉;不只是要你领我到门边,而且是要跨进神的厅堂;不只是要爱的赠礼,而且是要我整个的心上人。

53

我来请你祝福,去开启新的一天。

让你的眼睛注视我的双眸,哪怕只有小一会儿。

朋友呵,让我带着你友谊的保证去工作。

让我的心里盛满你的歌,直到最后穿越那喧嚣的荒漠! 让你的爱的阳光亲吻我思绪的高峰,流连在我生活的硕果丰盈的山谷。

54

你站在我眼前,请用你一闪的目光,让我的歌儿化作烈焰。你站在你的群星中间,请让我在点点星光间找到我自己的闪亮的崇拜之火。

大地在宇宙的路边等候着;你站在她为你铺好的绿色地毯上;请让我感到在她的青青小草和牧场繁花里蔓延着我自己的俯首顶礼。

你站在我一人守望着的孤寂黄昏里;请将孤寂注满我的心怀,让我感受到你无限的爱深入我的灵魂。

55

让你的爱伴着我的声音响起,随着我的静默安息。

让你的爱洞穿我的心,渗入我的一举一动。

让你的爱像繁星,夜晚照我入眠,黎明伴我起身。

让你的爱在我的渴望烈火中燃烧,和着我的爱河奔流。让你的爱伴随我一生,就像音乐永远伴随着竖琴。最终,我将用我的生命连同你的爱情,奉还给你。

56

你隐身在你的荣耀中，我的主。

沙粒和露珠显得比你还要骄傲。

厚颜的宇宙称属于你的一切都为他所有，却从未被揭露。你默默无言地站在一旁，为我们让出地方；因而，爱情点亮灯火将你寻找，将你奉为神明。

57

宴饮归来，迷人的午夜平复了我沸腾的热血。

我的心即刻宁静了，宛如灯熄人去的荒凉剧院。

我的心穿过黑暗，站在群星间。我看见，在我们君王的静谧的宫院，我们在无忧无虑地嬉戏。

58

昨夜，我回想起挥霍掉的昔日，突然记起你曾对我说："当你年轻时，你带着青春的欢快，无忧无虑，将你所有的门全部打开。

"世界随意出入你的大门，带来它的尘埃、疑虑和喧嚣，也带来它的音乐。

"随着那热闹的人群，我这不速之客一次又一次地走进你的大门，却不曾被你发觉。

"假如当年你明智地深居简出，关紧你的大门，我怎能来到你的家里呢？"

59

当爱为你准备座位时，对别人她也一视同仁。

不必因为给你腾出了空位而把别人赶开。

人间的帝王在哪里出现，侍卫们就把那里的人群驱散。我的君主呵，当你来临时，整个世界都会追随在你的后面。

60

和着晨曲，他轻叩我们的房门，带来了清晨阳光的问候。

我们和他一起，将牛群赶往牧场，在树阴下吹响短笛。我们失去了他的踪迹，却一次次在赶集的人群中看到他的身影。

在一天最忙碌的时刻，我们也会蓦然看见他，坐在路边的草地上。

和着他的鼓点，我们前进；伴着他的歌声，我们起舞。

以我们的欢乐与悲伤为赌注，将他的游戏进行到底。

在我们的小船上，他是舵手。

我们和他一起，在惊涛骇浪中颠簸行船。

日暮时分，我们为他点起灯火，等待着他。

61

赶到他和工人一起劳动的地方去，做他志同道合的朋友。

在他游戏的地方，坐在他的周围，做他的伙伴。

追随他前进，让你的脚步踏着他敲击鼓点的韵律。

冲入人群密集的都市——那生与死的都市，因为他正和人们在一起，在那喧嚣骚乱的中心。

不要在穿过铺满荆棘的荒凉山路时惊恐动摇，因为每一步都能听到他的召唤，我们知道那是爱情的呼声。

62

清晨，你庙宇里的钟声响了，善男信女们带着奉献的鲜花，沿着林间小路，快步走来。

我却躺在树阴下的草坪上，听任他们匆匆走过。

我想，我这样懒散是正确的。

因为当时，我的花儿正含苞欲放。

黄昏时，鲜花绽放了，我正好去做晚祷。

63

主的道路静静地横在我的门前，它唤起我心中的渴望。它向我伸出召我走近的手臂，它的沉默召唤我走出家门，它的无言的恳求亲吻着我的双足。

我不知道它会将我引向何处，是无边的喜悦，是意外的收获，还是莫测的艰险？

我也不知道它逶迤蜿蜒,何处才是终点——可是,我主的道路静静地横在我的门前,它唤起我心中的渴望。

64

日暮时分,我来到我主的门前,同伴们问——"你有什么奉献给我们的主呢?"

我不知道拿出什么给他们看,也不知道该怎样回答,因为我只有一支歌来奉献。

在家里,我做了大量的准备;在那里,需求很多,提出要求的人也不少。

但是,当我来到我主的门前,我只有这一支歌儿可以奉献,把它编进他的花环。

65

我的歌儿像春天的花朵,它是你的赐予。

可我仍把它当作自己的,拿来献给你。

你微笑着接受了,并为我自豪的喜悦而感到高兴。

假如我的歌之花是脆弱的,它凋谢了,碾入尘土,我也决不哀伤。

因为,在你手中,"不在"并非"消失",那短暂的风华正茂的时刻,在你的花环里永远是最鲜艳的。

66

我主呵,你命令我在路边吹笛,那些肩负生命重负默默生存的人们,或许会暂时停止奔波,在你宫门外的走廊前坐下来,惊愕地思索;或许他们会以新的方式看待古旧的过去,并且重新发现自己,说:"鲜花在盛开,鸟儿在歌唱。"

67

当诗歌在我的心中觉醒时,我想,我的诗歌就是晨花的游伴。当它们振翅飞向原野时,我以为,我的诗歌便是夏天的精灵,偕着一阵雷电轰鸣,骤然来临，咆哮着，狂怒着，耗尽所有精力。

我想，它们在响应暴风雨疯狂的召唤，匆匆冲入落日的国土的那一边，迷失了道路。

但是现在，在苍茫的暮色中，我看见了蔚蓝色的海岸，我知道，我的诗歌就是一叶小舟，渡过茫茫的大海，已将我带到彼岸的港湾。

68

你的琵琶上有无数的弦索，请让我也加上我的一根。当你拨动弦索时，我的心就会打破沉默，我的生命就会融进你的歌曲。

在你满天的星辰中，请让我再添上我的一盏小油灯。在你灯节的欢舞时，我的心就会颤抖，我的生命就会和你一同微笑。

69

愿我的歌儿朴素如清晨的初醒，如绿叶上的露珠。

愿我的歌儿朴素如云霞的色彩，如子夜的阵雨。

然而，我的琴弦是新调的，弹出的曲子是从未听过的，矛尖似的尖锐刺耳。

因此，它们失掉了风的神韵，有损于蓝天的明朗；我的歌曲的不自然的气质顽强地争斗着，要把你的音乐推向身后。

70

我曾见过你在生命的舞厅里奏乐。在树木骤然绽开嫩叶的春天，你的笑声曾向我致意。躺在开满鲜花的田野中，我曾听到草丛中你的低声细语。

婴儿降生，给我的家庭带来你的希望的信息；而女人，带来了你的爱的音乐。

如今，我坐在海滩上等待着，在死亡中触摸你，在夜空星星的歌曲中载回生命的和声。

71

我记起了我的童年，那时，朝阳仿佛是我的玩伴，每天都带着它清晨的奇迹,突然出现在我的床边。那时,我怀着纯真的喜悦,展望世界,相信不平凡的事物就像鲜花,每天在我的心中开放;那时,昆虫、飞禽、走兽、芦苇、青草和天上的云霞,都令人惊奇;那时,夜雨淅沥,送来仙境的梦幻,黄昏时母亲的低语含有群星的情意。

于是,我想到了死亡,想到了幕布的升起,想到新的清晨来临,在新的爱之惊奇中,我的生命又苏醒了。

72

如果我的心不是充满热爱而吻你,世界呵,你便失去了完美的灿烂光辉,天空也要掌灯,守望漫漫的长夜。

我的心带着她的歌来到你身旁,和你低语悄言,还在你的颈上戴上她的花环。

我知道,她给了一样东西,它将和你的群星同受珍爱。

73

清晨,你便让我坐在你的窗前。

我曾和你的仆人交谈,他们受你的驱使,在路上奔波,默默无言;我也曾放声歌唱,应和着你天上的乐章。

我曾见到过风平浪静时的大海,保持着不可衡量的沉默;我也曾见到过狂怒时的大海,猛烈地咆哮着,想说出它内心深处的奥秘。

我曾看到大地摆开青春的豪宴,我也曾看到它笼上忧思的阴影的不幸时光。

播种的农夫曾听到我的问好,而那些满载的或空手而归的人们却不注意我的歌声。

就这样,我终于结束了我的一生。现在,日暮黄昏,我唱起最后的歌,诉说我爱你的世界。

74

我是你的歌手,我的责任是以我的歌声来崇拜你。

我的歌里有着你春花柔蜜的声音,带着你绿叶沙沙的韵律。

我歌唱你午夜的沉静和清晨的安宁。

初夏喜雨的震颤,秋天收获时稻浪的翻滚,都汇入我的歌曲。我的主啊,当你走进我家,使我心痛时,请不要让我的歌声停顿,让它放声高唱欢迎曲来款待你。

75

啊,闯入我生活的客人们,你伴随着拂晓而来,你在深夜光临。

你的名字被春花低吟,被夏季的阵雨呼唤。

你为我的家带来了竖琴,带来了明灯。

当你离开时,我看见地板上留下了神的足迹。

现在,当我朝圣的旅程到达终点时,我留下一束祈祷时敬神的鲜花,向你们告别致意。

76

我感到我看见了你,于是,在黑暗中我催舟启航。

此刻,旭日露出了笑脸,春花争奇竞妍。

即使晨光隐去,鲜花凋零,我也要向前航行。

万物沉睡,夜色苍茫,你向我发出了无声的警示。

此刻,钟声轰鸣,小船载满黄金。

即使钟声沉寂,扁舟空空,我也要继续向前航行。

有的船儿已经远去,有的船儿还未启航,我不愿等待迟延,落在后面。

轻风鼓满船帆,鸟儿从彼岸飞来。

即使帆落索断,即使望不到彼岸,我也将启程向前。

77

"游子啊,你要去什么地方呢?"

"我要到大海里去沐浴,那里的清晨红霞万丈,那里的海滨绿树成行。"

"游子啊,大海在什么地方呢?"

"在江河的尽头。拂晓时,晨光从那里升起;黄昏时,夕阳在那里下沉。"

"游子啊,和你同行的人有多少呢?"

"我不知道怎样才能数得清。他们整夜提灯赶路,他们整日唱着歌跋山涉水。"

"游子啊,大海有多远呢?"

"我们也都想知道它有多么遥远。当我们停下言谈时,轰鸣的波涛震撼天宇,它既遥远,又似近在眼前。"

"游子啊,烈日炎炎,大地像蜡一般在融化呢。"

"是的,我们的路程艰难又痛苦,精神倦乏时,我们唱歌;心灵怯懦时,我们也唱歌。"

"游子啊,夜色降临时,你们怎样栖身呢?"

"我们将安然睡下,直到新的黎明在歌声中到来,直到天空中飘来大海的召唤。"

78

朋友,我的旅伴,请接受旅行者的敬礼。

啊,生离死别,破坏损失,日暮黄昏阴郁的沉寂。

房倒屋塌的废墟,啊,我的主啊,请接受旅行者的敬礼。

啊,新生的黎明曙光,永恒的白昼太阳,请接受我怀着永不熄灭的希望的敬礼。

我的领路人,我是个走在漫漫道路上的旅人,请接受我漂泊者的敬礼。

评析:

《爱者之贻》和《渡口》主要选自泰戈尔的《宗教颂歌》、《白鹤集》、《摆渡集》、《歌之花环》、《吉檀迦利》和《刹那集》。正如《采果集》以宗教抒情诗歌的顶峰《歌之花环》为主一样,《爱者之贻》中选的最多的是公认为最优美的抒情诗集《刹那集》中的作品。《刹那集》是泰戈尔第一次运用孟加拉口语,为在大自然的怀抱里恋爱着的青年人而写的诗篇。它歌唱青春,歌唱生活,歌唱爱情的悲哀和欢乐,歌唱在生意盎然的大自然中所产生的幸福感。这些诗,语言特别朴素,韵律特别轻快,感情的流露也特别大胆。然而在欢歌中却带有韶华已逝、青春不再(泰戈尔当时已近四十岁)的伤感惆怅的调子。而在《渡口》中却更进一步,已是站在从此岸到彼岸,从这一世界到另一世界的渡口,镇静地等待死亡的日渐逼近。

游　思　集

一

1

你无影无踪地向前奔涌，恒久的游思，哪里有你无形的冲击，哪里死水般的空间便会激荡起粼粼的波光。

是不是你的心儿神往着那在不可估量的寂寞里向你呼唤的恋人？

你缠结的发辫散落，飘扬成暴风雨般的狂乱；你前行的路上火珠滚滚，犹如碎裂的项链落下的串串火星，这是不是就因为你心情急迫，步履匆匆？

你疾行的步履把世界的尘土吻得甜美芳香，把腐朽之物扫荡殆尽；你舞蹈的四肢是暴风雨的中心，把死亡的甘霖哗哗地摇落到生命之上，使生命万象更新。

假如你在突如其来的厌倦中稍停片刻，世界将隆隆地滚成一团，滚成一个障碍，阻止自己的前进；那么，即便是最细微的尘埃，也会由于难以忍受的沉闷而划破无边的天际。

光明的镯子戴在你那看不见的脚踝上，那摇响的节奏使我的思想充满活力。

它们回响在我心脏的跳动中，我全身的血液激荡起古老海洋的颂歌。

我听见雷鸣般的浪潮奔涌着，把我的生命从这个世界冲到了另一个世界，从这种形式变成另一种形式；我听见它们在哀叹和欢歌中，抛撒起无数飞溅的礼物，让我的躯体四处飘散。

浪涛高卷，狂风怒号，这一叶扁舟如愿地在风浪里舞蹈，我的心儿！

请把聚敛的财宝抛弃在海岸上，扬起风帆，越过这深不可测的黑暗，朝着无限的光明前行吧。

3

暮色渐浓，我问她："我到了哪一片陌生的土地？"

她只是双目低垂；当她离开的时候，她坛子里将溢出来的水汩汩作响。

堤岸上，树丛影影绰绰，依稀可见，这片土地似乎已经属于昔日。

水流悄无声息，竹林忧郁地纹丝不动，小巷里传来一只手镯撞击水坛的声音，叮叮当当。

不要再划了，把小船系在这棵树上，因为我爱这片土地的景色。

晚星在教堂的圆形屋顶边沉落；埠头大理石台阶的银白色，与黝黑的流水相衬相映。

夜色里匆匆赶路的旅人在叹息，因为从那掩藏的窗户里射出的光亮，透过路边密集交织的树林和灌木，被撕裂成碎片的光点溶入夜色；那只手镯还在撞击水坛，归去的步履还在落叶遍地的小巷里窸窸窣窣。夜渐深，宫殿的高塔幽灵般地显现；小镇在倦乏地呻吟。

不要再划了，把小船系在树上。

让我在这片陌生的土地上休息，朦胧地躺在星空下，这儿的夜色里震颤着一只手镯撞击水坛的声音，叮叮当当。

5

哦，我渴望珍藏一个秘密，犹如夏日的云朵裹着尚未滴落的雨珠——一个包裹在静默里的秘密，带着它我可以漂泊四海。

哦，我渴望在阳光下沉睡的树林里，溪水潺潺湲湲，在那里有人倾听我的柔声细语。

今宵的沉默似乎在期盼着一阵足音；你却问我为何潸然泪下。

我无法向你解释，因为这对于我还是一个未解之谜。

7

对于你，我犹如黑夜，小花朵。

我能给你的只是隐藏在夜色里的安宁和不眠的静谧。

清晨，当你睁开眼睛，我将把你留给一个蜂鸣嗡嗡、鸟儿啁啾的世界。

我送给你的最后的礼物，将是一滴落入你青春深处的泪珠，它将使你的微笑更加甜美；当白天的欢庆残酷无情之时，它将化作薄雾，隐去你的娇容。

9

倘若在迦梨陀娑①做御前诗人时,我正好生活在王城邬贾因,我也许会结识某个马尔瓦姑娘。她音乐般的芳名会萦绕在我的脑海里;她也许会透过眼帘的斜影,向我投来匆忙的一瞥,任素馨花缠住她的面纱,找一个借口逗留在我的身旁。

这种事情发生在往昔,如今学者们你争我辩,为了那些捉着迷藏的日子。

我不会伤心地沉迷于这些逝去踪影的岁月;但是,我一声又一声地叹息,马尔瓦姑娘们已随着岁月而去。

我不知道,她们把那些与御前诗人的短笛产生共鸣的日子,用花篮拎到哪一重天上去了?

今天早晨,一阵由于我降生得太迟而不能与她们相会的离别感,使我心事重重,愁眉不展。

然而,四月的娇花,却还是她们曾经缀点过秀发的娇花;在今天的玫瑰花上细声低语的南风,也还是曾经吹拂过她们面纱的南风。

说真的,今春的快乐并不缺少,尽管迦梨陀娑不再歌唱;而且我知道,倘若他能从诗人的圣殿里看见我,他有理由嫉妒。

10

请不要眷恋她的心,我的心儿,让它停留在暗处吧。

假如美丽的只是她的秀姿,微笑的只是她的脸面,那又该怎么样呢?就让我毫不迟疑地领受她双眸顾盼时的单纯的意义,而感到幸福。

她的柔臂缠绕着我,我不在意这是否是一张虚幻的罗网,因为这罗网本身华丽而珍贵,这欺骗可以付之一笑并且淡忘。

请不要眷恋她的心,我的心儿;假如音乐真真切切,而所配的词不足为信,那么,你也该心满意足;请欣赏她那舞姿的优美,犹如欣赏一株在波光粼粼的迷人的水面上舞蹈的百合,管它水下蕴藏着什么。

---

① 迦梨陀娑是印度古代著名剧作家、诗人。约生于四至五世纪的笈多王朝。流传的诗歌有《罗怙系谱》、《鸠摩罗出世》、《云使》和短歌集《时令之环》;剧作有《优哩婆湿》和《沙恭达罗》等。他是梵文古典文学的代表作家之一。

11

你不是母亲,不是女儿,也不是新娘,乌尔瓦希①,你是女人,是令天国神灵销魂落魄的女人。

当步履疲沓的黄昏蹒跚地来到牛群已经归来的栅栏边时,你从不剔亮屋里的灯火;走向新婚的睡床,你决不凌乱芳心,或者在唇边泛起一丝犹豫的微笑,因为如此神秘的黑夜时光使你欣喜不已。

你宛若不遮面纱的黎明,乌尔瓦希,你没有羞涩。

谁能想象那创造你生命的光华痛苦地四射?

第一个春天的元旦,你从汹涌的大海里升起,右手举着生命之杯,左手执着鸩酒;那暴戾的大海把千万条头巾堆放在你的脚下,犹如一条魔魇的巨蛇暂且宁静。

你那纤尘不染的光彩,出浴自大海的泡沫,洁白袒露,宛若一朵素馨花。

哦,乌尔瓦希,你这永恒的青春,难道你曾经娇小、羞怯或是含苞欲放?

难道湛蓝的夜色曾经是你的摇篮,你沉睡在奇光异彩的宝石辉映着珊瑚、贝壳和梦影般游移的动物的地方,一直睡到白天显露出你这富丽的花朵已鲜艳盛开?

古往今来,所有的人都钟情于你。乌尔瓦希,哦,你这无穷无尽的奇迹。

世界在你的秋波里悸动起青春的痛苦;苦行的修士把历尽磨难修得的果实放置在你的脚下;诗人们那低吟的颂歌,萦回在你芳香的身边。当你的纤足在无忧无虑的欢乐中倏然疾行,那金铃的叮当声甚至会刺伤虚空的微风之心。

当你在众神的前面舞蹈,你使得新奇的韵律轨道弥漫于太空,乌尔瓦希,大地因此颤抖了;绿叶青草和秋天的原野起伏摇曳,大海汹涌地响起一片韵律的浪涛,繁星撒入太空——那是断线的珍珠从你胸前跳跃的项圈上脱落;因为突如其来的骚动,人们心潮澎湃。

你是从天庭昏睡的巅峰中第一个醒来的人,乌尔瓦希,你使得天空颤

---

① 乌尔瓦希指从海上升起的天国的舞蹈女郎。

栗起阵阵不安。

世界用她的泪珠沐浴你的四肢,用她心血的颜色染红你的纤足。你盈盈地婷立在被海浪托起的欲望的莲花之上,乌尔瓦希;你永远在那无边无涯的心灵中嬉戏,那里酝酿着上帝躁动的梦幻。

12

你像湍急而曲折的小溪,载歌载舞,当你轻快地向前奔流,你的步履在歌唱。

我像崎岖而陡峻的堤岸,缄口无语,沉默如山,阴郁地注视着你。

我像巨大而愚蠢的风景,蓦然间隆隆而来,试图撕碎自己的躯体,并把它裹在激情的旋风里,四处飘散。

你像纤长而犀利的闪电,划破惴惴不安的黑暗之心,并在一阵哈哈大笑中踪影皆无。

14

你将不再用那种难以排遣的悲悯的神情期待我,这使我高兴。

只是由于夜晚的魔力和我别离的言语——这些言语也会为自己那绝望的声调惊愕,我的眼里才含着盈盈的泪水。但天色终将破晓,我的眼睛以及我的心将停止悲泣,而且将没有时间可用于悲泣。

谁说难以忘怀呢?

死亡的恩宠蛰伏在生命的核心,给生命带来安息,使它放弃愚蠢的执著。

暴烈的大海,终于在它那晃动的摇篮里宁息下来;森林之火,在自己那灰烬的床上沉入梦境。

你和我即将离别,而这离别将珍藏于在阳光下欢笑的生机盎然的草木花卉之下。

16

我暂且忘记自己,所以我来了。

但请你抬起双眼,让我察看是否还有一丝往日的阴影仍未飘散,宛若天边残留着一丝被夺去雨珠的白云。

请暂且容忍我，若是我忘记自己。

玫瑰依然含苞待放，它们却还不知道，今年夏天我们无意采集鲜花。

晨星怀着同样惶恐不安的缄默；晨曦被垂挂在你窗前的树枝缠住，就像在过去的日子一样。

我暂且忘记了时过境迁，所以我来了。

我不记得我向你袒露心迹时，你是否转过头去，使我羞愧难言。

我只记得你哆嗦的嘴唇上欲言又止的话语；我记得在你乌黑的眸子里热情的影子一闪即逝；犹如暮色里寻觅归巢的翅膀。

我忘了你已不再记起我，所以我来了。

17

雨势迅猛。小河翻腾嘶鸣，在舔食和吞并着小岛。在越来越窄的岸上，我守着一堆稻谷，独自等候。

一条船从河对岸的迷蒙里划出，在船艄掌舵的是一个妇女。

我向她高喊："汹涌的饥饿之水围困着我的小岛，划过来吧，把我一年的收成都载走。"

她来了，把我的谷子拿得一粒不剩，我恳求她把我载走，但她说"不"——小船载满了我的馈赠，再也没有我的立锥之地。

19

在水的这一方没有埠头，姑娘们不到这儿汲水。河滩边密密地长满了矮小的灌木丛；一群嘈杂的沙立克鸟在陡峻的堤岸上挖土筑巢；河岸的神情若蹙额皱眉，在这儿渔船找不到任何荫庇。

你坐在这无人光顾的草地中，清晨在流逝；告诉我你在这干燥得龟裂的堤岸上做什么？

她注视着我的脸答道："不，我什么都不做。"

在河的这一边堤岸荒凉。没有牛儿到这儿饮水，只有几只从村子里跑来的离群的山羊，整天在这儿吃着稀疏的青草；那只孤独的水隼，停栖在一棵被连根拔起的倾斜在泥土里的菩提树上，正四处张望。

你独自坐在那棵希莫尔树的咨嵩的阴影之下，清晨正在流逝。

告诉我，你在等谁？

她注视着我的脸答道："不,我谁也不等!"

21

（1）

"为什么你没完没了地做这些准备?"——我问心灵——"难道有人要来?"

心灵答道："我忙于采集东西,建造高楼大厦,忙得无暇回答这类问题。"

我温顺地折回去做自己的工作。

当东西已积成一堆,当他那大厦的七座翼殿已经落成,我对心灵说："难道还不够吗?"

心灵开口答道："还不够容纳——"说着便打住话头。

"容纳什么?"

心灵假装没有听见。

我猜想心灵不知道答案,才用无休止的工作来抑止疑问。

他的一句口头禅是："我必须多做准备。"

"你为什么非得这样呢?"

"因为这是了不起的。"

"什么东西了不起?"

心灵又沉默不语,但我一定要他回答。

带着蔑视和恼怒,心灵说道："你为什么老追问这些不着边际的东西?去注意那些就在你眼前的大事情——格斗和战争,军队和武器,砖头和砂浆,还有那不计其数的劳动者。"

我想："也许心灵是明智的。"

（2）

日复一日,他的大厦的翼殿增多了——他的领域的疆界扩展了。

雨季已经结束,乌云变得苍白稀疏;明媚的时光,在雨水冲洗过的天空里流逝,犹如众多的彩蝶在一朵看不见的鲜花上飞舞。我变得痴痴迷迷,于是逢人就问:"微风中飘荡着什么音乐?"

一个流浪汉从路上走来,他的衣衫和他的举止一样狂放不羁;他说:

"听,那降临者的音乐!"

我不知怎么的就信了他的话,便脱口而出:"我们用不着久等了。"

"就在眼前了。"这个疯子说。

回到工作岗位,我便大胆地对心灵说:"什么都别干了!"

心灵问:"有什么消息吗?"

"有,"我答道,"那降临者的消息。"但我不知如何解释。

心灵摇着头说:"没有旌旗,也没有华丽的仪仗!"

（3）

夜色即将消散,星光在天空中变得惨淡。突然,晨曦的试金石把万物染成一片金色;一声众人传呼的喊声——"使者来了!"

我俯首问道:"他来了吗?"

回答仿佛从四野里响起:"来了。"

心灵气恼地说:"我还没有封好大厦的圆顶,一切都杂乱无章。"

天空中传来一个声音:"把你的大厦推倒!"

"可是,为什么?"心灵问。

"因为今天是降临者的日子,而你的大厦碍手碍脚。"

（4）

这高耸的大厦倒塌在尘埃里,一切都零乱而且破碎。

心灵四下张望,但是能看见什么呢?

只有启明星和在朝露中沐浴的百合。

此外,还有什么呢? 一个孩子离开母亲的怀抱,高声地笑着跑进空旷的晨光里。

"难道仅仅为了这一切,人们就说这是降临者的日子吗?"

"是的,就是为了这一切,人们才说空气中飘荡着音乐,天空中闪现着光华。"

"难道仅仅为了这一切,人们才要求拥有这个世界吗?"

"是的,"传来这样的回答,"心灵,你筑墙自囚,而你的那些仆人们劳碌地奴役自己;但整个世界和无限的空间,是为这孩子,为这新生而创造的。"

"那个孩子给你带来了什么呢?"

"整个世界的希望和欢乐。"

心灵问我:"诗人,你理解吗?"

"我撇下了我的工作",我说,"就因为我得有时间来理解。"

二

1

大千世界里,你无穷无尽地变幻,华丽多姿的姑娘。你的香径上铺满了光彩;你轻轻地触摸,颤颤地催开朵朵鲜花;你的长裙,飘飘地卷起群星舞蹈的旋风;你的来自遥远天际的美妙音乐,透过无数符号和色彩,阵阵地荡起共鸣的回音。

你孑身独处在灵魂的无边寂寞里,沉静而寂寞的姑娘,你是一个光芒闪耀的景象,是一朵孤独的莲花盛开在爱情的茎枝上。

3

我记得那一天。

那滂沱的阵雨逐渐减弱成时停时下的小雨;宁静刚刚降临,旋即又刮起阵阵惊扰的狂风。

我拿起我的乐器,随意地拨弄琴弦,可是不知不觉地,我的琴音里也嘈嘈切切地响起暴风雨狂放的乐曲。

我看见她悄悄地放下手头的活儿,在我的门口驻足,然后又踏着犹豫的步子退去;她再次走来,倚着墙站在门外,然后慢慢地走进房间并坐下,她低垂着头,默默地穿针引线,但不久便停歇下来。她的眼光穿过雨帘,凝神地注视着窗外那一排朦朦胧胧的树影。

只有这一段回忆——一个雨天的中午,一个充满了迷蒙、歌声和静谧的时刻。

4

当她踏上马车的时候,她回过头,仓促地向我投来别离的一瞥。

这是她给我的最后的礼物,但是,我该把它珍藏在何处,才能躲开时光的践踏?

难道暮色非得淹没这一丝痛苦的微光,正如它溶去落日最后的余晖?

难道它非得被雨水冲走,正如心碎的花朵被雨水夺去珍贵的花粉?

把帝王的荣耀和富人的财宝留给死亡吧;但是,那充满激情的在刹那间投来的一瞥,是否能让泪珠把它洗得永远新鲜?"交给我珍藏吧,"我的歌曲说,"我从不触摸帝王的荣耀或者富人的财宝,但这些不起眼的微物永远是属于我的。"

6

我即将离开,她依然默不出声。但是从一阵微微的战栗中,我感觉到她迫切的双臂仿佛想说:"啊,不,别那么匆忙。"

我时常听见她央求的纤手,在轻轻一触间的言语,尽管它们自己也不知所云。

我早已熟悉,这一时刻她的柔臂在期期艾艾地说话,如果不是这样,它们早就变成一只青春的花环,缠绕住我的项颈。

在静谧时刻的荫蔽之下,这些细微的姿态又映现在记忆里,它们像逃学的孩童,淘气地向我泄露她对我隐瞒的秘密。

7

我的歌曲像一群蜜蜂;它们在天空飞翔,追寻你的芬芳的足迹——追寻一丝关于你的记忆;它们嗡嗡地飞鸣,围绕着你的娇羞,渴望着那深藏的醇蜜。

当黎明的清新潜入晨光,当正午的空气凝重低垂,当森林的四周寂静无声,我的歌曲便启程回家,它们倦乏的翅膀上沾满了灿烂的金粉。

9

在那来世的遥远世界里,当我们漫步在阳光下,若能不期而遇,我想我会无限惊讶地停下步履。

我将看见那双乌黑的眸子,那时它们已化作晨星;但我也将感觉得出这双眼睛曾经属于一个被记忆忽略的前世的夜空。

我将恍然洞见你的颜容的魅力,并非完完全全是你自己的光彩,在一次无法追忆的相会中,它窃取了我双眼里那热情的光芒,尔后又从我的爱情中觅走了神秘的圣辉——这圣辉来自何方已经被你遗忘。

10

请放下你的琵琶,我的爱,让你的柔臂自由地把我拥抱。

让你的触摸,把我洋溢的心儿引向我身体的最边缘。

请不要把头儿低垂,也不要把脸儿转开,请你给我一个亲吻,一个像久闭在花蕾里的芬芳的亲吻。

请不要用多余的言语把这一片刻窒息;让我们的心儿在寂静的潜流里颤动,把我们所有的思绪都被卷到无边的喜悦里。

11

你用你的爱使我伟大,虽然我不过是芸芸众生里的一个,颠沛在世俗的浪潮里,沉浮在世间无常的恩宠中。

在古往今来的诗人们呈献他们贡礼的地方;在名垂不朽的情侣们跨越时代的障碍互相致意的地方,你给我安置了一个座位。

集市里,人们在我身边匆匆走过——他们从来没有注意到我的身躯在你的爱抚下变得珍贵,也绝不会明白我的身躯里珍藏着你的亲吻,犹如太阳在自己的球体中珍藏着圣火而光耀万年。

12

今天,我的心儿像一个厌烦地把玩具都推开的孩子,对我建议的每一句话都摇着头说:"不,不是这个。"

然而,为自己的模糊而痛苦不已的言语,缠绕着我的思绪,犹如彷徨在群山之上的云儿,等待着一丝不期而来的疾风,为它们如释重负地卸去雨珠。

但是,请放弃这一切徒劳的尝试,我的心儿,因为在黑暗中,寂静将使得自己的乐曲成熟完美。

我的生命,今天像一个正在举行忏悔的教堂,在这儿泉水不敢流动,不敢潺潺低语。

你跨过门槛的时间还没有来临,我的爱;只要一想到你脚镯的铃声叮当地沿着小径而来,花院就会响起害羞的回音。

请记住明天的歌曲在今天还是含苞的蓓蕾，如果它们现在看见你从身旁走过，会紧张地裂开还没有成熟的心儿。

13

你从哪儿带来了这一阵不安，我的爱？

让我的心接触你的心，让我的吻把痛苦从你的沉默中吻去。

黑夜从自己的深处抛出这短暂的时光，使得爱情可以在这孤灯独明、门扉紧闭的地方，建筑起一个崭新的世界。

我们仅仅拥有一根芦笛，让我们的两对嘴唇轮流吹奏出乐曲吧；我们仅仅拥有一只花环，让我首先把它戴在你的头上，再用它绾我的头发作为皇冠。

揭去我胸前的薄纱吧，我将在地板上铺好我们的睡榻；一个亲吻，一夜欢乐的睡梦，将充溢在我们那无边的小天地。

14

我所有的一切，我都已给你，只留下这一层毫无遮掩的矜持的薄纱。

这一层薄纱，薄得使你暗暗窃笑，我感到害羞。

春风悄悄地把它吹走，我心脏的颤抖也在卷动着它，正如波涛卷动着浪花。

我的爱，请你不要悲伤，假如我的四周保持了一层距离的薄雾。

我的这层薄弱的矜持，并非只是女性的羞涩，它也是一根纤柔的茎枝，在这根茎枝上，我那甘愿相许的花朵，默默而优雅地弯身向你开放。

15

今天我穿上了这件新装，因为我的身体渴望歌唱。

我以一成不变的面目把自己献给我的爱，那是不够的；我必须通过这种献出，每天制作出新的礼物；我身着新装，我不就像一个新的礼物吗？

我的心像黄昏的天空，对色彩的追求怀着无限激情，因而我一次次地更换我的面纱，它们时而呈现出清新嫩草的绿色，时而呈现出冬天里禾谷的绿色。

今天我的衣服染成镶嵌着雨丝的天蓝色，它为我的四肢带来了茫茫大海的色彩,带来了异域群山的色彩;衣服的褶裥里还飘荡着夏日的云朵在风里飞翔的欢乐。

16

我本以为我会用爱的色彩写下爱的词句,但它却深埋在我的心底,而眼泪苍白无色。

如果我的词句毫无色彩,朋友,你可理解?

我本以为我会用爱的曲调唱出爱的词句,但它却回响在我的心里,而我的双眸寂然无声。

如果我的歌唱没有曲调,朋友,你可理解?

17

夜晚时分,我唱出了歌声,但你已不在那里。

这歌曲找到了我寻觅一天的词句;是啊,在暮色降临后的那一刻的沉静里,这些词句颤颤地化成音乐,恰如星星在此时开始熠熠地闪烁光芒;但你已不在那里。我希望在清晨把这首歌曲唱给你听,可是当你在我身边的时候,无论我如何尝试,虽然音乐来了,歌词却畏缩不前。

18

夜色渐深,即将熄灭的火焰在灯盏里摇曳。

我没有注意到,黄昏——像这一天在河边最后一次把水罐汲满的一个村姑——在什么时候关上了她那陋室的门扉。

我正在向你诉说,我的爱;我的心灵几乎没有觉察出我的声音——告诉我,这是否有任何涵义? 它是否从生命的边缘之外给你带来了任何启示?

而现在,由于我的声音已经沉寂,我感觉到万千的思绪瞠目地注视着自己那喑哑的深渊,夜色正因此而颤动。

19

在我们俩初次相逢的时刻,我的心里漾起了乐曲:"谁在永恒的远方,谁就永远在你的身边。"

这乐曲如今寂然无声,因为我已经渐渐地相信我的爱只在我的身旁,我已经忘却她也在遥远的地方。

乐曲充溢在两颗心灵间的无边的空间里,可是,这一切却被日常事务和行为的迷雾遮盖淹没。

在羞涩的夏日夜晚,当微风从寂静处吹来一阵浩荡的低声细语时,我端坐在床上,为失去就在我身边的她而悲哀;我问自己:"什么时候我能再有机会,用带着永恒的节律的言语向她低声倾诉?"

从你的倦怠中醒来吧,我的歌,冲破这习以为常的帷幕,带着我们初次相逢的无限的新奇,飞向我的在远方的爱人吧。

21

父亲参加完葬礼回来了。

他七岁的儿子睁大着眼睛,伫立在窗边,一只金色的护身符挂在他的脖子上;他的脑海里充满了小小年纪难以理解的思想。

他的父亲把他搂在怀里,而他却问道:"妈妈在哪儿?"

"在天堂里。"他的父亲指着天空回答。

深夜,悲痛倦乏的父亲,在昏睡中呻吟。

一盏孤灯在卧室的门口闪着幽微的光亮,一只蜥蜴在墙上捕捉飞蛾。

孩子从睡梦中醒来,用手摸索着空荡荡的床,然后悄悄地走到外面宽敞的平台上。

他仰面朝着天空,在沉默中久久地凝神而望;他那困惑的心灵把疑问射向遥远的黑夜:"天堂在哪里?"

没有传来一声答复;只有繁星宛若一滴滴炽热的泪珠,闪烁在无知的黑暗里。

22

当夜色即将消散的时候,她离去了。

我的心灵试图宽慰我,便说:"一切都是虚无。"

我愤愤不平地说:"那封面上写着她芳名的没有拆开的信札,还有这一把她亲手镶上红色绸边的芭蕉扇,难道都不是真实的?"

白天过去了,我的朋友走来对我说:"凡是美好的都是真实的,而且永远不会消亡。"

"你怎么知道?"我不耐烦地问,"难道在人世间已经销声匿迹的这个人,在过去不是美好的?"

像一个使母亲伤心的躁动不安的孩子,我试图把我内心的和我身边的一切庇护都拆毁,并且哭喊着:"这是个背信弃义的世界。"

突然我感觉到有一个声音在说:"忘恩负义!"

我看着窗外,一阵斥责似乎从星光灿烂的夜空传来——"就是你,认为我曾经来过,并把这一信念不断地倾注到我已经离开的虚空之中!"

23

小河灰暗茫茫,天空弥漫着黄褐的风沙。

在一个阴郁不安的早晨,当鸟雀哑然无声,巢窝在疾风中晃摇的时候,我独自兀坐,并且问自己:"她在哪儿?"

我们俩紧挨而坐的那些日子,早已飞逝而去;那时我们开怀畅笑,打趣戏谑;在我们相会的时候,威严的爱情插不进只言片语。

我使自己变得渺小,而她则用烦碎的唠叨浪费分分秒秒。

今天,在暴风雨即将到来的昏暗里,我徒劳地期盼她能来到我的身旁,同坐在心灵的孤独之中。

24

她用来称呼我的那个名字,像一朵盛开的素馨花;那透过绿叶的光线的颤摇,那雨夜里青草的气息,还有许多闲暇的日子里那最后时刻的悲伤的沉默,都和这称呼的声音交织混合。

应答这个称呼的他,并非仅仅是上帝的创作;在这十七个飞逝的春秋里,她为了自己又把他重新创造。

随后的岁月纷至沓来;但这些岁月的飘零的日子,已不再聚集在她的呼唤那个名字的空间里,而是迷途四散,到处流浪。

它们问我:"应该由谁来收留我们呢?"

我找不到答案便默默地坐着;它们在飘散的时候,向我喊道:"我们去找一个牧羊姑娘!"

它们该找谁呢?

这一点它们不会知道；宛如被遗弃的傍晚的云朵，它们在无路可寻的黑暗中飘荡，迷途并且被忘却。

25

我感觉到你的爱情的短暂的日子，并没有被遗弃在你生命的那些短短的岁月里。

我急于知道，现在你把它们珍藏在哪里，使它们远离慢慢偷盗的尘埃；在我的寂寞里，我找到了你的一首黄昏曲，它虽然已经消逝，但萦绕的余音还是不绝于耳；在秋日中午那暖洋洋的宁静中，我还找到了你那没有满足的时刻的声声叹息。

你的心愿从昔日的蜂巢里飞来，萦回在我的心田，我默不出声地坐着，谛听它们振翅飞翔的声音。

27

我正沿着一条绿草丛生的小路行走，突然我听见身后有人呼唤："瞧，你还认识我吗？"

我转身看着她并说："我记不起你的名字了。"

她说："我是你年轻时遇到的那第一次巨大的悲哀。"

她的眼睛仿佛是那空气中还含着朝露的清晨。

我默默地站立了片刻，便开口说："你已经卸下了你眼泪的一切重负吗？"

她笑而不答。我感觉到她的眼泪已经从容地学会了微笑的语言。

"有一次你说过，"她喃喃地说，"你要把痛苦永远地铭记在心间。"

我涨红了脸说："是的，但是岁月流逝，我已把它忘却。"

于是，我握着她的手说："可是，你已经变了。"

"昔日的悲哀，已化成今日的平和。"她说。

28

我们的生命扬起风帆，在无人渡越过的大海上前进；这儿的波涛互相追逐，在捉着一个永恒的迷藏。

这是变幻莫测的躁动的大海，在哺育着它那一群又一群飞散的泡沫，在拍手打破天空的宁静。

爱,在这光明与黑暗循环的战争舞蹈的中心诞生;你的爱是绿色的小岛,那儿阳光亲吻着森林害羞的阴影,群鸟的欢歌在向静谧求爱。

30

一位画家在集市上卖画。不远处,前呼后拥地走来一位大臣的孩子,这位大臣在年轻时曾经把画家的父亲欺诈得心碎而死。

这孩子在画家的作品前面流连忘返,并且选中了一幅,画家却匆忙地用一块布把它遮盖住,并声称这幅画不卖。

从此以后,这孩子因为心病而变得憔悴;最后,他父亲出面了,并且愿意出一笔高价。可是,画家宁愿把这幅画挂在他画室的墙上,也不愿意出售;他阴沉着脸坐在面前,自言自语地说:"这就是我的报复。"

每天早晨,画家画一幅他信奉的神的画像,这是他表现信仰的唯一方式。

可是现在,他觉得这些神像与他以前画的神像日渐相异。

这使他苦恼不已,他徒然地寻找着原因;然而有一天,他惊恐地丢下手中的画。跳了起来,他刚画好的神像的眼睛,竟然是那大臣的眼睛,而嘴唇也是那么的酷似。

他把画撕碎,并且高喊:"我的报复已经回报到我的头上来了!"

31

将军走到一语不发怒气冲天的国王前面,向国王敬礼禀报:"村庄已经受到惩罚,男人们被打得躺倒在尘土里,女人们哆嗦地躲藏在没有灯火的屋子里,怕得不敢放声哭泣。"

祭司长起身向国王祝福,并大声地说:"上帝的恩宠永远和陛下同在。"

丑角听到这句话便忍不住放声大笑,弄得满朝文武惊惶失措;国王阴沉的眉头皱得更紧了。

"御座的尊荣,"大臣说,"是以陛下的雄才大略和万能上帝的仁慈恩宠为根基的。"

丑角笑得更响了,国王厉声叱喝:"不分场合的插科打诨!"

"上帝赋予陛下那么多的恩宠，"丑角说，"而赐予我的只是笑的禀赋。"

"这种禀赋会要了你的性命。"国王说着便用右手握住他的利剑。

然而，丑角却站起来大声喧笑，直到笑不出声音为止。

恐怖的阴影笼罩着朝廷，因为他们听见那大笑声回响在上帝沉默的深处。

33

他们残暴地把那一块毡毯撕得粉碎，那可是一块为世世代代在祈祷时用来迎接世间最美好的希望而编织的毡毯。

这一块伟大的为爱而准备的信物，成了一堆碎片躺在地上；那被毁坏的坛上，已经没有任何东西会使得这一群狂野之徒想起他们的上帝曾经莅临人间。在一阵狂热的火焰里，他们仿佛把自己的未来烧成灰烬，他们开花的季节也随之化为乌有。

天空中响起了刺耳的呼喊声："胜利属于暴徒！"孩子们形容枯槁显得苍老，他们互相悄悄地低语：时光在轮回，没有向前进展；我们被驱赶着奔跑，而没有到达的目的地，创造就像盲人的摸索。

我对自己说："停止你的歌唱吧，歌曲只献给那行将要来临的人，无休止的纷争只是为了那实在的事情。"

这条永远卧躺的道路，宛如一个耳朵贴俯着地面谛听足音的人，今天没有发现嘉宾光临的迹象，也没有在路的近头看见一间屋子。

我的琵琶说："把我扔在尘土里践踏吧。"

我凝视路边的尘土，荆棘丛中开着一朵娇小的鲜花，于是我高喊："世间的希望并没有死亡。"

天空俯身在地平线上，对着大地低声细语；一阵盼等的沉默弥漫于空中。我看见棕榈树的叶子，正和着那听不见的音乐节奏在拍手击掌，而明月和那湖泊的闪烁的宁静在交换眼波。

大路对我说："什么都别怕！"而我的琵琶说："请把你的歌儿借给我！"

三

1

来吧,春天,大地的豪情满怀的爱人,你把森林激荡得心潮起伏,渴盼倾诉!

吹来吧,骚动不安的阵风,请吹到百花争艳、新叶婆娑的地方来吧。

你势不可挡,像叛逆的阳光,冲破黑夜的监视,划破湖水黝黑的沉闷,穿透地下的牢狱,你宣告自由属于被束缚的种子。

你像闪电的欢笑,像暴风雨的呐喊,冲进喧嚣的城市之中,解放被窒息的言语和无知无觉的劳作;你增援我们正在溃退的战斗,并把死亡征服!

2

一年又一年的三月,当芥子花鲜艳盛开,我无数次凝视过这一画面——这一脉悠然的流水,远处那灰白的沙滩,还有那条携带着田野的友情,蜿蜒进入村子心坎的崎岖的沿河小径。

我曾想用韵律来描绘风儿悠闲的小调,用韵律来再现行船划动木桨的节奏。

我曾暗自诧异,展现在我眼前的大千世界是如此纯朴;在我与这位永恒的陌生人邂逅相遇之际,它使我的心田充满了挚爱和亲切的安怡。

3

渡船在两个隔河相望的村子间往返划行。

河水不宽也不深——仅仅是道路上的一个裂口,它增添了日常生活的许多微妙的波澜,犹如一首歌曲里言词的间歇,曲调欢快地从这儿流泻而过。

当财富的大厦高高昂起,又轰然倒塌成废墟时,这两个村子却隔着潺潺的小河互相攀谈;渡船在它们之间往返划行,一代又一代,从播种的时刻到收获的季节。

5

在婴孩的世界里,树林向他摇晃着绿叶,用一种那远在理性之光闪亮之前的古老语言低吟着诗歌；而月亮，这个黑夜的孤独的孩子，装出和婴孩的年龄相仿。

在老人的世界里，鲜花因为那些编造的神话故事，而例行公事地绽开笑颜；破碎的玩偶，则袒露出它们是由泥土制成的真相。

7

伟大的土地，我时常时常地感到我的躯体渴望在你的上空飘摇，让我和那举着信号旗回答着蓝天的呼唤的每一片绿叶共享幸福！

我感到在我诞生的几个世纪以前，我早已归属于你；这就是为什么在秋天的日子里，当阳光在醇香的稻穗上光芒闪耀的时刻，我仿佛忆起我的灵魂无处不在的往昔，仿佛听见伙伴们嬉戏的声音，从遥远的被层层面纱遮掩的昔日传来。

傍晚，当牛群在草坪的小径上扬起尘土，返回到栏圈里时，当月亮高高地悬挂在村舍的炊烟袅袅上升的天空中时，我为生存的第一个早晨所经受的一种难以言表的惜别而感到悲戚。

9

当晨曦像一绺散乱的刘海，垂挂在雨夜的额头，乌云不再聚集。

一个小女孩伫立在窗口，沉静得宛若一条彩虹出现在宣泄后的雷雨的门口。

她是我的邻居，她仿佛是一串神灵的反叛的笑声降临到世上；她母亲气恼地骂她无可救药，她父亲则微笑着说她是个疯孩子。

她像一条跃过巨砾逃跑的瀑布，像竹梢的嫩枝在不安的风中瑟瑟作响。

她凭窗而立，凝神地看着天空。

她妹妹走来说："妈妈在喊你呢。"她摇摇头。

她小弟弟带着玩具船走来，想把她拉走一块儿去玩，她的手却猛地从弟弟的手中挣脱出来；可是弟弟却纠缠不休，她在他的背上打了一下。

那最早的伟大的声音，是创世纪开始时的风与水混杂的声音。

那大自然的亘古的呼唤——对还未出世的生命的无声呼唤——已经传到这孩子的心坎里，并且引导着她的心灵独自来到我们时代的樊篱之外;因而她在那儿伫立,整个身心沉浸在永恒之中。

10

翠鸟坐在一只空船的头上纹丝不动,一条水牛躺在河边浅水里悠闲舒适,它半闭着眼睛,在品尝那清凉泥浆的美味。

母牛在堤岸上嚼食嫩草;一群跳跃着捕捉飞蛾的沙立克鸟紧随其后;它们并没有被村子里那恶狗的狂吠声吓得胆战心惊。

我坐在罗望子树的丛林里,这儿聚集了不能言语的生命的喧闹声:牛儿的哞叫,鸟雀的喊喳,头顶上一只老鹰的尖唳,蟋蟀的唧唧,还有一条鱼儿在河里嬉水叮咚。

我窥视这生命的原始的哺育所,在这儿,大地母亲为这些原初的生命紧密地围绕着她的胸怀而激动不已。

11

在昏昏欲睡的村子里,正午静得像阳光灿烂的午夜,我的假期已经结束。

整个早晨,我四岁的小女儿跟在我的身后,从这个房间跟到另一个房间;她一本正经地默默地注视着我收拾行装;最后,她感到倦乏,便靠着门柱坐下,但静默得令人惊讶,她喃喃自语:"爸爸一定不能走!"

午餐的时间到了,睡意又如往日一样向她袭来,可是她的妈妈已经把她忘记,这孩子怏怏不乐地连一句抱怨的话都不想说。

最后,当我张开双臂向她告别时,她一动都不动,只是伤心地注视着我说:"爸爸,你一定不能走!"

这句话逗得我笑出了眼泪,使我想到这小小年纪的孩子,竟然敢于和这个为生计所迫的庞大的世界发起挑战,她所凭借的战术只不过是这几个字:"爸爸,你一定不能走!"

12

尽情地享受你的假日吧,我的孩子;这儿有湛蓝的天空,有空旷的田野,有谷仓,还有古老的罗望子树下那倒塌的庙宇。

我的假日只有通过你的假日才能得到享受,我在你眼波的舞蹈里寻找光芒,在你喧闹的叫喊中寻觅音乐。

对于你,秋天奉献的是真正的假日的自由;对于我,它赠送的只是工作的阻碍,因为,瞧!你闯进了我的房间。

说真的,我的假日是一次无限的自由,可以让爱来将我骚扰。

13

黄昏时分,我的幼小的女儿听见她的伙伴们在窗沿下呼唤她。

她胆怯地摸着漆黑的楼梯往下走,手里举着一盏灯,灯的前面盖着她的面纱。

我正坐在露台上,三月的夜晚星光灿烂;突然,我听见一声哭喊,便连忙跑去查看。

她的灯掉在漆黑的旋转式楼梯上,而且早已熄灭;我问她:"孩子,你刚才为什么哭?"

她在下面痛苦地回答:"爸爸,我把自己丢了!"

当我返回露台,坐在三月这星光灿烂的夜空下时,我凝视天界,那儿似乎有一个孩子在行走,她边走边用一块又一块的面纱,把一盏又一盏的灯火掩藏起来。

如果这些灯火的光亮熄灭,她会突然停下步履,一声哭喊便会随之传遍天际:"爸爸,我把自己丢了!"

14

黄昏迷惘地滞留在街灯的中间,它的黄金已被都市的尘埃玷污。

一个浓妆艳抹的妇女,在阳台上凭栏而立,一团闪耀的火焰等候着它的飞蛾。

突然,马路上卷起一个旋涡,围绕着一个被车轮碾死的街头流浪儿;那阳台上的妇女,在痛苦的尖叫声中瘫倒,她悲痛欲绝地感受到那坐在世界内心的神龛里的白衣慈母的哀伤。

15

我怎能忘怀那石南丛生的荒原上的一幕———一个姑娘独自坐在吉卜赛帐篷前面的草地上,在午后的阴凉处编结发辫。

她的小狗冲着她那不停的双手又跳又叫,仿佛她的忙碌毫无价值。

她叱责小狗,骂它是"一个讨厌的东西",又声称她厌倦了它的没完没了的傻气,但这一切都无济于事。

她伸出嗔怪的食指,击打着小狗的鼻梁,然而这似乎使得它更加忘乎所以。

她的神情严肃得恐怖可怕,她警告小狗末日即将来临;可是不一会儿,她一把抱起小狗搂在怀里放声地笑着并且把它紧紧地贴在胸前,任凭她的秀发散落。

17

这衣衫褴褛的乡下人,正离开集市蹒跚回家;假如他突然被举升到一个遥远时代的巅峰,人们也许会放下手头的工作,激动地呼喊着朝他奔涌而来。

因为他们不会再把他贬斥为一个农夫,相反,会发现他浑身上下充满了神秘和他这个时代的精神。

甚至他的贫困和痛苦,因为摆脱了现实世界那浅薄的羞辱而变得伟大;他篮子里的粗陋的东西,会获得哀婉动人的尊严。

18

在晨曦的伴随下,他漫步在一条被一排雪杉遮蔽的道路上;这道路盘山缠岭,宛如爱侣难舍难分。

他手里握着新婚的爱妻从他们家乡寄来的第一封信,恳求他回到她的身边,催促他赶快启程。

当他漫步的时候,一只无形的纤手抚摩着他,这使他心潮难平;天空中仿佛响起那封信的呼唤:"亲爱的,我亲爱的,我的天空已经满是泪珠!"

他惊讶地问自己:"我怎么值得她这样呢?"

太阳蓦然间跃出蔚蓝的山冈;四个女郎迈着轻捷的步履,从陌生的海岸走来,她们高声嬉笑,身后紧随着一条吠叫的狗。

两个年龄稍长的女郎,看到他那副魂不守舍的怪样子,不由得转过头去,掩藏她们被逗乐的笑颜;而那两个年幼的女郎,则大声地笑着你推我拥,兴高采烈地奔跑而去。

他停下步履,低垂着头;这时,他突然感觉到手中的书信,便展开信笺,再读上一遍。

19

这一天来临了,庙宇的神像端放在辉煌的圣辇里,绕着圣城巡行。

王后对国王说:"我们去参加喜庆吧。"

全家老小都前去顶礼膜拜,只有一人例外,他的工作是收割茅草的茎秆,为王帝的宫殿制作扫帚。

侍仆总管怜悯地对他说:"你可以和我们一起去。"

他低着头说:"这不行。"

这个人居住在国王的随从们必须经过的那条道路的边上。当大臣骑着象到达这里时,大臣向他高喊:"和我们一起走吧,去瞧瞧坐在圣辇里的上帝!"

"我岂敢仿效帝王的派头去寻找上帝。"这个人说。

"你下次怎么会有机会再次谒见乘坐在圣辇里的上帝?"大臣问。

"等到上帝亲自来到我门口的时候。"这个人回答。

大臣放声笑着说:"傻瓜!说什么'等到上帝来到你门口的时候'!连一个国王都得屈驾前去拜见呢!"

"除了上帝,还有谁会来探望穷人呢?"这个人说。

20

冬天已经过去,白天渐渐地变长;在阳光下,我的狗狂野地和那只为玩赏而豢养的小鹿尽情地嬉戏。

赶集的人们聚集在篱笆的边上,喧笑着观赏这一对游戏的伙伴,它们正用完全陌生的言语竭力表达爱慕之情。

空气里荡漾着春天的气息,青嫩的绿叶宛若火焰闪烁着蓝光。小鹿那乌黑的眸子里,有一丝光芒在舞蹈,蓦然间她受到惊动,弯下她的颈项察看自己的影子的晃动,或者竖起耳朵谛听风中的细语。

在游移不定的微风中,在到处都是沙沙声响和幽幽微光的四月的天空中,春天的消息飘飘而来。它歌唱青春在世间的第一阵楚痛;此时此刻,蓓蕾绽开成第一朵鲜花,爱情把早已熟悉的一切委弃在身后,向前寻觅陌生而新颖的内容。

有一天午后,在阿姆莱克树林里,当林阴由于阳光悄悄地拥抱而变得肃穆甜美的时候,小鹿撒腿飞奔,宛若一颗爱恋着死亡的流星。

暮色渐渐地变浓。屋子里灯火通明,繁星闪烁,夜色笼罩着田野,可是小鹿却始终没有返回。

我的狗呜咽着跑到我的眼前,它那引人哀怜的眼神在向我发问,似乎在说:"我不明白!"

可是,谁能明白呢?

21

我们的巷子弯弯曲曲,仿佛在许多世纪以前,她开始寻求她的目标;她左弯右拐,永远摆脱不了迷惘。

在头上的天空中,在两边的大楼间,悬垂着一条从天空里撕下来的宛如发带的狭窄的间隙:她称之为蓝城妹妹。

只有在日中的短暂片刻,她才能看见太阳,她带着疑问谨慎地问自己:"这是真的吗?"

六月里,阵雨仿佛在用铅笔画出的影线,时常把她的一线天涂成暗色;这小巷变得泥泞滑溜,雨伞互相碰撞;头顶上那水流管的喷口处雨水奔涌而来,溅泼到她的惊愕的路面上,在惊恐之中,她把这一切当作用欢快的戏谑来进行无拘无束的创造。

春天的微风,在小巷弯曲的线圈里走入迷途;它跌跌绊绊地碰撞着一个又一个的角落,宛若一个烂醉的流浪汉;它使得浑浊的空气里飘满了纸屑和破布。"这是愚蠢的发泄!难道上帝疯了吗?"小巷愤怒地叫喊。

然而,从两侧的屋子里倾泻而来的日常污物——夹杂着鱼鳞、烟灰、剥下的菜皮、腐烂的水果以及死老鼠——却从来没有使她产生疑问:"为什么会有这些东西?"

她认可自己路面上的每一块石头;但是从石头间的裂缝处,一根青草有时会探出头来,这使得她勃然大怒:"纯真的统一怎么能容忍如此的侵扰?"

一天清晨,当两边的屋子在秋日那光辉的触摸下,变得美丽动人时,她低声细语地对自己说:"在这些大楼的背后,有一种无限的奇迹。"

然而，随着时辰的流逝，这儿的家家户户又骚动起来。女仆溜达着从集市返回，她的右手摆动着，左臂挽着一篮子食物；厨房里飘出的油烟味又渐渐地弥漫于空气之中；对我们的小巷来说，这一点又显得清清楚楚；实在的正常的一切完全是由她自己、她的那些屋子以及垃圾堆所构成的。

22

这幢房子在它的财富烟消云散之后，依然恋恋不舍地站在路边，宛若一个疯子背上只披下一块补丁缀补丁的烂布。

日复一日，岁月凶残的利爪把这房子抓得疮痍满目；雨季在这赤裸的砖石上留下了它们疯狂的签名。

在楼上的一间凄凉的房间里，两扇对合门中的一扇，由于铰链锈蚀已经脱落，另一扇守了寡的门，日日夜夜乒乒乓乓地迎着疾风响个不停。

一天深夜，从那幢房子里传来女人们恸哭的声音；她们在痛悼这家族的最后一个儿子的死亡，这孩子才十八岁，在一个巡回剧院里靠扮演女主角谋生。

又过了几天，这屋子里已经没有声息，门都上了锁。

只有楼上那个房间的向北的一面，那扇凄凉的房门既不愿意倒下休息，也不愿意关闭不动；它来回地在风里摇摆，宛若一个自我折磨着的灵魂。

过了一些日子，孩子们的声音又一次回荡在这幢房子里；阳台的扶栏上，晒着妇女的衣服；遮盖的笼子里，传来了鸟儿的啁鸣声；还有一个男孩站在平台上放着风筝。

一位房客前来租用了几个房间，他收入微薄，但孩子众多；那劳累的母亲责打他们，他们便哭喊着在地板上打滚。

一个四十岁的女仆，整天干着单调乏味的工作，和她的女主人拌嘴，并威胁着要辞职，但从未真的辞过。

小修小补每天在进行。没有玻璃的窗棂用纸张贴住；栅栏里的缺口用劈开的竹子修补；一只空空的箱子顶住没有门闩的房门；陈旧的污渍在粉刷一新的墙上依稀可辨。

荣华富贵本来已经在荒凉的颓败中找到了一个合适的纪念，但是，这一家新来的人在没有足够的财力的情况下，试图用暧昧的办法来掩藏这儿的凄凉，结果却损害了一片荒芜的面子。

他们没有注意北边的那个凄凉的房间，那扇被遗弃的房门仍然在风中砰砰作响，仿佛绝望之神捶打着她的胸脯。

23

在森林的深处，这位苦行的修士双目紧闭着进行修炼，他希冀开悟成道，进入天国。

可是那位拾柴的姑娘，却用裙子给他兜来水果，又用绿叶编织的杯子从小溪给他舀来清水。

日子一天天地过去了，他的修炼日趋艰苦，最后，他甚至不吃一个水果，不喝一滴清水；那拾柴的姑娘悲伤不已。

天国的上帝听说有个凡人竟然希冀成为神灵，虽然上帝曾经一次又一次挫败他的劲敌——泰坦巨神，并且把他们赶出他的疆域，但是他害怕具有承受磨难的力量的人。

然而他谙熟芸芸众生的秉性，于是便设计诱惑这个凡夫俗子放弃他的冒险。

一阵微风自天国吹来，亲吻着拾柴姑娘的四肢；她的青春由于突然沉浸在美丽之中而充满渴望，她纷乱的思绪仿佛巢窝受到侵扰的蜜蜂嗡嗡作响。

时辰已经来到，这位苦行的修士该离开森林，到一个山洞去完成苛刻的修行。

当他睁开双眼刚要动身，那位姑娘出现在他的面前，宛若一首熟悉却又难以忆起的诗歌，由于韵律的增添而显得陌生。苦行的修士缓缓起身，告诉她说他离开森林的时辰已经来临。

"可是你为什么要夺去我侍候你的机会?"她噙着热泪问道。

他再次坐下，沉思良久，便留在了原来的地方。

那天深夜，悔恨之心搅得姑娘难以入眠；她开始惧怕自己的力量，而且痛恨自己的胜利，然而她的内心却在骚动不安的欢乐的波浪上摇荡。

清晨，她前来向苦行的修士行礼，并且说她必须离他远去，希望得到他的祝福。

他默默地注视着她的脸蛋，然后说："去吧，祝你如愿。"

年复一年，他独自打坐修炼，直到功德圆满。

众神之王从天上降临，告诉他说他已经真的得了天国。

"我不再需要了。"他说。

上帝问他希望得到什么更加丰厚的报酬。

"我要那个拾柴的姑娘。"

24

人们说织布工人卡比尔备受上帝的宠爱。

于是，人群聚集在他的身旁，向他讨教医术，请他显现神迹。但是他感到困惑了；在此之前，他那卑微的出身一直赋予他极其珍贵的湮没无闻，在默默无闻中，他甜美地歌唱，幸福地和上帝同在。他祈求这一切重新归还于他。

僧侣们妒忌这个草民的声誉，他们勾结了一个娼妓去羞辱他。卡比尔来到集市，出售他自己纺织的布料；这个女人突然抓住他的手，责骂他背信弃义，并且尾随着到了他的家里，口口声声地说她不愿遭到遗弃；这时，卡比尔自言自语："上帝用他独特的方式回答祈求。"

不一会儿，这个女人感到一阵恐惧的寒战，并且跪在地上哭喊："救救我，把我救出罪孽的深渊！"他回答说："敞开你的生命，迎接上帝的光辉吧！"

卡比尔一边织布一边歌唱，他的歌声洗刷了这个妇女心坎上的污渍；当歌声从这个妇女的心里启程返回的时候，它在她甜美的声音里找到了一个家园。

有一天，国王凭着一阵不可遏止的任性，发出圣旨宣召卡比尔入宫，到他面前献歌；这个织布工人摇着头拒绝，但是信差没有完成主人的使命，哪敢离开他的门口？

当卡比尔进入大殿时，国王和他的朝臣们都大惊失色，因为卡比尔并非独自一个，那个妇女紧随在他的身后。有人窃笑，有人皱眉；看到这个乞丐的傲气和伤风败俗，国王的脸上阴云密布。

卡比尔屈辱地回到家里，那个妇女倒在他的脚边悲泣："为什么要为我承受如此的羞辱，主人？就让我回到丑恶的名声中去受苦受难吧！"

卡比尔说："当上帝带着屈辱的烙印走来时，我不敢把他赶走。"

这个人没有任何实在的工作,只有各种各样的异想天开。

因此,在一生都荒废于琐事之后,他发现自己置身于天堂,这使得他大惑不解。

原来这是引路的天使出了差错,把他错领到一个天堂——一个仅仅容纳善良、忙碌的灵魂的天堂。

在这个天堂里,我们的这个人在道路上逍遥闲逛,结果却阻塞了正经事儿的畅通。

他站在路旁的田野里,人家便警告他践踏了播下的种子;推他一把,他惊跳而起;挤他一下,他向前举步。

一个忙碌不停的女郎来到井边汲水,她的双脚在路上疾行,宛如敏捷的手指划过竖琴的琴弦;她匆促地把头发挽了一个不加任何修饰的发结,而垂挂在她额头的松散的发绺,正窥视着她的乌黑的眸子。

这个人对她说:"能借我一下你的水罐吗?"

"我的水罐,"她问,"去汲水?"

"不,给它画上一些图案。"

"我没有时间可以浪费。"她蔑视地拒绝。

现在,一个忙碌的灵魂,无法抗拒一个无所事事的人。

她每天在井栏边遇见他,他每天向她重复那个请求;最后,她终于让步。

我们的这个人在水罐上画下了神秘而错综的线条,涂抹了各种奇异的色彩。

女郎接过水罐,左看右看,且问:"这是什么意思?"

"没有什么意思。"他回答。

女郎把水罐带回家里。在各种不同的光线下,她擎着水罐试图找出其中的奥秘。

深夜,她离开睡榻,点亮灯盏,从各个不同的角度凝神地审视这个水罐。

这是她生平第一次遇见没有意义的东西。

第二天,这个人又在井栏边徘徊。

女郎问:"你想要什么?"

"再为你做一件事。"

"什么事?"她问。

"让我把这缕缕彩线编成一根发带,绾住你的头发。"

"有什么必要吗?"她问。

"没有任何必要。"他承认。

发带编好了。从此以后,她在头发上浪费许多时间。

这天堂里,那充分利用的舒展的时间之流,开始显现出不规则的断裂。

长老们感到困惑,他们在枢密院商议。

引路的天使承认自己的渎职,他说他把一个错误的人带到了一个错误的地方。

这误入天堂的人被传唤来了;他的头巾色彩耀眼夺目,这明明白白地昭示出祸闯得有多大。

长老的首领说:"你必须回到人间去。"

这个人如释重负地吐了口气:"我已经准备好了。"

那位头发上束着发带的女郎插话说:"我也准备好了!"

长老的首领第一次遇见一个没有任何意义的场面。

27

据说在森林里,在河流与湖泊汇合的地方,生活着几个乔装改扮的仙女;只有在她们飞去以后,她们的真相才能被清楚地看到。

有位王子来到这片森林,当他走近河流与湖泊的交汇处时,他看见一个村姑坐在堤岸上,正拨弄清水,把水仙花激荡得翩翩起舞。

他悄声问她:"告诉我,你是什么仙女?"

听到这个问题,姑娘放声大笑,笑声响彻整个山坡。

王子心想她是个爱笑的瀑布仙女。

王子娶了仙女的消息传到国王那里,国王便派出人马把他们带回宫里。

王后看见新娘厌恶地转过脸去,公主气得满脸通红,侍女们则询问,难道仙女就是这种打扮?

王子低声地说:"嘘! 我的仙女是乔装改扮来到我们家的。"

一年一度的节日来临了，王后对她的儿子说："王亲国戚要来看看仙女，告诉你的新娘，不要在亲戚面前丢我们的脸。"

于是王子对他的新娘说："看在我对你的爱情的份上，请你显露真相让我的王亲们看一看吧。"

她默默地坐了很久，然而点头允诺，但眼泪却顺着脸颊滚滚而下。

满月皓洁，王子身着结婚的礼服，走进新娘的房间。

房间里空无一人，只有一缕月光射进窗户，斜照在床上。

王亲们随着国王和王后一拥而进，公主站立在门口。

众人问："仙女新娘在哪里？"

王子回答说："为了把真相显露给你们看，她已经永远地消逝了。"

29

当山涧的小溪宛若一把光芒闪耀的弯刀，插入暮色那昏沉的刀鞘时，一群鸟儿突然从头上飞过，它们高声欢笑地挥动翅膀迅疾地向前飞行，仿佛群星之中穿过一支利箭。

这一切惊扰了所有静止不动的事物的内心，使得它们对速度充满激情；大山的胸膛里仿佛感觉到暴风云的痛楚，绿树渴望挣脱那根深蒂固的脚镣。

这一群鸟儿的奋飞，为我撕破了死寂的面纱，展示出一阵巨大的战栗，正振翅在深邃的静谧里。

我看见这些群山和森林穿越时间朝未知世界飞翔：当繁星扑闪着翅膀飞过，暮色便震颤出片片火花。

我感到我的身躯奔涌起一股越海飞翔的鸟儿的激情，开辟一条道路，飞出生和死的极限。此时此刻，这漂泊的世界响起一阵纷乱的声音："不是在这里，而是在别的地方，在遥远的胸怀里。"

30

这群人惊讶地倾听着青年歌手卡希的歌唱，他的嗓音宛若一把怀有绝技的利剑，在无望的紊乱纠缠中摇晃翻动，把它们劈成碎片而欢呼。

在听众席上，老普拉塔普王耐着性子倦乏地坐着，因为他的生命曾经被巴拉杰拉的歌唱所围绕和哺育，宛如一块幸福的土地被河流的花边美丽地缀饰着;他那绵绵的雨夜,那秋日静谧的时辰,都通过巴拉杰拉的歌唱,向他的心灵诉说;他那欢乐的夜晚在这些歌唱的伴随下,装点起各色的灯盏,回响起叮当的银铃。

当卡希停下来休息的时候,普拉塔普微笑着向他眨眨眼睛,并低声地对他说:"大师,现在让我们听点儿音乐,可不是这种模仿蹦蹦跳跳的小猫、追逐惊惶失措的老鼠的时新歌曲。"

那位戴着洁白头巾的老歌手,向听众深深地鞠上一躬,便坐了下来。他双目紧闭,纤细的手指弹拨起乐器的琴弦,在怯怯的犹豫中他开始歌唱。大厅宽敞,而他的歌声微弱,于是普拉塔普故意喝彩:"好极了!"但是,在他的耳边却低语着说:"大声一点,朋友!"

听众躁动不安。有的打哈欠,有的打瞌睡,有的抱怨天热。大厅里心不在焉的纷乱的嘈嘈声响成一片,而歌声像一只随时都会倾覆的小船,徒劳地在上面颠簸;最后,淹没在这片喧哗之中。

突然,这老人因为心灵遭到创伤,忘记了一段歌词。他的声音痛苦地探索着,仿佛一个在集市里的盲人,摸索着找寻与他失散的引路人;他试图用能想到的任何曲调来充实这个裂口,但这个裂口仍然张着嘴巴;受尽折磨的曲调拒绝效劳,它们突然改变旋律,爆发出一阵呜咽。大师的头垂靠在乐器上,他情不自禁地迸发出婴儿降生时的第一声哭喊。

普拉塔普轻轻地拍拍他的肩膀,便说:"走吧,我们的聚会在别处。我知道,我的朋友,没有爱的真理是孤独的;美不和众人同在,也不和片刻同在。"

31

在世界年轻的时候,喜马拉雅,你从大地那崩裂的胸怀里升起;你重峦叠嶂,向着太阳猛烈地发起燃烧的挑战。接着成熟的时刻来临,你对自己说:"够了,不再向高处伸展!"你那颗神往着云的自由的火热的心,发现了自己的极限范围,便默默地耸立,向无限致以敬礼。在你的激情经过这番抑制之后,美丽自由地在你的胸脯上嬉戏,信任用鲜花和鸟儿的欢乐簇拥在你的四周。

你像一个伟岸的学者,端坐在孤独里;你的膝盖上摊放着一本由无数石头页码编成的古书,我想知道那儿写着什么故事——是不是神圣的苦行修士湿婆和爱神婆瓦妮的永恒的婚礼？——是不是恐惧之神希冀占有脆弱之神的力量的剧本？

33

我的双眸感受着蓝天深邃的宁静,阵阵战栗传遍我的全身,宛如一棵树儿伸出绿叶的杯子期待着斟满阳光时的激动万分。

一阵思绪从我的心里涌现,像温馨的气息从阳光下的青草上飘起;这一阵思绪与水波拍岸的汩汩声,与小巷里倦风的叹息声交织在一起——我想起我一直和这个世界的全部生命生活在一起,我已经把自己的爱恋和悲愁都献给了世界。

37

请赐予我爱的崇高的勇气,这是我的祈求——那种敢说敢行,敢于为了你的意愿而承受苦难,敢于抛弃万物,甘于寂寞的勇气。请给我力量去完成危险的使命,请用痛苦给我荣耀,请帮助我征服那每天都向你奉献的艰难的心情。

请赐予我爱的崇高的信念,这是我的祈求——那种生命蛰伏于死亡之中,胜利存在于失败之中,力量掩藏于娇美之中,尊严寓寄于承受伤害而不屑以怨报怨的痛苦之中的信念。

评析:

“来吧,春天,大地的豪情满怀的爱人,你把森林激荡得心潮起伏,渴盼倾诉!

“吹来吧,骚动不安的阵风,请吹到百花争艳、新叶婆娑的地方来吧。

“你势不可挡,像叛逆的阳光,冲破黑夜的监视,划破湖水黝黑的沉闷,穿透地下的牢狱,你宣告自由属于被束缚的种子。”

浸润自身或真情、或反思的原创性、独创性的语言,方能产生妙语。当人浮躁之时,其语言也简单与粗糙。别尔嘉耶夫曾说:“生命之质不在物质之中,而在精神之中。”泰戈尔《游思集》这部诗歌的语言之美,语言之韵,源于泰戈尔对生命本体的关照。

最后的星期集

我完整地得到了你

我深知你已经属于我，我从未想到应该确定你赠予的价值。

你也不提这样的要求。

日复一日，夜复一夜，你倒空你的花篮，我瞟一眼，随手扔进库房，次日没有一点儿印象。

你的赠予融和着新春枝叶的嫩绿和秋夜圆月的清辉。

你以黑发的水浪淹没我的双足，你说："我的赠予不足以纳你王国的赋税，贫女子我再无可赠的东西。"

说话间，泪水模糊了你的明眸。

你匆匆离去，日复一日，夜复一夜，不见你返回。

数年后开启库房，我看见你赠予的宝石项链，拿起捧在胸前。我冷漠的高傲颓然跌倒在印着你足迹的地上。

忆恋中显示你爱情的价值，失去了你我才完整地得到了你。

你甘露般的甜笑

有一天你那不可思议的甜笑，穿过闲谈的缝隙，摇醒了我昏睡的青春。你脸上倏地闪现出甘露般的惊喜。

那是亿万事件的海滩上，游玩的大潮的波涛从海底卷翻上来的一颗罕见的珍珠，此后欲见总无缘。

一瞬间，陌生时刻的情感唱着行路之歌，从迢遥的林莽步入我胸中半掩的心灵的窗口。

奇妙无形的手指在心弦上弹着相思曲，细雨蒙蒙的幽静的住处，一方突然滑落的看不见的纱巾的拂触，遗留在黄昏素馨花凄郁的幽香里。

于是想起一天无端惊疑的瞬间；想起远望着草枯的牧场消度的冬日的黄昏；想起无伴的暮色中，落日的彼岸，情琴弹奏的无声的慕恋。

你走进了朦胧

冬天即将过去,好奇的曙光揭去雾幔。

我忽然看见文旦树枝萌发了沾露的新叶,这是生意盎然的奇迹。

我看到它感到惊喜,就像蚁垤仙人在达玛萨河畔,惊喜于吟咏的第一行诗句。

这几片新叶,在长久无声的鄙薄中,把隐匿的坦荡的音讯送入播布的朝晖,犹如你该吐露的心语,而你却默默离去。

春天已经不远,你我之间似熟还生的幕帘,不时飘动,边角翻卷。

调皮的南风也吹不倒隔阂。

无忌的时刻尚未来到,傍晚,你走进无可描述的朦胧。

创造之海——死亡之海

青春的边陲,残存黯淡的殷红。

消融吧,它的迷恋!"明晰"之中,苏醒吧,我浑浊的眼睛!记忆和遗忘的颜料涂抹的悲欢的浓雾,消散吧,像自轻的暮云!

我沉湎于落花残香的心灵四周,梦魂的蜜蜂嗡嗡翩飞,寻找无踪的芬芳。

从阴影锁闭的日子里,出来吧,我的心!走进阳光明洁的纯朴!

不瞬的目光漂向无语、无痛、无愁的创造的大海!

我要踏上无目标的路程,在流年的喧哗中,平静地观赏万象,聆听乐曲;我要隐身于作物收割完毕的辽阔平原的空廊。我要把我的冥想融入恬静的娑罗树里,那里埋葬着千百年冷寂的生命。

乌鸦在罗望子树上聒噪,鹰隼溶入烈日烤化的高天的苍碧,渔夫在沼泽里筑堤,驾船捕鱼。

沼泽对面古老的村落若隐若现,天穹淡蓝的极边,飘荡着缨络似的紫岚。兀鹰在渔网上空盘旋,鸬鹚默坐在竹顶,无浪的水中倒映出纹丝不动的影子。

湿风中弥漫水藻的清香。

四周的生存之河,日夜流入众多的支流。

这天然的河水溶和千代生灵的丰繁的物品,在人类历史的兴衰之上奔腾不息。

在生机勃勃的春天的终端，我今日倦乏地沉入生存之河的深处，波浪以我血液平缓的节律在我的胸前潺湲地奏鸣。

让我的知觉在它的光影之上，漂向没有典籍没有争执没有烦恼的死亡的大海。

夏雨

没有收到请柬的夏雨降落在原野，遮暗一行行棕榈树梢，将躁动注入堤内的碧水。

我热切地呼唤雨霖降落进我的心田。

我出访了一些日子，异域的语言，与我心灵的语言难以沟通，心宫里无法举行灌顶大礼。

缺少雨云灰暗地流动，生活是孱弱的。

恰似树木赐果的时间一年年增加，在圆形年轮上留下印迹，每年降雨的欢乐在我的骨髓里，添加情趣的财富；在生活的画布上挥涂浓重的色彩；艺术家手指的示意，刻在我心灵的年轮上。

当我坐在寂静的窗口，无所事事的时辰蹑足逝去，些许赐予留在我的祭坛上。

生活的秘财的仓廪里，聚集着已被遗忘了的岁月的财富。

多种神笔勾画的我的躯壳，充盈全部才智的积蓄，在哪个时代洞察细微的目光下完全裸露？

它望着"洞悉"苦修，像黯淡的黄昏星和夜阑尽头的晨曦那样呼唤："来呀，展露你自己！"

它完全露出真相的一天，我在我的光辉中看清我自己，如同心里苏醒爱恋的时候，把离愁编成项链的时候，赋予贫苦以荣光的时候，死亡不意味着终结的时候，情女真实地认识自己，真实地展示自己。

我已经抵达白日的末端

我已经抵达白日末端的黄昏的码头。

途中，我的杯盏斟满作品。

我以为这些是永久的路资，以不堪的苦痛换取它的价值。

在人的语言的市场上我广收博采，部分积蓄献给爱的事业。

最终我忘记已有的建树，无端地采集成为盲目的习惯。

为填满多孔的空袋，牺牲片刻的休息。

今日我发现路已经走完，路资消耗殆尽，手擎着在团圆的榻侧点燃的灯烛。终于将熄灭的灯抛入流水，任其漂游。

孤独的暮星在天幕闪光，迎着曙光，踏着暮色，我吹奏的最后一缕笛音在残夜消隐。

以后会怎样？华灯熄灭，奏乐停止的生活，一度也像如今的万物，充满真实，我晓得，这，你会彻底忘怀，忘了是件好事。

不过在这以前的一天，你在这"空虚"的面前，献上一朵我爱过的春花吧！

在我昔日往返的路上，枝叶飘零，光影交织，芒果树和波罗蜜树的枝叶间，苏醒了雨声的抖颤，也许会幸运地遇见腰里夹着水罐、脚步惊觉地离去的妇人。

愿你从万象择选这一普通的情景，在暮色苍茫的黄昏，画在你追念的画布上。

不必做更多的事。我是光的情人，在生命的舞台上吹笛；

不会抛下一个长叹缠绕的孤影。

走上落日余晖之路的旅客，把一切企求交到尘土的手中。

尘土冷淡的祭坛前，不要敬献你的供品。

食品篮你带回吧，我那儿饥饿在窥望，来客坐在门口，时辰的钟声应和着生活之流与岁月之流交汇的歌韵。

创造的祭火

扯去万年沙漠的厚幕，露出失落日期的古人类遗址的宏大骨架——它的生活场所在历史无形的屏障后面。

它喧杂的世纪，把骚人墨客和其作品，埋入幽冷的深处。

萌芽的歌，蓓蕾欲绽的歌，前途无量的事物，那天堕入冥暗，从隐秘滑向更深的隐秘——浓烟之幔下的火星也已熄灭，出售的，未出售的，贴着一种价格的标记，一齐离开人世的市场，未造成丝毫损失，未留下一块疮痂。

洁净、静寂的天宇，回旋着兆年。

扯断墨黑的脐带诞生于阳光下的一个个新世界,纵入泛着沤沫的翻腾的星河漂流,像雨季的闲云,像短寿的蛾蚋,最终到达年寿的终点。

浩渺的岁月,你是游方僧,创造从你深邃的冥想的波峰腾跃,跃入你冥想的波谷。

"阐释"和"不可阐释"轮番地狂舞,你在狂舞的平静的中央坐禅,享受恒久的欢乐。

呵,冷酷者,让我皈依你的教门。生与死,获取与舍弃之间是超然的安宁,创造的熊熊祭火的心底,幽僻,稳定,容我造一座修道院。

我期望的苦修

我在心里望见,远古无声的苦修从坐禅的团蒲伸出手去阻截历史的喧嚣。

我望见峰峦叠嶂的山区。

惊叫好奇的目光射不进的、太阳照不到的幽谷里,隐士在石窟岩壁上作画,如同造物主在漆黑的背景上描绘宇宙的肖像。

他们在画中倾注由衷的喜悦,而漠视自己的地位。

他们抹去自己的姓氏,不向外伸手乞求价值。

呵,无名氏,呵,形象的苦修者,我向你们敬礼!

你们划时代的业绩使我尝到从空幻的名声中解脱的滋味。

沉入抹掉姓名的神圣的黑暗中,你们纯洁了你们的修行。

我颂赞那"黑暗"的崇高。

你们无声的话语,在石窟里庄严地宣告:姓名前供奉的祭品和未来的名声,是鬼魂的食品;献给无消化功能的"虚形"享受。

迷途者,不要追逐"虚形",不要不接受当今的"阿诺普娜"①恩赐的食物。

我门口萨吉纳树的枯叶已经凋落,枝头洋溢着新叶的激情;仲春的码头筑在杰特拉月的中流。

中午的煦风摇弄着枝梢;飞扬的尘土使碧空略显黯淡,百鸟的啁啾在风中作和声的抽象画。

---

① 阿诺普娜是杜尔迦女神的名字之一,意谓"布施女神"。

永流的瞬息之河中,翻腾着忘情活泼的生命的波浪;我的心在那波浪起伏中放射光彩,像火焰树的叶片。

我手掬着此刻的赐予,这真实中没有疑虑,没有矛盾。

我创作歌曲的时候,心里充溢秀林的绿涛,清风的激动,霞光的延展,花开的欢情。

心里走来无名的贵宾,没有地址的旅客。

它包含的真实顷刻之间臻于完满,不会爬到姓名的背上自吹自擂。

今时的地平线的另一边,我望不到的时光那儿,互不认识、互不亲近的千百万个姓名互相拥挤推搡的时候,我无忧无虑的影子般的名字,如不幸与它们一起蠕动,那是该咒骂的贪梦餍景。

有生之年,遍布广宇的无名的欢乐,给我脱离骄傲的自由吧!

我神往的黑暗中,静坐着宇宙之画的作者,没有姓名,在欢乐中露面。

创造的幼稚

痴情的心儿说:"我把整个王国送给你。"

这话幼稚,不切实际!那王国如何赠送?我如何接受?

它是七大洋分隔的一个洲,辽阔无声,不可跨越。首昂于云遮的山巅,脚伸入黝黑的地洞。

我的躯体仿佛是不可登陆的星球,借助望远镜只发现气环的一些孔隙。

我所说的整体,还没有起名字,它的剖析图何时画好?

谁与它保持直接交往的关系?

从处女地收集的碎片,拼凑成的形体,才有个名字。

四周的天空布满失败和成功的愿望的光影,复杂感情的缤纷的影子,降落心田;风中并存着冬天、春天的摩挲;看不见的生动的游艺,谁讲得清楚? 谁用语言的手将它抓住?

生活的地域的一条界线,因工作繁复得以固定,另一条界线上,受挫的探索化为空中的云雾——绘画的海市蜃楼。

个人世界出现在人间生死狭小的交汇处。

在无光的地区,广泛的蒙昧中积聚着陶醉的力量和未赢得价值的光荣。

未萌芽的成功的种子在泥土里。

那儿有胆怯的羞赧,隐蔽的自轻自贱,平淡无奇的经历;有戴着自怨自艾的面具的各种素材——浓重的幽黑鄙视着死亡手中的宽宥。

这是未成熟的未绽放的我,这是为谁? 有何用处? 携来如许肇始,如许隐喻。

情感中束缚的语言,无法倾吐,无法忍受的创造的幼稚,在庸碌的深处毁于一旦。

哲人拽下奥秘的面幕工作;花儿藏在蓓蕾的面纱下,艺术家未竟的事业放在暗处,已有一些迹象表明,幽禁的整体已在"发现"的路上。

他在我中间的参禅没有完结,所以凝重的沉寂环围着我,我不可得,不可识;他在未知的圈子里进行创造,还没有到对人昭示的时候。

大家站在远处——说"了解"的人并不了解。

福音的塑像

四周仿佛麇集着恶咒招来的所有的煞星,从心底撒开一张无形的网,牵动血管,疼痛难禁。

痛苦仿佛漫无边际,绝望中仿佛找不到出路,末了只得在幽冥中伸手摸索着徘徊。

厄运的重压下,高楼往下塌陷。

这时,目光越过现时的城堡,飞往悠悠往昔的地平线——

女神在举行宴乐会。

王朝的废墟的黑影里,影影绰绰的乐师操湿婆的神琴,弹唱往世流传的骇人听闻的神话故事。

用对难忍的悲痛的回忆之线,织成了那个凄惨的故事。

那天轰响着惨烈的灾祸的霹雳,死亡疯狂地吼叫,艺术女神最柔韧的弦索弹出恐惧的战栗。

我举目远望,昔日创造的殿堂里,千秋万载的哀伤、羞惭,一个个时代的心底喷发的愤怒的烈焰冷却下来,凝成不燃的福音的塑像。殿堂外面,山一般熄灭了的痛楚的灰烬,无光、无语、无义。

美好的早晨

熹微的晨光中,布谷鸟断续地啼叫,听起来就像一声声爆竹。

泛彩流金的云朵,在空中缓缓飘移。

今天是集日,田野的土路上,牛车载着米袋和盛满新榨的甘蔗汁的陶罐。

村姑的背篓里,装着芋头、生芒果、萨吉纳树的嫩茎①。

学校里的钟敲了六下。

钟声和鲜嫩的霞光的色彩在我心间交融。

我搬张椅子,坐在小花园墙边夹竹桃树下。

东方天空射来的阳光,除扫着草叶上斑驳的暗影。

凉风习习,两株并立的椰子树的枝叶沙沙地摇曳,好似双胞胎婴儿甜蜜的啼哭。

石榴树光润的绿叶后面,露出了几个可爱的小石榴。

杰特拉月跨入了最后一个星期。

天海里春天的风帆,松乏地垂落下来。

营养不足的苇草形容枯槁;碎石路两旁,欧洲的季节花,色泽消退,萎靡不振。

异国的西风吹入杰特拉月的庭院。

不情愿也得披条薄毯。

花池里水在轻漾,莲茎在摇晃,金鱼敏捷地游泳。

孩子们游玩的山坡上,茂密的奈蒲草丛簇拥着一座四脸石像。

它仿佛立在流淌着时光的遥远的岸边,表情冷漠。

节气的抚摸渗不进它的石躯。

它的艺术语言,与林木的言词毫无共同之处。

从地府升起的精气,日夜传遍每棵树的枝叶,石雕独居在广博的亲谊之外。

很久以前,艺术家在它体内注入的奥义,像财神药叉的死了的财宝,与自然之音素不往来。

七点,流云消逝。朝阳爬上墙头,树阴萎缩。

从花园后门进来个小姑娘,扎着红头绳的两条辫子在背上摆动。

她手持竹竿,放牧两只白鹅和一群雏鹅。

这对白鹅夫妻神态肃穆地尽着保护儿女的职责,小姑娘肩负重任,她

---

① 萨吉纳树的嫩茎和果实可当作蔬菜食用。

手中一只雏鹅的心跳,激起幼小的母亲心里甘露般的爱怜。

我很想挽留这美好的早晨。

可它轻闲地走来,轻闲地离去。

它的送别者,已在自己欢乐的宝库里,偿还了它的债务。

一个人是一个谜

一个人是一个谜,人是不可知的。

人独自在自己的奥秘中流连,没有旅伴。

在烙上家庭印记的框架内,我划定人的界限。

定义的围墙内的寓所里,他做着工资固定的工作,额上写着"平凡"。

不知从哪儿,吹来爱的春风,界限的篱栅飘逝。"永久的不可知"走了出来。

我发现他特殊、神奇、不凡、无与伦比。

与他亲近需架设歌的桥梁,用花的语言致欢迎词。

眼睛说:"你超越了我看见的东西。"

心儿说:"视觉、听觉的彼岸布满奥秘——你是来自彼岸的使者,好像夜阑降临,地球的面前显露的星斗。"于是,我蓦然看清我中间的"不可知",我未找到的感觉,"时时在更新"。

不可知的鸟儿

街上走来一位游方僧,站在你的门口唱道:"不可知的鸟儿飞进竹笼。"于是愚痴的心儿说,我捉住了捉不住的东西。

你沐浴完毕披散着湿发,站在窗前。

"捉不住的东西"本在你远望的眼睑上,"捉不住的东西"本在你戴镯的手腕的柔嫩里。

你派它去乞施,它一去不归;你不知道游方僧在唱你的故事。

你像乐调,在单弦上往返。

单弦琴是你容颜的笼子,在春风中摇晃。

我胸口捧着琴漫游,为它上色,折花,溶它在心里。

我弹奏时忘记它的形状,弦儿跳荡着消失。

"不可知"出门进入世界,在树林的葱郁里嬉戏,在金色花的芳菲里隐居。

你啊,不可知的鸟儿,栖息在团圆的笼子,装饰一新的笼子里吧。

别绪盈满翅翼和延迟的飞行。不知鸟巢在哪儿,它的幽会在地极的彼岸一切景观的隐逝里。

那一瞬间

林鸟最后一首歌,沉入漆黑的夜色。

空气凝滞,树叶不晃,透明的星星仿佛降落在老楝树上蝉鸣骤息的奥秘上。

这时你突然异常激动地抓住我的手说:"我永世不忘你。"

未点灯的窗前,我的身影模糊不清。

在阴影的掩护下,你打消了倾吐隐衷的踌躇。

那一瞬间你爱情的仙宫,屹立在我无边的回忆的地基上。

那一瞬间的悲欢,由光阴的琴弦弹响,飘向无尽的来世。

那一瞬间我的小我,在你真挚的感情中获得了无限。

你发颤的嗓音使我生命的苦修,得以品尝成功的琼浆。

较之你世界的无数事物,我更充实,活得更有朝气。

那一时刻之外的万物,微不足道。

那一时刻的外面有死亡,某一天我将退出形象辉煌的舞台。

在可感的悲欢的天地里,我回忆的影子,向有形的无量认输。

门前的火焰树底下,你每天亲手浇水,这至关重要。

今后你把我推往枝叶外面宇宙无际的混沌里,那无关紧要,我等待着。

给拉妮·黛维①的信

一

最近我搬家了。

两间小屋构成我的新居。

小屋很合我的心意。

---

① 拉妮·黛维曾照料泰戈尔的晚年生活。诗人弥留之时口授的诗是她记录的。

现把原因告诉你。

高堂吹嘘自己"很大",将真正的"很大"轻慢地拒之门外。

我的小屋不自夸"很大",不学愚笨的纨绔弟子,狂妄地参加"无限"的比赛。

我无意在屋里满足天空的欲望;我要在它的原位得到它,要在外面完整地得到它。

环境幽静。

"遥远"来到我的身边。

坐在窗口我浮想联翩——所谓"遥远"其实是美。"遥远"在美的中间。

美局限于定义,又超越各种界限;同需求在一起,可又独居,在每一天里,又属于永久。

记得以前有一天下午,我乘的轿子穿过田野;一共有八位轿夫。

我看见一位轿夫,像黑色大理石神像;他每一步都跨越职业的低贱,似脚带断链却高翔的大鹏。

神因着他的美赐予他恢宏的荣誉。

远空与人最亲;如若关闭窗棂就无从看见。

世俗的家庭,贪欲是壁垒,将眼馋的东西囚禁在近处的樊笼里。

往往忘记贪欲会伤害爱情,如忘记野草压挤农作物。

我写诗,作画。

围绕"遥远"做我的游戏;我用各种服装为它打扮,就像苍天的诗人,用黄昏、拂晓打扮地平线。

我做的事情中没有贪婪,没有私利,也没有我自己。

富有"遥远"的工作中,每时每刻有我的广宇。

与此同时我望见死的甜美形象、静寂的悠远、生活四周无浪的大海。

丰繁的美中有它的席位,它的解脱。

二

别的事情以后再说。

首先需告知的是:我已收到你寄的茶叶。

迟迟不复信是我的性格特点。

我写信极像我作画。

它不通报事件。

它本身就是消息。

形象在世上漫游,我作的画也是形象,走出"未知",走到"熟知"的门口。

它不是映像。

心中有繁复的破立,繁复的组合;一些或凝成理念,一些或显示于意象;言语的罗网最终活捉那些天鸟。

心儿在风中侧耳静听,寻觅那寻觅语音的情绪。

今日它圆睁双目,要看线条世界里开辟的道路。

它寻望,它说:"我看到了。"人世是"形态"的旅程。在永世的清醒者面前走过,他也无声地说:"我看到了。"

太初的舞台前传来号令:"拉开帷幕!"

雾气的帷幕徐徐升起,形象的舞女登台;千眼雷神因陀罗看得一清二楚。

他的观察即创造。他是画家。他观察的盛大节日千古绵延。

三①

无垠的天宇上荡过的时光之舟载着"线条"的旅客,在幽暗的背景前他们跳"形体"之舞;无声的"无限"的心声,用无句的"有限"的语言和暗示来表达,有量之美用花篮装"无量"的欢乐的财富——它不是内容,不是思想,不是语句;仅是形象,用光线塑造。

太初创造的第一刻的音籁,今日传入我心中——揭去无始之夜的面幕说:"请看!"

这些年我在幽僻处自言自听②。

从那儿转移到另一个幽暗处③,

我自画自看。

宇宙布满天神观赏的座位,我在他旁边,制造观赏的对象。

---

① 泰戈尔在此信中阐述了他的绘画艺术观。

② 指写诗。

③ 指作画。

致苏汀特罗纳德·达塔①的信

一

近来我迷上了线条。

辞藻是豪门女子,私囊丰殷②,尖嘴利舌,安抚她颇费神思。

线条出身贫贱,性情温顺,我与她交往分文不花。

指挥树枝开花、结果,是快活地履行责任。率领树底下的光影起舞,是饶有趣味的职业。

枯叶飘落,纷纷扬扬,彩蝶舒翼飞舞,入夜,流萤点点,忽明忽灭。

丛林的宴会厅里他们是风流倜傥的有形的贵宾,不受任何人的质询。

辞藻管教严厉,对我毫不客气。

线条从不责备我纵声大笑。

许多事情我撂下不管,信件丢失,有空闲就奔入培植形象的内宅。因而心里潜藏多年的放荡不羁者③,勇气陡增。

他挥毫作画,不考虑凡世的是非,不理睬人们的褒贬。

二

我心情舒畅。

我的画笔没有套上"闻名"的笼嘴。

名气不来制约我的意志。

一开始就未允许原有的交椅搁在作画的胸脯上,它没有规劝我维护荣誉。那名气拖着臃肿的身体,已经无所作为了。

为了保护大部分成果,它派看守站在门口;在正经事情的面前筑了个祭坛,上面一层层置放千百个主人提出的要求。

然而高傲的名气今日不再露面。和时令之王的彩笔一样,我的画笔是自由的。

致杜尔察迪普拉萨特①的信

你要我谈创造歌曲的体会,我惧怕谈体会,可又非谈不可。

人凭智慧成功地创造了语言。

人的感知是哑默的,不可捉摸的,很像幽寂的宇宙。

那博大的哑巴用手势表达心意,不作解释。

幽寂的宇宙拥有韵律,拥有表现手法,天宇舞姿密集。

原子、分子在无限时空里,规定了舞蹈的轨道,在"有限"中翩舞,塑造无数形象。

它心里炽热的情感,从花草到繁星,寻找自己的隐喻。

人的感情强烈到控制不住的时候,必须把话语当作宣泄的工具——静默下来的话语,寻找技法,寻找暗示,寻找舞蹈,寻找音乐。推翻原来的含义,扭曲规则。

人在诗里写静默的心声。

人的感知选择音乐作为载体的时候,把闪电般活跃的原子群似的乐章拘禁在"有限"里,教它动作,引它奇妙地旋转、跳舞,在"有限"内就擒的舞蹈,获得以歌塑成的形象。无语的形象群,汇集在创作的厅堂。系足镯的"激情"参加洒红节,形象的舞女协调来宾的节奏。

"我已理解。"借助文字、音符、线条表达此话的,是学者。

歌曲是为这样一些人写的——他们的心儿说:"我体味,感受哀痛,观看形象。"他们在理论上很贫乏,血管里却荡漾着乐音。

有机会你可以请教纳罗特隐士②;当然不是为掌握煽风点火的伎俩,而是为抵达不受定义束缚的理论的新岸。

致查鲁昌德拉·瓦达贾萨③的信

我们果真期望伤逝的完结?

其实,我们也为伤逝自豪。

---

① 杜尔察迪普拉萨特是孟加拉音乐理论家。

② 纳罗特隐士是印度传说中的隐士,通晓音乐,但喜欢搬弄是非,引起争吵。

③ 查鲁昌德拉·瓦达贾萨是文学刊物《异乡人》的编辑。泰戈尔的许多作品曾在该刊物上发表。

我们最强烈的情感，也难承负恒久的真实——这句话里没有慰藉，痛苦的骄傲受到打击。

生活把全部积蓄散布在光阴行进的路上；在它不停转动的轮子下，深挚感情的印迹也会漫漶，也会湮灭。

我们亲人的故世，对我们唯一的期求是："记住我。"

然而生命有无数期求，它的呼吁从四面八方向心儿汇集；

现时的丛集之中，昔日的唯一祈愿必然逝灭。

死者的痛苦解除，遗言犹在。

伤逝执拗地继续欺弄生活，蛮横地对生命的使者说："我不开门。"

生命的沃土生长各种作物，任性的伤逝在其间占据一块庙堂的公地，任其荒芜成为意愿的沙漠，不向生活纳税；就死亡的遗产一事，控告流年，虽一天天败诉，不承认失败；甚至要把心儿埋入它的坟墓。

大凡傲岸是羁勒，牢固的羁勒是伤逝的傲岸。

财产，名誉，一切欲望包含梦幻，浓重的梦幻贯透伤逝的欲望。

未知的味觉死去了

孩提时我常在心扉上画自己的肖像——我骑着一匹野马，没有马镫，没有笼嘴，黄昏在盗贼出没的荒原上奔驰，马蹄扬起尘土，大地在后面挥动纱巾呼喊。

第一颗黄昏星在天边闪烁。

一间等待的无眠的草房里，泄出焦灼、孤凄的灯光。

犹如曙光的征兆，在杜鹃第一声啼叫时的残夜出现，将走入我生活的人影，在我的心田徜徉。

对我来说，世界起码有一半是陌生的。

它奇妙的色彩，缤纷了我心原的地平线；正走来的爱情，使我沉湎在发生着正常、反常的事情的梦中。

爱情的意象与史诗时代冒险的愉快浑然交融。

而今我对世界有了大体的了解，但获得的许多消息摘自剪报。

心灵的舌头上，未知的味觉死去了，再也尝不到爱情的圣殿里——可能中的不可能、熟稔中的陌生、已知中的未知、闲谈中的神话。

情人中间,那个住在七大海洋沙滩上的佼佼者①已被我遗忘,她中了魔,昏睡着,叫醒她需找一根点金棒。

我要写无情的歌

那天我们在蓝天下的红土路边聚会,大家坐在绿茵茵的草坪南边那一行行娑罗树下,那树苍老、高大、挺拔。

它们默默地矗立着,视而不见妖娆的弯月。

远处一棵参天大树,像是湿婆神静修林的卫兵,眼神坚毅、冷峻,厌恶杜鹃的倦鸣。

几个人邀请道:"夜深了,诗人,朗诵诗歌吧。"

我打开古诗集,读了几首,心里十分懊丧。

这些珍藏的璧玉,是那么柔弱,那么怯场,嗓音是那么细微,那么犹豫。

她们是深宅的闺秀,戴着金线缀花面纱,走不惯土路,步履鹅一般地蹒跚。

古诗里称她们是胆小的玉女。

她们受到赞美,享有盛誉,她们的足镯在高墙内卧室里昂贵的地毯上叮当作响。

她们幽禁于技巧精熟的樊篱里。

参加路边聚会的这些人,打碎了家庭的桎梏,脱掉了手镯,抹去了额上的吉祥痣。

他们是朝觐者,不会回到卧房的诱惑之中,他们的步伐坚定有力,不知倦乏;他们身穿土灰色衣服,望着天上的星儿寻找道路。

他们没有娱悦他人的责任;多少个赤日炎炎的正午,多少个漆黑的子夜,在幽深的岩洞里,在杳无人影的旷野里,在无路可循的密林里,他们的呐喊激起恢宏的回声。

我从哪儿将他们推上褒贬的评判席?

我弃座起立。

他们忙问:"您去哪儿? 诗人。"

---

① 指诗人儿时读过的神话故事中的情女。

我答道："我要走进艰险，走进冷酷，带回坚强、无情的歌。"

劫①

新的一劫

创造之初，在茫茫太空，在光划定时间的界限。

从最大的亿万年的圈子里，飞出星辰的蛾蚋，数不胜数。

它们迎着第一抹晨光，一群群钻出洞穴，循环地展翅飞翔，从一重天飞向另一重天。

起先它们潜伏在混沌里，进入光明，便做死亡的飞行——它们不知道为什么产生赴死的难抑的冲动；不知道哪个中心燃烧的火焰，使它们渴望疯子般地朝它扑去。

它们在无边无虑的奥秘中找寻年寿的耗竭。

直至劫的黄昏，火焰黯淡，飞行艰难，翅翼脱落，它们湮灭在永恒无形的光明里。

在星系远伸的视线之外，地球的版图上，光影以极小的时间单位，确定人类时代的范围。

星系的一瞬间，完成了创造和毁灭。

阔大的界限内，短促的时间轨迹，画了又擦，擦了又画。

水泡般浮起的穆罕陀贾罗②无声地消逝于沙海。

撒玛利亚、亚西利亚、巴比伦③、古埃及，伟丽地登上低矮的时光围墙内的历史舞台上，像淡墨写的作品，留下淡淡的痕迹，随后一一消失。

它们的愿望像昆虫，飞往无际的迷蒙。

英雄们起誓：让那愿望衍变的功业的塑像，万古不朽！

他们建造了壮丽的凯旋门。

诗人表示要把实现那愿望的苦痛，写成隽永的诗篇。

太空无涯的纸上，正用灼热闪光的字母，书写渺远的星体上祭火的咒语。念一句咒语的工夫，时代的凯旋门倾塌，诗人写的史诗无声无息，剽

---

① 印度典籍《吠陀》云：一劫为86亿4千万年。

② 穆罕陀贾罗是古印度文明遗址，今属巴基斯坦信德省。

③ 巴比伦是西亚古国。

悍民族的历史在傲慢中逝灭。

今夜,面对不瞬的星光,我在藤架下向伟大的时空膜拜。

让向往的不朽,像儿童松开的小手里的玩具,落入尘埃飘逝吧!

我不断获得充溢甜浆的时刻,谁来核定它的界限?

它无量的真实,不会纳入生存亿万年的星系;劫数之末,它所有的灯烛熄灭,创造的舞台陷入黑暗,在毁灭的后台,它静等下一个劫数。

与他分开

他在我降生之日便与我形影不离。

他已经年迈,与我浑然一体。

今日我对他说:"我要和你分开。"

他在千万辈先人的血流上漂来;他怀着一代代的饥渴。

远古的乞丐——他,在悠远的往昔之河,用情感搅翻出昼夜,从而获得新生命的载体。

他的吼叫搅浑了从太虚传来的天籁。他伸手掠走祭坛上我摆的供品。

欲望之火烤得他一天比一天枯瘦,在他"衰朽"的庇护下,我永不衰朽。

他每时每刻赢得我的怜悯,所以死亡抓住他时,我愁闷,我是不死的。

今日我要分开,让这饥饿的老叟待在门外,食用乞食;缀补破烂的披毯;在生死之间,在阡陌纵横的田野,捡起遗落的稻穗。

我坐在窗前,望着他——远方的旅客。

他每年来自众多身心的众多道路的交叉处,来自大大小小的死亡的渡口。

我坐在高处俯视,他处在混乱的梦境中,处在希望、失望的沉浮和哀乐的光影中。

我像看木偶戏,心里暗笑。

我自由,我透明,我独立。

我是恒久的光辉。

我是创造之源的欢乐的流水。

我贫苦,骄傲之墙包围着我,我一无所有。

远眺

我在秋阳下远眺,仿佛等一次睁开眼睛,我看见了新颖。

平日劳瘁的双目,已丧失视力。

恍惚中我觉得我是香客,听着诵咒从未来飘然而至。

泛舟上游的梦流,此刻我到达本世纪的码头。

我惊异地四望,我看见我在自身的外面——熟悉的身份的彼岸,我是其他时代的陌生的我。

我对他产生浓厚的兴致,我盯着他,像蜜蜂俯贴花瓣。

我赤裸的心,沉浸于万象之中。被喧哗的污手弄脏,容貌毁损,身穿受欺的道袍,此刻,他的破旧纱巾飘落了,以存在的完满价值,和不可描述的姿态显现。

在世上受到极端的鄙夷,至今说不出话的哑巴,在我面前打破了滞涩的沉默,有如将晓的残夜,第一声动人的鸡啼。

我——长途跋涉的旅人,游历了我近处的世界。

它的"现代"的裂缝里,露出万世的奥秘。

焚身殉夫的烈女莫非也是这样——透过死亡的破帘,以新的目光,发现永生的辉煌的本相?

我庭园里的鲜花①

我今日不把花园的鲜花扎成花束,收起金丝、银线,收起五颜六色的绸带吧!

亲人们诧异地问:"鲜花不加编扎,如何高高举起? 如何插入花瓶?"

我回答说:"今日她们是获得假日的美女,春日斜阳里,容她们在花丛中开怀大笑,自由地追逐雀跃。请观赏她们随意举行的游戏,谛听她们纯正的歌声,并为此感到满意。"

同仁们抱怨着:"到尊府做客,是为达到一醉方休的目的。你却信口胡说,今日摔破了韵律的老式玉琴。你为何故意怠慢来客?"

---

① 泰戈尔早先把诗律比作河岸,认为河流之所以优美,是由于受到河岸——格律约束的缘故。而在本篇中,他也主张写孟加拉文散文诗,把内在的节奏喻为自由的鲜花、奔泻的瀑布。

我劝慰他们："去吧,到瀑布后面去,观望瀑布飞泻、奔驰,时而粗犷,时而纤细,时而从崖顶落入深谷,时而躲在幽深的溶洞。巉岩陡壁在她的路上野蛮地阻拦,错结的树根像乞丐伸着嶙峋的手,想在波光粼粼的水中抓住什么。"

诗歌爱好者叫嚷起来："这是您不梳发辫的艺术女神,那位被幽禁的艺术女神在哪儿?"

我淡然地回答："如今你们认不出她啰,她颈上绕七圈的项链消退了光泽,镶着红宝石的手镯不再叮当作响。"他们气恼地诘问:"那不成了废物? 能跟她索取到什么?"

我坚定地答道:"果实里可以获得的遁入了枝条,绿叶里她的色彩随处可见,空气中闻得到她的气息,她付与周遭的清风微醉的芳香,她端坐在自己的座位上,不是伸手可以把握住的。她不加修饰的容貌清新无华,难免暂时不被人喜爱。"

移植花盆里的诗歌

花园里,一只只雕花白瓷花盆摆得秩序井然。花畦的紫色树篱修剪得极为平整。院墙上禁锢着青藤,听不见开怀大笑。她们只能抿嘴窃笑,轻轻晃动婀娜的身姿。园内没有她们跳舞的空地,她们处于高雅的统治之下,像莫卧儿王朝珠围翠绕的妃子,深得皇上的宠爱,可是一举一动,被太监严密地监视。

往外望去,一棵魁伟的桉树昂首入云,两侧几株金篮树神气地舒展着繁枝密叶,头上是寥廓的蓝天。

我平日对他们不太注意,今天忽然发觉他们享有恢弘的独立,他们的美的价值在于自由。他们是质朴的,不受法规、教义的限制。表面上他们不戴枷披锁,但骨髓里交融着克制。他们的柯枝节奏明快地摆动,绿叶丰富的想象沙沙地乘风驰骋,给我的心深刻的启示。

他们的暗示渗入我的心,我不禁喃喃自语:"我要把花盆里的诗歌移植到田野上,让它的枝条伸向无拘无束的韵律的森林。"

我爱

我纵目远望,呵,苍天也没有永久的休憩,悠悠时空荫庇的星星在无声地絮语。它们迅射的光的暗示,惊扰着参禅的"静谧"的冥想。

我的心承载着无数重荷;四周一群急事的乞丐,将无限的闲暇剁碎,抛入焦恼的喧声中。狭窄的生活中,我的喉音是惶惑的。缺乏真情实意的语言黯淡无光,说惯了的套话枯燥乏味,价值下跌。

我的话语好似浓雾欺凌的秋日的乐音,憋在胸中。心儿不能像明净的霞光坦然地昂起头说:"我爱。"言谈的悭吝中羼入了疑虑。

仁慈的林野呵,我为此整天坐在你面前,我要借用你的绿阴顺畅我的喉咙。

我望见你的叶簇轻易地跨过枝干的鹿砦,战胜四周沉闷的停滞。你无声的亢奋穿过宽广的天衢,进入旭日东升的壮美景象。太初生命的咒语,在天衢上南风的水流中漂来,漂入你新叶的心底——立时迸发宇宙之心的欢呼:"我爱。"

无穷的好奇携我飞往远方,当今的瞬息消逝于"无时"。一双超越世界的眼睛从他世凝望着我的脸庞,把我充溢奇异情感的意识,送往一切界限的另一侧,高空传来创造的亘古福音:"我爱。"

时代之夜过去的一天,阳光的灿烂的使者在天幕上镌刻元初的偈语。创造的第一个时辰,生命之海的洪涛巨浪中飘荡的神咒,在落日空寂灰暗的海滨的我那幽静的天穹,创作我渴求的金像。

在今日的暮霭里,让我今生的愁思、情愫升华为深沉的认识,凝成黄昏星似的晶莹的遗言:"我爱。"

遐想

我把小巧的陶罐放在一股涧水下面,纱丽边缘掖在腰里,脚踩着长满苔藓的岩石,坐在涧水边。

我想这样坐着消度一个上午。

转眼工夫陶罐盛满了水。涧水泛着白沫漫过罐口,往下流淌。

阳光下陶罐里悠闲地溢淌的涧水,犹如我心底喷涌的绵绵情思。

幽谷好似蓝天的一只水晶杯,那一排绿色树林是杯把儿。涧水从杯沿般的岩崖上汩汩地落下来,山村的姑娘常在晓梦中听见它呼唤。

从涧水声越过的林野边沿,赶集的山里人离开平坦的村径,走上迂回上升的山道。他的耕牛的背上绑着几捆干柴,颈上的铜铃儿响叮当。

两个时辰松快地过去了。鲜嫩绛红的阳光已经变得白洁。鸿雁掠过峰峦,飞向沼泽。老鹰在蓝天盘旋,好像高山欲腾的心中默念的一句经文。

时光潺潺流逝。家里人叫喊着找到我,生气地说:"为什么这么磨蹭!"我默不作答。他们知道汲水是不需要很久的。

但消度遐思喷溢的时光是何等愉快,谁能对他们解释清楚?

启明星

启明星,天文学家说你常改换相貌,有时,你出现于黄昏的屋檐下。红日衔地,相会的天边响起萨哈那晚曲,绛红的面幕下,我点亮晶莹目光的明灯。别离的晨空,空落的新房门口,你把孤凄的音符填入苍凉的维伊拉毕乐谱。睡眠之海的此岸彼岸,交织欢乐苦楚的光影里,永恒生命在心扉铭刻光点的印记。当心灵深处腾涌无可名状的激动,你暗中给予天庭默许。晨昏的宠儿,我们认定你是神王爱妻的花环的一片花瓣。

学者称你为"金星",漫长的轨道上,说你体积宏大,运行迅速。你是非常尊贵的,颂赞太阳的长途跋涉中,你是地球的旅伴。阳光串编的白日的花环摇曳在你的颈脖。悠远岁月的广阔领域里,你的经历神秘莫测,那儿,你非同寻常,远不可及;那儿,亿万年你蒙着杳无人迹的奥秘的面纱。暮色乍降,你在诗人心中唤起无声怡然的情思的时刻,我们不经意的季节循环在你的陆地、水域、大气层累积创造的丰繁。然而你祭神的圣坛上我们不曾收到请柬——我们的入口是关闭的。

呵,学者的金星,我们承认你是星系的一个实体,数学已提供佐证。但更为真实的是,你是我们亲密的晨星,亲密的晚星。这儿,你娇小,你俏丽,是雾季一颗晶亮的露珠,是秋季一朵洁白的素馨。千秋万代,拂晓,你默默指引旅人踏上生活的旅程;傍晚,召唤他们归家,坦然地憩息。

那一天

流逝的岁月中,只有一天遗留在奇妙的歌韵和奇妙的画里。流光的使者把它抛弃在路边。时代做漂流的游戏,万千事物漂过了码头,唯独那一天卡在河汉口,且无人知道。

二月的果园里,芒果树花开花落;三月火焰树底下,落红遍地。四月的煦光照着油菜田,晴空和田野是诗人的战场。

时令之笔不曾在我那受阻的一天身上勾画一笔。我曾在那一天中间踟蹰,那一天化整为零,分散在众多的事物之中;它们在我的周围,我一个个地见过它们。但它们的整体未进入我的视野。我不清楚我爱它们爱得多深,它们多数已经遗失。

迷惘者的心怀里还剩多少迷恋的甘浆?

今日我见我心里的那一天,已是另一种情态。平淡纷乱的印象交叠在一起。从中走出一个人,在悠远的背景上,她酷似那一天的一位新娘,身段藤蔓般袅娜,淡青色纱丽披在头上,盖着发髻。

我没有获得吐露心迹的足够时间,语无伦次地说了些无用的话,白白浪费了时间。

今日闪现她的形象——她静静地立在光影之圈里,欲言又止,转身想走,但身后没有路。

为了见一面

我遇见她,与她四目相对的时候,还是个少年。

她问我:"你找谁?"

"世界诗人心血来潮,"我答非所问地说,"从他浩如烟海的作品摘下一行,抛进地球的气流中。它在融和着花香、笛音的气流中流浪,相信能找到与之谐韵的另一行;它蜜蜂的纤翼奏鸣着它寻觅的沉寂的嗡营。"

她听了默不作声,转脸望着别处。

我伤感地问:"你在想什么?"

她一面撕揉花瓣一面反问:"你怎么知道能否寻到另一行?那一行在你浩瀚的诗篇里。"

我说:"我在寻找我破碎生活中藏得最深的秘密。它会带着自己的感情向我自首的;我知道我奇特的谐韵在它的里面。"

她没有再说话。我见她肤色浅黄,颈项上精致的金项链,闪烁着秋云辉映的那种柔和的光。她眼里含着迷茫的惶恐,像怕谁与她不辞而别,远走高飞。她踟蹰的双腿没有发现哪儿是她的院墙。

在倥偬的人生旅途中,我期望的仅仅是与她见一面。

不久她去了。

旧屋

街道的年轻人成立了俱乐部。

我一楼的房间借给他们使用，他们开会给我戴绚丽的花环；我赢得了纸上的赞扬。

下班回来，我看见闲置了八年的屋里异常热闹。他们有的脚跷在桌上看报，有的打扑克，有的争吵得面红耳赤。屋里烟雾腾腾，空气污浊。烟缸里积满烟灰、火柴、烟蒂。

我每天靠他们海阔天空的胡聊充填我黄昏的空虚，十点以后，人去屋空，地板上卧趴着残余的话题。外面传来有轨电车嘎当嘎当行驶的单调的声响。我偶尔听听几张翻来覆去听腻了的唱片。

今晚没有人来。他们聚集在哈奥拉车站，欢迎一位名字与海滨的掌声胶合在一起的贵宾。

我熄了灯。这些所谓现代派，所谓时代的尖兵，几个月来首次没有光临我的一楼。

八年前，漾散在空气中的摩挲和隐约的青丝的气息所勾起的遐想，融合在一楼屋里每一件杂物中。

我侧耳静听，那张花床罩盖着的旧空床仿佛在诉说往事。祖父在世时栽的那棵古苍的穆仲甘特树，伫立在无月之夜的幽黑中。街道对面的楼房与这棵树之间的天空中，闪耀着一颗星。我凝望着这颗星，一阵痛楚涌上心头，这颗星多少个夜晚曾在伉俪生活的潮水中闪光呵。

如烟往事的一幕，至今历历在目……

一天上午我杂事缠身，无暇看报。傍晚拿着报纸，坐在这间屋子的窗前这张椅子上阅读。她蹑手蹑脚走到我身后，一把抢走报纸。嬉笑声中展开了争夺。我夺回报纸得意地坐下阅读时，她突然揿灭电灯。那天迫使我认输的幽暗，今天笼罩我的全身，好像那天灯灭的寂静中，她用充满嗔怪的无声微笑的双臂，紧紧地搂抱着我。

蓦地，一阵夜风吹得树叶萧萧作响，窗棂瑟瑟抖颤，门帘惊慌地翻卷。

我镇定地说："是你穿着桔黄色纱丽，从冥府回到你的屋里来了吗？"

熟悉的气息扑面而来。我听见无声的低语。"我回到谁的身边？"

"难道你没有看见我？"我问。

我又听见："我来到人世，认识了我永远年轻的情人。这屋里我再没有见到他。"

"他在什么地方？"

她柔声地说："他在我在的地方，而不是别处。"

这时，门外响起了喧嚷声，他们从哈奥拉车站回来了。

管家讲的故事

烛台上的铜油灯，隔一会儿拨高灯芯，以增加光亮。和象牙一样光洁的地板上铺着几张草席。小孩们围坐一圈。墙隅里光线暗淡。

管家穆罕年老体弱，染黑的披肩长发梳得平顺熨帖。皮肉松弛，眼珠几乎凸了出来。四肢的骨骼颀长。沙哑的嗓门时而粗浑，时而尖细。他的经历富于传奇色彩。他坐在我们中间讲大盗罗库的故事。我们被精彩的情节所吸引，激动的心像南风中飘动的树叶。

开启的窗外是胡同，昏黄的煤气灯的灯杆似呆立着的独眼妖怪。马路左边树影斑驳。胡同口的大街上走过卖茉莉花的花匠。邻居的狗无端地狂吠。门厅里挂钟敲了九下。

我们出神地听着罗库如何劫富济贫。

穷婆罗门达得拉塔要为儿子举行受戒仪式，罗库捎口信儿给达得拉塔：先生，不能光膜拜神像，不要为仪式的开销犯愁。他写信给鱼肉乡民的村长，叫他拿出五千块钱，立刻给达得拉塔送去。一位寡妇交不起官税，要卖掉她的房屋。罗库闻讯夜里"拜访"税收官，一张空纸替她交了田赋。临走时说："你欺骗了许多穷人，让你罪孽的负担轻一些吧。"

有一天半夜里，罗库提着抢劫的财物回去。他轻便的小船系在榕树阴影里。途中他听见办喜事的一家人在哭泣。新郎吵完架扬长而去。新娘的父亲抱着迎亲队头领的脚不松手。

路边浓密的竹林里，突然响起"杀呀，杀呀"的呐喊。天上的星星吓得哆嗦不止。村民们听出这是罗库令人胆战心惊的怒吼。彩轿连同新郎撂在路上，轿夫们抱头鼠逃。新娘的母亲跌跌撞撞地跑出屋，黑暗中传来她的哭泣和哀求："求求你，姑爷，保全俺闺女的脸面呀！"罗库像阎王的使者，从彩轿里揪出吓破了胆的新郎，又狠狠地给了迎亲队头领一巴掌，打得他眼冒金星，摔倒在地。

女方院落里吹响唢呐，又是一片欢声笑语。罗库同他的伙计们站在四周,像湿婆神成婚之夜来庆贺的鬼神,个个光着胳膊,全身抹油,脸上抹着锅灰。

婚礼完毕,午夜离去的时候,罗库对新娘说:"你也是我的闺女,往后有什么急难,别忘了罗库。"

时过境迁,现在的孩子在明亮的电灯下看报,获悉某地某时发生抢劫事件。听神话传说的宁静的黄昏,已告别了现代家庭。

我们的回忆也已经和铜油灯一起熄灭。

纳哈尔·辛格

遵奉莫卧儿皇帝的命令,阿夫拉沙尔·汗、慕加法尔·汗、穆罕默德·阿明·汗率兵出征。藩王郭帕勒·辛格·瓦多利亚、乌特伊托·辛格·本德拉率领本邦人马配合作战。

莫卧儿军队包围了库卢达普尔。出路切断,粮草断绝,潘德·辛格率领锡克教徒坚守城堡。

一发发炮弹飞过城墙,落在城内爆炸。城外数不清的火把映红四野,映红夜空。

锡克人的粮仓里,已经没有一粒小麦、玉米、谷子。柴薪已经烧光。他们饥饿难忍,撕嚼生肉。有的甚至割自己小腿的肉充饥。树皮、树枝磨成粉,烙成饼,分给守城的将士。

像在地狱里熬了八个月,库卢达普尔终于陷落。死亡的宴筵上血流成河。战俘们虚弱地呻吟:"啊,师尊。"每天许多锡克教徒被杀害。

锡克族青年纳哈尔·辛格清秀的面庞闪耀着心灵纯朴的光彩,双眸像两支上午吟唱的凝结的颂神曲,光洁细腻的身体,仿佛天国的艺术家用闪电的刻刀镌刻而成。他十八九岁光景,像一株婆罗树苗,刚劲地向上生长,但南风吹来,仍轻轻摇动。他的身心洋溢着不竭的生气。

他被押进刑场。人们惊讶而可怜地望着他的脸。刽子手的大刀迟疑的当儿,钦差赶到,宣读萨亚德·阿卜杜拉·汗赦免的手谕。

替纳哈尔·辛格松绑的时候,他问道:"为何单单免我一死?"

回答是:他守寡的母亲为他叫冤,说他不是锡克教徒,他是被强征入伍的。

纳哈尔羞愤交加,满面通红地说:"我不需要虚伪的怜悯。我是锡克教徒,我说真话赢得永久的自由。"

旅客

我是旅客。

一路走来,我看见典籍中歌颂的许多国家的伟业,已经荡然无存。我看见不可一世的嚣张气焰已成为遭人唾弃的灰烬;它胜利的幢幡已像霹雳轰哑的狞笑一样飘逝。无比的傲慢蜷伏的尘土上,乞丐铺着破裤睡觉,倦怠的旅客留下的足印,被万世的每一天的脚掌抹掉。

我看见漫长的岁月埋在沙层里,像遇上意外的风暴顷刻间沉入昏暗海底的航船,载着希冀,载着情歌,载着忆恋。

在"无始无终"中漫步,我感到我的心律里有"无限"的岑寂。

沉思

肢体的樊笼里幽禁的我的生命,在省醒中陡然活跃起来,躯壳无从知晓它急于要倾诉什么。

笼中鸟的啼叫,不独属于竹笼。啼叫中蕴含远方的树籁,蕴含辛酸的回忆。

我举目四望,这不是织视线之网。原野定睛注望国界外的国家,地极的示意,隐入想象之国的无形的征兆。

漫漫路途布满善恶,昼夜在哀乐的崎岖的路上行进,支托旅程是路的唯一宗旨?

歌的呼吁飞出嘈杂的人声,哪儿能找到它的真谛?

冬日寒冷,夏雨倾盆,春天的湿暖抚摸泥土下蛰眠的种子,暝黑中它做着离奇的梦,梦中有它的终极?

花儿在朝霞中绽放,今日不开,难道永不开放?

我在

冬阳下麻栗树林里,静息着溶金的绿涛。紫岚氤氲,垂挂着气根之篮的老榕树,把枝条伸展到路径上。果浆树的枯叶与尘土结为好友,随风飘荡。

懒怠的日子,像南归的白鹤,飞进无垠的碧蓝。一句话像绿叶的飒飒声在心中响起:"我在。"

井台旁那棵普通的芒果树,不动声色地站了一年,披着常见的绿纱。早春二月,激情浮上它的根须,花枝上缀满雪白的词汇:"我在。"——收集在日月光华的辞书里。

心灵的主宰在倦困的心儿之侧窃笑,旋即用情人的秋波和诗人的歌曲铸成的点金棒,猛地点触。于是,失却于飞尘蔽暗的日子里的我,霎时间重现在不凡的阳光里。

我不知道那无价的时刻是否收藏于宝库,我只知道它来自于自我意识麻痹时的我,在我的心底唤醒宇宙之心的永恒真理:"我在。"

吉祥女神

呵,吉祥女神,新年伊始,你坐在湿婆神的脚下,进行罕见的苦修。

你不思饮食,瘦骨嶙峋,乌发变得灰褐。你每日以愁思之火焚烧你的痛苦;用功果的火焰将旱魃烧成灰烬。

你变黑暗为光明,赋予委廓以朝气;牺牲的祭火中,奢侈的垃圾化为青烟。

天边的云吼宣布湿婆神的愉悦,恩典的雨云垂临焦灼的大地。芳草为沙漠铺的绿茵上立着"美"的慈足。

药叉

呵,药叉①,你俩的爱情一度像莲花的蓓蕾,是闭合着的。你的爱妻生活在狭小的家庭里,夫妻生活的节日冷冷清清。她隐藏在你的身影里,像雨季浓云的怀里失踪的明月。

后来,财神的诅咒像恩典一样降临你的头上,朝夕相处的罗网被撕碎。爱情羞闭的花瓣舒张,在人世显露丰满的娇艳。

黄昏雨洗的素馨花献给它清香,播散花粉的南风,传递花苑对它的倾慕。

那天你懂了什么是泪濡的高洁的思恋,在心宫塑造爱情的活生生的塑像,罩着天国荣誉的光环。你吹响情韵的法螺,在万代欢乐的殿堂里,给予冷清的居室里你心爱的美好形象以恒久的席位。

如今你的爱情获得生动的语言,你成了诗人。你思念的爱妻离开你的暖胸,坐在你的心房弹唱着离愁别绪。

她是你献给世界的珍品。

---

① 药叉是财神的侍从,因玩忽职守遭贬谪,远离妻子一年。

死亡

他们跑来对我说:"诗人,愿听您对死亡的高见。"

我欣然说道:"死亡与我亲密无间,他附在我的每一条肌肉上。我的心跳应和着他的音律,他的欢乐之河在我的血管里奔流。"

死亡号召我:"甩掉包袱,向前,向前! 在我的引力下,以我的速度,每时每刻死着向前进。"

死亡警告我:"你如默坐着抱着你拥有的财物,看吧,在你的世界,花儿凋枯,星光黯淡,江河干得只有泥浆。"

死亡鼓励我:"不要停步,不要瞻前顾后,前进! 越过困乏,越过僵硬,越过陈腐,越过衰亡!"

死亡继续说:"我是牧童,我放牧创造物,从一个时代走向另一个时代的牧场。我跟随生活的活水,防止它跌入洞穴。我排除海滨的障碍,呼唤它导引它注入大海。那大海就是我。

"'今时',想止步,想推诿,把负担加在你的头上。'今时'要把你的一切吞进肚里,然后原地不动,像饱饮的魔鬼昏睡不醒。那样它便是毁灭。"

"我要从终年呆木的'今时'之手救出创造,携往崭新的无穷的未来。"

最初的长生者

吠陀诗人吟道:"我周游人间天界,最后遇见最初的长生者。"

谁是最初的长生者? 给他起什么名字?

他属于万代,我称他为"新颖"。腐朽、死亡,无休止地纠缠他。他一再冲破迷雾,每日在曙光中宣告:"我是最初的长生者。"

岁月朝前迈进。凉风变成热风,沙尘蔽暗明朗的天空。衰朽的世界的刺耳噪音,旋转着越飘越远。白日抵达自己的末端,温度下降,飞尘垂落;暗哑嗓门的激烈争吵平静下来。光幕坠入地极的另一边。无数星体的微光中响起那句话:我是最初的长生者。

一个个世纪,人苦修着证实自身的存在;慵倦腐蚀着修行,祭火熄灭,咒语毫无意义。千疮百孔的修行的脏袍,覆盖着奄奄一息的世纪。夕阳的彩门口,悄悄走来旧时代之夜,像尸体之座上的苦行僧,在阴晦中吟诵安靖的经咒。

光阴迅捷地流逝。新时代的黎明高擎洁白的海螺,挺立在旭日喷薄的金峰上。于是一眼看清谁用黑水冲刷地上堆积的世纪的垃圾；罪孽的污秽上洒落无量的宽恕。最初的长生者在安置静光的座位。

少年时期，我惊喜的眼睛曾注望绿原和碧空的新颖。一年年过去，人生之车驰过一条条道路，心中腾起的愤怒灼热的旋风，把枯叶卷到天地之交处。车轮扬起的尘埃浑浊了空气，凌空的想象在云路上飞聘，正午烈日下的渴望在田野上徘徊，不管花园和农田肯不肯接待。天上，凡世，诞生的旅程在正道或邪路上到达终点。

今日我欣遇最初的长生者。

年轻的朋友

我飘逸的性灵，不像流云，至少像山涧，淙淙的笑声昼夜不绝。

我走下神坛，凭借向天帝预支的灵感，登上生活的舞台吟诗作赋。我写的诗行里，激荡着青春的旋律。借用吉基德调、康巴希调的奔放，我至今毫不犹豫。

我是梵天①神秘的挚友。

梵天忘了向年轻人炫示他的齐天长寿。年轻人豪放的笑声融和着他鲜活的幽默。他急速地拍击长鼓，为他们狂舞伴奏。温湿的云天，轰响着他威严的春雷。白絮飘飞的苇丛里，他层出不穷的戏谑，与秋天奇异的笑波一同荡漾。他不向权势乞求尊荣，从不惊慌地搬来褐黑的石块，堵塞豪情的溪口。

他残缺的海岸的幻稚，不对大海提出抗议。

梵天为拉我加入他同龄朋友的行列，猛地扯下我年老的桂冠，扔在地上。出家人身着补缀的五色道袍，踩着我的桂冠跳舞。他望着为我穿华服以提高我身价的人，哈哈大笑。

不关心衣着者的华服没几天便遗失。

梵天期望我参加他的盛宴。我已经考虑摒弃我的名望，令人诧异地抹去额上的吉祥痣，该动身的时刻决不迟疑。

来吧，我毫无名望的朋友，敲着钗铙来吧。即便你们系足铃的小腿上沾着泥巴，我也不感到羞耻。

———————————

① 梵天，创造大神。

致贾洛昌德拉·达塔①的信

贾洛昌德拉·达塔先生：

你擅长讲故事。来吧，坐在你的椅子上，慢慢地抽水烟，平静的新奇，轻松的语言，引人入胜的故事，就会从你溶和情趣的泛着幽默之沫的心泉，汩汩地涌流出来。

国内，国外，你到过许多地方，做过各种行业的工作。你总是睁大你的眼睛，张开你的心灵。自然的表情反映一个人的性格，汇集于不显眼的事情之河里的东西，尽管细小，却打上真情的印记；虽然平凡，却有其特点。这些躲不过你的眼睛，做到这一点很不容易，对于学者，那或许是轻而易举的事。

听说你最初攻读自然科学，后来又钻研梵语典籍，通晓波斯语。有一年庆祝杜尔迦大祭节，你"嗨哟，嗨哟"喊着号子，拽着长绳，与其他教徒一起，把帝国政府造的载着女神像的彩车拉入海中。

你脑子里有经济学、政治学知识，有古典文学知识，有平民百姓的生命的旅程。

然而，写小说，讲故事，是你的特长。所以，我常看见你屋里挤满人，他们有的比你年轻，有的比你年长。

你讲故事，但不传授讲故事的技巧，这是你的怪脾气。你洞悉各种人，展示各种人的生活游戏。我称之为文学——荟集生活的文学，你在心里储存了与三教九流打交道的体会，并能有条不紊地表达出来。学者的仆人是不会给它粘贴科学的标签，让文明人感到惊愕的。

在合适的地点，你知识的宝库里堆满珠宝，五光十色。它不使典雅的客厅感到难堪。你故事的宴会厅里，不允许图书馆、实验室抢占饥饿者的席位。

唯一的原因，是你对听众的同情。他们自觉不自觉地戴着桎梏，在甘苦的崎岖的路上走得精疲力尽。

在命运的迷宫里，人出生，人故世。不管是帝王还是乞丐，听众对他们的趣事轶闻抱有同样浓厚的兴致。

你讲述他们的悲欢离合，绘声绘色，别人望尘莫及。尤其是现在，某些人用间接知识将感性知识从头到脚地包裹起来；受到一些批评，就大摆

----

① 贾洛昌德拉·达塔是孟加拉小说家。

其困难,滔滔不绝地辩解。人们生活的底蕴,无人发掘。

如今问题成山,奇谈怪论不绝于耳,疑惑无从消除。所以,我四处寻找朋友,寻找擅长讲故事的大众的知心朋友。在这多事之秋,迫切需要教书先生,乡村的小学、初中等待他去上课,经常为学生讲故事。

大洋的彼岸,欧洲人喜欢组织故事会,给孩子们讲《鲁滨孙漂流记》,为不同年龄的听众讲《堂吉诃德》。

而我们四周笼罩着深重的忧虑的黑暗,演讲的洪流喧腾着搅扰着水乡。教授们莫无奈何,只得承认那些演讲也是故事。

朋友,我今日登门向你倾吐我心中的悲哀。如今的学生热衷于标榜自己是现代派,毫不动摇地信任现代的喧嚣。唉,多少人抱着贴着昂贵价格的商标的货物,沉没于时光的洪水之中。

凡是永恒的,纵使今日被埋没,总有一天重放异彩。那时人们会高兴地说,讲讲那个故事吧。

致阿米亚昌德拉·查克巴迪①的信

阿米亚昌德拉·查克巴迪先生:

维沙克月二十五日②泛舟生辰之川流,向死日飘浮而去。生死的微茫界线上,是哪个艺人坐在移行的座位上,以参差不齐的罗宾德拉纳特·泰戈尔编着一个神奇的花环?岁月乘车飞逝。徒步的旅人取出容器,乞讨些许饮水。饮毕,落伍在黑暗中,被车轮压破的容器落在尘土里。他身后又来了个旅人,用新杯臼饮新酿的酒浆,他与前者姓氏相同,却分明是另一个人。

我曾是个孩童。寥寥几个生辰的模具铸造的那个孩童的偶像,你们谁也不认识。熟稔他形体真实的俱已作古。他不复存在于现在的外壳和他人的记忆里。他与他的小小的世界远去了。清风徐来,不闻他当年的嬉笑和啼哭的回声。尘埃中,我不曾发现他玩具的碎片。坐在昔年生活的窄小的窗前,他向外凝望。他的天地局限于有孔隙的宅院,他稚嫩的视线被花园高墙和一行行椰子树挡住。童话的甘汁调稠了的黄昏,相信和怀疑之间,并无太高的墙壁,遐思轻易地从这边飞到那边。朦朦胧胧的暮

---

① 阿米亚昌德拉·查克巴迪是诗人,曾担任泰戈尔的私人秘书。

② 泰戈尔生日。

色里,暗影拥抱着物体,两者归属了同一种姓。区区几个生辰是一座孤岛,一度浴着阳光,不久便沉入流年的海底。潮落的时候,有时望得见岛上的山巅,望得见珊瑚的红色轮廓。

此后的维沙克月二十五日,出现于一个阶段之末的春晓红霞的淡雅里。少年这个游方僧,调试好年华的单弦琴,云游着呼喊着迷茫的心中的人儿,弹奏无可言传的感情狂想曲。静听的吉祥天女的宝座摇晃起来,在一个忘却工作的日子,她遣差女使者下凡,在被石棉花的色彩陶醉的荫径上款款而行。我倾听她们的柔声细语,似懂非懂;我瞧见她们黛黑的眼睫挂着泪花,微颤的朱唇沁出郁结的怅愁;我听见她们华贵的金银首饰发出热烈、焦灼、惶惑的呼声。维沙克月二十五日睡眠中方醒的黎明,她们不让我知道,暗自留下新绽的白素馨串连的花环,幽香迷醉了我的晓梦。

少年时代生辰的世界与神话的疆域毗邻,充斥着颖悟与无知引发的狐疑。那里,光临的公主披着柔润的乱发,时而困睡,时而因点金棒的碰触而猝然苏醒。光阴荏苒,春光明媚、姹紫嫣红的维沙克月二十五日的墙垣坍塌了。那绿草如茵的小径——昔日,素馨花叶摇影移,风儿低声细语,杜鹃相思的哀鸣中正午凄清苍凉,花香的无形诱惑下,蜜蜂嘤嗡翩飞——如今延伸到了通衢大道。当初少年练习的单弦琴,系上了一条条新弦。

以后,维沙克月二十五日召唤我沿着坎坷的道路,行至波涛轰响的人海边。合适、不合适的时刻,将乐音织成的网撒向人海,有的心灵甘愿投网,有的从破网中逃遁。

有的日子疲惫不堪,沮丧闯入开拓之中,诗思被沉重的苦恼压弯。疏懒的下午,独辟的蹊径上,时常出人意料地驾临天国的乐师。他们使我的服务臻于完美;为倦乏的探求送来满斟琼浆的金杯;以笑声的豪放爽朗制服忧惧;用灰烬覆盖的焦炭重新点燃胆略的火焰;把天籁揉入探索中的表达方式;点亮我熄灭了的路灯;使松弛的弦索再奏新曲;亲手给维沙克月二十五日戴上热烈欢迎的花环——他们的点金石的点触迄今留在我的歌声、我的诗章里。

然而生活的战场雷声隆隆,处处进行着殊死的搏斗。我有时只得放下诗琴举起号角,头顶正午的炎炎烈日四处奔走,经受交替的胜利和失败。脚掌扎满蒺藜,受伤的胸膛血流如注。狂暴凶猛的恶浪冲击我人生的船舷,企图将我生活的用品沉入诽谤的泥海。我领略了憎恨、嫉妒、刺耳的喧嚣,也领略了情爱、友谊、悦耳的歌唱,通过滚动的热泪和嗟叹,我人生的星球进入了轨道。在历尽曲折、艰辛、冲突,已届暮年的维沙克月二十五日,你们簇拥在我身边,可是你们是否知道,我作品中有许多题材是不完整的、零乱的、被忽略的。内外的是非曲直、清晰模糊、荣誉恶名、成功挫折的庞杂混合塑造的我的形象,今日在你们的敬慕、爱戴、宽和中栩栩呈现。你们奉献的花环,我欣然承认它是我生辰的最后面相。同时,我为你们祝福。临行的时候,愿此心灵的形象长存你们心间,而不因遗留在时代之手而感到骄傲。

尔后,人生的光影织成的一切旅历的尽头,让我怡然歇息。那无名的幽寂的去处,让各种乐器的各种曲调汇成深沉的"终极"的交响曲。

泥屋

我要造一间晚年住的泥屋,起名"黑牛"。日后它坍塌,似同躺下睡觉,泥土回归土壤的怀抱;旧柱昂着头抱怨,但不会和大地发生对抗;残壁裸露着骨架,但绝不允许死去的日子的幽灵在其间栖息。

我这最后一间泥屋的地基里,羼杂着我对全部情感的忘怀,羼杂着对一切过错的原谅;泥墙上杜尔巴草丛清新的馈赠,掩盖一切讽刺和言行的过激;千百个世纪嗜血的凶狠的嗥叫归于静寂。

我每天坐在屋檐下面,怀念年幼时把现在身披的这种薄毯四角结紧,盛放采撷的一把把金色花、茉莉花。二月中旬,它装的芒果花的芳香,乘南风前往看不见的远方,传递我忧伤的青春的邀请。

我爱孟加拉姑娘。在我的面前露面的姑娘,个个迷醉我的双目。她们的皮肤和褐土一样浅黑,闪耀着稻秧叶片那样的光泽。在天边淡紫色林莽上眼睑将合的夕照中,我看见她们黑眼眸里含怨的柔情的生动比喻。

早晨的点金棒的第一次点触,使我的泥屋惬意地苏醒。她黛黑的双眼的微笑,温柔地飘向春夜友好不眠的圆月。

帕德玛河决堤之后,在陡峭堤岸的荆棘丛里,在千百个犀鸟的巢里,在油菜花、亚麻子花争艳的农田里,在乡间曲曲折折窄路的两边,在池沼的斜坡上,泥土一直在对我招手。

通过我的眼睛,泥土向我转达斑鸠啼唱的晌午彩路两侧的呼唤。那儿野草泛黄的原野上,三四头牛懒洋洋地踱步,甩动尾巴驱赶背上的苍蝇,一棵孤单的棕榈树上,鹰隼筑了个凄寂的巢。

年已古稀的我今日响应你的召唤,扑进你宽容温馨的胸怀。当年就是在你的怀里,青苔的柔足庇护的奥哈拉①,在新生活的美妙的黎明,清醒地等待完全自由。

致波拉马特纳德·乔德里②的信

波拉马特纳德·乔德里:

我年龄的轻舟早驰过青春的码头。我做着适合老年人做的事情,巩固着银丝的尊严。

你把我叫回到《绿叶》的栏目里,对我的心儿提出回顾的要求。你说青年人的游乐宫里,我的假日尚未度完。我半信半疑地转过脸,远望我跨越的昔年。大批丰满的"年轻"的塑像,在我眼前浮现。我青春成熟的日子里,青春的消息也不像现在这样潮水般地流出我的笔端。我于是省悟,不离开青春,是得不到青春的。

我已经抵达人生最后的码头,东风也呼吁我回顾。我驻足回首,悠悠往事向我涌来。

以前舍弃的,我一一细心辨认。我退得远远的,察看充斥我如许苦乐的世界和一些失落的东西。

吠陀诗人对心儿说:"你以你的一半创造世界,你的另一半,无人知晓。"另一半如今在我人生终点的另一侧。我望见终点两侧是两种辽远的静谧,两个宏大的一半。我站在中间,留下遗言——我曾经经受许多痛苦,我感到欣慰的是,我爱过人,也被人爱过。

走向永新

我七岁的时候,每天拂晓透过窗口,望着黑幕拉开,柔和的金光,像迦波昙花乍开,慢慢地在天上扩散。

乌鸦聒叫之前,我起床跑进花园,我不愿放弃观赏椰子树抖颤的枝叶间红日东升的吉祥情景的机会。

---

① 仙人乔达摩之妻奥哈拉因受诅咒化为石头,后来得到罗摩的触摸,才恢复人形。

② 波拉马特纳德·乔德里是泰戈尔二哥的女婿,《绿叶》文学月刊的主编。该月刊主要登载青年作者的孟加拉语作品。

那时天天是新奇的。曙光中沐浴的黎明走上东方金灿灿的码头，颧上点一颗血红的吉祥痣，作为新的客人，走进我的生活，含笑注视着我的面孔。她的披纱上没有旧日的痕迹。

长大以后，我头顶工作的重负。许多日子拥挤在一起，丧失各自的价值。一天的忧愁蔓延到另一天，一天的工作把自己的坐椅扔到另一天，混杂的时间向前翻滚，毫无新意。增长的年龄听着一成不变的复唱，寻不到独特的个性。

如今更新我旧岁的时候到了。我将招来鬼魅的克星，每天坐在花园苏醒的窗口，等候仙人的新信。黎明将来打听我的新身份，在空中目不转睛地问我："你是谁?"今天的姓名明天就不用。

司令检阅士兵的队伍，不细看每个士兵的脸，检阅是工作需要，不是为了观察真实——天帝创造的每个士兵特殊的面容。

同样，我看待创造，如同看待需要之锁链捆绑的一群囚徒，其中一个就是我。

今日，我将解脱。我渡海望见了新岸。我的航船不载货物，此岸的负担不带往彼岸。全新的我独自走向永新。

评析：

这是泰戈尔晚年的一部著名诗集，诗人所推崇的生命哲学充分利用了现代科学的成就和印度古代哲学的精华，形成了自己新的生命哲学，是形象的有感情的诗集。

再 次 集

昆虫的天地

　　卡弥尼树的枝丫，悬曳着露水打湿的坚韧的蛛丝。花园曲径的两旁，星散着小小的棕色蚁垤。上午，下午，我穿行其间，忽然发现素馨花枝绽开了花苞，达迦尔树缀满了洁白的花朵。

　　地球上，人的家庭看起来很小，其实不然。昆虫的巢穴何尝不是如此哩。它们不易看清，却处于一切创造的中心。世世代代，它们有许多的忧虑，许多的难处，许多的需求——构成了漫长的历史。日复一日，表现出不可阻止的生命力的活跃。

　　我在它们中间踯躅，听不到它们的饥渴、生死……永久的情感之流的流淌。我低吟诗行，斟酌字眼，要完成写了一半的歌曲，对于蜘蛛的世界，蝼蚁的社会，我这样斟字酌句是费解的、古怪的、毫无意义的。它们幽暗的天地里，是否回荡着摩挲的柔声，呼吸的妙曲，听不清的喁喁低语，无可表达的沉重的足音？

　　我是个凡人，我自信可以周游世界，甚至能够排除通往彗星、天狗口啖的日月的路上的障碍。然而，蜘蛛的王国对我永远是关闭的，那充满我痛苦、怨恨和喜悦的世界的尽头，蝼蚁的心灵的帘幕永远是低垂的。上午、下午，我在它们的"狭小而无限"之外的路上往返，目睹素馨花枝绽开花苞，达迦尔树缀满洁白的花朵。

黄鹂

　　我疑惑这只黄鹂出了什么事，否则它为何离群索居。第一次看到它，是在花园的木棉树底下，它的腿好像有点瘸。

　　之后每天早晨都看见它孤零零的，在树篱上逮虫；时而进入我的门廊，摇摇晃晃地踱步，一点儿也不怕我。

　　它何以落到这般境地？莫非鸟类的社会法则逼迫它四处流浪？莫非鸟族的不公正的仲裁使它产生了怨恨？

　　不远处，窃窃低语的几只黄鹂在草叶上跳跃，在希里斯树枝间飞来飞去,对那只黄鹂却是视而不见。

我猜想,它生活中的某个环节,兴许有了故障。披着朝晖,它独个儿觅食,神情是悠然的。整个上午,它在狂风刮落的树叶上蹦跳,似乎对谁都没有抱怨的情绪,举止中也没归隐的清高,眼睛也不冒火。

傍晚,我再也没看见它的踪影。当无伴的黄昏孤星透过树隙,惊扰睡眠地俯视大地,蟋蟀在黝黑的草丛里聒噪,竹叶在风中低声微语,它也许已栖息在树上的巢里了。

美艳

如同白金戒指镶嵌的钻石,一抹阳光透过满天云霭的空隙,斜照着原野。风还在呼呼地吹着。木瓜树惊魂未定。北面的田畴上,苦楝树显出一副抗争的气派。棕榈树梢嘟嘟嚷嚷地发着牢骚。

时间大约是一点半钟,潮湿林木闪闪发光的晌午,跃入南墙北墙开着的窗户,在我心头涂抹一层缤纷迷离的色彩。

霎时间,不知为什么,我觉得这一天酷肖悠远的那一天。那天不承担任何责任,没有急迫的事情要做。那是扯断了现代的碇链,悠然飘动的一天。

我看见它是往昔的海市蜃楼,那昔日是什么情形? 在什么地方? 属于哪个时期? 莫非超越永恒?

那时,我的爱侣仿佛在他世就已认识。那时有天堂,是真实的时代,绝非其他时代能够感触。

同样地,畅饮了翡翠似的绿阴和金子般的阳光酿造的余暇的醇醪,畅饮了田野上挥舞雾纱的迷醉雨天的甘美,我也感到若有似无——像天之琴弦上低回的古代孟加拉的萨伦曲调,从一切时间的帷幕后隐约地飘来。

阿斯温月初一

阿斯温月初一,微风中有了一丝令人发抖的凉意。晓月的清辉融入白夹竹桃的光泽。好似顶礼的朝霞的红袍散发的香气,白素馨的气息在带露的碧草上流荡。呵,今天是阿斯温月初一。

透明的曙光在东方天空吹响了法螺,腹腔的共鸣澎湃着热血。古往今来,多少国家的征服世界的豪杰在死亡之路上策马飞奔,艰难地寻找不朽的生命。他们那胜利法螺的无声余音飘袅在露水浣洗的阳光中,他们对下属发出的抛家别妻的呼吁,又在阿斯温月初一响起来了。

财富的负担,名誉的负担,忧虑的负担,他们一古脑儿地扔进尘土,镇定地冲向错综复杂的险境。阴谋者用污黑的手朝他们的眉宇投掷诋毁的石块。他们如彗星从天降落,拔尽灼烫的艰苦的征途上隐蔽的狡猾的细小的蒺藜。他们得不到安闲憩息的机会,但他们不肯回头。他们圣洁的幡旗,在阿斯温月初一秋晨的云间飘扬。

苏醒吧,我的心!莫胆怯!莫贪婪!莫急躁!向着素锦般的芦花伏身致意的朝阳引吭高歌地行进!从流血的躯体剪去颓丧的指甲,拔掉幻想的根须,把贪婪踩成齑粉!跨越死亡之门,莫让失败的沉重和懊恼压低你的头。今天,阿斯温月初一,纯净的秋阳下,历史上征服自身和世界的豪杰的呐喊,在无声的沉默中震响。

人类的儿子

为感悟闻讯赶来观看的人,耶稣在十字架上献出了不朽的生命,自那时起,许多个世纪过去了。

今日,他从天国降临人世,极目四望,只见旧日刺得人遍体鳞伤的罪恶凶器——狰狞的矛戟,狡诈的匕首、短剑,残忍狠毒的巨钺。在吊着一面乌烟熏黑的旗子的工厂里,飞快地霍霍磨砺,飞溅出炫目的火花。

而新近制造的死亡的箭矢,在刽子手的手里闪着寒光,教徒以尖利的指甲在上面镂刻着姓名。

耶稣手捂胸口,恍然省悟他死刑的执行期远没有结束,科学的殿堂里试制的新式矛戟——刺进他的关节。那天站在宗教庙宇的黑影里杀害他的凶手,一群群地复活了,而今站在庙宇神坛前面,诵经似的命令行刑的士兵:"斩尽杀绝!斩尽杀绝!"

人类的儿子悲怆地仰天长叹:"哦,上帝,世人的上帝,你为什么把我抛弃?"

相逢

雨,下了一夜。

一团团黑云像精疲力尽的逃兵,蜷缩在天际的一隅。

花园南端，曙光照临柚子树波动的新叶，惊动了树下的阴影。

时值斯拉万月①，喷薄的旭日像不速之客，簌簌的笑声在枝头流荡。

于是，沐浴阳光的情思，在邈远的心空飘游。

时光仿佛凝结了。

下午，突然响起的隆隆雷声，似在发出信号。顷刻之间，云团离开倒卧的所在，膨胀着，呼啸着，飞驰而来。堤坝圈圈的池水变得黑黝黝的，沉重的幽暗落在榕树底下。远处的树叶奏起了下雨的前奏。

转眼间大雨滂沱，天空白茫茫的，地上一片汪洋。年老的林木甩动着蓬发似的枝梢，像是戏耍的顽童。硕大的棕榈叶，翠竹的枝条，失去了惯常的恬静。

不多久，风止雨停。青空像被擦拭了一般。一勾纤弱的弯月仿佛刚离弃病榻，脸上挂着慵倦的笑意，在天宇漫步。

心儿对我说，我见到的一切细小的东西都不愿自行消亡。无数鲜活的瞬间登上我七十岁的渡口，随即驶向了"无形"。只有几许懈怠的时日被我留住，留在了平庸的诗歌里；它们告诉后人一件不平常的事——我曾观赏过这些美妙的景象。

最后的赠予

孩子们的游乐场尽是干热的尘土，长不出一棵草。

游乐场边的一棵康基那树，找不到与自己相同的颜色。见了它不禁想起我们家门廊里的黑毛狗。

厨房周围，一群野狗转来转去，满怀信心地等候布施食物。它们争抢，挨揍，惨叫，却享有天性的快乐。

我们的宝贝黑毛狗戴维不时亢奋地跃起，身子剧烈地抖动，眼神焦渴地注视着南面，怀着枉然的激情，汪汪汪叫了几声，显然是想加入它们的行列。

同样，康基那树不是独自站在自己的绿色世界，而是站在人脚碾成的贫瘠的尘土上。它眺望远方，那儿草叶上画着林木的肖像。

春天来了。无从知晓春风的情感是如何渗入它的骨髓的。

----

① 斯拉万月，阴历四月，公历七月至八月。

不远处,顶天立地的檀树向南方海滨乍到的来者通报新叶充盈的信息。

在高涨的绿色的喧哗中,寿终之日不露面的使者叩击康基那树的心扉,在它耳边讲了哪天最后一束阳光降临,将在嫩叶的最后一场儿童活动中跳舞。

它毫不迟疑,笑脸的表情在几簇淡紫色花瓣上显露了出来。萌发的新叶全部凋落,它手中空无一物。

一个春天,它掏空了它的赠物,然后向灰褐的尘土的冷漠告别。

轻柔的音符

我在心里为她取名为轻柔的音符"咪"。

这名字一旦传到她耳里,她必定疑惑地坐下,笑吟吟地问:"这名字是什么意思?"

意思讲不清楚,不过是纯洁的。

世上事情复杂,有种种善恶……置身其间,她与大家基本上是相识的。

我坐在一边观察,她不晓得她周身播放着一种音乐。

在安置她心灵主宰的御座的所在,在心灵主宰的足下,痛苦的香炉袅袅升起的青烟的暗影,像遮翳明月的云雾,浮上她的眼睑,轻轻地盖住笑意。

她的语音流露出若有似无的哀怨,她不知道这是她的生命之琴弹出来的。然而,她的迈步,她的端坐,她的言谈举止,却配以晨曲的乐调。

我揣摸不透她怎会这样,所以称她为轻柔的音符"咪"。

我也不明白为什么抬起眼睛看她,心弦便流泻出泪光的变奏。

分离

今日阴雨绵绵,但不是写出千古绝唱《云使》的日子。

这一天禁锢在静止里。风不吹,云不移,细雨似绡纱直直地垂下来,罩住白昼的面孔。

时光仿佛凝固了,四周只有无涯的寰宇,呆痴的闲暇。

大诗人迦梨陀娑创作《云使》的那天,闪电耀亮青山,乌云掠过一条条地平线,疯狂的东风摇撼苍翠的山林。药叉的爱妻惊呼:"天哪,飓风卷走了大山!"

云使飞走,离愁不曾压碎贞妇的心,离别的自由战胜了悲痛。飞泻的瀑布,湍急的江流,呼啸的林涛,那天惊醒了世界。离人的心声旋律雄浑地升腾。

团圆不受阻挠的时节,偏偏天各一方,人世怪诞的无形的壁垒围困冷清的洞房。

分离的时期,无羁的愁思飞渡江河,飞渡山冈,飞渡森林。屋隅的哭泣淹没在路途的熙攘之中。最后抵达盖拉莎山,显出缱绻的真相。

那里巍峨的宝库里,储存着等待时的坚贞不渝的情愫。

欠缺走向完满的时候,离愁的路途上竖起一块块欢乐的里程碑。团圞岿然不动地等待着。

花儿常开,圆月常临。

药叉独居谪地,满怀离情。他征服的丽人踩着蒺藜欢快地走来。

哦,可能讲错了。

团圞并非岿然不动。它在吹笛,吹盼望之笛,笛音在漆黑的路上向前飘去。贞女的脚步和心上人的呼唤,以同样的节拍渐渐接近。

这就是为何自古以来江河以行路的韵律奔流,大海一面呼唤一面翻腾。

回忆

西部一座城市僻静的远郊,白日的酷暑监视着一幢屋檐倾斜的失宠的旧楼。楼内匍匐着终年不退的暗影,囚禁着陈年的气味。地上铺的黄地毯四边织有猎手举枪射虎的图案。

楼北一棵幼树下伸出的白森森的土路上,飞扬的尘土好似灼热阳光轻飘的披肩。

楼前的沙地种了小麦、葫芦、西瓜。远处,波光粼粼的恒河和时而驶过的船只,组成一幅炭笔勾勒的素描画。

戴着银手镯的女仆人巴吉亚哼着单调的小曲在门廊里碾麦子。仆人基尔达里在她身旁坐了很久,怀着秘而不宣的动机。

老楝树下有口深井,花匠借助黄牛的力量转动辘轳汲水,吱扭吱扭的声音悲凉了晌午的氛围,但甘冽的井水恢复了玉米地的生气。

热风中浮漾着芒果花淡如游丝的温馨的香气,蜜蜂在高大的楝树的新叶间聚会。

下午,邻居的少女从城里归来,她消瘦的面孔被晒得憔悴、苍白,却依然饶有兴味地朗读外国诗人的名作。

于是,大洋彼岸伟人心中的忧愁,溶入了与破旧蓝竹帘的阴影羼杂的黯淡的光线,溶入了潮湿的马鞭草的清香。

我记得,如同蝴蝶在英国姹紫嫣红的花园里翻飞,我初绽的青春也曾在异国语言中采集辞藻。

悲哀的世界

消沉的日子,我请求我的笔:别叫我感到愧疚;别让震撼不了所有人心弦的作品落进谁的眼帘;黑暗中不要蒙着脸;别把门关死。点亮五光十色的华灯,呵,你别悭吝!

世界极其辽阔,它的荣誉永不黯淡,它的性格十分温和。昂首于看不见的阳光下,它不眨的眼光安详而坚定,它的胸脯上横陈着河流、山脉、平原。它不属于我,属于无数的人。它的鼓声响彻四方,它的火焰照亮昏暗,它的旌旗在天空猎猎飘扬。在世界面前,不要让我感到愧疚,我的损失,我的苦恼,于它是尘粒之尘粒。

当我依仗自制力忘却自身的苦痛,苦痛便以世界的面目出现。我于是望见,悲伤的洪流通过密集的支流在岁月的胸上奔流;浩荡的心河在千家万户人们生活的河床里流淌;眼泪的布拉马普特拉河波涛汹涌,在各国家庭的河滨酝酿沧桑变迁。亘古如斯的人们的哀乐愁苦霎时坠落我的胸膛,像洪水使我的肋骨索索战栗,随即在大地的一片哀鸣中消逝于"无穷",其动机不得而知。

今日,我请求我的笔:别叫我感到愧疚。让你的贡献像河水漫出岸堤;让我的哀伤因你的赐予而被遮掩;让我哀伤的哭泣融进世界千万种乐曲。

一个人

一位已届暮年的北印度人,身材瘦高,唇髭银白,胡须剃尽的脸宛如干瘪的水果。上身是一件方格背心，下身围着围裤，脚穿土布鞋，右手拄着拐棍儿，左手撑着布伞进城去了。

时值八月，朝阳炫目地抚摸着薄云。裹着黑幔的夜早已气喘吁吁地遁去。雾湿的风漫不经心地摇晃着阿穆拉吉树的嫩枝。

飘忽着幻影的我的世界的尽头，出现一个旅人。我只知道他是一个人，没有姓氏，没有意识，没有感情，没有需求，仅仅是八月的一个上午踽踽走向集市的人。

他也望见了我，在他的世界的大漠的尽头那流荡的紫岚中，人与人毫无干系，我，仅仅是一个人。

他家有牛犊，有笼中的鹦鹉。他的妻戴着粗陋的铜手镯，推磨碾麦。他有洗衣为生的邻里，与杂货店的老板熟识，欠喀布尔商人的钱。

我不在他们中间，我，仅仅是一个人。

写信

你给了我一支自来水金笔和其他文具——各种印花信笺、镀银裁纸刀、剪刀、虫漆、红绸带，玻璃纸包的红色、蓝色、绿色铅笔，还有一张核桃木书桌。

你叮嘱我每天写一封信。

上午洗完澡，我坐下写信。

我一时不知该写些什么。

目前我只有一条消息——你走了。

你也知道这条消息，不过，你似乎并未深刻理解这条消息的内容。所以，我想首先告诉你——你已经走了。

我一次次提笔，一次次体会到，这条消息并不简单。

我不是诗人，我没有用语言表述我的心声和顾盼的能力。

一张张信纸让我撕了。

已经十点了，你的侄儿帕古要去上学，我得照料他吃饭。

我最后一次写"你走了"，其他的话，全写在横七竖八涂改的笔画里了。

找错地方

查梅利树和穆胡亚树①依附于同一个藤架,摩肩接背地共度了十年。每日阳光的筵宴上,初绽的绿叶快活地宣告:"我们入席了。"

它们交叉的枝条难免发生权力的矛盾,但喜悦的心坎上没有一块憎恨的印记。

不知哪个不吉的时辰,无忧无虑无知的查梅利,伸出柔软碧绿的新枝,一圈一圈地缠住了电线,显然不晓得两者的种姓迥然不同。

八月中旬,一朵朵白云垂临娑罗树枝梢。金灿澄清的上午,查梅利开了许多花儿,得意洋洋。

哪儿也没有纷争,蜜蜂频频往返,摇颤着素馨花的倩影,斑鸠啼叫得中午的时光分外令人倦怠。

果实丰熟的秋日,夕阳西沉、云霞变幻的时刻,来了几位巡线工,一见查梅利不守本分,眼里凶光毕露。供人玩赏的等闲之物,竟向空中干枯粗皱的现代必需品伸出勾引的手!

他们用锋利的钳子夹扯缀满花儿的嫩枝。胸口受到死的打击,无知的查梅利终于省悟,电线属于别的种姓。

弃家

如同风暴中脱碇的航船飘落异域,他从德国来到一群陌生人中间。

他口袋里没有钱,但毫无怨言;每日辛勤教学,领取一份微薄的薪水,按照本地的习俗,过着极其简朴的生活。

他从不唯唯诺诺,也不妄自尊大。

他昂首阔步,毫无侘傺失意的颓丧表情。

他凭毅力征服白日的每个瞬息,弃之身后,绝不回首瞻顾。他不为自己谋一丁点私利。

他以普通人的身份参加体育活动,与人交谈,开怀大笑,无论在哪儿都不曾遇到不习惯的障碍。

他是唯一的德国人,却不感到孤寂,心情轻松地消度侨居的岁月。

我每次遇见他,钦佩之情油然而生。在师生中间,他是那样随和,那

---

① 查梅利树和穆胡亚树均为藤本植物。

样平易近人,矫揉造作与他的禀性无缘。

从他的国家又来了一个人。

他到处游览,画下他迷恋的景观,不管他人看不看,称赞不称赞。

他俩并肩走在石子路上,像两朵潇洒的秋云。他俩是旅人,不是根深蒂固的树木。他俩的志趣播布各国、各个时代,他俩的辛劳遍布天涯海角。

他俩的心灵像滔滔江流,滋润万物,不在一处停滞片刻。汇同其他离家别国的学者,他们在修筑通往不同肤色的人民的大道。

过节的准备

祭神节将临。

金色花映着朝瞬,露濡的凉风习习吹拂。茉莉的幽香如纤手柔爽的摩挲。仰望悠游的白云,神思便难以集中。

老师在教室讲解褐煤的形成过程。

一个学生两腿晃悠,脑海里浮现一幅画——荷塘破败的码头附近,斑吉家墙边番荔枝树上果实累累。河边的小路七绕八弯地穿过牧牛人的村落、亚麻地,向集市延伸。

经济系的教室里,一个戴眼镜的荣获奖状的学生在练习本上写下要买的东西——一对嵌金贝壳手镯,德里出的一双红绒拖鞋,一部当代长篇小说,一本精装诗集,书名尚未确定。此外,赊购"心心相印"牌纱丽一条。

伐巴尼普尔一幢三层楼房里,粗嗓门尖嗓子在热烈地讨论:去阿布巴哈尔还是马杜拉? 去达尔赫斯还是普利①? 或者再去一趟大吉岭……

我看见车站前张灯结彩的大街上拴着五六只预购的山羊,它们枉然的哀鸣在芦花飘飞的宁静的秋空回荡。它们是否明白献祭的时刻正在临近?

脚跨了过去,那边,混沌的来世在等待,拨着昼夜悠长的光影的念珠。

死

心扉上我画死亡之像。

---

① 阿布巴哈尔、马杜拉、达尔赫斯、普利均为印度旅游胜地。

我遐想，极虚的弥留时刻已经到来。属于我的全部给故土和时代。

其他一切物品，一切生灵，一切理想，一切努力，一切希望和失望的冲突，依旧分布各国，分散在千家万户的人的心里。

时空之海的无边的胸中，由近及远，一条条星体运行的轨道上，未知的无尽的能量旋转着爆发，这些还在我感知的最后一条微颤的界线之内。我一只脚仍在界线这边，另一只"无限"中包盈的无数实体，向着往昔和未来铺展，那密集的群体中，一刹那没有了我，这岂是真实？

狂放的"不存在"终归会获得位置。原子不是还有罅隙吗？死亡若是虚空，那罅隙里岂不要沉没尘世之舟？果真如此，则是对宏大的整体的粗暴的抗议。

闲暇

给我闲暇，让我描绘一个去处。

那里，荡漾着希里斯花香的小径上，蜜蜂终日翻飞。无垠的青天飘移着云彩。晚星升起之前，清溪低回地吟唱。

那里，停止了一切咨询。雨夜，空寂的寓所里，往事的回忆不再咕哝着搅扰酣睡。

那里，心神像村径旁牧牛的旷野里一棵安静的榕树——有人走到树下憩息片时；令人困倦的中午，有人放下新娘的彩轿，席地而坐，吹响情笛。二十六日夜里，下弦月柔弱的清辉在蚕鸣中与树影浑然交融。

那里，往返之河日夜奔流不息。没有留存的兴致，没有被置于"邈远"的恚恨。晨光中，夜星漂放了梦灯，径自离去，不留下可循的踪迹。

歌的殿堂

花烛高烧的喜结良缘之日，你们这两只鸟儿的歌喉为什么沉默？

好似进出爆竹的厚胸的纷纷扬扬的火花，你们灼烫的相思之苦，已经散落在彻夜弦乐缭绕的树丛中了。作为歌的形象，它们不会被发现，风儿已把它们融入天边的树影。

作为凡人，我们为爱建筑殿堂，用乐曲奠定永恒的基石；

寻来不老的福音，砌成坚固的高墙。

属于人类的情歌，安置亿万情人的心座，播散开来，传遍万国，流传千古。

它来自泥土,超越泥土,昂首于意象的天堂。

你们欢乐的生活富于淳朴的韵律,富于羽翼高翔翩舞的节奏,温馨微颤的胸中,你们的爱情之巢营造在飞鸟的世界——那儿处处是生命的甘浆哺育的甜美的葱绿;以蜜蜂不倦的嘤营,以光润摇颤的新叶,以兴奋不已的繁花,常新的时令的魔笔涂抹新鲜的色彩;记忆,忘却,像一对蛱蝶,在幽静的所在扇动纤翼与光影嬉戏。

我们以自身痛苦的色彩、浆汁,构筑逃离尘埃的虚幻的殿堂,为了爱,又把那迢遥的场所圈围起来。

那就是我们的歌。

库帕伊河①

我在心里望着帕德玛河②流入迷蒙的地极——

帕德玛河此岸的沙滩不抱奢望,安于清贫,因而无畏。

彼岸有青翠的竹林、芒果园、苍老的榕树、粗壮的榴莲树,不和谐地混杂其间的一堵断壁。池塘畔是黄灿灿的油菜地,路旁生长一丛丛荆棘。一百五十年前靛蓝主建造的房屋已破败不堪,庭院里一株阔叶树终日沙沙地哀鸣。

拉贾种姓人的村庄那龟裂的土地上,踯躅着他们的山羊。离集市不远有一爿粮店。惧怕无情的河水的村庄总让人感到在瑟瑟战栗。

帕德玛河在印度神话中久负盛名,天界的恒河在她的脉管里流淌。她脾性古怪。她容忍她绕过的城镇、村落,但不予承认。她纯正、高雅的韵律中交织着冷寂的雪山的回忆和无伴的海浪的呼唤。

有一天,我远离市井喧嚣的小舟停泊在她幽静的沙洲码头上。入夜,我躺在甲板上,领受大熊星座晶明的目光的爱抚。拂晓醒来,望见启明星仍在尽职。淡漠的河水昼夜在我纷繁的思绪之侧流去,犹如旅人在别人的苦乐之侧走过,走向遥远的地方。

后来,在林木稀疏的平原的尽头,我抵达青春的终点。

---

① 库帕伊河是泰戈尔创办的国际大学附近的一条河。

② 帕德玛河在东孟加拉,流经泰戈尔曾经管的田庄。

从我的寓所,可以清楚地看见绿阴遮盖的绍塔尔族人的村子。这儿,我的芳邻是库帕伊河。她没有古老种姓的荣耀。她的非雅利安语姓名,与当地世代栖息的绍塔尔族姑娘清脆的笑声密切相关。

她拥抱着村舍,河水和田野素无矛盾。此岸与彼岸亲切交谈。

贴着她玉体的农田里,亚麻开花了,稻秧苏醒泛绿了。

土路在沙滩中断,在水晶般透明的流水上,她为行人让路。

河边田野上,棕榈树高高地矗立着,芒果树、黑浆果树、阿曼拉吉树手拉着手,肩挨着肩。

库帕伊河使用的农家语言,绝不可称为雅语。水土甘愿受她韵律的约束,波光和翁郁互不嫌憎。

她亭亭玉立,拍着手掌跳着优美的舞蹈,逶迤地步入光影。

雨季给予她的肢体以激情,她像喝醉酒的绍塔尔族姑娘,但从不毁坏、淹没任何东西。她旋转着水涡的罗裙,轻拂着两岸,格格地笑着奔跑。

暮秋,她的水流细弱、透明,水底的卵石清晰可见。然而丰腴转为消瘦、苍白,并不使她羞怯。她不以财富倨傲,她不因贫困颓丧,两者均体现她的美,如同舞女钏镯玲琤地舞蹈,累了静静地休息,眼神透出疲乏,一丝笑意犹漾在嘴角。

如今,她视之为知己的诗人的韵律,已交溶在诞生她语言的水土中——里面有语言写的歌曲,也有语言的家务。

伴着她有所变化的节奏,绍塔尔族少年持弓狩猎;装满一捆捆稻草的牛车涉水过河;陶工挑着陶罐前往市场,后面跟着村里的一只狗。

走在最后的,是头上撑着破伞、月薪仅三元的教书匠。

剧本

我写了个剧本。

先简单介绍一下内容:雷神因陀罗的贵宾阿周那步入天堂乐园,歌舞伎优哩婆湿上前敬献花环。阿周那手足无措地说:"女神,你是天国的名伎,享有完美的荣誉。你的风姿无可疵议。容我向你施礼,你芳香的花环应当献给神仙。"

"天国没有匮乏,"优哩婆湿感慨万端地说,"神仙无欲,素不索求。我枉有闭花羞月之色。唉,既然不存邪恶,需为谁追求真美! 在神仙的颈项上，我鲜丽的花环分文不值。我向往凡世，恰如凡世盼望我。所以我来到你面前。倾吐对你的爱慕，与我缔结金玉之缘吧！凡夫俗子流下琼浆般的泪水，这在天界是一种渺茫的期望。"

我以为我写了个很好的剧本。

怎么，要我从信里删除"很好"两个字？为什么？这是自夸？不，这是从我的笔端流出的真实。

你惊异于我的不谦逊，问道："你敢肯定很好吗？"

"我并非绝对地肯定。"我说，"一个时代的佳作在另一个时代也许算不上是佳作。我只是不假思索地称它是这个时代的好作品。我若犹疑，保持沉默，沉默难道是隽永的真实？"

几十年来我创作了数量可观的作品，窃以为是上乘之作。假若我成了我的死对头，抨击它们，我可就"兴高采烈"啦。

这个剧本某一天将落到那样的境地，所以恳求你允许我今天坦直地说，这是个好剧本。

这可能引起一些误解，情况有如大雨骤降，四处淌着一股股浊水。

然而，我的笔仍将在纸上蹒跚地前行，像喝了过量的酒，醉醺醺地狂舞。

我将写完这封信，如同航船驶入浓雾，机器并不会停止运转。

再谈谈剧本的语言。

文友们竭力主张，剧本的对白应该是韵文，而我写的是散文。

诗是大海，是文学太初时期的首创，其特点表现在格律的跌宕的波浪。

散文姗姗来迟。

它的盛宴在刻板的格律之外。它的厅堂里，美丑、是非互相拥挤；破烂的披毡和绫罗绸缎缠裹在一起；乐音、杂音相混。

散文的号令朝天空升腾，驾着歌声，驾着咆哮，驾着轻柔的旋律，驾着惊天动地的风暴。

散文时而喷射火焰，时而倾泻瀑布，散文世界里有辽阔的平原，也有巍峨的山岭，有幽深的森林，也有苍凉的荒漠。

谁欲驾驭散文，谁必须学会多种技法，具有高屋建瓴的气概，避免笔势的凝碍。

散文没有外表的汹涌澎湃,它以轻重有致的手法,激发内在的旋律。我用这样的散文写的剧本里,既有亘古的沉静,也有今时的喧腾。

新时代

今天,在清晨牧场挤了第一桶牛奶,集市的商人做成第一笔生意之际,我迎着清新的晨光,挎着篮子,叫卖略黄的未成熟的果实。

我在路上徜徉了几个小时。

许多人对我的果实议论纷纷。许多人拿了又退回来,许多人品尝而不掏钱。

一天荏苒地逝去。

时光消逝不留下足印。

然而,我们为何贮存回忆的负荷? 为何把一天的责任拖到另一天? 欠款偿还,贷款收回,为何不坦然地面向未来。

我承认,单卖昨天的剩货,生意不会兴隆,但卖一些又何妨!

日复一日,人世的房租用现金支付,最后一天徒劳地炫耀威力,徒劳地锁门,是何等的愚蠢!

所以,听见第一声钟声,我便出门清理债务。走到门口,一回头瞅见你立在"当代"的花苑里。

今后你的伙伴叫嚷不需要我这个人的时候,你心里将涌出一阵痛楚。

这是我的忧虑。

这是我的希望。

你不是来裁判孰是孰非的,你连结你的岁月和我的岁月,以你的心。我凝视着你的大眼睛,你的眼皮上泛着含愁的期望。

于是,我重又返回,信守爱的誓言。日暮黄昏,我望着你的面孔,作新的尝试。我用你心意的首饰装扮我的立意。我想着你,把它留在你路边的旅舍,行路的朋友,但愿今后你说,它感动了你的心,满足了你的需求。

我没有时间沽名钓誉。你由衷地信任我,把你的信任留给后人作为川资,是我的心愿。

愿你自豪地宣布:我是你们中间的一员。怀着这种热望,我走进当代——蓦然回首,不见你的踪影。

你去的地方,我的旧日蒙着面纱早去了,旧岁之歌有了永恒的内涵。

如今,我独自在"新颖"之群中磕磕碰碰地行进,这里,只有今日,没有昨日。

沙丘地

西边的果园、树木、耕地延伸着,延伸着,溶入远方森林的紫岚。

绍塔尔族的村庄隐没在果浆树、棕榈树、罗望子树丛里,没有树阴庇护的红土路蜿蜒绕过村庄,犹如墨绿的纱丽的殷红贴边。突兀地矗立着的一株棕榈树,仿佛在为羁旅的迷茫指示方向。

大地的方巾般的北边绵延的绿色林带被捅出一个豁口,泥土流失,凹凸的红岩透现沉默的骚动;错杂其间的锈斑似的黑土,像魔鬼变成的水牛角。

造化在自己的院落的一隅用雨水冲刷,营造了人们游玩的默默无闻的山丘,山脚下流着供人泼水嬉闹的无名小河。

在秋日的西天残阳简短的告别仪式上,簇拥着驳杂的色彩。这时,我在大地青灰的游戏之上发现了壮丽,它使我想起以前一个罕有的黄昏,在红海边杳无人烟的光秃秃的赤红峰峦上的同样的景观。

在那条土路上,年初袭来的风暴好似古代骁勇的骑士,高举赭色战旗,摁下参天大树的脑袋,震颤红木、麻栗树,挑起幽静的竹林里的一声声叹息,冲进香蕉园,实行暴虐的统治。

注视着啜泣的天穹下灰蒙蒙起伏的沙砾,我脑海里浮现起红海上骤起的风暴,纷纷扬扬溅落的水珠。

年幼时我曾到过那里。

汩汩流出岩洞的清泉曾诱发我神奇的遐想。寂静的中午,我独自把捡来的鹅卵石堆成各种建筑物。

岁月如水,以往的几十年像岸石上滑跃的涧水,在我身上滑过去了。住在天穹下赤裸的沙丘地的边缘,我塑造了工作的形象,如同我儿时用鹅卵石堆建城堡。

在我写作雨曲的雨天,与我一起把目光投向那红松,那孤僻的棕榈树,那成为至交的绿野和红壤的人,对我袒露胸襟的人,有的健在,有的已去了。

了结了我白昼的事情的子夜,他们在天庭对我召唤。

而后呢？北边大地坼裂的胸脯照样辉映血红的霞光,南边的农田照样生长作物,牛羊照样在东边的旷野里吃草,村民们照样沿着红土路走向集市,西天的边沿照样是一条蓝线。

信

我寄给你一本装满诗的书。

密密麻麻的诗挤在一个笼子里。你得到所有的诗,但得不到它们之间的罅隙。

降落在广宇般的闲暇的场所的诗,如今被冷落在身后。

如果撷取午夜的繁星编一串项链,在造化的商店里或许可以高价出售。然而,具有审美情趣的人,懂得它为什么贬值。

贬值的虚茫的苍天,称不出精确的重量,但弥漫着情思。

展开你的想象:奏响轻柔的乐曲,无语的时光的胸中,是一颗蓝莹莹的宝石——何必非把它放在首饰盒里欣赏!

毗迦罗玛迪德耶①的宫殿里,诗人天天吟诗作赋。那时没有印刷厂这个魔鬼抹黑诗的时空,没有水力磨盘磨出诗的浆汁,一口口在口腔里沉淀。诗味全得在饭后茶余一面聆听一面品尝。

唉,聆听的诗终于戴上了视觉的枷锁;诗流放在图书馆里;爱不释手的永恒的珍异在出版的市场上蒙受羞辱。

毫无办法! 这是个文学团体丛生的时代。诗歌不得不乘公共汽车去和读者相会。

诗魂慨然长叹:“唉,倘若我生在迦梨陀娑的年代,倘若你是毗迦罗玛迪德耶,将是怎样的情形……”

我生在那个年代又怎么样! 恐怕也是个屈服于印刷的迦梨陀娑,你们是他作品中的女主人公玛尔碧佳,买了诗集坐在转椅上阅读。不会闭着眼睛听朗诵,听了也不会给诗人戴个茉莉花环。

只要花一元两角钱买本诗集便万事大吉了。

---

① 毗迦罗玛迪德耶是印度古代著名诗人迦梨陀娑的名作《云使》中提到的优禅尼城的君王。

池畔

站在二楼窗口望得见池塘的一角。

帕德拉月①，池塘涨满了水，闪耀着草绿丝绸似的光泽，拖长的树阴在水中扭动。

池畔种了几畦水芹、芋头。微斜的堤坡上几株槟榔树面对面地站立着；岸边有夹竹桃，洁白的百合花，芳香的素馨花；被冷落在一边的夜来香，像穷人一样可怜。一排散沫花树形成天然的篱墙。

对岸是一片香蕉、番石榴、椰子树林；远处，绿树掩映的屋顶平台上，晾晒着一条纱丽。一个头缠湿毛巾、光着膀子的壮实汉子坐在石阶上垂钓，消磨时光。

不知不觉已是下午。

雨水濯洗的空中，斜阳没精打采，一副冷淡憔悴的样子。

风儿轻轻地吹皱了池水。文旦树叶闪闪发光。

我默默地注望，忽然觉得眼前是逝去的一天的虚影。穿过今时的栅栏的缝隙，许多年前的一个人的容貌在我脑际闪现。她的摩挲是温存的，言语是甜美的，一双黑眼的目光率直而迷人。她穿着素雅的纱丽，很宽的红贴边覆盖着她的双足。

她在花园里铺了一张苇席，用纱丽下摆拂去灰尘。她在芒果树、榴莲树下汲水时，喜鹊在枝头啼鸣，八哥翘着尾翎在枣树上跳跃。

我向她告别时，她未能流利地说几句话。

她立在门后，从门缝里目送路上我远去的背影，泪水渐渐模糊了她的视线。

做错事的孩子

你说我太溺爱迪努，为此你很恼火。

我喜欢他，只看到他顽皮，看不到他闯祸。我爱他，也生他的气，这决不是假话。

大凡人都这样，不是特别圆滑的话，缺点容易被发现。

倒霉的迪努淘气得让人讨厌，但他本质不坏。他的过失成堆，但不给

---

① 帕德拉月，印历五月，公历八月至九月间。

人以重压感。有时看他不怎么顺眼,心里却无反感。

他的情绪像一叶轻舟,顺风疾驰;夸赞他也罢,申斥他也罢,他都不允许持续太久,如同此岸的货物一转眼运到了彼岸,对他不构成压力,他也不对人施加压力。

他生性爱好热闹。他言语啰唆,难免讲许多错话,若无错话,他言谈的绵密的织锦会断裂。谬误不在他心里,而在他的语言里,懂了他的语法,不难理解这一点。

你说他爱挑刺儿,确实如此。

不过,他是用夸大、扭曲了的真实提出责问的。被他责问的人并不真坏,喜欢听他吹毛求疵的人比比皆是。他们是受责备的星云,他是专司责备的一颗星,他的光华来自星云。

归根结底,他秉性聪慧,但不善于缜密地思考,因而他可爱的罪过每每引起哄堂大笑。

而见到擅长判断是非、探究细微的人,这样的笑声必然戛然而止。同他们在一起,精神压力太大,忍受不了多久。直到他们偶尔疏虞暴露了缺点,才能松口气,精神上轻松一些。

现在再来诠释何谓考虑不周。

淘气包玛坎上梵文课前,把锅灰涂在椅子上。先生的衬衣后面蹭黑了。玛坎笑了,他的同学全笑了,唯独先生不笑。

愤怒的校长把玛坎赶出学校;校长态度极为严肃,是非观念极强。瞧着他这副模样,学生把笑声咽进了肚皮。

迪努不加思索地做错事,随随便便地做好事,错事好事都不放在心上。

他借东西不注意及时归还,别人借他的东西,他也从不上门催讨,事实上,他总吃亏。

记住我的话:要骂只管骂他,心里可得微笑,否则要酿成大错。

我不理会是非,我在近处看他,他是一个人。你在远处审视,把他置于解剖台上。

比起你来,我更多地数落他,更多地原谅他。我处罚他,但不流放他。我就这样留他在身边,你不要怪怨。

空隙

"量力而行,不可太劳累了!"耄耋之年,是对我的心讲这句话的时候了。

我开始适量地遗忘,让时间出现一些空隙。

孩提时代,我责任的墙壁有许多孔洞。我无羁地驰骋想象,游历帕拉兹①村庄,在京城摩羯陀登位,发布号令。

如今,我的心回归了那时忘事的疏懒之中。

我的朋友怕我健忘,把要做的事写在一张纸上,放在我的书案上。可我甚至忘记看这张纸,不在书案前坐下。生活是松弛的。

纸上没有注明天气已经转热,但不妨碍我意识到气候的变化。温度表喘着气暗示我关心一下扇子在哪儿,火车时刻表在哪儿。查看一下火车开往大吉岭②的时间,我却无动于衷。

中午,烈日当空,烤灼着原野。一阵阵热风卷扬着沙尘。

我视而不见。

仆人班纳马里只当此时关门符合名门望族的规矩,却受到了我的责怪。

下午四时,斜阳透过窗棂落在我的脚边。门房进屋询问有无要寄的信。我一摊手说没有,一瞬间,我有些惆怅,我应该写回信。

然而到了该把信交给邮差的时候,我的惆怅也随之消逝了。

花园曲径两旁的达迦尔花、玉兰花的资本尚未告罄,它们像聚在码头上的一群女人,你推我搡,互相嘲笑,欢乐了我花园的气氛。

杜鹃不住地啼叫,我真想劝它不必如此固执地逼我回忆森林里的幽寂,劝它经常遗忘,把空隙嵌入生活,不要损害记忆的名誉,使之不堪忍受。

我尚有追怀几多往事、几多悲伤的许多日子。通过这些日子的空隙,新鲜的春风融和晚香玉的孤寂的幽香,习习吹来;烤热的田头,榴莲树下的浓阴吹奏"悠远"的情笛,吹出听不见的凄婉。通过这些日子的空隙,我望见逃学的孩子在游逛,怀里抱着雏鸭下午独自坐在池畔石阶上;我望见

① 帕拉兹是印度神话中黑天居住的地方,后来黑天在摩羯陀城登基。

② 大吉岭是印度避暑胜地。

新嫁娘在写信,写了又撕,撕了又写。一丝笑容浮上我的面庞,随即是一声沉重的叹息。

新居

马俞拉基河畔,我养的梅花鹿和小牛犊整天形影不离,情深义厚,两者的关系跟耳鬓厮磨的红松、穆胡亚树一样。红松和穆胡亚树的叶子同时落在地上,落在我的窗台上。

上午,阳光把挺拔的棕榈树的影子,悄悄地投落在我房间的墙上。

沿河踩出了一条红土路,野花落在尘埃里。文旦花熏香了空气。查鲁尔树、火焰树、曼陀树竞相开花,争艳斗奇。小篮似的萨兹纳花在风中摇晃。青藤爬满了马俞拉基河边的篱笆。

红石阶爬进了河水。码头旁立着粗壮的金色花树。我架了座竹桥,桥头的玻璃盆内种了素馨花、茉莉花、晚香玉和白夹竹桃。桥下深水里的石块清晰可见,洁白的鹅在河里游弋。棕黄的奶牛和杂色的小牛在马俞拉基河边吃草。

屋里铺着茶色缀花浅蓝色地毯,橘黄色墙壁画了黑边线。

我每日坐在游廊东侧,迎候旭日升起。

我的芳邻清脆的嗓音,像舞女手镯的闪光。她家的茅屋顶爬上了牵牛花藤。我从未请她唱歌,但常常听她唱得很动情。

她丈夫忠厚、热情,爱读我的作品。同他开玩笑,他在恰当的时刻恰如其分地嘿嘿一笑。他说的话极为通俗、平易,可是有一天夜里十一点左右,在马俞拉基河边的红木林里,他说了一句意味深长的话,叫人不得不眨眨眼假意夸他是一位诗人。

屋后是几畦菜地,两亩稻田,一座树篱环围的芒果、波罗蜜果园。

拂晓,我的芳邻哼着小调从牛奶里搅制黄油。她丈夫骑着红鬃矮种马,去巡视农活。

河对岸的土路钻进茂密的树林里,从那儿隐隐传来绍塔尔族人的笛声。

冬天,耍蛇艺人在马俞拉基河畔搭起简易帐篷。

其实,马俞拉基河畔现在、将来都建不成我的新居。我从未见过马俞拉基河,从未亲耳听见它的名字。它的名字是眼皮上抹了幻觉的乌烟,用想象的目光看见的。

不过,我觉得我在这儿待不下去了。我恬淡的心灵期待着辞别这里的一切,前往马俞拉基河畔。

溺死的男孩

村里一个十来岁的男孩,颇像残壁下的一棵野草——没有园丁照料;既领受阳光、空气、雨露的爱抚,也忍受尘埃、虫豸的骚扰;山羊啃一口,黄牛踩一脚,非但不甘心死,反而长得茎秆粗壮。

他爬树打酸枣,掉下来摔断了骨头。

他误吃了含毒的野果,头晕目眩。

祭神节他去看彩车,彩车不曾看见,自己不知道到了什么地方。他又累又饿,倒在地上,昏死了又活过来。他迷了路,衣服撕破,满面灰尘,最后回来了。

他被人打,被人骂,人家一松手,他撒腿跑得远远的。

浮萍拥挤的水泽边,单腿立着一只丹顶鹤,黑乌鸦在棘条上颤悠,白鸢凌空翱翔。渔民把竹竿插入河里,布网捕鱼。

鱼鹰惊觉地蹲在竹竿顶端,鸭子潜水觅食螺蛳。

下午,粼粼碧波分外迷人。绿藻荡漾,鱼儿追逐嬉戏。更深的水下住着龙女么?听说她用金梳梳理颀长的黑发,波光现映出她妖娆的身姿。

他起了潜水的念头,那透明的绿水,多像龙女柔腻的肢体!他对一切感兴趣,不管里面究竟是什么。

他纵身入水,水草缠住他的手脚。他呼救,呛水,沉入水底。

听见水边放牛的孩子惊叫,渔民急忙撑船过来营救。把他打捞上来时,他直挺挺地不动了。

此后好几年一想起他,我就恍恍惚惚,眼前金星闪烁,四周一片昏黑。心里却清楚地看见那个自幼丧母的男孩。

有趣的是,他说的话至今不死!

我听见他在怂恿他的伙伴:"下水看看,腰里结根绳子,一下水就把你拽上来。"

他极想体验跳水的滋味。

他的伙伴不敢。他鄙夷地骂:"胆小鬼!"

他像小动物似的潜入账房先生的果园。是的,他挨了几拳头,但远比不上他吃的黑浆果的数目。

这家人骂他:"不知羞耻的野猴!"

有什么可羞耻的!

账房先生的瘸腿儿子抡起拐杖打黑浆果,捡了一篮,放开肚皮吃。他打断树枝,打烂果子,他知不知羞耻!

有一天帕克拉斯家的二小子拿着万花筒对他说:"你看里面是什么。"

他看见斑驳的颜色,晃一晃,又一个花样。

"大哥,咱俩换吧。"他提议说,"我给你一个磨光的贝壳,削生芒果皮,可快了,另外再送你一个芒果核做的哨子。"

万花筒没有给他。

他不得不采取偷的办法。

他不是贪心。他不想永远占为己有,只想看看里面的缤纷世界。

枯登哥哥拧着他的耳朵审问:"你为什么偷?"

"他干吗不给我?"倒霉鬼反问,那口气分明要帕克拉斯家的二小子承担他偷万花筒的责任。

他心里没有恐惧,没有仇恨。

他嗖地捉住一只大青蛙,扔在果园埋木桩的深坑里,逮虫子喂养。

他把甲虫放在纸盒里,喂牛粪末儿,别人想扔而不敢下手。

他上学口袋里装着一只松鼠。

有一天他把一条水蛇塞进先生的抽屉,心里说看看先生见了水蛇是啥样子。

先生打开抽屉,魂飞魄散,狼狈逃窜。

值得一看的逃窜!

他养的狗不是名门出身,是纯孟加拉种,神态、举止跟主人相似,经常食不果腹,除了偷窃别无他法。头一回偷就被打断一条腿。

大概是报应,打手家的黄瓜竹架同一天被打得稀里哗啦。

这只狗夜里不躺在主人的床上睡不着觉,主人不抱着它也难以入眠。

一天它伸嘴去吃邻居家摆好的饭菜,灵魂踏上了黄泉路。

他满怀悼念的悲恸,人前却不掉一滴泪。他偷偷地哭了两天,从此茶饭不香,再没有偷吃账房先生家果园里熟酸果的兴致。

他把一只破锅扣在邻居七岁外甥的头上。头顶破锅，那小孩的哭叫听上去像榨油厂的汽笛声。

他走进有钱人家总被轰出门。只有养奶牛的女人希杜招呼他进屋喝碗牛奶。她儿子已死了七年，年龄同他只差三天，和他一样皮肤黝黑，一样的塌鼻头。

他也跟希杜阿姨捣蛋——剪断牛绳，藏茶壶，把她的衣服弄得黑不溜秋。他要看各种试验的结果。旁人看不过，代她管教，她反倒为他辩解。他的顽皮激起她慈爱的波浪。

阿姆比格先生沮丧地对我说："他是块榆木疙瘩。小学课本上您的诗，他一点也不喜欢读。淘气地把那几页撕了，还说是耗子咬掉的。真是只不可教化的野猴子！"

"责任在我。"我说，"假如有一位他的世界的诗人，这位诗人写的诗歌的旋律必定融和甲虫的鸣声，他读起来就津津有味了。我何曾写过货真价实的青蛙的故事和他那只秃顶狗的悲剧！"

旅伴

世界上不缺少不美的人，比起不美的人，我的旅伴有过之而无不及。这委实是件稀奇事儿。

他的秃顶与年龄不相称，所剩无几的头发也已斑白。两只小眼睛没有睫毛。他皱着眉头东张西望，好像在稻田里拾稻穗。他的鼻子高而宽，占据了四分之三的脸盘。额头宽阔。左鬓发毛脱尽，右眼上眉毛消失。唇髭胡须剃光的脸上，裸露着造物主塑造的粗疏。

餐桌上谁粗心丢失的扣针，他拿起来别在自己的西服上。女旅客见状，转过脸去吃吃地笑。他收集落在地上的捆包裹的绳子，接起来绕成一团。别人乱扔的报纸，他叠好放在桌上。

他用餐非常谨慎。他口袋里装着一瓶开胃的药粉，坐下吃饭，先把药粉倒在水里饮服。用完餐，再服一粒助消化的丸药。

他寡言少语，说话有些结巴，一开口让人感到他是个傻瓜。别人在他面前议论政治，大放厥词，他默不作声，无从知道他是否听懂了一些。

我与他在一艘客轮上共度了七天。

有些旅客无端地讨厌他，画漫画讥嘲他，把他当作一块笑料，俏皮话越说越刻薄。他们每天用新的言词塑造他的形象,以荒唐的想象丰满他这件作品,来弥补上帝创造的漏洞造成的某些部位的失真,并坚信这是纯正的真实。

有些人猜他是个经纪人,有的说他是橡胶公司的副总经理,猜测激发了打赌的兴趣。

不少旅客对他敬而远之,他已习惯了他们的冷淡。旅客在吸烟室打牌赌钱,他对他们也敬而远之。他们在心里骂他:

"吝啬鬼!下贱胚!"

他与船上的吉大港的水手混得很熟。水手用水手的语言说话,不知他操的什么语言,好像是荷兰语。

早晨,水手用橡皮管冲刷甲板,他也跳来跳去地帮忙,笨拙的动作招致善意的哄笑。

有个少年水手皮肤黝黑,双眼乌亮,头发曲卷,身材单薄。他送给他苹果、桔子,给他看画报。旅客们对他有损于欧洲人尊严的举动大为恼火。

客轮停靠在新加坡港。他把水手叫去,分发香烟,每人一张十美元纸币。送给少年水手一根镀金手杖。

他与船长道别后,匆匆走下码头。

这时他的真实姓名传开了,吸烟室里玩牌人的心中发出了"啊呀啊呀"的惊叹。

不同的童年

厨房是希罗娜阿姨的活动天地。

总见她夹着两只铜罐到池塘边汲水。筑了石阶的池塘,离厨房不过两铜罐的距离。

她那丧母的外甥整天光着脊梁,脑袋里进不去任何忠告。这个无正经事可做的淘气包,俨然是池塘的主人。一高兴就跳进池塘,一面游泳一面朝天上喷水。他站在石阶上用瓦片打水漂;折根竹竿煞有介事地坐着钓鱼;爬树摘黑浆果,扔的比吃的还多。

人们说头秃了三分之二的胖地主才是池塘的真正主人。他十点前在前胸后背抹些油下水洗澡,身子猛地往水下一缩,泡两下赶紧上岸,念叨着杜尔迦女神的圣名,穿过竹林回到家里。他正在打一场官司,忙得不可开交。池塘写在他的田契上,但尚未纳入他管辖的领地。

希罗娜的闲得难受的外甥,统管着树林、沼泽、荒地、沉船、破庙和罗望子树最高的枝梢。

他骑上在果园里吃草的洗衣人的驴,用竹鞭抽得它飞奔起来。他得意地领略赛马的乐趣。驴要尽驴的责任,而他无事可做,翻身上驴,这畜生连同四条腿就归他了,不管法官怎样判决。

做父母的均指望儿女读破万卷书,日后高官厚禄,光宗耀祖。

所以,教书先生派学生头领把逃学的他从驴背上揪下来,拖着穿过竹林,送进教室。

他的王国在集市、河埠、旷野。此刻,他被四壁包围,神思被粘到书页上。

我也曾经是个孩子。

天帝也为我创造了河流、田野、长空,可惜没有利用的机会,丧失了存在的价值。在儿童广阔的世界里,没有我的一席之地。

我的巢筑在旧楼的一角,不许随便走到巢外。

仆人们哼着地方戏曲做枸酱包,随手把红艳艳的液汁抹在墙上。

大理石地板擦得光滑、铮亮,百叶窗帘雅致非常。楼下是砌了石阶的池塘,靠墙有一行椰子树。发髻蓬松的老榕树把粗硕的根深深地扎入池塘东岸的地下。

上午,左邻右舍的人来沐浴。下午,闪耀着阳光的水面上,游弋的鸭子用喙抚理翅羽。

时光潺潺流逝。

苍鹰在天空盘旋。年老的布贩子敲着铜盘沿街叫卖。恒河水通过引水渠流入池塘。

在广阔世界里儿童加冕为君王,而我生下来是个穷孩子。我只能在我内心的渴望里,眼睛的远望中,池水的波光下,榕树的气根拥抱的凉荫里,椰子树摇动的枝条上,远处晒太阳的露台上做我的游戏。

悉多得到肌肤如芊芊嫩草一样细腻的罗摩的消息的那天,神猴诃努曼进入无忧树林。我的诃努曼每年雨季驾着湿润淡蓝的新云来临,搅得天昏地暗。从它黑洞洞的口腔里,传出我无法前往的远方的信息。

高楼包围的一方哀戚的云天,木然地俯视着我,胸脯隆隆地起伏。浓黑的乌云像振鬃眦目的野狮,跃过榕树的头顶。池水吓得瑟瑟战栗。飓风和林莽里,腾起儿童生活中被压制的活力。东方海岸空中获释的博大的神童①,飞来与我结为好友。

哗哗地下起雨来,一级级石阶沉入水中。

夜里雨越下越大。我躺在床上,闻到飘入窗口的潮湿的林木气息,庭院里积了齐膝深的水。屋檐口涌出一股股粗大的水流,滚下去与地上的积水汇合。

早晨,我跑到南窗口,只见池塘已是一片汪洋。外溢的池水汩汩地流过果园,木苹果树那头发散乱的脑袋孤零零地挺在水面上。

街坊们喧嚷着跑出去,用长毛巾和披肩逮鱼。

直到昨天,池塘和我一样是个囚徒。上午,下午,形态各异的树阴溶入水面,流云用阴影之笔短促地在水面上划一下。透过榕树叶缝的阳光,像用金勺子泼到池水中。池塘泪光滢滢地仰望着高空。

今天,它自由了,如身穿赭色道袍的游方僧,周游四方。

我的几个哥哥跳上池塘边的木船,解缆划桨,从池塘划进胡同,从胡同划到大街上,以后不知划到哪儿去了。

我的思绪追随着颠簸的木船。

黄昏来临。

云影与暮色交融,又与池水中榕树的黑影融为一体。

路灯亮了,朦胧的灯光罩着路面。家里玻璃罩灯的火苗畏葸地颤抖着。浓重的幽黑中隐隐望见的晃动的椰子树枝,似鬼魅的暗示。胡同两旁的房屋大门紧闭,一两扇窗户泄涌出来的微弱的光线,好似松惺眼睛的呆滞的目光。

不知何时,一切沉入昏眠。

深夜,万籁俱寂。游廊里更夫萨罗卜隔一会儿欧欧地喊几声。

每年的雨天振奋我的心绪,摇荡我的歌曲。

娑罗树叶在絮语,棕榈树枝在鼓掌,翠竹在轻晃。七叶树和豆蔻树的花瓣纷纷飘落。

---

① 指云。

家家户户那些和我小时候一样的孩子，在往风筝线上抹特制的胶水。他们的心事只有他们知道。

普通的姑娘

我是深闺内院里的女子。

您不会认识我的，萨拉特先生①。

我拜读过您最新的小说《枯萎的花环》。您笔下的女主人公埃鲁克茜三十五岁溘然去世。她曾与二十五岁的情敌激烈搏斗，我看得出，您非常仁慈，您让她赢得了胜利。

现在说说我自己。

我年纪尚小，但韵华的魅力已打动了一个人的心，得知这一情况，我激动得浑身哆嗦，忘记了我是个普通的姑娘。和我一样的孟加拉姑娘千千万万，她们也秀丽可爱，拥有妙龄的神咒。

我恳请您写一部关于一位普通姑娘的小说。她陷入巨大的悲痛之中。如果她心灵深处沉淀了非凡的情感，她该如何昭示？有几个男子能把它发掘出来？他们的眼睛为花容玉貌所眩惑，但他们的良知并不探寻真实，我们以蜃景的价格出卖我们自己。

容我说明一下我说此话的根由。

您可以假设看中我的那一位叫纳雷斯。他一本正经地告诉我，还没有第二个姑娘像我这样漂亮从而能够映入他的眼帘。我既没有勇气相信也没有决心不相信他的赞辞。

后来，他去英国留学。

我偶尔收到他的来信。

我常常胡猜乱想：罗摩啊罗摩，成群的英国姑娘出入公共场所，她们个个出类拔萃、聪慧过人、神采飞扬，她们已经发现了昔日埋没在印度百姓之中的纳雷斯？

果然，上回他来信说与丽姬一道下海游泳。丽姬像乌哩婆湿似的浮上水面时，他情不自禁地朗诵了孟加拉诗人赞美乌哩婆湿的诗句。然后，他俩并肩坐在沙滩上，面对翻涌的蓝色海浪和满天明丽的阳光。

---

① 萨拉特先生是著名孟加拉语小说家。

丽姬语调徐缓地对他说:"你来的那天和你回国的日子,好似贝的两张壳,让一颗罕见、浑圆的泪珠充填其间吧!"

她委婉地表达爱慕的手法何等高超!

纳雷斯还在信中写道:即便她胡诌,那又何妨!说得实在太感人了,嵌玉的金花难道是真花?但何尝不给人以美的享受!

您明白了吧。他信中比喻的隐义,像无形的钢针刺入了我的胸膛,并且提醒我,我是个普通的姑娘。

我没有回报门第高贵的情人的足够资本,唉,我无力改变现状,终生是个债务人。

萨拉特先生,求求您,写一部关于普通姑娘的小说吧!这个不幸的姑娘必须同六七位才貌出众的女性竞争,如同俱卢战场上阿周那之子阿维马努单枪匹马与七位凶悍的骑士厮杀。

我知道厄运已落到我头上,我已经输了。但请您允许您笔下的女主人公代替我获胜,使我读了扬眉吐气。

让您的生花妙笔传递檀香般芬芳馥郁的喜讯吧!

为您的女主人公起名马拉蒂,这也是我的名字。不必担心被读者发现,孟加拉平原上有无数个马拉蒂,都是可以信赖的心地淳朴的姑娘。她们不懂法语、德语,只懂得委屈落泪。

您准备如何让她获胜?

您的灵魂高尚,您的笔触神圣。也许您打算导引她走上自我牺牲的道路,忍受不堪忍受的痛苦,和沙恭达罗一样。

原谅我吧,萨拉特先生,让她下来站在我的位置上。长夜的黑暗中躺在床上,她向天帝祈求的巨大恩典,不会赐给我,但您的女主人公可以得到。

写纳雷斯在伦敦混了七年,处在水性杨花的女人的包围之中,一次次考试不及格。

然后,您的笔锋一转,写马拉蒂在加尔各答大学数学考试中独占鳌头,获得硕士学位。但您如果在这儿收笔,您小说之王的桂冠会被玷污。

不要管我处境如何艰难,不要收缩您的想象力。你和天帝一样是不吝啬的,送马拉蒂去欧洲。写那儿的一群学者、圣哲、英雄、诗人、艺术家和君主簇拥着她,像天文学家发现星球那样发现她不单才华横溢,而且性情温柔。

不是在愚昧的国度,而是在有圣人、慈善家,有英国人、德国人、法国人的地方,揭示她征服世界的魔力的奥秘;举行举世瞩目的盛大集会,对她表示热烈欢迎!

描写她头上落下赞颂的甘霖,她落落大方地穿过人群,像海面上滑行的一艘帆船。人们看了她的眼睛,交头接耳地说印度的雨云和阳光交融在她迷人的眼神里(顺便说一句,造物主的爱怜确实溶化在我的眼神里,不过我必须承认,命运尚未让我遇到欧洲的有识之士)。

纳雷斯和那些出类拔萃的女士尴尬地站在会场的一角。

以后呢?

我的故事到此结束。

我的梦幻破灭,可怜啊,普通的姑娘!

唉,白白浪费了天帝的创造力!

名声

尼斯兄:

我十九岁那年,你二十五岁左右,已出版了两部长篇小说:《康达姑妈》和《潘珠的怪癖》。此外,《时代的车轮》月刊上正连载你的小说《血痕》。

你的成就轰动了全国。

我在学院的文学研讨会上赞扬你比般金·钱德拉·查特吉①更伟大,引起了一场打破脑瓜的混战。

我哥哥揶揄我是你盲目的崇拜者。

大学毕业之后,我搞到了县长助理的差使。不久,全国掀起如火如荼的反殖爱国运动,我毅然辞职。

之后,我交了好运,成为你的挚友。过从甚密的那段日子里,我不曾说过你一句坏话。我甚至假笑着袒护你大大小小的缺点,把它们化入你的崇伟之中。

我深知你最擅长塑造瑕不掩瑜的风云人物。你一再地督促我:"提笔

---

① 般金·钱德拉·查特吉(1838—1894),孟加拉语近代文学创始人。

写小说吧,在作家的舞台上,你本应有尊贵的席位,是你的自卑感,使你屈辱地坐在读者的长凳上。"

于是,我犹犹豫豫地拿起了笔,开始练习写作。

我第一部小说以我们这个时代为背景。主人公是邦迪加达地区被追捕的政治犯。他潜伏了七个月,有一天深夜冒着生命危险回家看望母亲。他的亲叔叔向警察告密。他在一个渔家女的草房里躲了几天。他叔叔提供了可靠的情报,致使他落入敌人之手。渔家女作了伪证,也被捕入狱。他叔叔爬到了副县长的位置上。

你读了我的小说,赞不绝口,亲自把稿件送到编辑萨姆普·桑德尔家里,要他马上在《时代的车轮》上发表。

果然,小说第二个月开始连载。

如同干芦苇塘着火迅速蔓延的火势,我很快蜚声文坛。《短笛》杂志上一篇评论文章中写道:"在这位文坛新星前,著名小说家阿苏先生黯然失色了。"

你读完开心地一笑。

《番查加那》杂志上发表的拉地甘达·迦斯的文章说:

"孟加拉文苑终于诞生了真正的传世之作。"

你看了这篇文章没有笑。

之后,你我之间蔓生了名声的荆棘。

此刻,请听我一句话,我的名声是在"现代疯狂"的薄土中滋生的,根子扎得不深,不结果实,只有叶子的茂密,原因是不懂得虚怀若谷。

你塑造的主人公潘珠是孟加拉的堂吉诃德,他的怪癖将千秋万代遗传给不同肤色的狂人。

我小说中的主人公贡杰拉尔像一个爆竹,在空中一闪便熄灭了,只能迷惑傻瓜的眼睛。

我知道你是多么崇高。我岂能为窃取虚假的荣誉的资本而出卖你的友谊。

打开纸包看吧,里面是我作品的灰烬。

我的作品明天必是一撮尘土,干脆今天就付之一炬!

短笛

卖牛奶的吉努居住的小巷边有一幢二层楼房,一楼窗户钉着铁条。湿漉漉的墙壁泥灰驳落,到处是褐色的斑痕。用美国布做的门帘上画着财神迦奈斯。除了我,租用一楼房间的还有一个生灵——蜥蜴,它与我的区别在于它不缺少食品。

我是商业厅最年轻的文书,月薪二十五卢比。下班后辅导"达特"种姓人的孩子复习功课,报酬是一顿便饭。然后到瑟亚尔达车站消磨黄昏,省下点灯的花销。听到哐当哐当的车轮声,汽笛声,旅客的喧嚷声,苦力的叫喊声……挨到十点半钟,才返回黑糊糊凄冷的住所。

我姑母的村庄坐落在达勒斯瓦利河畔,她的侄女曾与我这个命途多舛的人缔结姻缘。成亲的吉期在迩,我"犯上作乱"的罪行败露,只得仓皇出逃。新娘摆脱了"灾难",我亦如此。

新娘未能步入洞房,但每日在我的心房进进出出。她身裹达卡绸纱丽,眉宇间是一颗硕大的吉祥痣。

近来,阴雨绵绵,电车票价又涨了,薪水却被克扣。小巷角落里,榴莲和芒果的皮核、鱼鳍、小猫的尸体、炉灰……堆积着,腐烂着。

我使用的多孔的旧伞,其现状颇似七扣八扣的薪金。办公室沉闷的氛围里的唯一装饰品,是膜拜保护大神毗湿努的乐天派库比康特的俏皮话。

淫雨的黑影潜入潮湿的斗室,像堕落陷阱的困兽,昏迷不动。白天黑夜,我感到与半死不活的世界死死捆在一起。

住在巷口的甘达先生,有一头细心梳理的波浪形黑发和一双大眼,性格豪爽,自小爱吹笛。岑寂的午夜,夜色阑珊的拂晓,光影交叠的下午,小巷恶浊的空气中,常萦绕他的笛音。有天黄昏,他吹起沉郁的"兴都"、"巴鲁亚"曲调,暮空弥漫着万古不变的离愁。顷刻之间,小巷恍如哀绝的醉鬼呓语般的虚幻。我陡地感到,我——穷文书哈里帕特,与莫卧儿的皇帝阿格巴尔无甚区别,破伞与华盖循着凄婉的笛音一齐飞向天国。

这笛音听来尤为真切动人的地方,流淌着达勒斯瓦利河。无尽的黄昏,河畔黑棕榈的浓阴里,菜园里,她在等待,身裹达卡绸纱丽,眉宇间是一颗硕大的吉祥痣。

步步高升

楼梯口左面的走廊里,我每天上午跟尼勒穆尼学习英语。

破墙旁边有棵高大的罗望子树,结果的季节,猴子在树上蹦来窜去。

我的目光不由自主地离开英语课本,追踪猴子摇动的尾巴。每每此时,先生拧我的耳朵,以证实我与红眼猴在理性上的差异。

放了学,我在植物家族里执教。

园子里有黑浆果树、酸果树、一排槟榔树。沿墙自生的一棵幼枣树是我的学生。

我用板尺一面揍枣树一面训斥:"瞧你这笨蛋,参天的黑浆果树结果了,可你又矮又小,不求上进!"

我恭听父亲的教诲,常听见"上进"两个字。听他一再地讲拾破烂的卖一篮篮碎玻璃,最后成为百万富翁的故事,"上进"的概念在我眼前变得具体而清晰。

人无不想成为富翁,起码也得像巴吉德普尔镇放高利贷的帕珠·马雷克那么富裕,连同黑浆果累累的园子,我家这幢楼房已经典押给他了。

我天天教育枣树,要以帕珠·马雷克为楷模,快快长高。

我一天两次用棍子测量枣树的高度。

我的火气越来越旺,它却视而不见,不长高,也不结果。盛怒之下,我挥舞木棍噼里啪啦狠狠揍了它一顿。我越拧它的耳朵,它的叶子落得越多,进步越是缓慢。

这时,我当税务员的父亲调到了巴尔达曼县,我转入加尔各答一所高级英语学校,起步向高官显爵的顶峰攀登。

父亲谢世不久,我在秘书处奠定了步步高升的基石。

可是妹妹已到了出嫁的年龄,我不得不托人求情,借了一大笔债,好歹操办了她的婚事。

我的婚事也有了眉目,明年二月九日,新春的暖风体内体外吹拂的时光,就……

晴天霹雳,我被人从我的职位上撸了下来。

我的境况恰似害虫啮噬的、外表光亮的生果子,狂风袭来,咚地坠地。

春天的花事出了问题,只怨我时乖命蹇。

公事房的财神别转脸不再垂青于我,家里的财神早已另觅新筑的金莲台了。

我拿着文凭四处寻找工作,奔波了数日下来,我形容枯槁,眼光呆滞,肚子瘪了下去,鞋跟断裂,肤色和旧床单相近。

我登门向达官贵人求助,几乎跑断了腿。这时我突然收到一封信,因借款到期无力偿还,放高利贷的帕珠·马雷克依法没收了我家典押的房产。

我匆匆赶回老家,上楼推开窗户,碰到一根树枝。我心里恼火,用力一推,一看,原来是我的"学生"。

枣树枝繁叶茂,向我表明它已"高升"了,同上门占房的帕珠·马雷克一模一样。

朝觐者①

我们冒着严寒启程。

这是时机最糟糕的极其漫长的旅程,道路迂曲,朔风刀一般锋利,寒冷不可抵御。

驼峰磨伤、脚痛难忍、脾性暴烈的骆驼,不时趴卧在融化的冰雪上。

想起春天山底下的宫苑,衣着华丽、手擎盛满芳醴的杯盏的名媛淑女,心里好不沮丧。

牵骆驼的脚夫骂骂咧咧,怨声不绝,一个个溜之大吉,寻找烈酒、女人去了。

火炬已经熄灭,找不到打尖的旅舍,路经的城市满布敌意、猜疑;村落肮脏,且漫天要价。

困难重重!最后我们决定通宵赶路,累了打个盹。听见谁在唱歌,准是疯子!

黎明时分,我们进入凉爽宜人的山谷,雪线下是潮湿的沃土,空气中弥漫着浓郁的林木的气息,山涧淙淙流淌,水车的叶片拍击着幽暗。

天边屹立着三棵树。浑身雪白的老马在山坳奔驰。我们走到门上挂着葡萄藤的酒肆前,只见两个人脚踏着空酒坛,在洞开的大门口掷骰子赌钱。

---

① 本篇为译诗,原诗作者:t. s. 艾略特。

打听不到任何消息,我们继续前进。时光飞逝,傍晚,我们到了目的地,应该说,这段经历是令人满意的。

这一切仿佛发生在邈远的往昔,又仿佛是有意发生在现在,写下,请写下这句话——如此迢遥的地方牵引我们来寻死还是觅生?

"生"已有过一回,我们有不容置疑的证据。

在这以前,我见过"生"也见过"死",自忖两者不是一码事。

然而,这"生"是非常冷酷的,它的折磨是惨毒的,像死,像我们的死。

我们返回自己的国家,返回自己的王国。但在陈规陋习中,没有丝毫的安宁,周遭不可亲近的人抱着各自的神像。

我死了反倒轻松。

儿童圣地

一

几更天了?没有回答。

蒙昧的光阴在亘古的迷津里徘徊,望不见陌生的路的终端。

山底下的冥暗像倒毙的恶魔的眼珠,矮矬的浓云压迫苍穹的胸脯,洞穴里一团团黑雾犹如剁碎的夜阑的肢体。

天边刺目的火光,忽明忽灭,那是无名煞星红眼的窥视?

抑或是原始的饥渴伸抖着的滴血的舌头?

"蜕变"的泪滴般的狼藉的杂物,仿佛是生灵未完的游戏的残骸;是恣意挥霍的权势的破损的牌楼,湮没的河道上被遗忘的腐朽的桥梁,神祇离弃的天祠里蛇洞迂曲的祭坛,未做成便腐蚀了的隐入虚无的阶梯。

蓦地,传来石破天惊的巨响,那是禁锢的山洪冲出隘口的轰鸣?还是疯狂旋舞的苦修者高诵的骇人的经咒?大火包围的森林自毁的惨叫?

可怕的喧嚣下面,流动着轻微的音流,好似火山喷发的熔岩,里面熔合着嫉贤妒能的窃窃私语、卑鄙的飞短流长、愚蠢的尖利的傻笑。

那里,人像历史的纸屑,随风飘荡。火炬的光影中,他们满面是恐惧。

一天,无端的猜疑驱使一个狂人一刀砍死他的邻居。不公正的裁决立即激起广泛的愤怒的争吵。

一个妇人绝望哀号:"唉,唉,我们迷失方向的儿子堕落了。"

一个美女裸露着洋溢青春的美酒般醇香的芳躯,格格地笑道:"区区小事!"

二

虔诚者坐在山巅皎洁的宁静中,不眠的目光寻觅星光的暗示。

云团凝聚,夜鸟哀鸣飞翔的时刻,他说:"别害怕,兄弟,记住人是伟大的。"

他们不以为然地说:"太初的力量是兽性,兽性是恒久的。诚实实际上是自欺欺人。"

蒙受打击时,他们惶恐地打听:"兄弟,你在哪里?"

听到的回答是:"我在你身边。"

黑暗中不见他的身影。他们议论纷纷:"那话音是陷入恐惧产生的幻觉。"虚妄的自慰。

在暴虐的荆棘丛生的大漠里,为占有海市蜃楼,人们累世经代地互相残杀。

三

云散天晴,东方地平线上跃出了启明星。大地的胸膛徐呼出一声惬意的长叹。林径上荡漾着绿叶簌簌的絮语,鸟儿在枝头唱歌。

"时辰到了。"虔诚者肯定地说。

"什么时辰?"

"启程的时辰。"

他们不解其意,坐着胡猜乱想。

晨曦的爱抚渗透泥土深处,世界的根须里泛起生命的活力。一种轻微的声音传入大家的耳朵:向"完美"的圣地进发吧!

这激动人心的崇高的声音迅速在人群中传播。男人仰望天际,女人合掌覆额,孩子拍巴掌嬉笑。

红日在虔诚者的眉宇间描了个金色的吉祥痣。

人们齐声欢呼:"啊,兄弟,我们赞颂你。"

四

旅人从各个角落出发——

从尼罗河流域,从恒河之滨,从西藏冰冷的河谷,他们漂洋过海,翻山越岭,穿过无路的沙漠,在葛藤如网的密林里开辟道路,向城墙环护的都市大门前走来了。

他们有的徒步,有的骑马,骑象,骑骆驼。

有的战车上飘扬着中国的绸旗。

皈依不同宗教的教徒诵念着不同的经文焚香前行。

护卫帝王的军卒的刀戟寒光闪闪,擂响的鼓声如同雷鸣。

托钵僧披着破烂袈裟,王公贵族身着耀眼的缀金缎带绸袍。

健步如飞的求学的年轻人推着为学识的荣誉和高龄的重荷压得步履蹒跚的老学究。

无数母亲、处女、新娘说说笑笑,托着盛放白檀香膏的圆盘,提着灌满香水的铜壶。

行列里还有跛子、瞎子、病人、残疾人,娇声娇气、香水味儿刺鼻的妓女,出售神灵、道貌岸然的宗教商贾。

何谓"完美"?!

无人讲得清楚。以往所作的阐释,不过是在私利上粘贴高尚的标签,赋予无上的价值,为有恃无恐的盗窃带来无穷的机会,以龌龊肉体的不倦的贪欲构筑臆想的天堂。

五

乱石横卧的山路崎岖、艰险。

虔诚者在前面带路,身后是强者、弱者、年轻人、老年人、统治者、半饥半饱的农夫……有的脚底起泡,精疲力尽,有的满腔愤懑,有的产生怀疑。

他们计算迈出的步伐,不时询问:"还有多远?"

虔诚者以歌声作为回答。

他们听他唱歌,皱起眉头,但不敢走回头路。

人流的惯性和朦胧的希望驱策他们向前。

他们减少睡眠,缩短休息时间,展开互相超越的激烈竞赛,唯恐落后蒙受欺骗。

一个个黄昏尾随白昼来临,一条条地平线落在身后。未知的邀请以看不见的信号向他们招手。

他们的表情变得冷峻,抱怨越来越刺耳。

六

入夜。

跋涉了一天的人们在榕树底下铺席坐下。

一阵风吹灭了灯,黏稠的黝黑宛如昏眠。

人群中呼地站起一个人,指着带路人吼道:"骗子,你骗了我们。"

一个个喉咙迸发出严厉的责问,女人们咬牙切齿,男人们破口大骂。末了,一个胆大的以迅雷不及掩耳之势猛击他一拳。一个个人站起来,拳脚相加,他失去生命的躯体倒在地上。

死寂的夜,远处隐隐传来涧水声,空气中浮荡着淡淡的茉莉花香。

七

旅人们惊慌失措。

女人嘤嘤啜泣,男人厉声呵斥:"别哭!"

挨了鞭子的狗惨叫一声,停止狂吠。

长夜漫漫。

男男女女激烈地辩论,谁应承担责任?

他们吼叫,咆哮,行将拔刀动武的时候,夜色稀薄了,霞光掠过山峰,布满天空。

他们骤然平静下来。

太阳伸手痛惜地抚摸血迹斑斑的死者的安详的额头。

女人们放声大哭,男人们双手捂脸。有人想溜之大吉,但挪不动脚,罪责的锁链把他与无辜的牺牲品拴在一起。

他们痛楚地互相问道:"谁为我们指路?"

"我们打死的人为我们指路。"东方的一位老人说。

大家默默地垂下头。

"怀疑使我们抛弃了他,"老人继续说,"暴怒使我们杀害了他,现在爱使我们又接受了他,他的死使他在我们的生活中复活,他是伟大的死亡的战胜者。"

他们全站了起来,齐声高呼:"胜利属于死亡的战胜者!"

八

年轻人呼吁:"向爱和力量的圣地前进!"

千万个喉咙迸发誓言:"我们要战胜今世和来世!"

他们看不清楚目标,但怀有一致的热情。他们共同的炽热愿望藐视着死亡的危险。他们不再问路有多远,他们心里没有疑虑,走路不感到疲劳。

死去的引路人的灵魂在他们心里,在他们的前方。他超越死亡,跨越生命的界限。

他们走过播下种子的农田,经过装满谷物的粮仓,穿过消瘦的企望重新充盈生命力的贫苦的土地,沿着人口密集的城市的通衢大道前行,越过渺无人烟的沉寂的荒原,那里既往的岁月静默地将破碎的功绩抱在怀里。他们目睹的破落户的颓垣后面,卧榻曾嘲讽食客。

途中熬过了烈日烤灼的漫长的时光,夕照黯淡下去的时候,他们问预言家:"前方是不是我们至高希望的阙顶?"

"不,那是暮云的峰峦上的落日的余晖。"预言家说。

年轻人鼓励道:"不要停步,朋友,踏尽夜的黑暗,我们将抵达光的国度。"

他们摸黑前进,路意识到了使命,脚下的尘土以无声的触抚指示方向。

通往仙界的天衢上,星斗以无声的歌词鼓舞他们:旅伴,勇往直前!

引路人凌空传递信息:快到了。

九

第一抹朝晖在沾露的树叶上闪烁。

星相家说:"朋友,我们到了。"

路边,一望无际的成熟的稻穗在柔风中摇荡。大地的欢声响应着云霓色彩的变幻。从山麓到河湄。一座座村庄里,每日平静地涌动着人流。陶工制罐的轮子欢快地转动,樵夫担柴前往集市,牧童在旷野放牛犊,少妇头顶水罐,沿着河边的绿径往家走去。

然而,哪儿是帝王的城堡?哪儿是金矿?哪儿是辑录杀人惑人的咒语的古圣梵典?

"星斗的示意是不会错的。他们的信号陨落在这里。"星相家说罢,神情虔恭地走到路畔的泉水边。

泉眼里翻涌的泉水似液态的光华，黎明在溶和笑泪的乐曲的大潮中轻漾，一箭之遥的棕榈树林里，一间茅舍沉浸在无可言喻的静谧之中。

来自海滨的一位陌生的诗人在门口吟唱："母亲，开门！"

+

一束阳光斜照着柴扉。

聚集的人仿佛在血管里听见洪荒年代创造的偈语：母亲，开门！

门开了。

母亲怀抱着婴儿坐在草榻上。

等待着阳光照临朝霞怀抱的启明星似的婴儿的脸。

诗人弹琴，歌声在天空飘绕——胜利属于人类，属于新生儿，属于永生的人。

君主、乞丐、雅士、罪人、才子、愚氓……一齐双膝跪地，齐声欢呼："胜利属于人类！属于新生儿！属于永生的人！"

最后一封信

由于我的过错，空荡荡的寓所愤懑地扭过脸不看我。

我从一间屋子走到另一间屋子，没有一块属于我的地方。

我闷闷不乐地走到外面。

我决定出租房子，搬到特拉登去。

由于过分悲怆，我许久不敢进阿姆丽的房间。可是房客快来了，房间得打扫一下。我只得开了她上锁的房门。

房间里有她一双阿格拉①绣花拖鞋、梳子、装着洗发液、护肤液的几个瓶子。书架上陈放着她的课本，一架小手风琴，一本剪贴簿贴满她收集的照片。衣架上挂着长毛巾、上衣、机织布纱丽。小玻璃柜里是各种玩具、空粉盒。

我坐在桌后的床板上，从她的红皮书包里取出一本算术练习本，一封未封的信掉了下来。信封上写着我的地址，是阿姆丽稚嫩的字体。

我听说，人溺死的那一刻，眼前会闪现浓缩的一生。我仿佛是个淹死

---

① 阿格拉，印度泰姬陵所在地，因制鞋业而闻名。

的人,拿信的一瞬间,许多往事纷至沓来。

阿姆丽妈妈去世那年,她刚七岁。

我莫名其妙地担心她也活不了很久。

因为,她神情忧郁,过早诀别的阴影从未来倏忽飞来,笼罩着她一双乌黑的大眼睛。

我不敢让她离开我一步。坐在办公室里做事,唯恐突然发生不测。

她姨妈从班基普尔来度假,忧虑地说:"外甥女学习要耽误了。如今谁乐意娶个目不识丁的女孩,当作包袱顶在头上?"

我好生愧疚,说:"明天我带她到贝都恩学校报名。"

第二天,她上学了,不过放假的日子大大超过上课的日子。她父亲经常参与让送她上学的汽车倒开回来的阴谋。

第二年,她姨妈又来度假,见此情形,大为不满:"这样念书不行! 我得把她带走,送她上贝那勒斯的寄宿学校。我无论如何要把她从父亲的溺爱中解救出来。"

她跟她姨妈走了,因为我应允,她是怀着一腔无泪的怨恼走的。

我出门游览巴特里那塔圣地,从自己烦闷的心境里逃了出来。四个月没有得到她的消息,以为老师的关怀已消解她心头的垒块。

我心上的一块石头落了地,我暗暗庆幸把她托付给了"大神"。四个月后回来,我径直前往贝那勒斯看望阿姆丽。途中收到一封信——还说什么,大神已收下她了!

一切都过去了。

我坐在阿姆丽的房间里展开信纸,只见上面写着:我很想见您。

没有别的话。

废纸篓

"你在干什么,苏妮①?"父亲吃惊地问,"干吗把衣服装在皮箱里? 你要去哪儿?"

苏娜丽达的卧室在三楼,有两扇南窗。窗户前床上铺着考究的拉克恼床单,对面靠墙的书桌上,摆着亡母的遗像,一串芳香的花条挂在墙上

---

① 苏娜丽达的昵称。

父亲照片的镜框的两端,粉红色地毯上杂乱地堆着纱丽、衬衣、紧身上衣、袜子、手帕……

身边,摇着尾巴的小狗举起前爪往女主人怀里伸过去,它不明白女主人为什么收拾衣服,生怕女主人扔下它不管。

妹妹莎米达抱膝而坐,侧脸望着窗外,她没有梳头,眼圈红红的,显然刚才哭过。

苏娜丽达不答话,只管低头整理衣服,手微微发颤。

"你要出门?"父亲又问。

苏娜丽达口气生硬地说:"你讲过,我不能在家里成亲,我到阿努①家去。"

"啊呀!"莎米达叫起来,"姐姐,你胡说什么呀!"

父亲露出恼怒而又无可奈何的神色:"他家里人不同意我们的观点。"

"但他们的意见,我得一辈子听从。"女儿语气坚定,表情肃穆,决心不可动摇,说罢把一枚别针装入信封。

父亲忧心忡忡:"阿尼尔的父亲鼓吹种姓制度,会同意你俩的婚事?"

"您不了解阿尼尔,"女儿自豪地说,"他是个有主见、胸怀坦荡的青年。"

父亲长叹一声,莎米达挽着父亲的胳膊走了。

钟敲了十二下。

苏娜丽达一上午没有吃饭。莎米达来叫过一回,可她非要到朋友家吃不可。

失去母爱的苏娜丽达是父亲的掌上明珠。他也要进屋劝女儿吃饭,莎米达拉住他说:"别去了,爸爸,她说不吃是决不会吃的。"

苏娜丽达把头伸到窗外,朝大街上张望。终于,阿尼尔家的汽车开来了。她急忙梳妆,一枚精巧的胸针别在胸前。

"拿去,阿尼尔家的信。"莎米达把一封信丢在姐姐怀里。

苏娜丽达读完信,面如死灰,颓然坐在大木箱上。

阿尼尔在信中写道:我原以为有百分之百的把握改变父亲的观点,岂料磨破嘴唇,他仍固执己见,所以……

---

① 阿尼尔的昵称。

下午一点。

苏娜丽达呆坐着，眼里没有泪水。

仆人罗摩查里塔进屋低声说："他家的汽车还在楼下呢。"

"叫他们滚！"苏娜丽达一声怒吼。

她养的狗默默地趴在她脚边。

父亲得知事情发生突变，没有细问，抚摸着女儿的柔软的头发说："苏妮，走，到赫桑巴特你舅舅家散散心。"

明天举行阿尼尔的婚礼。

阿尼尔执拗地叫嚷："不，我不结婚。"

母亲心疼地叹气："唉，依了他吧。"

"你疯啦！"父亲勃然大怒。

家里张灯结彩，唢呐从早晨吹到晚上。

阿尼尔失魂落魄。

傍晚七点左右，苏娜丽达家的一楼里点着煤油灯，污渍斑斑的地毯上摞着一叠报纸。管家卡伊拉斯·萨尔加尔左手托着水烟筒抽烟，右手呱嗒呱嗒扇着蒲扇，他正等听差来为他按摩酸痛的大腿。

阿尼尔突然来临。

管家慌忙起身，抻抻衣服。

"忙乱之中忘了给喜钱，想起了特地来一趟。"阿尼尔犹豫一下说，"我想顺便再看一眼你家苏娜丽达小姐的卧室。"

阿尼尔慢步走进卧室，坐在床上，双手抱着脑袋。床具上，门框上，窗帘上，漾散着人昏迷呻唤般的幽微的气味，是柔发的？残花的？抑或是空寂的卧室里珍藏的回忆的？不得而知。

阿尼尔抽了会儿烟，把烟蒂往窗外一掷，从书桌底下取出废纸篓，捧在胸前。他的心猛地抽搐一下。他看见满篓是撕碎的信纸。淡蓝的信纸上是他的笔迹。此外还有一张照片的碎片，四年前用红绸带系在硬纸板上的两朵花——枯萎了的三色堇和紫罗兰。

山茶花

她名叫卡梅腊。

我是在她的练习本上看见她的芳名的。

那天她带着弟弟乘电车前往学院。我坐在她后面的凳子上,欣赏她的披肩秀发和柔美的面部线条。她胸前抱着教科书和练习本。

我在该下车的车站没有下车。

此后,我制定了出门的时刻表。这与我上班的时间毫不相关,而与她上学的时间相吻合。所以经常相遇。

我想,虽然我与她互不相识,但至少是彼此的旅伴了。

她周身放射着智慧之光,黑发从秀额往后拢着,眼里闪着纯朴的光泽。

我暗暗抱怨,为什么不发生事故,使我在救助中显示我的人生价值呢?例如街上发生骚乱,或者哪个恶棍为非作歹。

这种事如今不是经常发生吗?

我的命运像一潭浊水,收纳不到可歌可泣的壮举。平淡的日子似聒噪的青蛙,既请不到凶残的鲨鱼、鳄鱼,也请不来雍容的天鹅。

有一天电车上特别拥挤。

卡梅腊身旁坐着一位讲一句孟加拉语夹杂半句英语的年轻人。我恨不得猛地揭掉他的帽子,抓住他的肩膀往车下扔。

可一时找不到借口,手痒痒得要命。

这时他抽起了一支很粗的雪茄烟。

我勇敢地走到他面前,命令道:"扔掉雪茄烟!"

他装作没听见,照样吞云吐雾。

我一把抢过他口衔的雪茄,掷到窗外,紧握双拳怒视着他。他一声不吭,一步跳下了车。

他也许认识我。我在足球场上因进攻凶猛而小有名气。

姑娘的脸煞地红了。她低头佯装看书,手索索发抖,对我这位疾恶如仇的英雄竟不屑一顾。

同车有正义感的职员齐声称赞:"先生,你做得对!"

不一会儿,姑娘提前下车,改乘出租汽车走了。

以后接连两天我没有遇见她。

第三天我看见她乘黄包车上学,立刻省悟我鲁莽地做了件错事。姑娘自己会履行自己的职责,用不着我插手。我暗自悲叹我的命运确是一潭浊水,英雄行为的回忆像牛蛙呱叫,在头颅里对我尖酸地嘲讽。

我决意纠正我的错误。

不久，我获悉她全家去大吉岭避暑。

今年，我也迫切需要换换空气。

她家的别墅名为"摩迪亚"，坐落在距山道不远的茂密的树林里。皓皑雪峰遥遥在望。

我赶到那里才知道她一家人不来了。

我正打算踏上归途时，与崇拜我的球迷摩汉拉尔不期邂逅。他是个瘦高个儿，鼻梁上架一副斯文的眼镜，孱弱的消化器官在大吉岭的新鲜空气中得到了些许慰藉。他对我说：

"我妹妹泰努卡祈望见您一面。"

泰努卡像个影子，身材单薄到了无法再单薄的程度，对学习的兴趣远远超过对饮食的兴趣，对我这位足球名将怀有不可思议的敬慕。她以为我同意和她谈天说地体现了我对她别有意味的关切。

唉，命运的捉弄！

在我下山前两天，泰努卡含蓄地对我说："我要送你一样东西——一盆使你时时想念我们的花。"

胡闹！我以沉默表示厌烦。

"这是珍贵的植物，"泰努卡说，"在恒河平原上精心培育才能成活。"

"什么名字？"

"山茶花。"

我心头一震，与山茶花语音相近的一个名字，闪电般掠过我昏暗的心空。我含笑喃喃自语："山茶花，不容易获得她的心。"

我不晓得泰努卡明白了此话是什么含义。她突然两颊绯红，兴奋得全身微微发颤。

我携带这盆花上路了。

上了火车，我发觉安顿这位"旅伴"不是件容易事，我把它藏在双人包厢的盥洗间里。

这趟旅行到此结束。

以后几个月的琐事恕不赘述。

在祭神节的假期里，闹剧的帷幕在绍塔尔族聚居区重新拉开。这是偏僻的山区，我不想说出地名。换空气的阔佬从不光顾此地。

卡梅腊的舅舅是铁路工程师,家安在娑罗树影遮护的"松鼠的村庄"里,从那儿望得见天边的青山。附近的沙砾地里淙淙地流淌着清泉,帕拉斯树枝上结了野蚕茧,哈尔达基树底下,赤裸的绍塔尔族牧童骑在水牛背上。

这里没有旅馆。我在河边搭了顶帐篷。除了那盆山茶花,没有别的旅伴。

卡梅腊是和母亲一起来的。

太阳升起之前,她撑着花伞,沐浴着凉爽的晨风,在娑罗树林里散步,野花竞相吻她的纤足,竟未引起她的注意。她有时涉过浅清的小河,到对岸树底下看书。

她不理睬我,由此我断定她认出我了。

有一天我看见他们在小河边野餐,我多么想走过去说:"需要我为你们效劳吗? 我会汲水、打柴,附近树林里兴许还能弄来一只温和的狗熊哩。"

我发现一个年轻人穿着英国绸衬衫,坐在卡梅腊身旁,伸直腿抽哈瓦那雪茄。卡梅腊心不在焉地揉碎了一朵蔷薇。旁边放着一本英国文学月刊。

我如梦初醒,在这巴尔格那幽静的河谷,没有我的立足之地,我是不堪容忍的多余的人。我应该知趣地离开,然而,暂时不能走。我得耐心地住几天,等山茶花开了,派人送过去,才算了却一桩心事。

我白天打猎,傍晚回来给山茶花浇水,静观花苞的变化。

这一时刻终于到了。我大声叫为我弄柴火的绍塔尔族姑娘进帐篷,我要借她的手,送去用娑罗树叶包的山茶花。

我在帐篷里读一本侦探小说。等待着。

外面传来甜蜜的声音:"先生,叫我干什么?"

我走出帐篷,一眼看见山茶花夹在她的耳朵上,她黝黑的脸闪着欣喜的光彩。

"叫我干什么?"她又问。

"我想看你一眼戴花的模样。"说罢我动身返回加尔各答。

玩具的自由

穆尼小姐卧房里的日本木偶名叫哈娜桑,穿一条豆绿色绣金花日本长裙。她的新郎来自英国商场,是没落王朝的王子,腰间佩戴宝剑,王冠上插一根长长的羽翎。明天一对新人盛装打扮,后天举行婚礼。

黄昏,电灯亮了,哈娜桑躺在床上。

不知哪儿来的一只黑蝙蝠在房里飞来飞去,它的影子在地上旋转。

哈娜桑忽然开口说:"蝙蝠,我的好兄弟,带我前往云的国度。我生为木偶,愿意在游戏的天国做度假的游戏。"

穆尼小姐进屋找不到哈娜桑,急得大叫起来:"哈娜桑,你在哪儿?"

庭院外面榕树上的神鸟邦迦摩说:"蝙蝠兄弟带着她飞走了。"

"哦,神鸟哥哥,"穆尼央求道,"请带我去把哈娜桑接回来。"

神鸟展翅翱翔,带着穆尼飞了一夜,早晨到达云彩的村寨所在的罗摩山。

穆尼大声呼喊:"哈娜桑,你在哪儿? 我接你回去做游戏。"

蓝云上前说:"人知道什么游戏? 人只会用游戏束缚与他游玩的人。"

"你们的游戏是怎样的呢?"穆尼小姐问。

黑云隆隆地吼叫着灼灼地朗笑着飘过来说:"你看,她化整为零,在缤纷的色彩中,在罡风和霞光中,在各个方向各种形态中度假。"

穆尼万分焦急:"神鸟哥哥,家里婚礼已准备就绪,新郎进门不见新娘会发怒的。"

神鸟笑嘻嘻地说:"索性请蝙蝠把新郎也接来,在暮云上举行婚礼。"

"那人间只剩下哭泣的游戏了。"穆尼一阵心酸,泪如雨下。

"穆尼小姐,"神鸟说,"残夜消逝,明天早晨,雨水清洗的素馨花瓣上也是有游戏的,可惜你们谁也看不见。"

怯弱

高中一年级学生巴特克里斯达说话尖酸刻薄,是胆小的同学心目中的恶魔。

他无缘无故地为苏尼塔起了一个绰号"白鹤"。

绰号后来变为"小鸭",最后成为"纯种鸭"。绰号本身并无特殊的意思,不过是恶作剧罢了。

憨厚的人惧怕奚落，但常常成为奚落的对象，残酷者的队伍日益扩大，到处乱射怪笑的毒箭。

巴特克里斯达的喽啰也怀着莫名的厌恶，用目的不明的嘲弄之针，刺伤苏尼塔。

可怜的苏尼塔为了解脱只好转学。

过了许多日子，他的血管里仍流着往日人前局促不安的拘谨，蛮横鳖黑的恶煞巴特克里斯达把生活的不公正和无情的冷嘲热讽深深地烙在了他的心扉。

巴特克里斯达摸透了苏尼塔的脾性，路上遇见他，总提醒他心中昏昏欲睡的恐惧，以此取乐，炫示他拥有暴虐的手段的骄傲。他仍叫苏尼塔的绰号，仍然对他怪笑。

大学毕业后，苏尼塔试图跻身于律师的行列，但律师的行列没有空隙容他挤入。

他缺少挣钱的机会，但不缺少时间，他弹琴，唱歌，填补生活的空虚。后来索性拜艺术家尼亚玛德为师，悉心钻研音乐。

他的妹妹苏姐在英国人创办的达耶森学院已获得学士学位，并发誓要戴上数学硕士的礼帽。她身材苗条，步履轻盈，一副近视眼镜后面闪着好奇的光芒，身心充满欢乐和甜笑。

钦慕他的女友乌玛拉妮说话柔声细气，睫毛下微漾着摄魂的暗影，纤圆的手腕上戴两只精致的镯子。她攻读哲学，讨论问题口未开脸先红。

苏姐并非不曾窥见哥哥的隐秘，但在他面前竭力按捺着笑声，免得他难堪。

星期天，苏姐请乌玛拉妮来喝茶。

天下着暴雨，街道沉入水中。苏尼塔独坐窗前弹着雨曲。他知道乌玛拉妮在隔壁房间，这喜讯融合他的心律，在弦索上战栗。

苏姐突然来到哥哥的房间，夺下他的琴说："乌玛拉妮特意要我转告你，请你为她唱歌，不唱她决不饶你。"

乌玛拉妮羞得满面通红，一时却想不出合适的言词抗议苏姐姐姐编造的假话。

黄昏之前，幽暗就浓稠了，房门在风中急躁地晃动。斜雨拍打着窗玻璃，门廊里茉莉花散发着清香，街上积了齐膝的雨水，汽车在水中行驶。

没有点灯的房间里,苏尼塔动情地边弹边唱:"细雨霏霏,哦,来吧,我的心上人……"

他的心飞往乐曲的天国,尘寰的一切喧杂融入了完美的乐音,无际的流年的碧水里,绽开了一朵"美"的百瓣莲花,他坐在莲花中间,脱胎换骨……

蓦地,楼梯口传来狞笑和吼叫:"喂,纯种鸭在吗?"

肥胖的巴特克里斯达闯进屋子,惊愕地看见苏尼塔立在门口,两眼喷射着坦然冷静的愤恨,像是雷神因陀罗朝粗野的嘲讽投掷过去的霹雳。

巴特克里斯达窘迫地笑着要说什么,苏尼塔大喝一声:

"闭嘴!"

有如一脚踩扁的癞蛤蟆的聒叫,巴特克里斯达的干笑戛然而止。

不朽形象的福音

好似天狗啖食丽日的漆黑巨口,黄昏的阴影提前吞没了院落。

外面响起了怒吼:"开门!"

屋里的生命惊恐万状,哆哆嗦嗦地顶着门,插上门闩,嗓音发颤地问:"你是谁?"

又是雷鸣般的怒吼:"我是土壤王国的使者,时候到了,特来索债。"

门上的铁链咣啷咣啷响,四壁剧烈地摇晃。屋里的空气唉声叹气。空中飞禽双翼的扑扇,像夜阑的心跳。

咚咚咚一阵擂击,门闩断了,门板倒地毁坏。

生命颤抖着问:"哦,土壤,哦,残酷者,你要什么?"

"躯壳。"使者说。

生命长叹一声:"这些年我的娱乐活动在躯壳里进行,我在原子里跳舞,在血管里演奏音乐。难道一瞬之间我的庆典要遭到破坏,笛箫折断,手鼓破裂,欢乐的日子沉入无底的黑夜?"

使者不为所动:"你的躯壳欠了债,是还债的时候了,你躯壳的泥土必须返回泥土的宝库。"

"你要讨回泥土的借款,只管讨回。"生命不服地说,"你凭什么索取更多的东西呢?"

使者含讽带讥地说:"你贫瘠的躯壳似疲惫瘦弱的一勾弯月,里面有什么值钱的东西!"

"泥土是你的,但形象不属于你。"生命争辩道。

使者哈哈大笑:"你从躯壳上剥得下形象,只管剥去好了。"

"我定能剥下。"生命发誓。

生命的知音——灵魂星夜赶往举行庆典的光的圣地,合掌祈求:"呵,伟大的光华!伟大的辉煌!呵,形象的源泉!不要在粗糙的泥土身边否定你的真理,不要辱没你的创造!他有什么权利摧毁你拥有的形象?他念了哪条咒语令我潜然泪下?"

灵魂入定苦修。

一千年过去了,一万年过去了,生命悲啼不止。

路上一刻不停地运送盗窃的形象。

生物界昼夜回荡着祈祷:"呵,形象塑造者!呵,形象钟爱者!'僵固'这妖魔攫住你的赐予,收回你的财宝吧!"

一个个时代逝灭了。

隐隐传来天庭的懿旨:属于泥土的回归泥土,冥思的形象留在我的冥思里,我许诺,泯灭了的形象再度显露,无形体的影子抓住光的胳膊将出席你目光的盛会。

法螺呜呜吹响,形象重返抽象的画中,从四面八方奔来了形象的爱慕者。

一天天过去了,一年年过去了。生命依旧痛哭。

生命期冀什么?

生命双手合十说道:"泥土的使者用残忍的手扼掐我的喉咙,说:'喉咙是我的。'我反驳说:'泥土的笛子是你的,但笛音不属于你。'他听了冷笑一声。上苍的旨意啊,听我含泪的申诉吧,板结的泥土的傲慢将成为胜利者?他眼瞎耳聋,他的哑声将永远闷压你的妙音?承载'不朽'的懿旨的胸脯上岂能允许建造'僵固'的凯旋柱?"

天庭又传来圣旨:不必担忧,云气之海上听不见的福音的波涛不会敛息,灵魂苦修终成正果,这是我的祝福,萎缩的喉咙融入泥土,永生的喉咙载负旨意。

灵魂的彩舆将泥土的妖魔驾车抢劫的迷茫的福音送回无声的歌曲里,凡世响彻胜利的欢呼。

无形体的形象和无形体的福音，在生命的海滨那躯壳的乐园里结合。

染衣女

桑格尔通古博今，能言善辩，名扬四海。

他敏捷的思维如山鹰的尖喙，屡次闪电般啄断对方论据的翅膀，使之垂落尘埃。

南印度的雄辩家奈亚伊克慕名前来，提议御前辩论。

辩论的胜者将获得国王的奖赏。

桑格尔接受挑战后，发现缠头巾脏了，急忙前往染衣房。

穆斯林查希姆的染衣房在树篱围绕的菜地旁边。他的女儿叫阿米娜，芳龄十七，唱着歌儿，碾细颜料，正调颜色。她的发辫系着红缨子，披着棕色披肩，身穿天蓝色纱丽。

她把颜料碗递给染布的父亲时，桑格尔走进染衣房，说："查希姆，国王命我上殿辩论，请把我的缠头巾洗净染成金黄色。"

清澈的渠水汩汩流入菜地。阿米娜在渠边桑树荫影下洗缠头巾。

春天和煦的阳光映亮了渠水，斑鸠在远处芒果树上欢啼。阿米娜洗净了缠头巾，摊在青草上晒，忽然看见上面有一行诗：你的妙足垂临我的额头。她凝神沉思起来，听不见芒果树上斑鸠的啼叫。

末了，她从染衣房取来丝线，绣了一行诗：但内心感受不到爱抚。

两天后，桑格尔来到染衣房问道："谁在我的缠头巾上绣的字？"

胆战心惊的查希姆施礼道："先生，是我不懂事的女儿。请原谅她的冒失行为，上殿辩论吧，没人看得见、弄得懂那句话的。"

桑格尔转向阿米娜，说："染衣女，你使妙足的爱抚离弃高傲缠绕的额头，沿着你的花丝线走进我心里，我通往王宫的道路消失了，今后也不会找到了。"

解脱

马拉提国王储巴基拉奥·波索亚的灌顶大礼定于明天上午隆重举行。

民间艺人格尔达尼未被准许进入御庙，他坐在庭院角落一株菩提树下，弹罢单弦琴，喃喃自语："神啊，是谁让你端坐在坚硬的金椅上的呢？"

午夜,上弦月冉冉下坠。

远处宫门前灯光辉煌,鼓乐喧天,格尔达尼唱了起来:

"我沿着林径走来,

"听见碧草在啜泣。

"它们耳贴着尘土,

"期待胸脯上落下无忧的足迹。"

献灯仪式完毕,庙堂大门关闭。人群涌向王宫,格尔达尼继续唱道:

"生命之神啊,

"石龛中幽禁你是他们的目的?

"预见你我的摩挲交融,

"你从天国降临人世。"

漆黑的菩提树下,格尔达尼独自弹唱,巴基拉奥在近处谛听着:

"你呼唤我冲出锁闭的深宅,

"共游山川镜湖,

"你消除流浪的孤寂,

"在心里获得自由。

"傲岸的铁丝网围绕的石牢,

"任他们昼夜守护!"

早晨,启明星淡漠地立在霞光中。宫门前鼓乐齐鸣,祭司送来了圣水,灌顶大礼即将开始。

冷清的御庙里,烛光困惑、黯淡,神像前凌乱地供放着祭品。

巴基拉奥悄然出走,踏上了漫游的道路。

圣洁

长老罗摩难陀白天拨弄念珠诵经。

黄昏,他供奉祭品;内心服用了神的赏赐,他的饥饿即刻消除。

举行庙会的一天,国王和王后驾到。

此外,从各地来了一批满腹经纶的学者和佩戴标记的各个教派的信徒。

晚浴完毕,罗摩难陀照例在神足前上供,但心中得不到神的恩赐,他咽不下食物。

停食两天以后，罗摩难陀虚弱不堪，稽首说道："神啊，莫非我犯了罪愆？"

"你当我住在婆伊昆塔①仙境吗？"神气忿忿地说，"那天未能进入我庙宇的庶民全身也领受了我的抚摸，溶和我足触的圣水的生命之泉，在他们的血管里奔流。对他们的轻慢使我愤慨，今日你的供品是不纯洁的。"

"主啊，礼法必须维持呀。"罗摩难陀忐忑不安地注望着神的面孔。

神双目喷出怒火："我亲手创造的大千世界的花苑里，请来了芸芸众生。你竟然企图在这儿建筑礼法的壁垒，限制我的权力，真是胆大包天！"

罗摩难陀惶愧地说："明朝我走出礼法的界限，从你创造的世界清除我的狂妄。"

深夜，繁星好似在沉思默想。罗摩难陀突然惊醒，听见神在催促："时候到了，履行你的诺言。"

罗摩难陀双手合十："这会儿夜深路黑，栖禽不啼，我正等待黎明。"

"黎明总是在夜尽之时升起吗？"神申斥道，"你的心苏醒听见我发话的时刻，黎明业已来临，去吧，履行你的诺言！"

罗摩难陀诺诺连声，出庙上路，头顶着璀璨的北斗星。

他出了城，穿过村庄，来到河边的焚尸场。一个昌达尔种姓人正忙着焚烧尸体。

罗摩难陀伸手把他搂在胸前。

那人神色惶遽："师傅，我叫那瓦，是昌达尔种姓。我的行当受人鄙视，你不要这样让我成为玷污您的罪人。"

"我在心里已经猝死。"罗摩难陀痛心地说，"我昏昏沉沉，所以一直看不见你。现在我特别需要你，没有你，我心中死者的葬礼无法举行。"

说罢，罗摩难陀继续前行。

晨鸟啁啾，启明星在朝晖里隐没。

卡毗尔坐在院子里哼着小调织布，罗摩难陀在他身旁坐下，搂着他的颈项。

卡毗尔慌忙自我介绍："师傅，我是穆斯林，以织布为生，职业低下。"

罗摩难陀语气温和地说："朋友，不和你在一起，我在心里赤身裸体，

① 婆伊昆塔是保护大神毗湿努的居住地。

我的心沾染了灰尘。今日，穿上你织的纯洁的布衣，我的羞耻荡然无存。"

几个徒弟在院子里找到罗摩难陀，责怪道："师傅，这成何体统！"

"我在失去神的地方又找到了神。"罗摩难陀坦然说道。

太阳冉冉升起，金色的阳光照亮罗摩难陀欢悦的面庞。

爱的金子

鞣皮匠罗比达斯正在扫地。

路是他的亲人，孤独是他的伙伴。

行人远远地躲着他走路。

长老罗摩难陀晨浴完毕，走回寺院。距他一丈之遥，罗比达斯匍匐在地，行叩拜大礼。

罗摩难陀惊诧地问："朋友，你是何人？"

"我是路上干燥的尘粒，师傅，您是天上的云彩，您如果降落爱的甘霖，哑默的尘埃放声高歌，遍地鲜花怒放。"

罗摩难陀把他搂在胸口，给了他爱。

罗比达斯生命的花丛里吹进了歌声悠扬的春天的和风。歌声传入吉托尔国王后佳莉的耳中，她不禁黯然神伤，支派宫女做事，眼泪簌簌滚落。

抛弃王后的尊贵，佳莉找到罗比达斯，皈依了毗湿努教派。

王族年高德劭的祭司闻知此事，悲愤地对王后说："可耻呀，王后，罗比达斯种姓低贱，挥动扫帚扫地，你竟称他师傅，丢尽了你王国婆罗门的脸面。"

王后庄重地说："听我一言，尊敬的祭司，你日日夜夜专打清规戒律的死结，不知道爱的金子已经丢失，是我手沾灰尘的师傅从尘土里把它捡了起来。你可以骄傲地抱住那些毫无意义的打结的绳索，可我是爱的金子的乞丐，宁可头顶着尘土的赠予。"

圣浴

罗摩难陀面对东方，肃立在恒河里。晨风吹拂，流水潺潺，似被点金棒点触了的河水闪耀着金光。他遥望蔷薇般的朝阳，在心中喃喃自语："呵，大神，你慈祥的容貌怎不在我心头闪现，揭去您的面具吧。"

朝阳升上婆罗树梢。渔民们扬帆启航。一群白鹤飞上阳光明媚的青空,飞往对岸的沼泽地。

大师的圣浴迟迟不结束,弟子焦急地说:"师尊,耽搁不得了,祭神的时辰到了。"

大师说:"我的肉身未净,恒河至今远离我的心田。"

弟子坐下思忖:这话是什么意思?

阳光洒满芥菜地。卖花女在路边卖花。养奶牛的女人头顶奶罐前往集市。

大师若有所思地出水上岸,穿过黄鹂歌唱的灌木丛。

弟子疑惑地问:"师傅,您去哪儿? 前面不是上等人的村落。"

罗摩难陀说:"我正走在完成圣浴的路上。"

河滩尽头是一座村庄。大师走进桑树浓荫夹裹的小巷,猴子在枝头跳跃。

小巷深处是制革人维强的房子,从那儿飘出牲畜的生皮的臭味,兀鹰在空中盘旋,骨瘦如柴的野狗在啃骨头。

弟子双眉紧蹙,站在村外,默念"罗摩,罗摩"。

维强敬畏地向罗摩难陀叩头施礼。

罗摩难陀扶他起来,与他拥抱。

维强惊慌地说:"师傅,不可这样,贱民屋里的污秽会损毁您圣洁的身体。"

"远离你的村子下河沐浴,我的心不能与涤净万物的恒河相通。"罗摩难陀欣慰地说,"这会儿,净化万象的圣水贯通了你我的躯体。今天,我未能顺利地膜拜太阳神,我说太阳神啊,我体内那类似你拥有的灵光为什么不闪现呢? 此刻,它在你我的额际闪耀,从此我不必再进庙堂。"

第一次膜拜

传说天界神匠毗舍迦罗莫在元古时代为三界神王的庙宇奠基,巨猴诃努曼运来建庙的大量岩石。

据历史学家考证:栖息在森林里的基拉特族人造了这座神庙,神祇原本属于他们。

舍帝利①国王曾占领这个国家,杀戮信徒,神庙里血流成河。

神祇改名换姓,藏在新的教规后面,幸免于难。

数千年古老的虔诚之河改变了流向,而今,基拉特族人沦为不可接触者,他们通往神庙的路被堵塞。

被排斥在社会之外的基拉特族的村舍分布在恒河东岸,他们虔信天神,唱颂神歌,但没有寺院。他们的手灵巧,目光的判断从不出错,他们擅长砌石墙,擅长在黄铜器皿上镶嵌银花,精晓大理石神像的内在韵律。

刀剑掠夺了他们昔日的御座,砍去了他们的服饰和举止的尊严的标记,剥夺了他们享有知识的权利。

他们只能遥望屹立在西边地平线上的神庙的金顶,只能遥拜神庙,但想象中的神庙依旧那么熟稔。

十月十五日是祭神节。

临时搭的高台上击鼓敲钹,弹琴吹箫,遍野帐篷,幡幢猎猎飘扬。路边摆满商品——铜器、银首饰、神像画、绸布、孩子玩的拨浪鼓、泥娃娃、叶笛、供品、花环、水果、香烛、一罐罐圣水……

魔术师尖声怪气地耍魔术。

民间艺人绘声绘色地在讲《罗摩衍那》。

身着耀眼的制服的卫兵骑马巡逻。

大臣歪坐在大象背上的软榻上,士兵在前面吹号开道。

高门贵族的太太小姐坐在绣帘彩轿里,仆人家丁前呼后拥。

五个树干支撑的榕树底下坐着长发蓬乱、面色青灰、一丝不挂的游方僧,脚边是信女们布施的水果、牛奶、甜食、奶酪、大米、土豆……

一阵阵"胜利属于神王"的欢呼声响遏行云。

明天是国王首次祭神的黄道吉日。

国王乘大象驾临,必经之路两边的香蕉树挂上了花环。绘有吉祥图案的铜罐口盖着芒果树叶,隔一会儿洒一遍香水,驱压浮尘。

十三日深夜,庙里钟声缓缓隐逝。

明月像蒙着黑纱,朦胧的月光犹如剧烈的眩晕,夜风凝滞,空中聚集着雾霭,林木受了惊吓似的呆立不动,狗莫名其妙地狂吠。马望着无形物

---

① 舍帝利是印度四大种姓之一。

竖起耳朵嘶鸣。

突然，地底下响起沉闷骇人的声音，地狱的妖魔仿佛一齐擂响了战鼓，咚咚咚咚，咚咚咚咚……

庙里的挂钟急促地摇响，象群挣脱绳索，如云狂奔。

地下的风暴快速地升腾，骆驼、水牛、黄牛、山羊、绵羊，喘气蹦蹿，成千上万善男信女满目惶惑，分不清亲属、陌生人，辨不清东南西北，互相踩踏，惊叫着逃命。

地面裂开，冒出一股股热水，一缕缕烟尘。池沼的清水漏入下面的沙层。

飞檐上的钟当当地摇摆，随着一声轰然巨响，钟声寂灭了。大地沉寂的一瞬间，将圆的月亮从西天下垂。

一顶顶帐篷着火，冲天的浓烟如同蟒蛇缠绕月光。

第二天，到处听见失去亲人的哭嚎，为防不测，御林军包围了神庙，大臣、星相家、骚人墨客相继赶到，只见山墙倒塌，庙顶塌落在神坛上。

星相家启奏："陛下，下个月十五之前，庙宇务必修缮完毕，否则，神明将离去。"

国王下令：立即修缮。

大臣上前奏道："只有基拉特族人会雕塑神像，但决不能让他们下贱的目光玷污神像，神明的圣洁被亵渎，修缮是枉费财物。"

国王下令召见基拉特族头领玛达卜。

玛达卜年逾花甲，白发银髯，头缠干净的白色缠头巾，紫铜般的上身裸露着，下身围一条黄色土布，两眼透出忧悒的恭敬，小心翼翼地在国王脚前献上一束素馨花，退倒几步，伏地礼拜。

国王启口道："朕闻修缮庙宇非汝等不可。"

"这是神灵对小民的恩宠。"说罢，玛达卜朝着神庙跪拜。

"蒙上眼睛，汝能雕塑神像否？"

"心灵的主宰指示小民劳作，雕琢时不用睁开眼睛。"

数百名基拉特族人在庙外砌石墙。

玛达卜双目缠了几层黑布，在庙里雕神像，昼夜不许外出，他冥想着神的慈颜，哼着歌儿雕镂。

"快干，快干，时间过得很快，吉期快到了。"大臣常来催促。

玛达卜合掌说道："是谁①的事，谁自会拼命干，我不过是他的工具。"

朔日过去，望日将临。

蒙眼的玛达卜用手指触摸和石头说话，石头有问必答。

卫兵在旁边监工，防止他解开布条。

星相家也来询问："十一日之夜，是陛下首次祭神的吉日，能否如期竣工？"

玛达卡合掌答道："我没有资格回答，心灵的主宰哪天降恩，我哪天禀报。在这之前，任何人来打听只会延误工期。"

初六、初七过去了，凄冷的月光透过庙门，落在玛达卜的银发上。

夕阳西坠，十一的月亮升上灰暗的天空。

玛达卜长长地叹口气，说："喂，卫兵，去送个信儿，神像雕好了，莫错过吉日良辰。"

卫兵急忙跑出庙堂。

玛达卜解掉蒙眼的黑布，只见十一的月光照临庄严慈悲的神像，他跪在地上，双手合十，凝视着神王，两行热泪夺眶而出。

今天实现了几千年来基拉特族信徒瞻仰神王的夙愿。

国王进入庙堂，看见玛达卜头贴着神坛底座，恼怒地拔剑砍去，玛达卜登时首身分离。

这是玛达卜第一次也是最后一次在神王的足下膜拜。

禳解诅咒

贡达卜·所罗逊是天宫的名伶。

他的情人玛杜斯丽前往北极山脉朝拜太阳那天，他神不守舍，胡乱地拍击长鼓，致使舞女优哩婆湿舞步紊乱，扫了嘉宾的兴致。

萨吉②满面羞红，神色尴尬。

由于众神的诅咒，英俊的贡达卜变得相貌丑陋，他被谪下凡，投生坎达尔王族，取名奥鲁内夏尔。

玛杜斯丽归来，向萨吉稽首施礼，哀求道："不要拆散我俩，让我俩谪

---

① 此指心灵的主宰。

② 萨吉是雷神因陀罗的妻子。

落人世,同甘共苦。"

萨吉愁苦地望着雷神因陀罗。

因陀罗动了恻隐之心:"我成全你,下凡去吧,你为他受苦,也给他痛苦。痛苦中消除他搅乱娱乐的罪孽。"

玛杜斯丽投生马特罗王族,取名卡姆莉佳。

一天,坎达尔国王奥鲁内夏尔见了马特罗国公主卡姆莉佳的肖像,朝思暮想,夜不成寐,于是派钦差前往马特罗国求亲。

马特罗国国王大喜过望,启口道:"此乃公主的洪福。"

二月十五日吉祥的时辰,国王奥鲁内夏尔的一把七弦琴搁在象背上嵌珠镶玉的御座上,送到了马特罗国王宫,未奏喜乐,公主与奥鲁内夏尔的象征七弦琴举行婚礼,随后日夜兼程赶往坎达尔国。

先后进入不点灯的暗室,国王和王后鸾倒凤颠,几天后,卡姆莉佳说:"我渴望瞻仰陛下的尊容。"

国王说:"你在歌里看得见我。"

黑暗中,国王边弹七弦琴边围绕王后跳天国的舞蹈,这舞蹈成为贬谪的伴旅,附在他的肉体上。好似子夜扑打沙滩的海潮,舞中洋溢的情爱,使王后心潮激荡,泪水涟涟。

一天四更时分,东方天空闪烁着启明星。卡姆莉佳用柔润的发丝覆盖住国王的双足,请求道:"请允许我在第一抹霞光中第一次看见陛下。"

国王婉言拒绝:"王后,不可损害不见面的甜蜜结合。"

"我观瞻陛下的愉快难道要被永远剥夺?这是比眼瞎更可怕的诅咒!"王后怨愤地转过脸去。

国王让了步:"明天是我与诸位爱卿在纳克格斯树林里共舞的日子,你站在王宫顶上观看吧。"

王后长叹一声:"如何认出陛下?"

"你可以自由地想象。想象即真实。"

第二天夜里王后又在暗室恭迎国王。

王后说:"我看见的舞蹈,如同吹拂萌发新叶的娑罗树的骀荡的春风。跳舞的个个像月中人一样清秀,唯独一个人丑得要死,极像天狗的帮凶,令人恶心。他凭什么赢得进入树林的权利?"

国王沉默半晌说:"丑陋里至上的感情是对美的呼唤,阳光宽慰羞惭的乌云,在乌云的额际描绘彩虹。天堂怜悯被诅咒的人世的漫漫荒漠,荒漠出现葱郁的美景。心上人啊,那怜悯未使你的心充满柔情蜜意吗?"

"没有,陛下,没有哇!"王后双手捂脸。

国王用带着哭音的声调说:"你同情那个人,你的心可以变得充实,你为何硬着心肠厌憎他呢?"

"我无法容忍糟蹋艺术趣味的不和谐。"王后说着从椅子上站了起来。

国王摁着她的手:"奉献真诚情感的那天,你就能忍受了。丑陋所作的自我牺牲中孕育着'美'的胜利。"

王后秀眉微蹙:"我不明白陛下袒护'不美'的用意。薄暗中感受到光明,杜鹃才啼叫欢迎朝霞,我期望今日太阳初升的时刻,陛下出现在我的日光里。"

"你会如愿以偿的。"国王下定决心,"让胆怯远离我吧。"

王后在阳光下见到了国王的真面目。

恩爱的支柱崩坍了。

"残酷的虚伪!残酷的欺骗!"卡姆莉佳尖叫着跑出王宫。

她居住的王家森林猎场里的幽静的行宫,像羞涩地藏在云雾中的启明星。

夜半时分,她隐约地听见七弦琴弹奏的悲苦的曲调,这曲调是那么熟悉,像梦境中远方的暗示。

日复一日,漆黑的树底下影子般跳舞的人,她肉眼看不见,心幕上却看得清清楚楚,犹如望见空阔的雪松林里摇动的枝叶间南海飓风哀号的神态。王后为何会产生这种感觉?绝望的离别唤醒了她的眷恋?泥灯的火苗引燃了金灯?清醒的夜鸟飞越冷凄的巢,振翅的声响激奋了宿鸟的翅翼?

七弦琴弹着哀婉的乐曲。

繁星有如苦修的黑夜的无声的咒语。

王后在卧榻上坐起,披头散发,失魂落魄。琴声在夜空铺了条没有尽头的重逢之路,她的思绪在这溟濛的路上逡巡。

她找谁?找未见面却早相识的人?

一天,苦楝树的清香把妙不可言的邀请送入王后的寝室。

王后走到窗前,再次目睹那熟稔的舞姿,那离恨的洪涛!

王后瑟瑟颤抖了起来。

蛩吟凄切的夜里，下弦月徘徊在地平线上，朦胧月光下的树丛在梦呓。

寂静的青林把无声的天籁传入王后的肢体，使她不由自主地翩翩起舞，这是今生今世的舞蹈，也是往生往世的舞蹈！

又过了两夜，相会的路延伸到了窗口，琴弦上跳荡着激越的乐音。

卡姆莉佳在心里说："哦，哀绝的人儿，别召唤了，我不再迟延。"

然而，她到谁的身边去？肉眼看不见的那个人？怎么可能？心幕上见到的人把肉眼看不见的人裹胁到了海边神话的国度？哪儿是连接神话国度的路？

一天后月亮隐逝的朔日之夜，"幽暗"的呼唤越发急切，在王后脑际无路的洞穴里，激荡起雄浑的回声。

七弦琴以渐渐明朗的乐调模糊地叙述天界的往事。

"今天我非去不可了，我不怕我的眼睛。"王后自语着出了行宫，踩着枯叶走到老菩提树下。

琴声消失，王后停下脚步。

"别害怕，亲爱的王后。"国王的话语如雨云的轰鸣。

"我不害怕，陛下胜利了。"王后取出纱丽遮掩的灯，慢慢地举到国王面前。

王后目不转睛地望着国王，半晌才说："我的主，我的陛下无比俊美。"

评析：

《再次集》出版于 1932 年，那年泰戈尔已经 71 岁。但是读《再次集》我们还是感觉不出这已经是一个老人的叙述，我们看见的还是洋溢的青春与热情，看见的还是一颗熠熠发亮的童心。就算有偶尔的伤感也像阳光投下的阴影一样投射在他心中，对于内心深藏着那样一个爱的海洋的人来说，这也是充满诗意的。

泰戈尔最令人佩服的地方就是他终生都有一颗童心。我们读过《新月集》里儿童的呓语，在《再次集》里我们又能读到比如《做错事的孩子》、《溺死的男孩》、《不同的童年》、《最后一封信》这些为孩子写下的不朽诗篇。《溺死的男孩》写的是一个常人眼里的"坏孩子"的悲伤故事，用的是他一贯的娓娓道来的语气，却凝聚着无限的沉重。这个男孩自幼丧母，缺少人关爱，又丑又脏，不爱读书，把水蛇放进老师的抽屉，欺负小孩，甚至偷东西，总是做大人所认为的坏事；然而他却有很多的优点，他胆大，好奇，喜欢动物，极富同情心，而且要强：他的瘸腿狗偷东西吃被人打死后，他偷偷哭了两天，人前却不掉一滴泪……在泰戈尔看来，他的一切过错都是可以解释并被原谅的，只因为他是一个善良纯真的孩子。

在自己的小说里，散文里，诗歌里，泰戈尔也描写过形形色色的女人。对他而言，女人是美与爱的集中体现，他笔下的女人在很大程度上反映了他的美学取向。泰戈尔的散文诗是比较富有女性气息的，这些诗如印度姑娘的舞蹈一样，自然、奔放、轻灵、飘洒而且亲切。他的《再次集》里的叙事散文诗如《普通的姑娘》、《废纸篓》，又一次充分体现了自己对女人的理解。《普通的姑娘》写的是一个身处深闺内院的女子，她和一个男子相爱，但那个人又到英国留学了，在异国的土地里碰到了形形色色的诱惑，作为一个深闺女子，她不能够改变自己的命运，不能改变自己终身是个"债务人"的状况，是这场爱情战争里的失败者，就把希望寄托在小说家萨拉特先生身上，给他写了一封信，希望自己能在他的小说里成为胜利者，她想象着自己也去留学，想象自己有征服世界的魔力，才华横溢而且性情温柔，造物主的爱和印度的阳光和雨云都溶化在她的眼神里，功成名就之际，恰好让那位负心的男子尴尬地望着她……然而信写到这里，想象再也发展不下去了，梦幻也就从此破灭，展现出来的又是那样真实和残酷的现实。这篇文章描写的就是这样一个弱女子的白日梦，描写了一个深闺少女的渴望与生存现实的无奈。泰戈尔用他工笔画一样的手法细腻地刻画并展现了这个少女丰富而委婉的内心。

泰戈尔对这些心理的描写是很成功的。而这正是因为他对这个世界的深刻的理解与宽容，也正是因为他把握了深藏于这个世界与宇宙之间的未曾显现的奥秘和人与自然间的永恒的旋律。所以这个艺术家能和一切生灵与事物进行对话，他是一个最纯粹的诗人与最真诚的爱者。

随 想 集

阴郁的一天

今天,在这阴郁的早晨,我听到,那内心话只是把紧闭的门闩弄拨。我在想:"我该怎么办呢?我的话语是应谁的召唤。越过劳作的棚栏,手持乐曲的火炬急急地去幽会世界?我那一切散乱的痛苦,是在谁的眼神暗示下,立刻汇成了一种欢乐,变成了一种灼灼闪烁的火光?我只能给予用这种曲调来祈求我的人以一切。而我那毁灭一切的苦行者,又伫立在街道上的哪一个角落?"

我内心的痛苦,今天披上了赭色的袈裟。它渴望走向外边的路,走向远离一切劳作之外的路;这条路犹如独弦琴的弦一样,在那隐藏在心灵里的人物的步履弹奏下,嗡嗡地鸣响着。

云使

一

相会的第一天竹笛奏了什么曲?

她吹奏道:"我那位远方的人,来到了我的身边。"

竹笛还唱述道:"要说保留,我在保留着无法保留的东西;要说获得,我可以获得被抛弃的一切。"

那么,后来竹笛为什么在白天不吹奏乐曲了?

因为有一半含义被我忘却。我只记得她在我的身边,可是没有想到她远在千里。爱情的一半是相会,这我见过,但爱情的另一半却是分离,这却是我没有见过的。再也看不到那遥远的永不满足的幽会;近在咫尺的屏障已经树起。

两个人之间,横亘着无限的天宇;在那里一片寂寞,在那里没有话语。只有用笛声去填补那巨大的寂寞。如果没有辽阔天宇的掣隙,竹笛就不会奏起乐曲。

横在我们之间的那块天宇跨入了黑暗,在那里充满每天的劳作、话语,充满每天的恐惧、贫穷、忧虑……

二

一个月前，和风习习；我坐在床上，毫无睡意，心中时时感到痛苦悲戚；我记起来了，近在身边的那个人，已被我丢失。

这种分离如何结束呢？这可是她与我的永恒的分离。

日暮，我下班回到家里，谁和我叙谈呢？她只不过是人世间千百万人中的一个；可以了解她，可以认识她，可是她已经耗尽自己。

然而，我那位没有耗尽自己的人，我那位唯一的亲人在哪里呢？我到哪个无边的希望之岸再重新找到她呢？

我再一次重新同她交谈是在什么时候，是在哪一个充满学生的茉莉花香的悠闲的黄昏呢？

三

这时节，新雨出现在东方大地，宛如肥大的青色长袍在漂移。于是我想起了诗人吴久伊尼的话语。我仿佛觉得那是在向我的爱人派遣云使。

就让我的歌声飞翔吧！让它飞越那近在咫尺而又远在天涯的难以逾越的异国去吧！

然而，这样一来，我的歌声就必须逆着时间而行，就让它追溯到我们第一次相会的那一天吧！那一天充满了悲怆的笛声；那一天宇宙的潇潇细雨与永恒春天的一切芬芳气息、一切哀痛哭泣都交织在一起了；那一天凯多基花丛发出了深切的叹息，纱尔花的枝叶表现了激昂的自我献身精神。

在无人的湖畔，在椰子树的密林里，雨声淅沥；请雨后把我的话语送到我爱的人的耳朵里，她大概正在那里束起发髻，将纱丽缠在腰间，忙着做家务呢。

四

就让这新雨带着天宇和大地婚礼的祝词降落在我们的离别上吧。让深藏在我爱人心中的那些无法表达的话语，像突然弹响的琴弦一样，发泄出来吧！就让她那宛如远处林缘般颜色的碧绿的纱丽披在她的头上吧。让所有云雨的音符在她那炯炯的目光中鸣响吧。愿那个编到她发辫上的贝库尔花环更加绚丽！

竹林里的幽暗伴着蝉鸣渐渐浓重,冷风吹拂的灯火颤抖着熄灭了,这时候她离开她所眷恋的世界,在我那颗孤独之心清醒的夜晚,沿着那弥漫着湿润芳草气息的林间小路走了。

一瞬间,在上车的时候,她转过脸来,向我投来她那最后一次的目光。

在这个巨大的人世间,我能把这目光藏在什么地方?

我到哪里去找这样一个地方——那里的分分秒秒永远不再飞逝。

彩云中的所有金辉,都融会在晚霞里,难道说她投来的这一目光就不会同晚霞融合?既然纳格凯绍尔花中的金粉可以被雨水冲落,那么这雨水为什么不能把这目光冲走呢?

既然这目光在人世间的无数事物中传播,那它为什么还停留在无数的废话和无数的痛苦之中呢?

她这一瞬间的礼物,穿越生活中的一切,来到我的身边,我要把它编入歌词,谱进乐曲;我要把它保存在美的天国里。

国王的权柄,富人的钱财,在人世间都是属于死人的。然而,在泪水中难道就没有可以使那一瞬间的目光成为万古长存的东西?

歌声唱道:"好吧,请给我吧!我没有去抚摸国王的权柄,也不要富人的钱财;但是那些微小的东西却成了我永恒的财宝;我要用它们来编织无限无尽的项链。"

话语

一

天上的乌云,变成了一颗颗雨滴,降临大地,可谓是向大地投诚哩!女人们就像雨滴一样,不知从何方来到世界上,成为尘世的阻力。

对她们来说,天地太小了,男人也太少了。她们只能把自己的言论、痛苦、忧虑等一切统统限制在狭小的天地里。所以,她们头上蒙着面纱,手上戴着镯子,院子的四周筑起墙壁。女人们是有限天地里的因陀拉妮。

然而,不知哪位神仙开了个玩笑,于是这个小姑娘便带着无穷的不安,降生在我们的邻里。妈妈气呼呼地叫她"魔鬼",爸爸笑着叫她"疯子"。

她犹如一泓清泉,穿越权势的礁石,奔流而去。她的那颗心,宛如竹林顶端的枝叶,只是在瑟瑟地颤抖呢。

二

今天我看见,这个倔强的女孩依着凉台上的栏杆,在那里默默伫立。说她像雨后的彩虹,那是很贴切的。她那双黑黑的大眼睛,今天却显得呆痴,好像雨天被淋湿翅膀的小鸟,立在豆马尔树枝上。

以前从来没见过她这样呆木。我觉得,她仿佛是一条奔腾的小溪,突然流到一个地方,变成了一议静谧的水池。

三

几天前,炎热的统治十分凶猛;大地的容颜黯淡,凄惨;树叶枯萎,变贫,丧失了生的希望。

这时候,几朵闲散执癫的乌云,突然在天边扎下营盘。

一缕血红的落日余晖,宛如一把宝剑,从剑路里直射出来。

夜半更深,我看到门扉在猛烈地抖动。暴风雨揪住全城的束发,把它从梦中唤醒。

我起来看,小巷里的灯光在密雨中显得十分昏暗,就像是醉汉的眼睛。透过浦涌的细雨,庙里的钟声在空中回荡。

早晨,雨丝更密;太阳还没有升起。

四

我们邻居的那个女孩,冒着这样的风雨,扶着凉台上的栏杆,默默伫立。

她的妹妹来到她面前,说:"妈妈在叫你。"她只是使劲地摇了摇头,发辫也随着摆动起来;她的弟弟拿着纸船,来拉地的手。她却把手抽了回去。弟弟开始拉她去玩耍,可她却打了弟弟一下。

雨仍在下。暮色更浓。小女孩仍然呆木地立在那里。在远古时代创造出来的口,是用雨的言词与风的音调讲出第一句话的。亿万年过去了,那被忘记的昔日话语,今天又用雨声来呼唤这个女孩呢。那呼声唤语,越过一切樊篱,在外面徐徐消逝。

有过多少伟大的时代,有过多少伟大的人世,又有多少生灵在世界的多少个时代中欢快地繁衍生息!何等久远,何等辽阔!透过云影和雨声,在这个不驯服的小姑娘的脸上,我们看到了这一切。

她合上那双大眼睛,静静地立着,宛如无限时代的楷模。

竹笛

竹笛的话语,是永恒的话语;它是源于湿婆发来的恒河流水,每天都流经大地的胸田;它宛如仙界之子,在和死者灰烬的戏耍中从天而落。

我立在路旁,倾听着笛声;我不能理解当时我怀着一种什么样的心情。我本想把这种苦楚融会在我熟悉的苦乐之中,但它们都未能融会。我发现,它比那熟悉的微笑还清晰,比熟悉的眼泪还深沉。

我还发现,熟悉的东西并不是真理,而真理则是不熟悉的东西。这种奇怪的感受是怎么产生的呢? 这用言语是无法回答的。

今天早晨,我一起来就听见那娶亲的人家吹响了竹笛。

平时,每天的笛声和这婚礼第一天的笛声有何相似之处呢? 隐蔽的不满,深沉的失望;藐视、傲慢、疲惫;缺乏起码的信心,丑恶的无谓争吵,无法饶恕的冲撞,生活中习以为常的贫穷——所有这一切,又怎么能用竹笛的仙语表达出来呢?

歌声从人世之巅,将所有熟悉的语言帷幕突然撕破。永恒的新郎和新娘,蒙着殷红而羞涩的头巾来相会,而这头巾正是在这笛声中被徐徐地揭去。

那边,竹笛奏起了交换花环的乐曲;这边,我望了一眼这位新娘。她颈上挂着金项链,脚腕上戴着两只脚镯,她仿佛伫立在泪湖之中一朵欢乐的莲花之上。

笛声赞美她成为新家的一员,然而对她却还不了解。姑娘从那熟悉的家园来到这里,做了这陌生人家的媳妇。

竹笛说,这才是真理。

黄昏和黎明

这里,黄昏已经降临。太阳神哟,你那黎明现在沉落在哪个国度、哪个海滨?

这里,晚香玉在黑暗中微微颤动,宛如披着面纱的新娘,羞涩地立在新房之门。清晨之花——金香木,又在哪里争芳斗妍?

有人醒来了,黄昏点燃的灯火已经熄灭,夜里编好的白玫瑰花环也已凋落。

这里，家家的柴扉紧闭；那里，户户的窗子洞开。这里，船靠岸，渔民入睡；那里，和风扬起了篷帆。

人们离开客店，面向东方走去；晨光映在他们的脸上，他们的渡河之资至今还没有偿还。一双双黑黑的眼睛，透过路旁的一扇扇窗子，含着怜悯的渴望，正在凝视着他们的背影。大路在他们面前打开了朱红的请帖："一切都为你们准备就绪。"随着他们心潮的节奏，胜利之鼓已经擂响。

这里，所有的人都乘坐这日暮之舟向黄昏的晚霞中渡去。

在客店的院子里，他们铺下破衣烂衫，倒下来栖身；有的孤独一人，有人还带着疲惫的伴侣；在黑暗中，无法看清前面的路上是什么，现在他们只是悄声细语地谈论着所经过的路上发生的事；交谈的话语中断了，继而一片沉寂；然后，他们从院子里抬头仰望，北斗七星正悬挂在天宇。

太阳神哟，这个黄昏立在你的左侧，而那个黎明却在你的右边伸展腰肢。请你让它们联合起来吧！让这黄昏的阴影和朝霞的光辉互相拥抱和亲吻吧！让这黄昏之曲为那黎明之歌祝福吧！

小巷

我们这条用石头铺成的小巷，弯弯曲曲，一会儿向右，一会儿向人，仿佛有一天出来寻觅什么东西。但是，不论它揭向什么方向，它总会遇到一些障碍。这边板房林立，那边楼户高矗，前面楼房鳞次栉比。

只要你抬头仰望，你就会看见，上边是一条天宇的宽带——它和小巷一样狭窄，它同小巷一样曲折。

小巷询问这狭窄的天带："请问姐姐，你是哪座城里的小街？"

中午，它在短暂的时间里看见了太阳，于是它就默默地对自己讲："我一点儿都不明白，这是什么地方。"

两排楼房之间上空的雨云，渐渐变得浓重，就好像有人用铅笔涂掉了这条巷中的一块光明。雨水在它的石路面上涓涓流淌，雨滴发出击鼓般的声响，宛如耍蛇时一样。路很滑，行人的伞时而互相碰擦；一股水流，突然从屋檐上跳到行人的伞上，致使他们十分惊讶。

小巷感叹道："要是干旱该多好哇！为什么要无缘无故地不断下雨呢？"

在帕尔表月①,南风就像一位不幸的人,突然间闯进小巷;顿时纸屑飘舞,尘土飞扬。小巷气馁地说:"这一定是一位疯癫的仙人醉得发狂!"

这条小巷的两侧,每天都堆积着各种垃圾——鱼鳞、炉灰、菜叶、死老鼠。小巷知道,这一切都是现实。即便健忘,它也从来不会这样想:"这一切都是为了什么?"

然而,当秋阳映在屋顶的晒台上,当祭扫的钟声当当敲响,小巷心里立刻感到:"在这条石头砌成的道路之外,也许还存在某种伟大之光!"

这里,时间在流逝;阳光宛如忙碌的主妇的一角纱丽,从楼房的肩上滑落到小巷的边缘;时钟正打九点;女仆挟着篮子从市场上回来了;厨房里的炊烟和香气,充满了小巷;那里,人们在匆匆地赶路。

小巷当时又在想:"这条石头砌成的道路上,一切都是真理。而我认为伟大的东西,只不过是一种幻想。"

一天

我还记得那一天的中午,绵绵雨丝显得很疲惫,一阵强风吹来,它就更加狂怒。

室内阴暗,我无心工作。于是我操起琴,伴雨而歌。

她从隔壁房间里出来,默默地走到门前。然后她又折回去。她又一次来到外边,在那里伫立着。尔后又慢慢地走回屋里,坐下来。她手里拿着针线活儿,凝望着窗外那些隐约可见的树木。

雨停了,我的歌声也已沉默。她站起身来,梳理着自己的头发。

除此之外,再也没有什么。只有那一天的中午,将雨声、歌声、昏暗和闲散融为一体。

历史上的国王、皇帝和战争。起义,很容易被忘记。但是那天中午的一段时光,犹如难得的宝石一样,深藏在时间的宝盒里。对此,只有我们两人知悉。

忘恩的悲痛

早晨她告辞而去。

---

① 帕尔表月,阴历十一月,在公历二、三两月之间。

我的心灵向我解释道："一切都是空虚。"

我生气地说："我桌子上的针线盒,凉台上的花盆,床上那把署名的扇子——这一切难道不都是实实在在的吗?"

心灵说："那么,你想想看——"

"你住嘴吧!"我说,"你没看到那本故事书吗? 那书中还夹着发卷,她还没有把书读完。假如那也是虚幻,还有什么是真实?"

心灵于是沉默不语……一位朋友来了。对我讲:"凡是美好的东西都是实在的,而美好的东西永远不会消逝;整个宇宙永远保护着美好的东西,就好像把珍珠串在项链里。"

我愤然质问道:"你是怎么知道的? 难道人的身体不是美好的吗? 可是她那个身躯又在哪里?"

小孩子生气时会扑打自己的母亲,我就如同小孩子一样,开始击打着这世界上所有的樊篱。我说:"世界是背信弃义的。"

突然我大吃一惊。我仿佛感到有人在说:"真是忘恩负义!"

我凝望窗外,透过树柳的枝桠,一轮新月正冉冉升起,好似那位离人的微笑在与我捉迷藏呢。从那散布星斗的黑暗夜空,仿佛传来了责备的话语:"我给予你的那种东西难道是空的? 莫非要等到帷幕落下,你才如此地坚信不疑?"

十七年

我是她十七年的相识。

多少交往,多少会晤,多少畅谈! 她有过多少梦想,多少暗示,多少推断;启明星的光辉有时伴着她,打破凌晨的酣睡,茉莉花的清香有时充满了六月的黄昏,有时响起了暮春时节疲惫的鼓乐声;十七年来,这一切都深深地织进了她的心里。

而且,每当我们相会,她总是呼唤我的名字。回答她呼唤的人不是造物主的独自创造,而是在对她十七年的了解过程中成长起来的;有时是在景仰中,有时是在藐视中;有时是在工作中,有时是在闲暇里;有时是在大庭广众之中,有时是在背地里;只是在对一个人的默默了解之中,我这个人才成长起来。

后来,又过了十七年。但是往昔的白昼,往昔的黑夜,在圣城的时候却一个也碰不见了,它们都已经失散。

然而它们每天都在问我："我们将在何处安歇？是谁把我们唤来,将我们包围着?"

我无法回答,只是默默地坐在那里思索,可是它们却乘风飞去。

它们说："我们出去探索。"

"探索什么?"

它们自己也不知道去探索什么,所以,时而飞向这边,时而飞向那边;就像傍晚不协调的行云潜入黑暗中,我再也看不见它们的身影。

最初的悲痛

过去的一条林阴道,今天已长满了芳草。

在这个无人之地,有人突然从背后说道："你认不出我了吧?"

我转过身来,望着她的脸,说道："我还记得,不过无法确切地叫出你的名字。"

她说道："我是你那个很久以前的、那个二十五岁时的悲痛。"

她的眼角里闪耀着晶莹的光泽,宛如平湖中的一轮明月。

我木然地立着。我说："从前,我看你就像斯拉万月的云朵,而今天你倒像阿斯温月的金色雕像。难道说你把昔日的所有眼泪都丢弃了么?"

她什么也没有讲,只是微笑着;我明白,一切都蕴含在那微笑里。雨季的云朵学会了秋季茉莉花的微笑。

我问道："我那二十五年的青春,莫非至今还保存在你的身边?"她回答说："你看我颈子上的这挂项链,不就是么。"

我看到,那昔日春天的花环,一片花瓣也没有凋落。

于是我说："我的一切都已衰老,可是怎挂在你颈子上的我那二十五年的青春至今都没有枯萎。"

她慢慢地摘下那个花环,把它戴在我的颈子上,说："还记得么? 那时候你说过,你不要安慰,你只要悲痛。"我羞愧地说："我说过。可是,后来又过了许多岁月,然后不知何时又把它忘却。"

她说道："心灵的主宰者是不会把它忘却的。我至今仍然隐坐在树阴下。你应当崇敬我。"

我把她的手放在我的手上,说："我难道就是你的动人的形象吗?"

她回答说："过去的悲痛,今天已经变成安乐。"

小议

现在我明白了，人们用非正义之火把自己未来的所有时光都烧成了灰烬，使它变成了黑蒙蒙的颜色，一日春天降临，那里就不会再萌发新叶。

很久以来，人们就准备着一个宝座。那个宝座向人们报告说，他们的神仙将要光临寒舍，神仙已经出发上路了。

人们发狂的时候，捣毁了长期准备的宝座，那时候圣地上那个被毁坏的祭坛说："没有一点儿希望了，谁也不会再来了。"

旷日持久的准备当时已经毁灭。那时节，从四面八方传来了喊声："胜利了，动物胜利了！"

我当时听人们说："今天什么样，明天也就什么样。时间就像一头戴着眼罩的公牛，永远绕着同一架榨油机转动，发出同一种悲惨的叫声。这就叫创造。创造就是盲人的哭泣。"

心灵说："那是为什么呀！就让歌声立刻停止吧！现在只有背负重担的争吵，再也没有满怀希望的歌声。"

从童年起望着那条路，我心里就一再感触到欢迎曲的气息——看到那条路在倾听着地平线的絮语，我就明白了，战车已经从彼岸出发——今天我凝望着那同一条路；我觉得，那里既没有行人的语声，也没有任何房舍。

七弦琴说："如果在漫长的道路上没有我乐曲的伴侣，那么就把我抛到路旁去吧。"

当时我望着路旁。我惊奇地看到，一棵带刺的树立在尘埃中；树上只开着一朵花。

我叫了起来："哎呀！那就是足迹呀！"

当时我看到，地平线在同宇宙窃窃耳语，当时我看到，它正在注视着苍天。当时我看到，在月光下树的叶子在瑟瑟抖动；透过竹林的缝隙，月光仿佛在向湖水眨眼示意。

道路说："不要害怕。"

我的七弦琴说："请弹奏乐曲。"

迎宾曲

一

筹备工作如此紧张，没有一点儿空闲容我静静地考虑一下，筹备的目的何在。

然而，百忙之中，我有几回推推心灵，问道："莫非有嘉宾莅临？""等着看吧。"心灵说，"当务之急是占领地盘，筹措材料，建造大厦。不要打搅我。"

我不再言语，埋头做事。我估计占够了地盘，备齐了材料，建成了大厦，会有答案。

地盘日益扩大，材料备足，七幢配楼已建成。我忍不住又开了口："请回答我的问题。""我没工夫，你再等等。"心灵有些不耐烦。

我不计较他的态度："你要占据更大的地盘，筹措更多的材料，建造更高的大厦？"

"或许如你说的那样。"

我暗暗惊讶："你至今不满意？"

"这立锥之地能担当接纳的重任？"心灵答非所问。

"接纳谁呀？"

"改日奉告。"

我偏偏刨根问底："来者是伟人？"

"也许是——"如此宽阔的场所，如此雄伟的建筑，竟然容纳不下他！我只得重又废寝忘食地劳作。谁见了都啧啧称赞："这是个勤奋的人。"我时常心生疑问，心灵这猴子恐怕未必知道来者姓甚名谁，他故意把一项项艰巨的任务压在我头上，借此回避回答问题。我多次想停工，侧耳倾听路上的足音；我没有心思扩建大厦，只想在里面点亮华灯；我无意继续筹措材料，而欲趁花事未歇，编个芳香的花环。

然而，我身不由己。心灵是我的总管，他日夜用天平、钢尺精确测量各种物品的重量、长度和价值。他的座右铭是"多多益善"。

"为什么需要这么大的场所？"有一天我问。

"他异常宏大。"

"他是谁？"

谈话往往到此中断，接下来是沉默。

当我纠缠他说："不行！你得明确地回答。"时，他勃然大怒："放肆！谁的规矩！你总是弄些没头没脑、轮廓不明、涵义玄奥的事情来妨碍我浩大工程的落实。关注一下我的处境嘛，形形色色的诉讼案件，各种各样的斗殴;棍棒、长矛、持枪的士卒充斥街巷;瓦匠、劳工、红砖、木材、水泥之间已无插足之地。一切清清楚楚,没有疑问,没有暗示,你为何视而不见,罗罗嗦嗦?"

我暗暗自责:我生来愚拙,而心灵是聪慧睿智的。于是,我又提篮运砖,搅拌泥灰。

二

过了一段日子,我扩展的领域越过了疆界。

大厦造了五层,六层正铺地板的时际,一刹那雨云消散;乌云变成白云;从盖拉莎山峰,融合晨曲的闲暇之风徐徐吹来,以玛纳斯湖莲花的清香熏染昼夜的时辰,使之同蜜蜂一样悠然自得。我抬头遥望,无垠的天穹俯视着六层大楼的傲岸的脚手架,发出清朗的笑声。

我兴奋不已,逢人便问:"喂,请告诉我哪阵风在奏乐?"

他们爱理不理:"别缠我,我有事。"

倒是一位头上绕着玉兰花条的疯子,背靠着凸露的树根,坐在路边前面自语:"迎宾曲飘来了。"

我不清楚我领悟到了什么,忙问:"不久可以见面了?"

他古怪地一笑:"是的,快了。"

我急忙返回账房,规劝心灵:"立刻停工!"

"荒唐! 人家嘲笑你是个蠢材。"

"我不在乎。"

心灵惊觉起来:"你是不是听到了什么风声?"

"是的,消息传来了。"

"什么消息?"

糟糕! 我也讲不清楚。不过确有消息说,从玛纳斯湖滨,一群仙鹤正沿着阳光之路飞来。

心灵摇摇头:"巨大的彩色飞车和庄严的仪仗队在哪儿? 我尚未听说尚未见到哩。"

这时,不知谁把点金石投向苍穹,顿时艳阳照亮四周的景物,隐隐听见喧哗:"使者到了。"

我匍匐在地,一面遥拜一面问道:"他果真光临了?"

周围欢声雷动:"是的,他已光临!"

心灵惊慌失措:"啊呀,六层地板正在浇铸,材料还未备足。"

空中传来响亮的命令:"推倒你的六层大楼!"

"为什么?"心灵迷惑不解。

"今日使者光临,你的大楼挡道。"

心灵瞠目结舌。

我忽又听见,"快,清理你的材料!"

"为什么?"心灵不服气。

"你堆积的材料侵占了地皮。"

我只得执行命令。繁忙的日子里,我建造六层大楼。清闲的日子里,一层层拆除;繁忙的日子里,我奔走于市场,采购建筑材料,清闲的日子里,我同它们诀别。

然而,哪儿是巨大的彩色飞车?哪儿是庄严的仪仗队?

心灵环顾四周。

他看见了什么?

秋晨的启明星。

仅此而已?

还有一簇素馨花。

仅此而已?一片。

又发现翅翼起落的一只喜鹊。

别无他物?

一个孩子笑着从母亲怀里扑进外面的阳光。

"你所说的来者仅为这些?"

"是的,为此晴空口吹奏情笛,早晨阳光明媚。"

"为此需要广阔的地域?"

"是的,你的国王需要七座金殿的王宫,你的主人需要满屋财宝。而他们需要整个世界,整个明丽的蓝天。"

"所谓的崇伟呢?"

"包含其间。"

"那个孩子给你什么恩惠?"

"他带来了五帝的恩典,带来了世界的希望、安逸和欢乐。他秘藏的箭囊装着百发百中的神箭，他心里排放着无敌的投论。"

心灵问我："哦，诗人，你略有所见，略有所悟？"

我答道："我赋闲正是为这个，以前没有时间，所以不能洞察幽微，大彻大悟。"

生命与心灵

一

我的窗前是一条红土路。

路上移行着载货的牛车；绍塔尔族姑娘头顶着一大捆稻草去赶集，傍晚归来，身后留下一大串银铃般的笑声。

而今我的思绪不在人走的路上驰骋。

我一生中，为各种难题愁闷、为各种目标奋斗的年月，已经埋入往昔。如今身体欠佳，心情淡泊。

大海表面波涛汹涌；安置地球卧榻的幽深的底层，暗流把一切搅得混沌不清。当波浪平息，可见与不可见、表面与底层处于充分和谐的状态时，大海是平静的。

同样，我拼搏的心灵安息时，我在心灵深处获得的所在，是宇宙元初的乐土。

在行路的日子里，我无暇关注路边的榕树，而今我弃路回到窗前，开始和他接触。

他凝视着我的脸，心里好像非常着急，仿佛在说："你理解我吗？"

"我理解，理解你的一切。"我宽慰他，"你不必那么焦急。"

宁静恢复了片时，等我再度打量他时，他显得越发焦灼，碧绿的叶片飒飒摇颤，灼灼闪光。我试图让他安静下来，说："是的，是这样，我是你的游伴。千百年来，在泥土的游戏室里，我和你一样一口一口吮吸阳光，分享大地甘美的乳汁。"

我听见他中间陡然起风的声响。他开口说："你说得对。"

在我心脏血液的流动中回荡的语音，在光影中无声地旋转的音籁，化为绿叶的沙沙声，传到我的身边。这话音是宇宙的官方语言。

它的基调是：我在，我在，我们同在。

那是莫大的欢乐，那欢乐中宇宙的原子、分子瑟瑟抖颤。

357

今日，我和榕树操同一种语言，表达心头的喜悦之情。

他问我："你果真回来了？"

"哦，挚友，我回来了。"我即刻回答。

于是，我们有节奏地鼓掌，欢呼着"我在，我在。"

二

我和榕树倾心交谈的春天，他的新叶是嫩黄的，从高天遁来的阳光通过他的无数叶缝，与大地的阴影偷偷地拥抱。

六月阴雨绵绵，他的叶子变得和云霓一样沉郁。如今，他的叶丛像老人成熟的思维那样稠密，阳光再也找不到渗透的通道。以往他像贫苦的少女，如今则似富贵的少妇，心满意足。

今天上午，榕树脖子上绕着二十圈绿宝石项链，对我说："你为什么头顶砖石，坐在那里？像我一样走进充实的空间吧。"

我说："人自古拥有内外两部分。"

"我不明白你的意思。"榕树摇摇身子。

我进一步解释："我们有两个世界——内在世界与外在世界。"

榕树惊叫一声："天哪，内在世界在哪儿呢？"

"在我的模具里。"

"在里面做什么？"

"创造。"

"在模具里进行创造，这话太玄奥了。"

"如同江河被两岸夹持，"我耐心地阐述，"创造受模具的制约，一种素材注入不同的模具，或成为金刚石，或成为榕树。"

榕树把话题扯到我身上："你的模具是什么形状，请描述一番。"

"我的模具是心灵，落入其间的，变成丰繁的创造。"

"在我们的日月左侧，能够稍稍显示你那封闭的创造吗？"榕树来了兴致。

"日月不是衡量创造的尺度。"我说得十分肯定，"日月是外在物。"

"那么，用什么测量它呢？"

"用快乐，尤其是用痛苦。"

榕树说："东风在我耳畔微语，在我心里激起共鸣。而你这番高论，我实在无法理解。"

"怎么使你明白呢。"我沉吟片刻,"如同你那东风被我们捕获,带入我们的领域,系在弦索上,它就从一种创造抵达另一种创造。这创造在蓝天,或在哪一个博大心灵的记忆的天空获得席位,我不得而知,好像有一个情感的不可测量的天空。"

"请问它年寿几何?"

"它的年寿不是事件的时间,而是情感的时间,所以不能用数字计算。"

"你是两种天空、两种时间的生灵,你太怪诞了,你内在的语言,我听不懂。"

"不懂就不懂吧。"我无可奈何。

"我外在的语言,你能正确地领会吗?"

"你外在的语言衍变为我内在的语言,要说懂的话,它意味着称之为歌便是歌,称之为想象便是想象。"

三

榕树伸展着他所有的枝桠对我说:"停一停,你的思绪飞得太远,你的议论太无边际了。"

我觉得他言之有理,说:"我来找你本是为了宁谧,但由于恶习难改,闭着嘴话却从嘴唇间泄流出来,跟有些人睡着走路一样。"

我掷掉纸和笔,直直地望着他,他油亮青葱的叶子,犹如名演员的纤指,快速弹着光之琴弦。

我的心灵忽然问道:"你目睹的和我思索的,两者的纽带何在?"

"住嘴!"我一声断喝,"不许你问这问那!"

我目不转睛地看着他。时光潺潺流逝。"怎么样。你彻悟了吗?"榕树末了问。

"彻悟了。"

四

一天悄然逝去。

翌日,我的心灵问我:"昨天,你凝望着榕树说彻悟了,你彻悟了什么?"

"我躯壳里的生命,在纷乱的愁思中变得混浊了。"我说,"要观瞻生命的纯洁面目,必须面对碧草,面对榕树。"

"你看见了什么?"

"我看见太初的生命包孕纯正的欢愉。他非常仔细地剔除了他的绿叶、花朵、果实里的糟粕,奉献丰富的色彩、芳香和甘浆。因而我望着榕树默默地说:'哦,树王,地球上诞生的第一个生命发出的欢呼声,至今在你的枝叶间荡漾。元古时代质朴的笑容,在你的叶片上闪烁。在我的躯壳里,往日囚禁在忧思的牢笼里的元初的生命,此刻极其活跃,你召唤它:来呀,走进阳光,走进柔风,跟我一道携来形象的彩笔,色泽的钵盂,甜汁的金觞。'"

我的心灵沉默片时,略为伤感地说:"你谈论生命,口若悬河,可为什么不有条不紊地阐明我搜集的材料呢?"

"何用我阐明!它们以自己的喧嚣、吼叫震惊天宇。它们的负载、复杂性和垃圾,压荡了地球的胸脯。我思之再三,不知何时是它们的极终。它们一层层垒积多少层,一圈圈打多少个死结,答案在榕树的叶子上。"

"噢——告诉我答案是什么!"

"榕树说,没有生命之前,那些材料不过是一种负担、一堆废物。由于生命的触摸,材料浑然交融,呈现为完整的美。你看,那美在树林里漫步,在榕树的凉阴里吹笛。"

五

渺远的一天的黎明。

生命离弃昏眠之榻。上路奔向未知,进入无感知世界的德邦塔尔平原。那时,他没有丝毫倦意和忧愁,他王子般的装束未沾染灰尘,没有腐蚀的黑斑。

细雨霏霏的上午,我在榕树中间看见不倦的、坦荡的、健旺的生命。他摇舞着枝条对我说:"谨向你致敬!"

我说:"王子啊,介绍一下与沙漠这恶魔激战的情况吧。"

"战斗非常顺利,请你巡视战场。"

我举目四望,北边芳草萋萋,东边是绿油油的稻田,南边堤坝两侧是一行行棕榈树,西边红松、椰子树、穆胡亚树、芒果树、黑浆果树、枣树茂密交杂,郁郁葱葱,遮蔽了地平线。

"王子啊,你功德无量。"我赞叹着,"你是娇嫩的少年,可恶魔老奸巨猾,心狠手毒。你年幼力单,你的箭囊里装的是短小的箭矢,可恶魔是庞然大物,他的盾牌坚韧,棒棍粗硬。然而,我看见处处飘扬着你的旌旗,你脚踏着恶魔的脊背,岩石对你臣服,风沙在投降书上签字。"

他显露诧异之色:"你在哪儿见到如此动人的情景?"

我说:"我看见你的阵营以安详的形态出现,你的繁忙身着憩息的衣服,你的胜利有一副温文尔雅的风度。所以修道士坐在你的树阴下学习轻易获胜的咒语和轻易达成权力分配的协议的方法。你在树林里开设了教授生命如何发挥作用的学校。所以倦乏的人在你的绿阴里休息,颓唐的人来寻求你的指教。"

听着我的颂赞,榕树内的生命欣喜地说:"我前去同沙漠这恶魔作战,与我的胞弟失去了联系,不知他在何处进行怎样的战斗。刚才你好像提到过他。"

"是的,我称他为心灵。"

"他比我更加活跃,他不满意任何事情。你能告诉我那不安分的胞弟的近况吗?"

"可以讲一些。"我说,"你为生存而战,他为获取而战,远处进行着一场为了舍弃的战斗。你与僵死作战,他与贫乏作战,远处进行着一场为了积蓄的战斗。战斗日趋复杂,闯入战阵的寻不到出阵的路,胜败难卜。在这迷惘的彷徨之际,你的绿旗高喊'胜利属于生命',给战士以鼓舞。歌声越来越高亢,在乐曲的危机中,你朴实的琴弦鼓励道:'别害怕,别害怕!我已谱写了乐曲的基调——太初的生命的乐调。一切疯狂的调子,以美的复唱形式,融合在欢乐的歌声中,所有的获取和赋予,如花儿开放,似果实成熟。'"

评析:

"两个人之间,横亘着无限的天宇;在那里一片寂寞,在那里没有话语。只有用笛声去填补那巨大的寂寞。如果没有辽阔天宇的掣隙,竹笛就不会奏起乐曲。"

多么质朴清丽的诗句,多么促人深思的哲理。在本诗集中,诗人深入浅出地阐释人生的哲理,让人领悟更多的人生真谛。

叶 盘 集

杯形花

赠给我的一种花,叶子是草绿色,紫花似精巧的盈光杯。

我询问花名,得不到答复。

它是容涵无名星星等无量数未知的宇宙家族的成员。

我在幽秘的私人知识库内,为它起名为"杯形花"。

应邀在花园就座的还有天竺、牡丹、晚樱花、金盏草。

它享有不被考证、围观的自由,未戴上种姓的枷锁,是脱离社会的游方僧。

"杯形花"眼看着凋谢了,风儿不曾把凋谢的声音送进耳朵。

分子般密集的瞬息,组成它的星相,它胸中的蜜凝成微粒。

短暂的时光里有它完整的旅程,它单一的意象中现映太阳舒张火焰的花瓣的历史。

司节令的神明用极细的笔触,在纤小的叶片的一角记述它的身世。

与此同时揭示宏伟的历程,目光却不从一页移向另一页。世纪的流水,像一个拖长的音节之波。

汪洋中沉浮一座座丘岗。大海沙漠发生沧桑变化,岁月的长河中,创造的冲突锤炼这小花的初始的信念。

亿万年来走在盛开、凋残的路上,"杯形花"古朴的信念,变得新颖、鲜活、生动,它最终的形象尚未显露。

它无形的信念,不用线条勾画的肖像,存在于哪种不可目睹的冥想之中?看不见的情景,富于无穷想象,融和了我,也记录了一切人的过去和将来的历史。

心的绿叶

心的无数无形的绿叶,千年万代一簇簇在我的周围舒展。

我隐附于林木,它们是渴饮阳光的执著的化缘僧,每日从青天舀来光的甘汁,把贮存的看不见的不燃的火焰,注入生命最深的骨髓;从繁花,从百鸟歌唱，从情人的摩挲，从深爱的承诺，从噙泪献身的急切，提炼醇香的美的结晶。

被遗忘的或被铭记的美质的众多形态，在我的条条血管里留下"不朽"的真味。

各种冲突促发的苦乐的暴风，摇撼散发我情愫的叶片，加添密集的喜颤，带来羞辱的喝斥、忐忑不安的窘迫、污染的苦恼和承受生活重压的抗议。

是非对抗的奇特的运动，澎湃了心灵的情趣的波澜，激情把一切贪婪的意念，送往奉献的祭殿。

这千古可感而不可见的绿叶的絮语，使我清醒的痴梦幻灭，在苍鹰盘旋的天边那杳无人烟、蜜蜂嗡鸣的正午的闲暇里，在泪花晶莹，握手并坐的恋人无言的缠绵上，落下它们绿阴的同情，它们轻拂着卧眠床榻的情女起伏的柔胸上的纱丽边缘。

它们的摇曳把激动的抖颤带往情侣期待的心慌的吉日良辰。

由于心之胸上追求旨趣的绿叶的关怀，我与世界所有的财富连在一起。

它们捕捉到细微末节，捕捉到事物的往昔；把节奏赋予听不见的歌韵。

它们从女性的心里给我的心送来元古时代心灵最初奇妙的娱乐，送来一对对新人的表情中亘古如斯的甜蜜的欢愉。

它们在男子胜利的螺号中搏动；男子临凡具有一往无前的气概，以死的光辉扩展自己的不朽，在水域、陆地、天空，勇猛而坚毅地战胜艰难险阻。

我晓得今天是我的叶簇凋枯的日子。

我仰天发问："何处是创造的乐园的主宰？生活的幽茫的深处，日日夜夜我绿叶的使者所携的不可估量的至珍的积蓄完整精细地凝成我的形象，我将古往今来大千世界上这独一无二的形象，置于何处何时哪位高超的乐师哪位鉴赏家的眼前？谁的右手的妙影下，它被认为是不可详析的？"

地球

夕阳西坠,黄昏的祭坛下,地球,接受我双手合十最后的顶礼!

女中俊杰,你历来受到英雄的尊崇。

你温柔而刚烈,秉性中糅合着男性、女性的迥异气质;以不堪忍受的冲突摇撼人们的生活。

你右手擎着斟满琼浆的金钟,左手将其击碎。

你的游乐场响彻尖刻的讥嘲。你剥夺英雄们享受高尚生活的权力。你赋予"至善"以无上价值,你不怜悯可怜虫。

你在繁茂的枝叶间隐藏了无休止的拼搏,在果实里准备胜利花环。

海洋,陆地,是你惨烈的战场——面对死亡宣布战胜者的胜利消息。

在你"冷酷"的地基上,建起文明的凯旋门,稍有纰漏,付出的最高代价是倾覆。

你历史上鸿蒙初碎的时期,颛顼、野蛮、酷虐的恶魔,拥有不可抵御的权势。

恶魔的手指粗硕,不加修饰;挥舞铁杵捣弄沧海、群山。

它的烈焰毒雾,噩梦般地混沌了青天。

它是无生命世界的太上皇,对生灵怀有盲目的忌恨。

此后出现了天神,喃喃诵念降伏恶魔的咒文——无感觉物的气焰大为收敛;孕育生物者危坐在铺展的绿茵上,朝霞伫立在东方的山巅;西方海滨降临的黄昏,头顶着安靖的金罍。

太初的戴镣的野蛮的恶魔,变得略为驯顺,但兀自死死抓住你的历史;出其不备地把"骚乱"塞进太平盛世;它盘纡地从你本性的、黝黑的洞穴里钻出来。你的脉管里残留着它的癫狂。

白天,黑夜,天神以高亢、雄浑的声音诵念,诵念的经文传遍苍穹、空气、丛林。

从你胸膛的深处,恶性未绝的蛇妖不时吐舞信子——逼迫你鞭打你的物象,破坏你自己的创造。

为着你生气勃勃的美好名声,在你善恶皆有的足前,我献上伤痕累累、备受凌辱的生命的敬意,以全部的身心,我感觉了、接触了你沃土下隐秘的博大的生与死。

千秋万代,无数人的骨殖腐化在泥土里,我也将遗留几掬黄土,把我一切悲欢的总和，羼入吞噬姓氏、形态、身世的无语的泥土里。

禁锢于不可撼动的樊笼里的地球，从星云团中逃遁的地球，在山岳的神圣的冥想中入定的地球，海涛不眠的喧豗的地球。饱饮，你妩媚丰腴；饥馑，你瘦骨嶙峋。

有的地方，是稻穗垂首的丰饶的田野，喜悦的旭日，每天以金色的罗绡拂拭晶莹的露珠。

绿浪起伏的稼穑上，夕阳无声地说："我非常欣慰。"

有的地方，是无水无果、可怖、阴惨的荒漠，蜃景中的幽灵在禽兽的骷髅上乱舞。

初夏，我看见你的风暴像黑鹰，争夺电光之鸟啄住的地极，天空像雄狮振鬣般嘶叫，尾巴扫过片片林野，树神呻吟着跌落尘埃；破屋的茅草随风飞扬，像一群敲碎铁链越狱的囚犯。

春天，我看见温煦的南风，把离合时的歔欷散布于芒果花香；天宫醍醐的泡沫溢出月亮的玉觞；一阵聒噪的夜风搅扰得飒飒的秀木丧失心境的宁静。

地球，你温存而凶狠，古老而年轻，你诞生于无从推算的往昔的早晨里那太古创造的祭火中。

你驾舆前去朝觐，沿途撒下陈旧历史的无谓的残骸；毫不痛惜地把过时的创造物掷弃于无数遗忘的渊薮。

万物的滋育者，你养育我们在短暂时光的小笼里。

里面，限制着一切的游戏，湮灭着一切的功业。

今日我站在你面前，不抱任何的奢望；虽说我平常日夜编织花环，却无意在你门口提出不朽的要求。

你亿万年围绕太阳运行的轨道上，无量的瞬息忽闭忽合，它的一个微小的瞬息里，假若我提供了一个席位的真实价值，在一生的某个富有成果的阶段中，假若我战胜了巨大悲痛，那么，愿你在我的额头点个吉祥如意的泥痣。

它将隐逝在所有遗迹化为迷团的夜里。

呵，冷峻的地球，被你彻底忘却之前，此刻，让我匍匐在你冷淡的足下，稽首施礼。

非洲

太古的混沌时期,自轻的造物主一回回砸毁自己塑造的物象。

他烦躁不安、频频摇头的时刻,凶猛的大海伸手从东方的怀里攫走了你——非洲,把你幽禁在密林守卫、阳光吝啬的内宅。

孤寂的时刻,你收集莫测的奥秘,识读水、土、太空的不可理解的符号。

造化的看不见的魔术,在你意识寡少的脑际激发诵经的欲念。

你装成丑陋的模样冷嘲"恐怖",急骤地擂击鼓鼙,以磅礴的气势为自己壮胆,借此战胜心头的惶恐。

唉,以浓阴遮面的女人,浑浊的鄙夷的目光下,你那黑色面纱后的容貌鲜为人知。

他们来了,拎着铁链手铐,指甲的锋利甚于你森林里的豹齿,他们是来逮人的。

他们的骄横比不见天日的丛林还要昏黑。

"文明"的野蛮的贪婪,暴裸了无耻的灭绝人性。

惨雾笼罩的林径上荡着你无声的涕泣,你的血泪浸浊了尘土。

强盗们的钉靴蹂躏的荒凉的土地,在你受辱的历史上留下永久的痕迹。

可是大海的彼岸,他们村落的教堂里,早晚响着礼拜的钟声,对慈悲的上帝祈福。

婴孩在母亲的怀中嬉笑,诗人的歌声抒发对美的追求。

当席卷西方地平线的风尘窒息了黄昏,当野兽爬出秘窟,用不祥的怪叫宣告一天的死期,脱颖而出吧,划时代的诗人!

披一身夕阳的余晖,站在失却贞操的女人的门口,恳求说:"请你宽恕。"

让此话在充满杀气的叫嚣声中,成为你文明的最后的祝福。

登山

我处于生活中错杂地聚集的苦乐里,身边忽然跑来了一小段美好的时光,像在山道上的乱石堆里,意外地捡到一颗宝石。

我多次起过为婆婆蒂①编一串项链的念头,可是鼓不起动手的勇气,我是担心语言的贫乏,担心匆忙草率,必然置质朴自然于不顾。

那时我住在大吉岭公路下面一幢幽静的别墅里,游伴兴致勃勃地提议登临兴吉尔峰,在那儿过夜。

可我对进入修行的雪山之王肃静的宫殿信心不足——脚夫背起我们的行囊和消闲的物品。

我只带一把琴、一盒点心。朝气蓬勃嬉笑不绝的年轻人簇拥着我。

骑术不精的那格古帕尔骑在马上,年轻人一路上拿他取乐。羊肠小道上,飘绕着豪爽的笑声。

我们自信:我们几个人能以生活的乐趣填补丘壑之室的空寂。

黄昏将临,山路断绝,我以为将出现激动人心的场面,大家情不自禁地雀跃欢呼,使苍茫暮色似泛沫的美酒。

登上支撑寥廓青空的高峰,骋目远望,河川似线,夕阳坠入迢遥的西山峡谷。

西方的极乐宫里,仙童不慎打翻斟满金色琼浆的玉觞,汪洋的霞光陶然着大地。

说笑的游伴们静了下来。

我默然伫立。七弦琴静卧地上,世界仿佛停止喧哗,专注地仰首观察。

我们没有出生在写经咒的时代,无人闭目诵咒,不管是高亢的还是低沉的。

蓦然回首。但见前方一轮圆月,好似友人爆发的朗笑,又像天宫诗人一挥而就的一首颇耐咀嚼的朦胧诗。

通晓古乐的乐师日日弹唱。有一天四下里无人,金弦、银弦同时弹出旷古未闻的相同的乐章。

那天他与乐音一道沉入无限的静寂,琴弦也许已经被他毁坏。

弹奏那妙乐的日子,我降生人间,得以发出赞叹:美哉,大千世界。

---

① 婆婆蒂是艺术女神。

假期

卡里达斯·那加①先生台鉴：

而今我悠闲的情状，如同水稻割完的空荡荡的稻田。

阿斯温月②人们回家过节；他们假日里远逼的江河，在漫长的赭色土路的尽头与我闲暇的广阔的海滨汇合。

我的闲情散布于漫无边际的孤凄的离别；那里的德邦达尔平原上，虚构的王子骑飞马风驰电掣地奔向死海紫雾缥绕的回忆之岛。

岛上幻影之宫的凄清的寝室里，公主终年受苦恋的折磨。

从一个世界到另一个世界，我不停地移位。

降临我心田的憩息，好似荷花上暮秋的静谧。外面风平浪静，变化尽在里面。与两岸一起酝酿荣枯的热情消失殆尽。恬淡的心潮中，漂浮的不连贯的思绪，形成极小的旋涡，漆黑的夜里，它胸前的衣襟兜满繁星的暗影。

我依然记得儿时的情况：换空气意味着从卧室爬上屋顶；偷越苦读的铁栅去休息，在无垠的蓝天铺设离愁的浓密的空虚。

强大的引力在血管里气势磅礴地演奏着不可得、不可懂的愁恼和回避失败的音乐。

青翠的美感有时倏地摒弃窥视中未露的心迹，沿着离歌荡漾的小径远去，像春林里牝鹿喘息着，茫然地朝天边奔跑。

在充满莫名的孤独的无限幽静中，我就这样一天天熟悉了观赏藏匿的美景的假日。

需要换换空气——这想法今日突然喘着气，在家家户户无数人心头升起。

仔细查阅火车时刻表，打点行装，腰里的钱袋瘪了。

为欲望套笼头者，在高空望着他们微笑。

我发现了他，所以搬张椅子，静坐在庭院里。

我看见雨季扛着卷捆的黑毯归去。北风迟疑地撞击九月瓷实的闷热。绍塔尔族少年卖完了一束束露兜花。旷野里游荡的黄牛，在斯拉万

---

① 卡里达斯·那加是孟加拉教育家。

② 阿斯温月，印历六月，公历九月至十月，印度教徒这月欢度杜尔迦大祭节。

月、帕德拉月饱餐芳草,行动迟缓,不知它们的满足,是在没脸的丰茂的碧草里,还是在脊背上暖阳酿造的松快里。

我没有接受换空气之责:承担此任的是雷罗耶车站外面司方向的八位神仙。

他们是创造人世度假乐趣的技师。他们的新笔饱蘸奇妙的光的色彩,涂抹夕阳冉落的西天。

阳光照耀的缀满花朵的达迦尔枝桠上,他们遣差的一群蝴蝶,纤翼翩翩跳着缤纷的舞蹈,引起枝叶一阵阵喝彩。

最近的光阴伴着花园里几株玉兰花开放、凋落的节奏,迹象表明它们将隐退幕后;素馨花急于上台;茉莉花尚未告辞。

初七的月光照临雪白的芦花。拜神的吉期,明月蒙一方雨水新涤的绡纱。

今日河流陆地上不花钱可换空气,顾客躲避它,走进商店市场。

天帝珍贵的赐予藏在不标价的景观里,易得的面幕之下,是难得的珍宝。

今天他把许多清贫的假日,从人群撤回到几位固执的野夫的茅屋。

亲自为他们安排的娱乐的价值在天庭,数量无法确定。

他俯视着他们,通过无数个年代之前早已派来节日的乐师。

情笛吹奏,我的双目加入了轻云的行列,飘向"隐逝"的渡口。

我的神魂弃家前往安置了席位的宁馨的幽会之地,一切的实有踏上了"超脱"的旅程。

假期度完时,我清静的旅行结束了。

换空气的人成群地归返,又会来催我完成剩余的工作。

我的回程票已经到期,离开此地回到彼地,中间是无边的海洋。

雨季的一天

修竹飒飒颤动的柔枝上,降下雨丝软化的紫云的浓影。

禾苗光洁的嫩叶上,拉开了田野生命力孕育的序幕。

雨季是那样丰富,那样充实,那样欢乐,天界、人间、空气、阳光里,它的形象无比广大,岁月狭小的范围难以将它限制;它不可胜数的青藤充盈着波涛汹涌的大海那种"无限"的恒久的亢奋。

一个月之后。

落下斯拉万月外表肆虐的慈爱,胜利的征途艰险而无尽头,碧绿的新叶肩负渐萌的稻穗,一刻不停地行进。

在它青春的豪放之上,太阳普洒含笑,灿亮地好奇,夜星倾注恬静的惊异。

一个月之后。

风中停息了疯狂的骚动,从宁静澄明的秋空,传来法螺吹出的无声号召——做好准备!

露水沐浴的仪式宣告结束。

一个月之后。

从喜马拉雅山吹来的凛冽的秋风,在"葱绿"身上镌刻"枯黄"的预兆,光照赐予的颜色中变幻着大地赐予的色泽。

一群鸿雁飞落河岸,沙滩泥路上飘散着芦苇的花絮。

一个月之后。

黄昏将斜阳推入暮霭,金色的稼穑隐入黑暗的包围。

之后,空旷的田野里,往日的痕迹抓住死根苟延数日,末了被火舌舔成黑灰。

又过了一个月。

田塍上走过赶牛的牧童——没有任何损失,没有丝毫悲哀。

地边一棵孤独的菩提树,沉浸在自己的凉阴中,像面对朝阳拨珠诵咒的隐士。

晌午,牧童在树下吹笛,古老的乡曲,在青铜般温和的晴空萦绕。

浩荡的长风,是旧岁的落潮中漂游的悠悠时空的一声长叹。

流年,旅人,一日也不会趑回身后过夜的驿馆。

还原本相

好客的主人哟,招呼羁旅的行客,进入你的厅堂,打消他的顾虑!

他徘徊在"昏暗"的贫民窟,自己的黑影与他相随,时而在前,时而在后,误认为黑影是真实,他满心悲苦、忧悒。

站在门口高举你的明灯,驱散他的暗影,止住他的惊悸。

年复一年,他在你楼宇外面逡巡,没有勇气进去,是怕丢失外面的财物。

在你的神庙,展现属于他的天地,那儿廓清了"过于熟识"的螟黑,清除了"陋习"的残骸,绽放着隽永的美色。

他住在旅舍,胸前抱着他的座位他的卧榻,唯恐随时失去为之付出租金借以度日的东西,他建造物质的屏障。

让他在樊笼外面,品尝一回家庭安恬的趣味!

他不曾赢得认识自己的时间,他被厚韧的泥幔覆盖;揭开泥幔,展示阳光、欢乐,展示他与你形象的相同之处。

召唤他生活的甘苦跃入你祭坛的圣火,点燃勇敢的火焰,让该成为灰烬的成为灰烬!

哦,好客的主人,招呼他进入你的厅堂,让以旁人面貌出现的他,还原他的本相!

今昔

西海里沐浴完毕,黄昏披散着湿发来临。

痴梦的一缕轻烟,升向神秘的星空。

迷离、沉寂的时刻——我不提她的姓名。

她刚刚梳妆,身着天蓝色纱丽,独坐在凄冷的露台上唱歌,可能知道也可能不知道,我立在她身后。

她唱的兴库调的歌词是:"你若颖悟你将归去,我不会,决不会挽留你,一似我不挽留启明星。"

聆听间,世俗的帷幔不翼而飞,好似异卉奇葩的看不清的美妙的舒展;淡淡的芳香弥漫天际,不可获取之物的慨叹,是历经磨难的未赏之愿的微语。

超度亡灵的吠陀经咒,曾揭开世界的幕布说:"人世的尘土是甜蜜的。"

我的心用同一种声音说,人世的尘土是乐曲。死亡,哦,甜美的死亡,展开你歌的翅膀,携我飞往来世!

我眼里的她,像是坐在幽暗石阶上的仙女,绯红的纤足浸在黄昏黝黑的水里,无岸的湖里荡起乐音的潋澜,我起伏的胸膛震颤的微风,抚摸着她的周身。

我眼里的她,像花烛熄灭的洞房里的新娘,企盼的缠绻在即,脉管里热血沸腾。

北斗星凌空不瞬地俯视,柔风送来宛转动听的情曲。

我眼里的她,仿佛已返回前世似曾相识的迷惑之中。

她撒开一张歌曲之网,捕捉遁逸今时的信息,以乐音探触,反复搜寻失落已久的交往的细节。

超过露台的胡桃树梢,升起了下弦月。

我叫了她一声,她霍地站起,转身瞅着我,皱着蛾眉说:

"讨厌,干吗偷偷摸摸?"

我一言不发。

我不曾说:"不要无谓地责怪",不曾说:"你可以亲昵地说声'来呀,见到你我特别高兴'"。甜情蜜意蒙上灰尘。

第二天有集市。

我坐在窗口眺望。烈日烤灼着毗邻的空阳台,以澄清的光荡涤昔年春夜的痴醉。

阳光贵贱不分地照耀平畴,照耀高利贷者的铁皮屋顶,照耀可装蔬菜的一摞摞竹篮、一捆捆稻草、一堆堆铁锅,照耀样式新颖的陶罐。

太阳的点金棒触点着树冠圆大的苦楝树的花蕾。

路边的菩提树枝缠绕棕榈树干,失明的托钵僧在树阴下击钵吟唱:"今日归去,明朝复来,我瞻望未来的岁月。"

贸易的杂乱有趣的背景上,民间谣曲绣上了凡世热切的心语:瞻望未来。

两只水牛眼神阴郁地拉着货车,脖上的铜铃当当响,从木轮的转动抽出凄凉的声响。

今日天光仿佛展布着泥土的笛音。一切令人心旷神怡。

我的心又以吠陀经文的韵律唱道:"甜蜜呀,人世的尘土。"

煤油店门口当今的一位行脚僧,映入我的眼帘。他穿着缀补的道袍,腰间系一只手鼓。

四周聚了不少人。

望着形态古怪的僧人唱歌,我哑然失笑,他也来完美集市的景观。

我把他叫到窗前,他继续唱道:"我赶集寻觅不可把握的东西,众人将我硬拽到这里。"

世界在我中间

眼眶里盈满睡意,却一再地苏醒。

好像烟湿泥土的第一阵新雨,渗入林木的根须,雾季新鲜的光束贯透睡意,直抵我朦胧的心底。

下午三时。

阳光映照的洁白的云片,缓缓移动,有如幼神的纸船。从西方吹来的疾风,摇晃罗望子树的枝条。

北面牧牛人村落的路上,一辆牛车扬起的灰黄的尘土,在淡蓝的天空扩散。

正午宁静的时刻,我的心魂驾着无虑的扁舟,在清闲之河里漂流。

人世的码头这扯断缆绳的日子,不受任何琐事的束缚,渡过彩色之河,黄昏消失在微波不起的睡眠的黑海。

在光阴之叶上,用淡墨写的日子的笔迹,渐渐漫漶。

人的命运之书上的日子,用粗重的字母记载,两者之间有巨大的空隙。

树木的枯叶落地,偿还泥土的债务。

我疏懒的时日的落叶,未将任何东西归还人群之林。

然而我的心儿说:"受纳是偿还的一种形式。"

我的身心承受空中降落的创造之霖,一似稻田,一似林莽,一似轻纱般漂泊的秋云,我的生活,被彩色雨丝染得五彩缤纷。

它们共同丰满了今日的世界肖像。

我的心里交射着多种光束,雾季暖融融的烟雾触动我恒河、朱木那河交汇般的半睡半醒。这难道不曾融入世界肖像的背景? 水、土、天的"情味"的祭坛上,与菩提树鲜灵的新叶一同闪光的我的莫名的欢愉,在世界历史上不留下印记,但世界的表演包含它的艺术。

这充盈"情味"的时刻,是我心湖的红莲的果实。

在时令的殿堂,莲子编成我欢乐的永恒生活的一串项链。

清闲的默默无闻的今日,并未造成莲子项链的缝隙——

相反,它是新缀的一颗。

昨夜窗前独度。

下弦月挂在青林的额际。

同样的人世，但通晓古典音乐的艺术家，以朦胧月色的韵律，改换它的曲调。

途中奔波的世界，此刻呈现为花苑里铺裙安卧的沉静。不理会近处的家庭，它在倾听星光中讲的神话，回忆鸿蒙时代的童年。

林木肃立，全身仿佛凝聚夜的静寂。

斑驳的树阴落在草丛的暗绿上。

白日的生活之路旁边，树阴是殷勤的侍者，炎炎的晌午送来安谧，为牧童提供憩息的场所。

月夜他们无事可做，兄弟姐妹一齐在月色的身上，随心所欲地挥毫作画。

我白昼的魂魄，改变自身的弦琴之幕。

我仿佛飞至与地球相邻的行星，用望远镜方能看见。

我将充实心灵的深沉的情愫，注入万物创造的中心。

在我的感知里，那明月，那繁星，那黑黝黝的树林，浑然一体，完整，阔大。

世界获得了我，在我的中间发现了它自己，这是倦怠的诗人莫大的欣慰。

暴风雨

暴风呼啸着寻衅滋事，乌黑的云团翻越落日的彩墙，须臾间冲到外面。

仿佛天宫的象厩着火，那头因陀罗①的坐骑生的黧黑的幼象，甩着象鼻嘶叫着奔驰。

黑云映射的红光，像它伤口涌流的鲜血。

闪电在云间跳跃，挥动寒光闪闪的巨钺；地平线喷发着雷鸣。

西北边的芒果园里传来粗重的喘息。

接踵而来的是昏暗和呛人的尘土，枯枝败叶满天飞舞。

———————————————

① 因陀罗是印度神话中的雷神。

坚硬的沙粒打得脸生疼。

天空像着了魔。

行人趴在地上,浓密的冥暗中失散的黄牛在哀哞,远处河埠上人声鼎沸。

弄不清哪个方向遭到怎样的灾祸。

心里怦怦直跳,猜想着出了什么事。

乌鸦匍匐在地,喙咬住青草,双翼扑扇,拼命地挣扎着。

翠竹被暴风摁在水面上,竹梢左右摇晃,似在愤恨地咒骂。

凌厉的暴风磨刀霍霍,刀刺透"幽暗"的胸膛。

天空、水中、田野上旋转着恐怖。

突然,平原发出泥土味的叹息,随即大雨倾注,斜风把雨滴劈碎,轻薄的雨雾覆盖树林,遮掩神庙的尖顶,捂住铜铃当当的声音之口。

后半夜风敛雨止,夜色像黑糊糊的试金石;只有蛙噪与蚤鸣遥相呼应,点点流萤忽明忽灭,从梦中惊醒的夜风中,树上的水滴渐渐沥沥地垂落。

我是太阳的真实

肉体长期载负几许卑微时刻的气恼、忧虑和欲望的垃圾。

污染的表皮遮盖心灵自由的面貌。

戴着真实的面幕掩盖着真实;用死的泥团塑模自身的偶像,从中发现死的征兆,立即惶悚地央告。

它为诓骗自己而做游戏,又竭力忘却游戏。

以费尽心机储存的财富,生产死亡的祭品;贬褒的泡沫浮荡,啼笑的旋涡急转。

它把哀号的火焰喷出胸腔,从虚空回收灰烬———一天天累积成堆。

每日清晓,地球以元古初创时不倦、纯洁的神的面目出现,循着它睁眼射出的阳光,我寻觅我的内心世界。

心灵是无数瞬息的错杂的脏网缠裹的躯体放逐的所在,那儿已麇集黑夜各种徒劳、多余的愁闷和遗忘的日子不经意攒积的拙作———它们的邀请是无声的,但已作出答复。

那时浮想联翩,哦,太阳神,隐居的骚人曾对你祈祷:

"呵,太阳,你的金觥里隐藏着真实,揭去罩盖吧!"

我每日也从东方地极放射的霞光中播布我的苏醒;呵,太阳神,摒弃我的肉身和躯壳,在你光体的火的微粒里制造的我那肢体看不见的原子里,有你吉祥的容貌,让它显露吧,显露在我明净的视野里。

我最深邃的真实,与太初时代未成形的地球一起融化在你的恢弘里,那真实是你的。

世世代代,时而在碧波荡漾的河畔,时而在波斯海湾,时而在喜马拉雅山麓,在你光华的稳定的中心,人们目睹自己高尚的形象,快慰地说:"我们明白了我们是'不朽'的后裔,看见了黑暗的彼岸出现的太阳般灿烂的伟人。"

如今你是冷月

如同帕尔衮月①林野缤纷的旖旎一天天退化为维沙克月②贫困的干枯,呵,娇柔的丽人,你毫不怜惜地舍弃了荡人魂魄的魅力。

你曾亲手把痴迷注入我的双目,把奋跳注入我的血液。

而今,你神奇的甘浆倾倒在地上。

你漠视我的赞扬,忘记呼出我瞳仁里的惊诧;你的服饰不泄露激情,听不到钏镯文静的琤琮——它曾赋予我的姓名以韵律。

我听说云雾曾环绕月亮,那时它有五彩的艺术、乐音的神秘和崭新的丰采,此后为何渐渐失意落寞,自身的娱乐之流趋于干涸?

她的情姿为何慵倦?她身上爆发丧失友谊的光影的矛盾——从此花儿不再开放,清涧不再流动。

对于我,如今你就是默默无言的冷月,心里没有烦恼,没有忧愁。你曾用我爱的色彩,将你装饰成令人销魂的新奇的女性,可你今日蒙上亘古的黑幕,无色也无语。

你越是忘记奉献你自己,你越是显得奇妙。

你欺哄我,等于剥夺你的成功。

你鲜妍的时日的碎片,一层层堆积在我的心头——昔日的牌楼、楼宇

---

① 帕尔衮月是阴历十一月,公历二月至三月。
② 维沙克月是阴历一月,公历四月至五月。

的基石,成了杂草丛生的荒径。

我居住在你倾圮的富丽之厦的废墟里,在泥土下的黑暗中寻觅,聚集手所触到的一切。你住在吝啬的灰暗的沙漠中,那里没有解渴的水,也没有诱惑干渴的海市蜃楼。

大地的震颤溶入我的心律

下午我坐在码头最后一级石阶上,碧澄的河水漫过我的赤足,潺潺地流去。

多年生活的残羹剩饭、狼藉的餐厅远远落在后面。

记得消费安排常常欠妥。手头有钱的时光,市场上生意萧条,货船泊在河边,散集的钟声可恶地敲响。

早到的春晓唤醒了杜鹃;那天调理好弦索,我弹起一支歌曲。

我的听众已梳妆停当,桔黄的纱丽边缘掖在胸前。

那是炎热的下午,乐曲分外倦乏、凄婉。

灰白的光照出现了黑色锈斑。停奏的歌曲像熄灯的小舟,沉没在一个人的心底,勾起一声叹息。

灯再没点亮。

为此我并不悔恨。

饥饿的离愁的黑洞里,日夜流出激越的乐曲之泉。白天的阳光下它舞蹈的广袖里,嬉戏着七色光带。

淙淙流淌的碧清的泉水,溶和子夜诵咒的音律。

从我灼热的正午的虚空,传来古曲的低语。

今日我说被播弄的生活富有成果——盛放死亡的供品的器皿里,凝集的痛楚已经挥发,它的奖赏置于光阴的祭坛上。

人在生活旅途上跋涉,是为寻找自己。

歌手在我心里闪现,奉献心灵之人尚未露面。

我望见绿阴中,我隐藏的形象,似山脚下微波不漾的一泓碧水。

暮春池畔的鲜花凋败,孩童漂放纸船,少女用陶罐汩汩地汲水。

新雨滋润的绿原庄重、广袤、荣耀,胸前簇拥着活泼的游伴。

年初的飓风猛扇巨翅,如镜的水面不安地翻腾,烦躁地撞击环围的宁谧——兴许它蓦然省悟:从山巅疯狂飞落的瀑布已在山底哑默的水中屈服——因徒忘掉了以往的豪放——跃过巉岩,冲出自身的界限,在歧路被未知轰击得懵头懵脑,不再倾吐压抑的心声,不再急旋甩抛隐私。

我衰弱、憔悴,对从死亡的捆绑中夺回生命的叱咤风云的人物一无所知,头顶着糊涂的坏名声踽踽独行。

在险象环生的彼岸,知识的赐予者在黑暗中等待;太阳升起的路上,耸入云际的人的牢狱,高昂着黑石砌成的暴虐的尖顶;一个个世纪用受伤的剧痛的拳头,在牢门上留下血红的叛逆的印记;历史的主宰拥有的珍奇,被盗藏在魔鬼的钢铁城堡里。

长空回荡着神王的呼吁:"起来,战胜死亡者!"

擂响了鼓鼙,但安分的无所作为的生活中,未苏醒搏杀的犷悍;协助天神的战斗中,我未能突破鹿砦占领阵地。

在梦中听见战鼓咚咚,奋进的战士的脚下道路的震颤,从外面传来,溶入我的心律。

世世代代的毁灭的战场上,在焚尸场巡回进行创造的人的光环,在我的心幕上黯淡了下来;我谨向征服人心、以牺牲的代价和痛苦的光华建造人间天堂的英雄躬身施礼!

你往世的挚友

妙龄女郎啊,悠远的古代与当今的新时代相仿。

南风习习的时节,曾有我这样一个人。

是林花的清芬引导我沿着烟雾迷蒙的路径跨入你的新时代。

可能的话,把我当作你的良朋。

我别无他长,只能在你与心上人幽会的夜里奉献几首恋歌——杳远的无眠之夜写下的歌曲。

你会从中得到你喜爱的遥远的新奇,发现自己处于躯壳之外的昔时的河边。

今日,我携来了那时春天的竹笛,吹奏赞美恋人的古曲。

将它收藏在你微闭的媚眼和细绵的呼吸里吧!

我的情义的印迹将被遗忘,如落花的一缕残香溶入你新春的和风里。

古时的幽怨将奇怪地在你的心胸骚动,于是你便省悟,那时并非没有你,你躲在广阔的青春舞台的帷幔后面。

啊,永生的女郎,我的竹笛今日特来相告——你告别人世之后将永远生活在我的歌里。

我此行的目的,是用寻觅到的新名字呼唤我那逝去了的过去。

啊,美貌的女郎,视我为你的知音——你往世的挚友。

我的礼拜今日结束

他们是密咒驱逐的下等人,被经营礼拜的商贾拒之于神殿之外。

他们在神住的地方———一切樊篱外面质朴的虔诚的阳光下,繁星闪烁的夜空,鲜花怒放的林野,亲人离别、团圆的深沉的情感里,寻找着神。

建造高墙重门,因袭的模具浇铸的瞻仰神明的仪程不容他们掌握。

多少年我望见他们的苦修者,独自披着晨光立在莲河畔。

莲河毫不犹豫地冲毁坚固的神庙的墙基。

我望着他弹单弦琴,泛舟民谣之河,行进在寻觅心中人的幽静的路上。

我是他们中间的诗人,我不懂经咒,不遵守种姓法规,我的祭品送不进神的监狱。

拜神的信徒出庙含笑问我:"你见到了你的神?"我说:"没有。"他觉得奇怪:"你不认识路?""是的。"他又问:"你没有种姓?""是这样。"我答道。

一年年过去;今日我扪心自问:"谁是我的神? 我膜拜了谁?"

我在别人的口中听见他的名字,我在各种语言的经典中读他的故事,我想象我皈依了他。

我之所以一直膜拜他,是因为我将证实他可以为我接受。

可我发现生活中无法证实。因为我不懂经咒,不遵守种姓法规。

行至关闭的庙门口,我的礼拜飘向地极———一切樊篱之外,繁星闪烁的夜空,鲜花怒放的林野,亲人离别、团圆的情感的崎岖道路。

孩提时我在欣喜的心中,获得地球诞生的原始经咒——光咒。

我独坐在我花园的苔藓斑斑的残垣上,抚弄椰子树枝的缨络。

从太初生命的火泉溅起的荧荧浪花,给予我的脉管无可言喻的搏跳。

元古模糊不清的信息,暗暗撼动我的知觉,太阳古老的浩大的气体中包含我躯体放射的难以描绘的光线。

注望庄稼割尽的田野，我在我血液的流动中，听见光的无声的足音，在前世旧岁的旅途中随我而来。

当我想到在光创造的圣地，那亿万年前我曾酣睡过的光焰中，我如今清醒地生存着，我的心惊喜地扩向无限时空，在那苏醒的喜悦中日日自行完成我的祭拜。

我不懂经咒，我不遵守种姓法规，我不晓得礼仪之外，被自然而然遗忘的祭拜对着哪个方向。

童年时我没有游伴，我出神地遥望远方消度时日。

我出生在悖违习俗、不受称道的家庭，抹掉了陈规的标志，推倒了陈规的壁垒。

街坊的房屋有重重围墙，我是外面一个无人知道姓名的孩子。

他们造了稠密的房子——我从远处观望他们的路上人来人往，我不接受种姓，种姓的行列里没有我的立足之地。

囿于礼教的人不承认我是人，所以我无友的游戏在数条路的交叉处进行。

他们撩起长袍的下摆，小心翼翼地在旁边走过。

他们按照教典的规定，采集拜神的鲜花——把同一轮太阳的照耀下，世代繁衍的万国的花卉，留给了我的神。

我在团体中受到怠慢，在无墙无人守卫的客房里，我怀着万民欢聚的渴望日夜徘徊。

住宅区外面我结识的恬静的友人，来自伟大的历史时代，带着光华、武器和崇高的信条。

他们是苦修者，是战胜死亡的英雄，与我同姓，与我同族，与我亲密无间，在他们的圣洁中我得以圣洁。

他们是真理之路的旅人，光明的探索者，他们拥有不朽。

越过所有的国界，我遇见在窄圈里丢失的人。

我合掌对他说："呵，永生的人，万民的人，从烙上差别的印记的狭隘的狂妄中，拯救我吧！呵，伟人，你无比光荣，从黑暗的彼岸望着你，我没有种姓，不遵守种姓的法规。"

春天，娇美的情人般的女性，走进我无伴的花林，为我的歌配曲，给我的韵律以舞姿，把琼浆注满我的梦。

心海涌腾起的洪波漫过沙滩，淹没一切情话，口中说不出她的名字。

她站在树底下，回眸看见我惶惑、愁楚的面孔，快步走到我身旁，双手捧着我的手说："你不认识我，我不认识你，我琢磨着今日为何相遇。"

我说："两个不认识之间，你我共筑永恒的桥梁，这个谜底在茫茫宇宙的心中。"

我爱她，温存地围绕她的爱情之流，颇像乡间常见的浅清的小河，极慢地流向情人每日藏身的平坦岸边的树阴。悭吝的旱季使它瘦弱，慷慨的雨季使它丰韵。在谦卑的幕布下，它像不甚夺目的普通的妻室，时而受到嘲弄，时而得到宠爱，时而受到打击。

我的爱情的支流，融合沧海博大的暗示。

高贵的佳人沐浴完毕，从海底升起，作为无量的遐想，进入我的身心，完美了我和我的心志；在我理性的幽秘的深处，点明永别的华灯。

借助灯光，我看见她在无限的美中，在春天花丛的波澜中，在希苏树摇颤的嫩叶的闪光中，我听见她快捷弹拨的弦乐。在时令的舞台上的光影中，我看见她挥动变幻的彩纱巾正在跳舞。

我看见她端坐在天帝左面历史创造的御座上；当"美"受到亵渎，受到酷虐的秽物的侵染，她的第三只神眼里，喷出毁灭的烈火，焚毁瘟疫的温床。

我的歌曲里一天天储存创造最初的奥秘——光的四射，和创造最后的奥秘——爱的甘露。

我不懂经咒，不遵守种姓法则，在各种庙宇的外面，从天界到人间，对空中头罩光环的人和心里的人，我充满喜悦的礼拜今日结束。

射向中国的武力之箭

我读过的一份日本报纸，描写日本士兵在佛教寺庙举行祭祀，祈祷战斗胜利。他们对着中国射武力之箭，而对佛陀射出的是虔诚之矢。

战鼓擂响。

日本士兵梗着脖子，眼睛血红，牙齿咬得咯咯响。

为给阎王的筵宴呈送鲜嫩的人肉，他们列队出征，首先进入慈悲的佛祖的庙宇，期求神圣的祝福。

战鼓咚咚，军号阵阵，世界瑟瑟战栗。

鸣钟击磬,香烟缭绕,祈祷声袅袅升天:"大慈大悲的佛祖,保佑我们旗开得胜。"

他们将用刺刀挑起惊天骇地、撕心裂胆的惨叫,斫断千家万户爱情的纽带,把太阳旗插入夷平的村庄的废墟上。

他们将摧毁知识的宫殿,粉碎"美"的圣坛。

为此他们特来接受仁慈的佛祖的祝福。

战鼓咚咚,军号阵阵,世界瑟瑟战栗。

他们将计算他们的枪口下死伤的人数,听着屠杀成千上万平民的报告,敲打胜利的锣鼓;用遍地儿童、妇女血肉模糊的尸体,招引鬼魅的狞笑。

他们唯一的愿望,是把虚伪的诵经,灌满世人的耳朵,在他们的呼吸中羼入毒气。

他们怀着这种心愿进入仁慈的佛祖的寺院,接受他善口的祝福。

战鼓咚咚,军号阵阵,世界瑟瑟战栗。

最后的沉默

你日夜用文稿砌墙,这会儿该休息了。

诗的宫顶增高一尺,你垒砌的疯狂劲儿增加一分,创作的热情总不肯低落。

你忘了适时的辍笔是作品的解脱,忘了无语的艺术女神一朝登上高坛,诗作的殿堂的沉寂中会响起绝妙的佳音。

为了高尚的沉默,放弃剩余的机会吧,不要在素材堆里制造摩天的赝品,困扰甘露的琼阁。

染上粗制滥造的习气,创作便是没有乐趣的负担。

该辍笔的时候不辍笔,固执地继续营巢,长空翱翔的翅翼必然萎缩。

你休息吧,日光洒脱的展放中已出现黄昏安谧的预示。

在无影之光的聚会上,白昼言词的亏空,由静夜的温馨充填。

这些年你无暇休整的百根琴弦,弹奏旋律激越的舞曲,容它对听众说声再见,在绕梁余音中,步入令人怀想的清静的后台;让可以描述的音流,汇入无从描绘的无边的音海。

评析：

　　泰戈尔的诗流传于整个世界。他质朴的风格，具有强烈的现实性，充满了简朴的日常的生活气息。他的《叶盘集》是优美的画，无声无息，水乳交融。他艺术的魅力和思想的广阔，不是一般人可以达到的。里面的每一首诗，都燃放着炽热的精神火花，照亮读者的心。让世俗世界中，这些奔波于功利、名望之中，甚至被嫉妒与金钱附身了的人们，心灵得以触脱和净化。"光风霁月""金刚怒目"，泰戈尔的诗篇如春潮泻地，生机勃勃，充满活力。虽然诗人的一身经历了许多坎坷与痛楚，但他的思想是光辉的，是快乐的，是博爱的。常常品茗这些诗，我们会更平和，更睿智。读完《叶盘集》，使人受益匪浅！

黑 牛 集

我喜欢遨游天宇的心灵,被你从砖木造的枯燥的樊笼召唤到绿色的侍奉中,召唤到和风吹拂的椰子林的庭院。

秋天女神的云的发辫缠绕着金色花串,蓝天的背景上画了一行槟榔树。

南边是细腰扭伤扭弯的池塘码头,百合花覆盖着斜坡。

查姆鲁尔树上的硕果好似窃来的万千歌女的耳坠。

蜜蜂在素馨花丛中翻飞,池塘边逸散幽香的晚香玉仿佛是通晓吠陀的隐士。

木兰花娇弱的花瓣垂落在碧草上,房后传来的消息通报柠檬花在怒放。

一排粗圆的棕榈树目空一切,昂首挺胸犹如站在街上的英国卫兵。

我坐在窗前,望得见池塘边褐色纱丽贴边般的菜田。下午的太阳在池塘中画了一道道绿色、金色、黑色的线条。

闪闪烁烁的光影是悄然转移的清风的足印。

杰斯塔月,阿沙拉月,目光驰往芒果树枝,怀着啜饮金色琼浆的希望。

荔枝树挂满果实,客人和蝙蝠昼夜共同享受。

树篱外面一季季花卉编织彩色的梦,"眼角"是我眺望时赠给窗户的姓名。

奥拉恩种姓的男女花匠从早晨起一直忙碌,挖土,给树苗浇水。结实的身体似用泥土塑成,与泥土息息相通,认为自己与泥土属于相同的种姓。

天一亮村里的牧牛人牵来两头奶牛,身旁奔跑着惊慌的牛犊。

六点半,阳光直射进我的房间,路上出现骑自行车的邮递员。

矮围墙衬托着二层楼旧宅,晾晒湿纱丽的妇女披头散发,没精打采。

村里的少女到码头上汲水,消度金灿的上午,两眼沉浸于浓郁的苍翠。

孟加拉林区自然的心灵,避开城市,以绿阴围成一片乐土。孟加拉家庭妇女用纤手与它一起制作的侍奉的供物充满无声的敬意,诗中洋溢着它的欣喜。

你准备离去,我听说你打算放弃住了一些日子的这幢寓所。

玛克月嬉戏的阳光的创造在那池塘畔不是诗人的富翁统治的月光下会感到羞惭。我拥护历史变迁,遗憾不会留在心中——富翁不能夺走心版上摄下的美好情景。

在你的花园里,我见你如森林女神——冬天的阳光中,淅淅沥沥的雨夜里,我对这儿的回忆,像弃巢的大鹏,融进一片流云。

重塑

原先你伫立在光影中间,而后从天帝的心境出发,跨越天地的界线,进入人间的形象之宫。

如同拂晓的征服,红木轻微的簌簌声,残夜时分令人惊喜的曙光的窥视;如同尚无自我意识的朝霞——在鸟啼和峰峦上飘荡的云垂落在东海殷红的边沿,世界用墨绿、金黄的乳罩和微飔纱丽为它装扮,你把你柔体的芳影投映在我广袤的心幕上。

我因是你画师的助手,得以挥动心笔勾勒你的轮廓,完美你的丰姿;一天天以情愫的颜料缤纷你的形象。

我的灵性之风在你的周遭回旋,时而徐缓,时而罡风般急骤。

早先你在静秘之处,不可接触,属于天帝,独居于"单一"的幽宫。

我以"双重"的绸带维系你,而今你的创造同在你我中间,同在你我的情爱之中。

你凭借我对你的认识,认识了你自己。

我惊奇的注视似点金棒点触在你的心扉,唤醒快乐的意象。

最后的时辰

那些微薄的赠物,含有哄蒙鄙夷的意味,是怜悯而不是爱的体现。

路人也能把它送给乞丐,叫他一时忘记穿过十字路口。那天我不抱获得更多的奢望。

你是夜里最后一个时辰走的。

我以为你会来辞行，说一声"再见"。你以前讲的缠绵的情话，往后是无缘听到了。

今后取而代之的只会是辞别的套话。

你为什么不允许彬彬有礼的细密的织锦出现一个破绽！

乍一苏醒，胸口怦怦直跳。我是担心错过送别的时刻，下了床奔了过来。

远处教堂的挂钟当当敲了十二下。我软乏地坐在门槛上，头贴着门框——在你要经过的门廊前面。

厄运竟攫夺了薄命女子可怜而可贵的机会。

在你离去的几分钟之前，我又坠入睡梦。

你也许斜视了一眼我歪倒的身体——像拖上沙滩的一只破船。

你也许怕惊醒我，便轻手轻脚地离去。

我猛地醒来，明白是枉然地熬了夜。该逝灭的一瞬间已经逝灭，该留下的代代相传。

阒寂的氛围如歌鸣停歇的柯枝间那鸟儿离弃的空巢。

下弦月孱弱的幽辉与熹微的晨光浑然交融，散布于我苍白、空虚的生活。

我莫名其妙地缓缓走向你歇宿过的房间。门外依然亮着熏黑了的煤油灯，门廊里弥散着萎靡的火焰的气味。

空床的蚊帐在风中飘动，窗外孤寂的启明星黯淡无光。蓦地，我发现，你疏忽地留下了嵌金象牙手杖。

倘若时间允许，你也许会从车站回来寻找——但你不会返回，因为你不辞而别。

我

我感觉的颜色染绿了翡翠，染红了红宝石。

我朝晴空睁开眼睛，东边，西边，阳光灿烂燃烧。

我望着玫瑰赞叹"真美"，玫瑰分外艳丽。

你会说，这是一种哲学观点，不是诗人的灵感。

我说，这是真实，因而是诗篇。这是我的骄傲，所有人的骄傲。

是人的骄傲的背景衬托着宇宙神匠的艺术创造。

理论家气急败坏地否认:不,不,不——不是翡翠,不是红宝石,不是阳光,不是玫瑰,不是我,不是你。

然而,无处不在的天帝在人的界限内虔诚地苦修,可称他为"我"。

这"我"的深处,光影融和,韵味苏醒,形象构成。线条、色彩、甘苦中,"不"从不在"是"的神奇咒语中显露。

莫要称之为哲学理论;在宇宙之我的创造盛会上,手擎画笔、调色板,我激动不已。

学者断言——古老月亮的笑容冷酷而狡黠,它像阎罗的使者爬近地球的胸膛,有朝一日狂野地吸引海洋、山脉;人世年月的新书的每一页上落下一个空白,它吞噬白天黑夜的积蓄;人失却业绩的虚伪的不朽伪装,在他的历史上涂沫无尽的夜的漆黑。

人回归时的眼光揩掉宇宙的色彩,人回归时的心灵摄尽甘露。

力量在茫茫天宇战栗,阳光不再燃烧。

没有乐器的宴席上仙师的手指抖动,弹不响乐曲。

诗兴索然的天帝独坐在青碧隐失的天际,研究个性绝灭的生存的数学。

宇宙浩渺,绵绵不绝的世世代代,听不见福音——"你美""我爱你"。

那么,天帝又得累世经代地在毁灭的黄昏苦修?祈祷,"说话,说话!说'你美'说'我爱你'"?

称呼

我每天叫你"姹露"①,不管我心血来潮叫你什么,都是时代真实爱情的称谓。最简明的称谓是"亲爱的"。

我在心里喃喃呼唤,听见你的回音是一阵大笑。

于是我省悟,娴笑不属于当代,这儿不是马拉提国,不是优禅尼城②。

你问你的名字有无毛病。回答前让我先叙述一件往事——那天事情不多,早早回到家里,拿着报纸坐在门廊里脚跷在栏杆上,意外地观察到你下午在隔壁梳妆的过程。

---

① 孟加拉语中"姹露"意谓娇美。
② 优禅尼是古代马拉提国的京城,迦梨陀娑在此写成名诗《云使》。

你在圆镜前梳头发,编辫子,插银钗。

我许久没有这样专注地打量你,许久没有观赏你略微侧着梳头的情态、纤手完美的配合、手镯叮当的节奏。末了,稻谷般金黄的纱丽,该松的地方扯松,该紧的部位煞紧,下摆往下拽齐,一似诗人增删字句,调整韵脚。

今日我首次发现为了一个薪金不多、生活水准不高的人,我们家来自旧时代的媳妇也在打扮,展现反映日新月异的价值观的姿色。

这不是我心目中的"姹露"。我的印象中,优禅尼城绝色佳人才身着华丽的服饰,频频传递迷人的秋波。

一百首每节四行的梵文《嘉言集》中,无论采用希迦里尼还是湿罗拉那格律——浓艳的词藻方能描绘闭月羞花的美貌。

瞧,如今会见男友的女郎,从梳妆室步入客厅的神态,仿佛是从悠远的古代传至今日的一则爱情故事。

我走进花园,决计把精致的奖状授予我的爱情,以显示它的地位。

叫你进屋的时候,它是一篇无声的赞辞。

眼前的青藤开满白花——英国花名记不清了,且称它为"陨星";夜间它的香气如花园的絮语。

今年它等不及冬天消逝,提前怒放了。

我撷了一束,我的馈赠上有它的签名。

今日黄昏,你是古代的美光,我是古代的平民阿吉德古玛尔。

我要说一句深思熟虑的话——可笑只管笑。我酝酿这句话的过程,有如你细致地盘发髻。

我要说:"亲爱的,这异域的花卉仰望天空寻找春夜,我爱惜地采来,簪在你的乌发上。"

梦

黑糊糊的夜里,湿风放肆地四处骚扰,隆隆的云吼震得房门瑟瑟发抖,窗户咿咿直响。

往外张望,一排槟榔树、椰子树怨忿地摇晃着头颅。

茂密的榴莲树枝上,浮动的一团团黑影像麇集的妖魔。

池塘里倒映的路灯光芒似婉游的水蛇。

一行诗浮上脑际——斯拉万月的黑夜,雷声隆隆,伴我入梦……

那天在拉达①的倩影后面,诗人②看见的一位少女的芳心幻化为爱情的花蕾。

她的容貌荡人魂魄,眼睑抹了黛黑的乌烟。从河里走上码头,拧挤着湿淋淋的天蓝色纱丽。

风雨交加之夜,我欲引她进入我的心境——她有她的朝暮、语言、愁思、秀目的顾盼——是三百年前诗人熟悉的孟加拉姑娘。

她,我看不真切,现代女性用自己的身影将她遮没,纱丽边缘撩拨在肩头,盘绕的发髻往下倾斜,目不转睛地看人,这是三百年前诗人无法想象的神态。

然而——斯拉万月的黑夜,雷声隆隆伴我入梦……那时夏夜的湿风也是这样吹拂,相同的心愿在那时的梦中和此时的梦中。

生命的琼浆

我侧耳屏息,聆听时光静静地流逝。

日暮时分,鸟儿播放着歌喉里积蓄的乐曲,把我的心引向正在进行丰富多彩的游戏、歌声缭绕、五彩缤纷的生命的王国。

它们不再回顾历史,只说一句话——在这奇妙的时刻,我们活着,我们同在。这句话透入我的心底。像村姑们下午到河埠汲水似的,我从空中采集精灵的啼鸣,浸泡我的心魂。

给我一些时间! 我的思绪即将飞骋。

退潮的时际,碧草上普洒的夕晖融和芳树幽静的欢乐、骨髓里隐藏的欢乐、叶簇间流动的欢乐。

我的生命在风中张开,汲取用情感过滤的宇宙生命的琼浆。

你们来这儿展开辩论。今日我从夕照里赢得的一些安逸的时光里没有是非曲直,没有指谪,没有赞誉,没有矛盾,没有疑虑——只有林木的葱绿、激滟的波光——生活之河的表层轻漾着超然的细浪。

我这飞翔的闲暇如寿命很短的飞蛾,在夕阳下坠的西天,结束彩翼最

①　拉达是印度神话爱情故事中的女主人翁。

②　指印度中古时期诗人毗达帕迪。

后的游乐——不要徒劳地提问题,你们的要求得不到答复!

我坐在"此刻"的后面滚向昔日的陡坡上。在复杂的情感世界逡巡的心灵,有一天将中止林径上光影的嬉戏。

秋日的正午,在摇曳的草叶上,在绿原的芦苇塘里,清风的细语已充实我生活的弦乐的空隙。

从四面八方,一层层覆盖人世的问题之网的死结已经松解。归途中的旅人不在身后遗留任何任务,任何忧伤,任何欲望;只在树叶的摇颤中留下一个讯息——他们曾活在人世,这比他们的死灭更为真实。

如今只能隐约地感觉到他们服装的颜色、擦身而过卷起的轻风、眼神流露的心声、爱情的旋律——生命的东行的恒河中汇入生命的西行的朱木那河。

远飞的心绪

你立在暗处,考虑着是否进屋。

我隐隐听见你的手镯声。你粉红的纱丽的一角在门外风中飘拂。

我看不见你的面容,但看见西天的斜阳把窃得的你的倩影投落在我房间的地板上。

我看见门槛上纱丽贴边下你白皙纤足的游移的迟疑。

我不会喊你的。

今日我飘逸的心绪像九月下旬深邃天穹的星云和雨后湛蓝的秋空中隐逝的白云。

我的爱情,像一块被农夫遗弃多年、田埂被毁坏的稻田,元初的自然漫不经心地在上面扩展了自己的权限。荒草和不知名的树木蔓生,与周围的丛林连成一片。

我的爱情也像残夜的启明星,在晨光中沉没自身的光环。

今日我的灵魂不受限制,为此你可能对我有误解。

先前的痕迹已经抹尽,任何地方的任何樊笼里无法将我囚禁。

万世的旅人

他们成群结队走出混沌的往昔;他们是苦修者,他们是探索者,从洪荒时代的午门出来,用倾塌的语言、未知的字母,极淡地划了几道重门的痕迹。

他们是旅人，是征夫，他们的征途通向无穷的未来。鏖战未停、日日鼓声震天，千万个时代的脚步下大地索索颤抖；夜半时分，胸口怦怦跳动，心里却坦然，财产名誉是过眼烟云，死亡可亲。

骨髓里涌溢着豪气，踏上征途的，跨越死亡，奋勇向前；搂抱灯红酒绿的是行尸走肉，他们的住所在死海的沙滩上。他们的鬼域的腥风淫雨中，谁建筑房屋？谁惊愕地瞪大眼珠？谁清除垃圾？

太初的哪一年人站在宇宙的十字路口？盘缠化在血液里，化在梦幻里，撒在前行的路上。

他绘制图纸，建造耸入云际的牢固的大厦——次日，泥土下的墙基出现一条条裂缝。

他用石块修筑的大坝沉入滔滔洪水。通宵核算不动产，拂晓，钱财罄空。

屯积的从集市购买的消费品着了火，烧成令人哀绝的黑炭。

他的习性，他的信条，他的锁链，他的羁绊，埋入泥土下另一个时代的坟茔里。

有时在熄了灯的楼宇里，他参加麻痹精神的集会，在舒适的软垫上昏睡。

从漆黑的树丛窜出无头的梦魇，像疯狂的野兽嗥叫着掐他的喉咙。

他的肋骨嘎嘎作响，死亡的剧痛中他呻吟着醒来，暴怒地砸碎酒盅、撕烂花环；一再地踏上血染的泥泞道路，朝千疮百孔的世纪外面目标不清、无路可循的天边奔去。

他心脏里涌出的一股股碧血擂响的鼓声是"前进！前进！"

哦，弃家的人之子，永恒的旅人，莫要贪图虚幻的名声，莫要丧失会结果的希望。

日月之车疾驰的路上，一次次举起的胜利的旗子，在人的功勋湮灭的凡世一次次化为尘埃。他在叠错的地段，加固战斗中夺取的王国的城墙。

从远古的年代，冲破防线的人群，跨越阻遏，越过崇山峻岭飞奔而来，天空中回荡着他们恒久的鼓声："前进！前进！"

送别词

夜雨淋湿的凝重的风中,清晓僵立不动,熬夜的疲惫的天穹闭合着灰暗的眼皮。

雨季的泥泞的路上,时辰提心吊胆地迈步。影影绰绰的思绪在心儿四周聚合、飘荡,闪射着淡淡的情感的光泽。

我欲将几乎能抓获的思绪拘禁在作品中;词语在它旁边盘桓。

这不是哀泣,不是欢笑,不是思想,不是理论,而是模糊的形态,变淡的香气,失去言词的歌曲,交织着遗忘和记忆的冷清的烟影——汇集成转脸回归的梦的画像,似蒙着面纱的怨女。

心儿说,召唤,召唤呀,召唤那漂向彼岸渡口的怨女归来;在她的面前高擎黄昏的华灯,致一篇送别词:"你是真实的,甜美的,如今你的情愫,在盛开和凋败的春花中间隐匿。蓝色,绿色,金色;和血液的鲜红里,到处是勾画你形象的词汇。"

所以今日我的心儿,在火焰花闪亮的波澜和云彩的边沿倏地透射的霞光中飘游。

罗望子树①

我不曾获得生活中许多难得的财富;我素不爱伸手,结果丧失得更多。

在这熟悉的人世间,罗望子树开的花,像蒙着面纱从不打扮的秀丽的乡村姑娘。高傲地鄙视对她的鄙视。

墙边荟蕡的泥土里,长出的一株矮树缺少空间,贴着地面横生密枝。

无从确定它是否年迈。

不远处,柠檬树花儿盛开,瞻昙伽②树枝缀满碎花,全香木初绽花蕾,野茉莉洁白如雪。

它们口齿清晰,它们在召唤我与它们交谈。

那一方面纱下的微语;今日突然传到我的耳中。

---

① 罗望子树,夏季开花,花黄或橙色,峪带红色,木材坚硬致密。果实可为药,有清热缓泻之效。果汁加糖和水,为最佳的清凉饮品。

② 瞻昙伽树是印度圣树,开金黄碎花,木兰花属植物。

循声望去,路边的罗望子树的一朵羞涩的黄花,散发着清香,花瓣上有闪光的字迹。

在加尔各答城中的祖宅里,一棵儿时就熟识的罗望子树,似司掌方向的神祇,立在西北角落,年龄与曾祖父相仿,像一位忠实的老仆人。

家里许多人降生和谢世的时辰,它肃穆地站立着,仿佛是聋哑的历史学家。

有资格享用树上果实的几个人的姓名,比它的落叶飘逝得更早,对他们的回忆比它的阴影还要飘渺。

罗望子树底下,瓦顶的马厩里,马尥蹶子令人心烦。

马夫的喝斥声不知是哪天停息的。

马车载人的年月,已经抵达历史的彼岸。

时代已面目全非,马嘶归于静寂,马车夫修剪整齐的胡须和扬鞭的神气劲儿,连同时髦的气派,走进了急速变化的时尚的后台。

当年每天上午十时的阳光下,罗望子树底下驶出严守家规的马车,拉着无可奈何的厌学的少年,消失在街道的人流之中。

如今,这少年的形体、思想、境况,与那时迥然不同了。但罗望子树依旧原地矗立,对人世的荣辱沉浮不屑一顾。

有一天的情景历历在目——下了一夜滂沱大雨;早晨阴空的颜色,跟疯子的眼珠一样。

迷失方向的飓风横冲直撞,宇宙无形的笼子里,一只巨鸟振翼扑击着四野。

街上积满雨水,庭院在水中漂浮。

我在游廊里望见,昂首天际的罗望子树像发怒的修道士,树叶飒飒地呵斥。

低垂的云天的压迫下,街道两旁惊惶的房屋不敢抗争,唯有罗望子树摇晃着簇叶,发出叛逆的呐喊和毫无顾忌的诅咒。

在密密麻麻瞠目结舌的砖木中间,它俨然是大森林正气凛然的代表。

那天我有幸目睹被雨水冲得灰白的天边它抗暴的雄姿。

然而,秋去春来,无忧树、帕古尔树赢得赞誉的时际,我发觉它像时令之宫的门卫,冷漠,暴躁。

谁了解它不雅阔大的外形的里面,有淳厚的性格?

谁了解春天的家族中,它有高尚的情操?

今天,我视它为花族的真正成员,它像神界的歌手基陀罗拉特——战胜阿周那①的勇士,在仙苑的绿阴下专心地练歌。

那时少年诗人的眼睛,在吉祥的时辰假如窥见它粗硕的躯干秘储的青春的激情,那么他会在蜜蜂的纤翼欢乐抖动的早晨,偷折一串香花,手指哆嗦地把它挂在兴奋得满面羞红的她的耳朵上。

她如果问是什么花,我兴许会说……你要是说出照拂你下巴的一抹阳光的名字,我才告诉你花名。

倦眠

我是不速之客。

心里盘算着开个玩笑……出其不备地抓住纱丽掖在腰里的家庭主妇的双手。

脚跨进门槛,只见她躺在地板上睡得很香。

远处,唢呐吹奏着成亲的喜乐。

上午十点左右,夏日的骄阳把一切烤得灰白。

她双手并拢支托着脸颊,柔软的身子充满节日之夜的劳累,未做完的家务活儿撂在一边。

她肢体是浪息的劳作之流,像旱季恒河平原奥吉亚河疲乏的浅水。

微张的朱唇衔着将闭的花朵般的甜蜜的冷淡。

两只睡眼的黑睫毛的暗影倒落在细嫩的额头上。

伴着她平缓的呼吸的节奏,疲惫的世界蹑手蹑脚,在她开启的窗前走过。

耳聋的房间里,座钟滴答滴答地作出某种暗示。

挂历在风中晃动。

她幽寂的脑际一串疾行的瞬息突然失速,滞留在一个不眨眼的时刻。

流光的无形的羽翼遮覆着她的酣眠。

好似黎明空旷的平原尽头失眠懒怠的圆月,她孤单的倦体把柔美印在地上。

---

① 典出印度史诗《摩诃婆罗多》,阿周那是般度国王的第三个儿子。

她养的猫在她耳边喵喵地提醒她已到了喂奶的时候,她醒了,一眼望见我,慌忙整理一下胸前的衣襟,怪怨道:"哎呀,干吗不早点叫我?"

干吗? 我回答不出。

偶然的机会使我颖悟……我未必彻底了解我亲近的人。

停止嬉笑、交谈,灵气之风在心田敛息的时际,无可言传的情感的深处闪现什么?

生存的无底的悒郁?

血液中捉迷藏的沉默的询问?

历史上不记载的离情?

循着未曾听过的笛音的召唤,在陌生的路上的梦游?

在甜睡的透明的天宇中那个无言的奥秘之前我无声地问道:"你是谁? 哪一世祖露你的真实身份?"

那天上午街道对面的学校里,学生大声背诵算术口诀;拉黄麻的牛车的难听的车轮声折磨着空气;有户人家在夯实新建的屋顶;窗下花园里酸果树下一只乌鸦在啄烂芒果。

对远逝岁月追念的光芒照耀着今日的万物。

历史上消亡的一个微不足道的中午令人困乏的阳光下,玩味不尽的回忆簇拥着一幅倦眠图。

佳妮

我和佳妮是邻居。

她任何时候都可以跨越两家的界线,自由自在地玩耍。

她光着脚丫子,穿着短裙,两只淘气的眼睛仿佛喷射着黑色的火花。

她身材苗条,蓬乱的头发不接受梳子的统治,她妈为她编辫子好不心疼!

她养的卷毛狗整天和她一起蹦跳,好似两行押韵的诗句。

我是优秀学生,全班的楷模,我的出类拔萃对她来说分文不值。

有一年我连跳两级,兴高采烈地去向她报喜。她说:"真棒,对不对,德米?"她的狗同意似的叫一声"汪"。

她爱奇袭我的清高,制服我的傲气,如同她喜欢叭地踩扁一个鱼鳔。

教训她的行动像丢进溪水的小石子,阻挡不了她笑声的湍流。

我摇头晃脑,大声背诵高雅的梵文单词;她采用与土语合拍的行为方式,偷偷溜到背后,在我背上猛击一拳。

　　不等我念错的梵文单词吐出口,她甩着辫子逃之夭夭。

　　欣赏欺侮我的女孩的笑声……那种涵养,离我还有好几年。

　　所以我立即追击,但没有一回擒获对手。

　　远远地听着她伤害梵语的逐渐消失的笑声,我一无所获……不管是有责任感的心灵,还是富有情感的躯体。

　　小女孩的捣乱使我俩最初相处的年月"战火"连绵不断,大丈夫不可侮的气魄,激发我教训她的勇气,但我的行动每每以失败而告终,我听到她刺耳而舒心的评论是:"书呆子,草包!"

　　表面上我失败的次数增多的时候,内心已经开辟了胜利的道路。

　　那胜利的无线电讯号尚未传到耳中,尽管收集到了它确实存在的证据。

　　不知不觉,我们生活的戏剧,改换了服装道具。

　　她穿了纱丽,胸前别上胸针,长辫子盘成时髦的发髻。

　　我模仿足球明星,身着运动服、灰色短裤。种种迹象表明,内心世界的情感之风开始转向。

　　有一天佳妮父亲坐在书房浏览英文周刊。

　　我对上面的彩图产生了浓厚兴趣,偷偷站在他身后,看一架客机。

　　他察觉了,笑了。

　　他一向认为我恃才傲物。

　　其实他有这种缺点,才忌讳别人犯同样的毛病。

　　他举着周刊说:"孩子,这几句给我解释一下,看看你的英语水平。"

　　我盯着残酷的英文字母,急得大汗淋漓,脸涨得通红。

　　坐在旁边抛接钱币的佳妮是我被羞辱的证人。地面没有裂开让我脱身,四周是无动于衷的冷酷的世界。

　　第二天早晨我起床发现,希勃罗摩先生的那本周刊在我的桌子上。可惜愚蠢的男孩未能明了她冒那么大风险的含义的源头在哪儿,其价值几何,还以为她在炫耀她胆大包天。

　　我们不曾意识到年纪一天天增大,对此自然不负责任。我没有看到年纪增大包含着罪过,可希勃罗摩先生看到了。

佳妮的母亲很喜欢我,她丈夫对她提出愤怒的抗议。

他当着妻子的面很贬低我长相的话传到我耳朵里——"那小子像只坏芒果,里面生了蛀虫,过几天要烂的。"

见他看不起我,我父亲气愤地说:"没志气,到他家干什么!"

我懊丧不已,咬着牙狠狠地说:"从此不登她家的门。"

可是两天以后,我又悄悄地从枣树下溜到她家里。

佳妮嘴巴撅得老高,我两天不找她似乎犯了弥天大罪。

她突然说:"从此一刀两断。""好吧。"我扭转脸呆呆地望着天空。

后来,我们两家都起了变化,工程师希勃罗摩决定前往西部城市的发电厂工作。我父亲不满意这座农村小学,全家搬到了加尔各答。

搬家前两天,佳妮来找我:"走,去我家果园。"

"什么事?"

佳妮说:"一块儿偷东西吃,往后可没有机会啦。"

我迟疑着:"可你爸……"

"胆小鬼!"

我昂起头:"我才不是哩。"

希勃罗摩侍弄的果园里果实累累。

佳妮问我:"你最喜欢吃什么水果?"

"玛查法尔普尔荔枝。"

佳妮说:"你上树打,我在下面用篮子接。"

篮子快满时,只听一声怒吼:"谁在那儿……"

希勃罗摩见了我挖苦道:"呵,老爷,不学无术,偷荔枝倒精明。"

他一把夺走篮子,以防止我滑入罪孽的泥坑。

佳妮两眼默默地滚落大颗大颗的泪珠。此后我再没有见到她背靠树干垂泪的模样。

光阴荏苒。我从英国学成归来,获悉佳妮已经嫁人。

她头上披着红贴边纱丽,眉心点一颗殷红的吉祥痣,目光安详、深沉,说话彬彬有礼。

我成为加尔各答制药厂的工程师,在令人烦躁的噪音中打发时日。

有一天我收到佳妮一封信,邀请我同她见面。

她在乡间的外甥女出嫁,丈夫请假未被批准,她一个人回到了娘家。

父亲反对这门亲事，一怒之下去了胡斯亚尔普尔故地重游，我心情复杂地走进芳邻家里。

码头斜坡上的希查尔树枝，俯贴着水面，从池塘飘来久违的水藻的清新气味，斯苏树桠上依旧系着那个秋千。佳妮对我行摸足大礼，说："奥马罗大哥，我住在很远的地方，印历七月初二①是没有希望见到您的，今天请您来，为的是了却一桩心愿。"

我坐在花园菩提树下的毯子上，仪式完毕，佳妮在我脚边放了一篮荔枝，说："这是那篮荔枝。"

"恐怕不是吧。"我意味深长地说。

"天晓得！"佳妮说着快步走开了。

笛手

"笛手，吹响你的长笛，让我听到我崭新的名字！"——你可记得写给你的第一封信？我是这样开头的：

我是你孟加拉的少女。造物主未获得充裕时间将我塑成完人，我只是个半成品——外表与内心极不和谐，昔日与今日，痛苦与理智，才干与梦幻，总无法统一起来。

他不送我登上此世的渡船，而将我囚禁在时代之流的彼岸沙滩上，从那儿纵目远眺，人世在炙日下熊熊燃烧。

我的心无端地焦躁起来，不由自主地伸出双臂，四周，却什么也抓不到。

光阴凝滞了——我颓然坐下，呆望着高涨的河水，呵，飘逝了。解脱之岸的轻舟，飘逝了，富翁们的商船，飘逝了，变幻不定的时代的目光与树阴。

这时，突然从你的笛孔流泻出实实在在的生活的乐音。

死亡的年岁的血管里重有了生命的搏动。

你吹的是什么曲子？你知道你的笛声勾起谁心里的辛酸？你是用第五调式吹奏南风中行进的纤夫的民谣？

听着听着，我觉得我是山脚下涓涓奔流的山涧上大雨滂沱的黝黑的

---

① 印度风俗，印历七月初二印度妇女在其兄弟的额上描吉祥痣。

斯拉万夜。翌日清晨,放眼看去,堤岸已被淹没,旋涡疯转的山洪势不可挡地冲击着顽固的山岩。

我的血液里,你的笛音掺入了飓风的呼啸,洪水的咆哮,野火的嘶鸣,死海之水倾注胸上的轰然巨响,和牢房的凄风中镣铐的哗啷。

你的笛音里,仿佛听见暴涨的山洪盗贼似的呐喊着冲进峡谷,洗劫了一切。

丛莽处处飘绕着对风暴袭击的怨言。

上苍没有赐我翅翼,是你吹的歌曲赋予我梦魂和飞上乌云滚滚的天空的疯狂。

众人称道我昔日安于操持家务。

他们看透我缺少实现心愿的力量。

我的呼吁得不到反响。脑袋挨了重重的一击,一头栽倒在地,胸中没有勇猛反击、挫垮森严禁锢的勇气。

我不懂得执著地爱,只会趴在别人脚下呜咽。

笛手,你的演奏受到天界的欢迎。

我的思绪欣然飞去,在那里我的人生是顶破雾幔的朝日,我鄙视羁绊的热情,张开火焰的翅膀像初感饥饿的大鹏在无法描述的天空翱翔。

苏醒的叛逆的女子,以锐利睥睨的目光,向四处聚集的胆小鬼——猥琐、诡谲的懦夫表示着憎恨。

笛手,你也许想与我见面。

我不知道何处是理想的场合,何时是合适的时间,彼此如何认出对方。

雨季那无伴的蟋蟀欢啼的夜晚,我这个心神不定的少女,曾经像影子一样,走过避人眼光的荫径,前去与你幽会。

一年年春天,你把笛音的花冠,给素昧平生的女性戴上,花儿是永不褪色的。

笛手,深宅里长大的娇弱的我,有天偶然听见你吹笛,毅然扯掉面纱,走出昏暗的绣阁,像蚁垤仙人①突然吟唱的歌韵,叫你着实吃了一惊。

我决不走下恋歌的莲花座,我将在音调的绿阴下给你写信。你不可

---

① 蚁垤仙人是印度史诗《罗摩衍那》的作者。

能弄到我的地址。

呵,笛手,我住在听得到你笛音的远处。

天各一方

你送来新鲜生活的美好形象,送给我心房第一阵惊喜和血液中第一阵激浪。

朦胧的爱情的甘甜,好像黎明缀有金饰的黑色面纱,排斥着纯洁日光的交换。

那时心林的鸟啼还不大胆,绿叶的飒飒声时而响起,时而平息。

人丁兴旺的家庭里,神不知鬼不觉地建造了我俩幽秘的世界。

有如燕子营巢用的是草屑,我们世界建筑材料也很普通,不过是流动的时辰中那失落的飘浮的怀念。

但它的价值在于共建,而不在于材料。

后来我从我俩的航船上不慎落入水中,一个人凄凉地漂流;你怔怔地坐在对岸的沙滩上。

写作,娱乐,你我的双手,从此没有机会配合。

我们生活的纽带断为两截。如同潮汐身后袭来的强大台风一刹那抹去平如明镜的大海的背景上绿岛的肖像,你我苦乐的新芽萌发的稚嫩的世界,轰隆一声塌为一片废墟。

数十年弹指间逝去。

暴雨将临的黄昏,我在心里见你全身依然洋溢着青春的活力。你依然拥有灵秀的韵华。

你春天的芒果花,依然散发沁人心脾的芳香,如今正午的杜鹃,和你那时一样凄婉地啼鸣。

我对你的回忆融合在年年岁岁的自然景色里。

你纤柔的身姿,深深地印在不可撼动的土地上。

我的生活之河没有停止流动。

在崎岖的山路上,在险恶的深谷里,在善恶、矛盾、对抗之中,我照样憧憬、思考、求索,有成就,也有挫折,走到了远离你熟稔的疆域的地方;在你眼里是异乡人。

今日云吼的黄昏,你若坐在我跟前,会发现我迷离的目光滑过青翠的林径,飞往高渺天海的岸边。

你会坐在我身边悄声倾吐你那天未倾吐的心里话?

但此时巨浪在咆哮,兀鹰在怪叫,乌云在轰鸣,娑罗树浓密的枝梢剧烈摇摆。

有关你的信息,仍在旋涡急转的疯狂的海面上漂荡的纸船里。

那时你我的心息息相通,谱写一支支新歌,分享最初创作成功的喜悦。

我感到你我的关系,实现了几个时代的宿愿,每天新鲜的阳光,似太初睁开眼睛的星星。

我乐器的弦丝,已增加了几百倍,没有一根是你熟悉的,你练习的乐曲,在这弦上会感到羞愧。当年抒发感情的乐谱,终究要被揩尽。

而我的眼眶仍不禁涌满泪水。

我弦琴的魔力来自你纤指最早的抚摸。

是你首先从绿岸将少年的轻舟推入人世之河,轻舟才扬帆远航。如今我在河中央一唱起渔歌,你的名字便和歌声一起荡漾。

邂逅

我做梦也想不到在火车上与她邂逅相遇。

以往几次见她穿的红纱丽,跟石榴花一样鲜艳;今日她穿的是黑纱丽,边缘从头上垂下来,围着花儿般白皙光润的面孔。

黑色使她与别人之间,有了沉闷的距离,就像金黄的油菜地与蓊郁的娑罗树林那样不和谐。

我心里愣了一下,这位熟人是一副我不熟悉的严肃的表情。

她突然放下报纸,对我施礼。

交谈的路打通了,我喋喋不休——问她生活如何,家境如何,等等,等等。

她用一种脱离现实的目光定定地望着窗外。答话极为短促,有时索性不答题。她手的烦躁的动作仿佛在说:"为什么这么罗嗦?沉默比东拉西扯好得多!"

我本来坐在她伙伴的长凳上,她忽然用手指暗示我坐在她身边。看来她胆子不小;我不动声色地转移到她的长凳上。

在车轮声的掩护下,她轻声说:"请别介意,我没有耽搁的时间,下一站下车。你前往远方,今后不可能再碰见。有一个问题至今不曾解决,我要你回答,能说真话吗?"

"当然。"我毫不迟疑。

她望着外面的蓝天问道:"我们的日子,难道永远地消逝了,未留下一丝痕迹?"

我沉吟一下说:"夜里的繁星,此刻在日光的深处。"

我自己也茫然,我是否在胡诌。

她漠然地说:"既然如此,你朝你的方向走吧。"

车上的旅客在下一站全下了车,唯独我继续朝前走。

昨夜

昨夜,恶魔作祟的幽暗中,阵雨哗哗地哀泣,淹没苦修的午夜的诵经声。

我被室闷击败,感到精神上的饥饿;我全身没力气瘫倒在地上,胸前压着满天的孤独。

心灵像夜游的鸟儿,啜泣着啼叫:"我要,我要。"

求施打着各种幌子,不吉利的哭泣的根,迂曲地透入昏蒙的心田。

耳闻"我要,我要",失明的黑夜摸抓着虚茫,寻找不认识的东西,末了暴怒地吼道:"没有,什么也没有。"

从失却真实的空虚洞穴,爬出乌黑欲望的一条条蟒蛇,缠绕着乞儿——"虚无"的铁链捆缚的奴仆,无意义的重荷,落在他头上,压弯他的背。

夜尽天明,晨风吹倒了浓云的城墙,从里面冲出挣脱桎梏的霞光,欢欣的自由的宣言以火的语言响彻青霄。

鸟儿灵巧柔软的身体里,激荡起生命热烈的旋律。从枝条到枝条,从歌喉到歌喉,开展射乐音之箭的比赛。

琴弦急骤的弹奏,似绿汁上光的闪烁。心儿站起来说:"我是充实的。"

在它自己的激浪中,举行它的灌顶礼。它自己与自己结交,却似山涧腾越陡崖,飞溅开来,与四周的一切融合。

觉悟与阳光无甚差别。

在旭日的心里，我看见我是辉煌的人；跨越躯壳的围墙，跨越年寿的界限，如粉红的莲花、沧海的万顷波涛，似宁静的晚星、静谧的山林，我唱道："不，我决不索取！"

甘露

辞别之时我对她说："印度一位贞女说过——她不需要妆奁，需要甘露。这是贞女的海誓，对此你有何看法？"

阿米娅苦笑一声："你要我仿效？"我抓住她的手说："爱情即甘露。妆奁在她看来微不足道，你会明白这个道理的。"

阿米娅气恼地说："你为什么不带我走出虚伪？为什么缺乏勇气？"

我嗫嚅着："这，这，自尊心作怪呗，不成为富翁，我无颜再来见你。"

阿米娅摇头站起来往屋外走去。

我大声说："记住，我决不为了爱情，让你的名誉受到丝毫损害，这是我的誓言。"

没日没夜，我酒鬼似的做着黄金梦，敛财的步伐不断加快，我收不住脚，遏止不住它的惯性。

名财双收，我挺起胸脯，得意之情溢于言表，最后医生告诫我，我的身体器官发生故障，需要静养。

我去了幽美的疗养胜地。

这里，大海狭长的蓝色触角，伸进山脚下的丛林，树林里栖息着无数食鱼的海鸟。

小溪滑下山坡，透明的溪水曲曲弯弯吻着鹅卵石，淙淙地唱着"幽静"的颂曲。

日日沐浴的海风，飒飒地掠过空阔的树林。

成排的椰子树，或矗立，或斜卧，倒垂的枝叶摇荡不息。

任性的海浪喷着白沫，一次次扑向巨大黝黑的礁石，沙滩上到处是贝壳、海藻。

我疲累的肢体和绷紧的神经，重返血液平静流动的安闲之中，经商的狂热完全冷却。

这些年的忙碌是一场梦，心灵向生活的真金伸出双手。

一天风平浪静，阿斯温月的阳光，在绸缎般的碧海上熠熠闪耀，一阵无羁的海风，吹得旅馆前的树叶沙沙作响。

胸脯洁白、羽毛绛紫的一只小鸟，蹲在电线上摇舞着尾翎，甜蜜地轻声啼唤。

纯净蔚蓝的秋空，布满着沉郁的千古离情。

一个念头涌上脑海——"动身回家"，心幕上不时闪现那天她揩去泪水的眼眸里，放射的期冀之光。

当天我乘船踏上归途。

在港口下了船径直往她家奔去。立在十字路口望着她家冷清的楼房，里面似乎无人居住，走到大门口，看清楚大门锁着。

我的心咯噔一下，从楼里飘出来的"空寂"的长叹，震颤我的心扉。

几经波折，终于打听到她的下落。

她落户的村庄建于莫卧儿王朝时期十二位大地主管辖孟加拉的某一天，经历了三个朝代，坐落在"明眸"湖畔。

神庙破败不堪，建庙的日期已沉入遗忘的深渊，没有留下先前兴旺的佐证，被一棵胸脯疮伤累累的古老的菩提树搂抱着。

一株苍老的榕树下，新建的八面房顶茅屋，是村里的女子学校，

我看见阿米娅穿着灰褐的粗布纱丽，戴两只贝壳手镯，脚不穿鞋。

未梳的发髻松垂着。脸像乡下姑娘那么黑。手执喷壶在菜园里浇菜。

我百感交集，一时说不出话。初次见面，她竟不同我寒暄，提什么问题。

她睨视着我昂贵的皮鞋，口气自然地说："雨水多，疯长的野草，挤压英国茄子苗，来，帮我除草。"

玩笑？真话？不得而知。

我挽起领子，盖住珍珠纽扣。口袋里有一枚准备送给阿米娅的镶宝石胸针，掏出来，宝石难免受到冷嘲热讽。我咳嗽一声："哪儿是你的卧室？"

她放下喷壶："想看？"

她把我带到学校，用方格粗布隔开的办公室东侧是她的卧室，木板床上卷放着卧具。

长凳上有一架手摇缝纫机,靠墙的七弦琴罩着一块布,南窗前草席上堆着布头、五颜六色的带子、绸包。北墙角三脚桌上是小圆镜、梳子、雪花膏瓶,藤篮里是零碎杂物。靠南墙的书桌上放着她的文具,涂色的瓦盆里栽一株百合花。

阿米娅说:"这是我的卧室,请坐,我去去就来。"

杜鹃在外面气根飘荡的榕树上欢啼,芋头地边几只黄鹂在叽叽喳喳地争吵。斜堤下是菰叶葱绿的一汪碧水。

我看见书桌上贝雕镜框里镶着一位陌生的英俊青年的素描画。他天庭丰满,头发蓬乱,双目瞻望着未来,抿闭的嘴唇流露出坚定的信念。

阿米娅回来了。

托盘里有香蕉、椰子米糕、米花、一杯椰子汁、一碗牛奶。

她把托盘放在地上,铺了一张坐毯。

若说不饿绝非假话,若说没有胃口是真话,但无论如何得吃下去。

阿米娅叙述了与我分别后的情况。

在我从事进口贸易,银行里存了大笔存款,不必为资金伤脑筋的时候,阿米娅的父亲贡察吉苏尔先生常常把屈指可数的公子带到家里来一起用茶点,但他固执的女儿一次次使欲见她的公子悻悻离去。

当他捶击脑门极为沮丧的时刻,家庭的地平线上,蓦地升起一颗脱离轨道的疯癫的星座——玛陀村拉耶巴哈杜尔的独生子玛希布桑。

拉耶巴哈杜尔素以家产丰殷、老谋深算而闻名全邦。

他自信不管他儿子何等放荡不羁,没有一个父亲敢藐视他。

玛希布桑在欧洲侨居八年后回国,他父亲吩咐:"你来经管地产。"

"我没有兴趣。"

风传大煞风景的俄国蝙蝠,啄了一口他思想的嫩果。

阿米娅的父亲不以为然:"不怕,孟加拉湿润的空气能够软化他。"

阿米娅两天之内成了他的信徒。玛希布桑常与女信徒见面,不理会旁人指手画脚、说三道四。

几个月过去了。

阿米娅的父亲忍不住提起了婚事。

玛希布桑脱口说道:"荒唐。"

贡察吉苏尔先生勃然变色:"你想干什么!"

"鼓励阿米娅去做她应该做的工作。"

阿米娅最后说："我来这儿接替他的工作,他把我从妆奁的城堡里救了出来。"

"他现在在哪儿?"我问。

"监牢里。"

晦涩

教授剖析剧本的寓意,听者如堕五里雾中。

容我简略地介绍我的剧本——

剧名是《情书》。男主角库萨尔森告别娜芭妮,启程前往英国留学,将在四年后回国与她结婚。

娜芭妮趴在床上失声痛哭,她觉得这是四年死刑。

库萨尔森在爱情的道路上不需要娜芭妮,但需要通过她开辟通往英国的道路。

娜芭妮看透他的意图,决心千方百计征服他的心。

库萨尔森时常粗鲁地责备她言谈举止不得体,她默默地忍受着,她怨她自己,心里承认文化教养同他不般配,可又相信浅薄的她终究会征服他,就像野草蔓延最后覆盖冷凛的山冈。

她投身于爱情的艺术创作——以内心的痛楚坚韧地雕琢无情的石头,使之成为爱情的塑像。

如今她渴求的"珍品"即将远走天涯。

她幽怨的心盛满泪湿的供养,此后陷入离愁,不必献祭了。他俩关系的道路,只好由鱼雁之桥连结了。

然而娜芭妮的语言水平,不足以条理分明地抒写心意。她只会把一盆兰花放在他看得见的角落里,让他感到心舒神爽;只会悄悄地把她编的小毯子铺在他搁脚的地板上,在侍奉中让他品尝温存的滋味。

四年后库萨尔森返回印度。

成婚的佳期已定,他前去给娜芭妮戴一只在英国买的戒指,到丈人家才得知她飘然不知去向。

娜芭妮的一篇日记这样写道:"我所爱的是另一个人,而不是信中写的那种人。"

可是库萨尔森坚信,他的书信是散文体《云使》——离人的永恒的财富。他失去了他的恋人,但他不愿意鸿书失传。

他的"慕玛泰姬玛哈尔"出走了,可"泰姬陵"永存。他以《迷惘的情人》为题,发表了无落款的情书。

许多评论文章中,深刻地分析了娜芭妮的性格。有的评论家称道剧作家把孟加拉姑娘引向易卜生提倡的妇女解放;有的则指责他把她们引向地狱。

好心人来请我发表意见。我说:"无可奉告,圣典云:女人之心,神灵莫测。"

一位友好的读者问道:"我们可以像泥菩萨似的对女主角保持沉默,但对男主角能不表示义愤? 他为何也藏在不可探知的迷宫里? 他有何理由突然改变对女主角的态度?"

我答道:"女人也罢,男人也罢,其特性无从剖示,可以讲清楚的,是他们彼此给予的几许苦乐,别再问我了,听库萨尔森自己解释吧。"

库萨尔森自白:四年不见的娜芭妮,流落在创造的外面,她的温情充满我的心胸,其他的一切不值一提。我坦直地用流利的笔调写信给她,请她弥补我的匮乏。我对她爱情的无比信赖,滋润了我的心田,使我感到自豪。每封信里我用自己的语言抚慰我的心灵,我用辞藻的火热熔铸的首饰,将记忆中的她打扮得跟女神一样。她变成新奇的艺术珍品。正如基督教教典里所说的那样:福音源自创造之初。

读者又问:"他说的是真心话? 抑或纯粹是男主角的自白?"

我说:"我也不知道。"

误会之女方

从普利特家归来,看见镜子前有张明信片,不知是几时送来的。

时间紧迫,恐怕赶不上火车。开箱取钱,手忙脚乱,硬币撒了一地,捡起几个塞进口袋。

换了身衣服。蓝色绸纱巾披在头上,用发卡卡住。拢了拢头发,从花盆摘一朵素馨花,插在鬓角。

进站后发现要乘的一趟车未到,等了五分钟,不,可能是二十五分钟。

上车见一群人簇拥着缠裹大红纱丽的新娘,看不清面容,眼前是一片红雾、一张模糊的画。

汽笛长鸣,火车咯噔咯噔地飞奔,煤屑扑面,用手帕擦了又擦。

下一个车站上了几位挑乳酪的乘客,可恶! 强迫火车减速。

汽笛拉响,车轮呼应,火车又奔驰。

树木、房屋、浮萍青绿的池沼,快速往后倒退。

世界仿佛遗失了什么,丢失的收不回来,火车隆隆地飞驶。

途中火车莫名其妙地停了很久,就像吃饭噎了喉咙。

汽笛终于响了,火车急促地奔跑,一口气跑到哈奥拉车站。

不用朝窗外张望,胸有成竹——一个人一节一节车厢寻找,然后,两个人一起微笑。

新娘和捧着新娘冠冕的亲戚鱼贯下车,苦力朝车内窥探,除了我没有别人。

迎接新娘的人已经走远,涌向车厢的人流朝车站门口回流,警官噔噔跑过来,扫了我一眼,揣测姑娘为什么不下车,姑娘必须下车。

下车的乘客中间,只有我失魂落魄。从这一头到那一头,月台仿佛在问我为何忧愁。

无声的回答:"真不如不来。"

再看看明信片——时间没搞错吧!

想回,又没有可乘的列车,有的话,那……

无数个"也许"在心头翻腾,个个是可怕的。

出站望着站前的大桥,不知街上的人在想什么。

上了公共汽车,鬓角的素馨花扔在车下。

误会之男方

来不及了。

棕色灯芯绒鞋子哪里去了? 活见鬼,躲在床底下! 扣着脖子前最后一个纽扣走到门口,父亲突然回来了,慢条斯理地同我谈妹妹米妮的婚事,眼下有两个对象可供选择,他一会儿倾向这个,一会儿倾向那个。

一看手表,急得全身冒汗。

走上大街,火车还有十二分钟进站。胸中的热血流得比时间快。

出租汽来不顾违章地急驰,哈里逊街、吉卜普尔街,快到哈奥拉大桥,还剩下九分钟。

糟糕！碰上满载黄麻的一队牛车,把街道堵了个水泄不通。

警官吼叫,斥骂,推揉车矢,捅不开坚实的路障。

无奈,只得下车,急匆匆走到哈奥拉车站。

说不定腕上的手表快了十五分钟,说不定这趟列车进站的时间今天推迟。

冲进车站,软轨上停着一列空车——好似古代巨大的爬行动物的骨骼,好似梵文字典里释义的枯燥的长句。

呆呆地朝女乘客车厢里窥望,叫她的名字,说不定……发了疯似的赶来,接到一串猜疑,破碎的希望跌倒在空荡荡的月台上。

出了车站——迷迷怔怔,方向不辨。

没有被压在车底下全仗神明护佑,对神明的仁慈,却没有产生感激的愿望。

黑牛①

哦,黑牛,雨季你黛青的顾盼,似默坐的孟加拉姑娘那湿润的秀目流露的心绪。

你以芳草碧绿的字汇写成的歌谣,与雨天唱和。

你的紫浆果树披着雾纱,显得越发丰腴,扬手对奔云喊道:"停一下,东方的骑士。"

黑牛,道旁树下是你的住所,你是仙界耍蛇艺人的女儿。

你的屋子多次塌毁,你空手走到外面的路上,霎时间你一贫如洗,依然无忧无虑。

不要用丝缘连结你和情人的衣裙,曙晓开启洞房的门,他去了不再回顾。

在嫩绿篱栅的院内,我建造这间泥屋,为的是与你朝夕相对而坐。

那天欢唱的鸟儿,未被关进坚固的囚笼;它们的巢筑了又毁掉,春天飞来此岸,冬天回归彼岸的青林。

那天上午,绿叶以清风的节律击掌。

_____

① 黑牛是泰戈尔居住的一间泥屋的名称。

此刻它们在旋舞,明朝跌落尘土——为此它们不怨恨、哭泣。

它们是春天的王国的殿令官;今日传旨,他日方有奉旨行事的奏本。

这几天我与你悄声交谈;今天你俯耳说道:"莫延迟,建房吧。"

我不曾铺设永固的基石,未用方石砌你的拱门;我建房采用的松软泥土,在河水中漂来,在夏雨中溶落。

我将远行。

在你毫无哀痛的送别的日子,喜鹊在断壁上摇舞着尾翎歌吟。

哦,黑牛,你的竹笛又吹起萨哈那乐调,我聆听片刻启程归去。